人文社科
高校学术研究论著丛刊

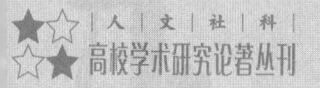

中国古代小说的起源与发展研究

王丽频　王秀红　著

中国书籍出版社
China Book Press

图书在版编目(CIP)数据

中国古代小说的起源与发展研究 / 王丽频，王秀红著.--北京：中国书籍出版社，2021.5
ISBN 978-7-5068-8485-3

Ⅰ.①中… Ⅱ.①王…②王… Ⅲ.①古典小说－小说研究－中国 Ⅳ.①I207.41

中国版本图书馆 CIP 数据核字(2021)第 099880 号

中国古代小说的起源与发展研究

王丽频 王秀红 著

丛书策划	谭 鹏 武 斌
责任编辑	朱林栋 成晓春
责任印制	孙马飞 马 芝
封面设计	东方美迪
出版发行	中国书籍出版社
地 址	北京市丰台区三路居路 97 号(邮编：100073)
电 话	(010)52257143(总编室) (010)52257140(发行部)
电子邮箱	eo@chinabp.com.cn
经 销	全国新华书店
印 厂	三河市德贤弘印务有限公司
开 本	710 毫米×1000 毫米 1/16
字 数	325 千字
印 张	17.75
版 次	2022 年 1 月第 1 版
印 次	2022 年 1 月第 1 次印刷
书 号	ISBN 978-7-5068-8485-3
定 价	92.00 元

版权所有 翻印必究

目 录

第一章 中国古代小说的起源 …………………………………… 1
- 第一节 小说的孕育:中国古代神话传说 ………………………… 1
- 第二节 小说形象塑造的启发:寓言故事 ………………………… 4
- 第三节 小说叙事传统的奠定:史传文学 ………………………… 6

第二章 志怪志人小说研究 …………………………………… 10
- 第一节 志怪志人小说概述 ……………………………………… 10
- 第二节 《搜神记》与其他志怪小说 ……………………………… 19
- 第三节 魏晋风流与《世说新语》 ………………………………… 33
- 第四节 志怪志人小说对后世小说的影响 ……………………… 40

第三章 唐传奇研究 …………………………………………… 43
- 第一节 唐传奇的兴起与发展研究 ……………………………… 43
- 第二节 传奇成熟的标志 ………………………………………… 48
- 第三节 著名的唐传奇研究 ……………………………………… 56
- 第四节 唐传奇的影响 …………………………………………… 81

第四章 宋元话本研究 ………………………………………… 83
- 第一节 宋元话本概述 …………………………………………… 83
- 第二节 宋元著名的话本研究 …………………………………… 101

第五章 明代短篇小说研究 …………………………………… 113
- 第一节 明代短篇小说概述 ……………………………………… 113
- 第二节 "三言"与"二拍" ………………………………………… 116
- 第三节 明代的文言短篇小说 …………………………………… 129

第六章 明代长篇小说研究 …………………………………… 132
- 第一节 明代长篇小说概述 ……………………………………… 132
- 第二节 《三国演义》与历史演义小说 …………………………… 134
- 第三节 《水浒传》与英雄传奇小说 ……………………………… 144

第四节 《西游记》与神魔小说⋯⋯⋯⋯⋯⋯⋯⋯⋯⋯⋯⋯⋯⋯⋯ 155
   第五节 《金瓶梅》与才子佳人小说⋯⋯⋯⋯⋯⋯⋯⋯⋯⋯⋯⋯ 175

第七章 清代短篇小说研究⋯⋯⋯⋯⋯⋯⋯⋯⋯⋯⋯⋯⋯⋯⋯⋯⋯⋯ 186
   第一节 清代短篇小说概述⋯⋯⋯⋯⋯⋯⋯⋯⋯⋯⋯⋯⋯⋯⋯⋯ 186
   第二节 《聊斋志异》及其他文言小说⋯⋯⋯⋯⋯⋯⋯⋯⋯⋯⋯ 187
   第三节 李渔的白话短篇小说⋯⋯⋯⋯⋯⋯⋯⋯⋯⋯⋯⋯⋯⋯⋯ 205
   第四节 清代其他白话短篇小说⋯⋯⋯⋯⋯⋯⋯⋯⋯⋯⋯⋯⋯⋯ 210

第八章 清代长篇小说研究⋯⋯⋯⋯⋯⋯⋯⋯⋯⋯⋯⋯⋯⋯⋯⋯⋯⋯ 219
   第一节 清代长篇小说概述⋯⋯⋯⋯⋯⋯⋯⋯⋯⋯⋯⋯⋯⋯⋯⋯ 219
   第二节 《儒林外史》等社会讽刺小说⋯⋯⋯⋯⋯⋯⋯⋯⋯⋯⋯ 221
   第三节 《红楼梦》等世情小说⋯⋯⋯⋯⋯⋯⋯⋯⋯⋯⋯⋯⋯⋯ 235
   第四节 《三侠五义》等侠义公案小说⋯⋯⋯⋯⋯⋯⋯⋯⋯⋯⋯ 256
   第五节 清代其他长篇小说⋯⋯⋯⋯⋯⋯⋯⋯⋯⋯⋯⋯⋯⋯⋯⋯ 258

参考文献⋯⋯⋯⋯⋯⋯⋯⋯⋯⋯⋯⋯⋯⋯⋯⋯⋯⋯⋯⋯⋯⋯⋯⋯⋯⋯⋯ 274

第一章 中国古代小说的起源

中国古代小说有两大系统,即文言小说系统和白话小说系统。白话小说的定型文本,乃是宋元话本;而文言小说的成熟期,则一般定位于唐代。当然,作为一种成熟的文体,小说经过了漫长的酝酿、发生、发展过程。追溯中国小说的源头,可以发现,中国的小说乃是多源共生或谓之多祖现象:神话传说、寓言故事、史传文学等都深深地影响着中国小说的生成,都可视为中国小说的源头。

第一节 小说的孕育:中国古代神话传说

神话是人类处于蒙昧时代的产物,它以古朴的故事形式,表现了初民对大自然、社会现象和人类自身的认识及其愿望。马克思曾精当地概括道:"任何神话都是用想象和借助想象以征服自然力,支配自然力,把自然力加以形象化"(《政治经济学批判导言》)。[①] 神话的主人公通常是神,包括自然神祇和神化了的英雄人物)。一般地讲,神化了的英雄人物已属于传说的范围,而神话与传说的界限又是很难截然分开的。传说的主人公比神话的主人公更具人格化,成为具有神性的人,或口神化的英雄,故事也更具现实性。神的观念归根到底是源于当时生产力极其低下的社会现实,人们对自然、社会和人类自身的认识极其有限,无法解释发生在身边的种种现象,于是便幻想冥冥之中有神在主宰着自然和人类。而神化的英雄,往往是初民根据自己的实践经验创造出来的,从而寄托着他们渴望认识世界、征服自然的理想。中国的神话,在先秦和汉初的文献中非系统地保存下来,《尚书》《诗经》《国语》《庄子》《墨子》《韩非子》《吕氏春秋》《楚辞》《山海经》《淮南子》等典籍中,都有一鳞半爪。其中《山海经》最具神话学价值,是我国古代保存神话资料最多的著作。这部书大约成书于战国初年至汉初,可能由巫觋、方士根据

---

① 李沙.想象在形象思维中的作用[J].武汉大学学报(哲学社会科学版),1978(03):60-63.

当时流传材料编撰而成。其内容既有神话传说,又有宗教祭仪,还包括不少地理、历史、民族、生物、矿物、医药等多方面的资料。《山海经》保存了许多神话,如夸父逐日、鲧禹治水、黄帝擒蚩尤、共工、帝俊、西王母等,这些神话多为简短的片段,但也有些已初具故事形态。《穆天子传》出自晋咸宁五年(279)魏襄王墓(据《晋书·武帝纪》),记述了周穆王驾八骏西征,绝流沙,登昆仑,于瑶池见西王母之事。其中周穆王与西王母馈赠酬答一节,神话色彩浓郁,已较《山海经》所述西王母神话发展了许多。《淮南子》是两汉皇族淮南王刘安招募门客编撰的一部以道家思想为主,又杂以孔、墨、申、韩学说的理论著作。其中也保存了不少神话传说,如中国古代著名的四大神话:女娲补天、共工触山、后羿射日和嫦娥奔月。但总的来说,我国现存古代神话多是一些片段,而不像古希腊文化那样有庞大的神话系统。造成这种状况的根本原因有二:一是由于文人对其不重视,不屑于载述它;二是史家、思想家将其历史化,加之后来的道教利用它、改造它,使之仙化,从而造成中国古代神话的散失。

我国古代神话传说内容十分丰富,充满了浓厚的浪漫主义色彩,生动表现了我们的祖先探索万物起源和创造历史的宏伟业绩,歌颂了古代劳动人民征服自然的强烈愿望和坚强决心,歌颂了他们的崇高品质。

例如:女娲造人补天的神话。女娲是造人之神,《太平御览》引《风俗演义》:"俗说天地开辟,未有人民,女娲抟黄土作人。剧务,力不暇供,乃引绳于泥中,举以为人。故富贵者,黄土人,贫贱者,引绠(gēng 耕,粗绳)人也。"这是解释人类起源的神话,女娲先用黄土捏成一个个活人,然而这方法太慢,太费力,她就取一根粗绳挥洒泥浆,使之成为人。这样,大地上便布满了人。这个神话和世界许多民族造人的神话大致相同,充满了浪漫主义想象。至于富贵和贫贱区分的解释,恐怕是以后阶级社会的附会了。关于女娲补天的神话,见于《淮南子·览冥训》:"往古之时,四极废,九洲裂,天不兼覆,地不周载,火爁焱而不灭,水浩洋而不息,猛兽食颛民,鸷鸟攫老弱。于是女娲炼五色石以补苍天,断鳌足以立四极,杀黑龙以济冀州,积芦灰以止淫水。苍天补,四极正,淫水涸,冀州平,狡虫死,颛民生。"[1]这则神话生动地反映出了自然灾害的危害和人类征服自然的艰苦努力。

关于"夸父逐日"的神话。宇宙当中,太阳与人的关系是很密切的,它使万物生长,也能使万物焦枯。日出日落,时阴时晴,原始人觉得不可思议,夸父就是一个追逐太阳,探索太阳奥秘的先驱。《山海经·海外北经》里记载:"夸父与日逐走,入日,渴欲得饮,饮于河、渭;河、渭不足,北饮大泽,未至,道

---

[1] 李致钦. 中国古代美学史稿(三)[J]. 锦州师院学报(哲学社会科学版),1983(04):34-40.

第一章　中国古代小说的起源

渴而死,弃其杖,化为邓林(即桃林)。"夸父是中国神话中的巨人,敢与太阳比高下,他死后手杖化为桃林,为人类造福。他的死是十分悲壮的。

关于"精卫填海"的神话。在原始人眼里大海也是极其神秘而凶险的,小鸟却有填海的宏愿,实在令人惊叹:"发鸠之山,其上多柘木。有鸟焉,其状如乌,文首、白喙、赤足,名曰'精卫',其鸣自詨。是炎帝之少女。名曰女娃。女娃游于东海,溺而不返,故为精卫,常衔西山之木石,以埋东海。"(《山海经·北山经》)这是一首精诚和毅力的颂歌,是一首表达原始人向大海挑战的永不屈服的精神颂歌。

关于"羿射九日"的神话。《淮南子·本经训》记载了羿这位为民除害的英雄:"逮至尧之时,十日并出,焦禾稼,杀草木,而民无所食。猰貐、凿齿、九婴、大风、封豨、修蛇,皆为民害。尧乃使羿诛凿齿于畴华之野,杀九婴于凶水之上,缴大风于青丘之泽,上射十日,而下杀猰貐,断修蛇于洞庭,禽封豨于桑林。万民皆喜,置尧以为天子。"[①]羿的功劳在于射杀了九日,杀死猰貐(怪兽)、凿齿(妖怪)、封豨(大野猪)、九婴(喷火吐水的怪兽)、大风(恶鸟)和修蛇。羿的形象是原始人与自然灾害(旱灾、水灾、风灾、虫灾和鸟兽灾害)斗争集体群像的艺术概括。

关于"大禹治水"的神话。禹是一个治水的专家,我国古代典籍中保存了极其丰富的神话传说。《山海经·海内经》记载:"洪水滔天,鲧窃帝之息壤以湮洪水,不待帝命,帝令祝融杀鲧于羽郊。鲧复生禹,帝乃命禹卒布土以定九州。"[②]这是说他们父子两代顽强治水。另外,《楚辞·天问》和《汉书》颜师古注所引《淮南子》佚文,说禹治水时用"导"的方针,有一条应龙,用尾巴画地,引百川归海。禹自己也变成一只熊凿通轘辕山,终于治水成功。禹是中华民族精神的化身,他的治水方法是我国古代人民与洪水斗争经验的总结,他的功绩千秋万世传颂。

除上述神话传说外,还有刑天舞干戚、共工触不周山、盘古开天辟地等神话传说,都十分脍炙人口。

神话传说与小说的关系和影响,我们认为可以从以下几个方面来阐释:

第一,神话传说是人类最早的想象,人类对自然界未知事物的恐惧、猜测和充满幻觉的描绘,天生造就了创作中的浪漫主义。小说不可避免地接受了神话传说的这一赋予。以下我们会发现,书面的小说(也就是鲁迅所说的小说书)首先用《汉武故事》之类的仿神话形式出现;魏晋笔记中派生出志

[①] 纪晓建.《楚辞·天问》之"阳离"与楚人太阳崇拜[J]. 兰州学刊,2010(11):152-155.
[②] 王泉根. 中国古代儿童文学的文脉资源与儿童阅读接受研究[J]. 社会科学研究,2021(01):174-178.

怪一大类,记录了大量述鬼说怪的故事;明代长篇章回小说神魔为一大派,出现大闹天宫的孙悟空、水漫金山的白娘子、鹊桥相会的牛郎织女等,决非偶然。

　　第二,神话传说的表述方式作为最初的启示,无疑对神话小说的孕育和产生起了不可抗拒的作用。神话传说不仅有简单的故事情节和人物形象,而且在这些故事情节和人物形象中有我们民族的秉性灵魂,中国小说无论是魏晋志怪还是唐宋传奇,以及再以后的《西游记》《聊斋志异》,都与神话传说有明显的继承关系。《西游记》中石猴出自女娲补天遗留的石头,其不服天地管辖的精神和怒触不周之山的共工一脉相承,同样,造了旧世界的反的毛泽东对此二人赞赏有加,极能说明问题;《红楼梦》的主题是"补天",女娲的补天被延伸为知识分子对政治的责任、对国运的关心,不能不说是文化精神的极强体现;《封神演义》写雷震子的翅膀和哪吒的风火轮,很可能是受了《山海经》中羽民国人的羽翼和奇肱国人的飞车的启发,这也是奇幻想象力的继承。

　　第三,神话传说中的一些题材和故事,常常为后世小说所吸收。如仙道小说《汉武帝内传》中西王母与汉武帝会见的故事,显然是从《穆天子传》里周穆王"宾于西王母"的神话生发出来的;唐人传奇《古岳渎经》中淮河水怪青猴的故事,是由《山海经》中禹锁淮河水怪无支祁的神话演化而成的,清代小说《镜花缘》的某些素材和艺术构思,则来自《山海经·海外经》。

第二节　小说形象塑造的启发:寓言故事

　　春秋战国是中国社会发生历史性变革的时代。诸侯争霸,百家争鸣,从而形成意识形态领域众多的流派。《汉书·艺文志》列儒、道、阴阳、法、名、墨、纵横、杂、农、小说十家,而尤以儒、道、法、墨诸家为显。各家为了阐述自己的主张,纷纷著书立说。为了达到论辩说理的目的,诸子们在论说中往往非常讲究技巧,运用一些寓言故事以说明道理。"寓言"一词,最早见于《庄子·寓言》,"寓"乃寄托之意,所谓"寓真于诞,寓实于玄"(刘熙载《艺概·文概》),子书中的寓言故事往往带有强烈的虚构和夸张色彩,它叙写一些生动活泼的小故事,而又于故事之外,隐含另一层更深刻的思想。

　　寓言这一形式,较早出现于《孟子》之中。如众所周知的"揠苗助长",借一个不按客观规律办事的人拔苗助长以致苗枯禾槁的故事,说明养浩然之气也要遵循规律而行,欲速则不达。再如"齐人乞墦",以齐人乞食墦间,归而骄其妻妾的故事,讥讽了当时忙于钻营的利禄之徒的无耻;故事让齐人自

第一章　中国古代小说的起源

我展示其丑态,暴露其龌龊心理,又从其妻妾的视角,将这一丑剧表现得淋漓尽致。这则寓言仅二百字,情节生动,一波三折;刻画人物入木三分,颇似后来的讽刺小说。从总体上看,《孟子》中的寓言,多密切融合于议论之中,是作为阐明观点的论据而出现的。庄子是先秦的寓言大师,"其著书十万余言,大抵率寓言也。"(《史记·老子韩非列传》)《庄子》中的寓言,丰富多姿:一种情况是将寓言融合于行文议论之中,如《孟子》中常用的方式;而更有特色的是,有些文章整篇由寓言组合而成,并不直接阐明某一观点,内中却含极深刻的思想。其寓言或借动物,如井蛙、海鳖、鸥鹯、多足兽等,或借神话中的神灵,如河伯、山神、云神等,通过它们的对话与活动,来展现其哲学思想。《庄子》中的动物或神灵,往往言行毕肖,形象鲜明;这种虚构故事以传达思想感情的方式,无疑对后世小说有启迪作用。而《韩非子》中的寓言,荒诞色彩大减,寓言所寄寓的思想更富于现实政治因素。如"守株待兔"就尖锐地嘲讽了儒家复古倒退的行为;"郑人买履"则讥笑了那些不肯正视现实、墨守成规的人。作者用简洁的语言文字,勾画出鲜明的人物个性,对后来小说摹写人物,具有借鉴意义。《列子》一书的寓言也很多,最著名的是"愚公移山"的故事,比喻不怕困难、坚持到底就能胜利的道理。《列子》设喻浮想联翩,有时荒诞怪异如同《庄子》。以精辟入理、严峻峭拔著称的《韩非子》的寓言则有简赅犀利、讽刺深刻的特点。与《庄子》不同,它的寓言故事荒诞成份减少,而政治色彩则加强。试看《守株待兔》一则:"宋人有耕者,田中有株,兔走触株,折颈而死。因释其耒而守株,冀复得兔,兔不可复得,而身为宋国笑。"这是对狭隘经验主义者的讽刺,故事很简单,说明的道理却十分明哲;社会是不断发展的,"圣人不期修古,不法常可",是根据不同的情况来匡时济世的。如果死守"先王之道",把偶然性当成必然性,就只有落得受国人耻笑的下场。此外,成书较晚的杂家著作《吕氏春秋》里也有很多寓言故事,这些寓言故事短小精粹,寓意显豁,例如"刻舟求剑""郑人买履"等。历史散文《战国策》所记纵横家论辩中,也有不少寓言故事,如画蛇添足、狐假虎威、鹬蚌相争等。西汉刘向的《说苑》《新序》里也保存了不少先秦的寓言故事。这些寓言故事情节曲折,人物性格鲜明,颇具小说意味。对于中国小说的形成,无疑具有直接影响。

先秦寓言有的是作家独立创作的,有的则是当时流行的故事,被作家引入文中(故出现同一寓言见于多书而繁简有别的现象);不少先秦寓言故事可上溯到远古民间口头创作——它的拟人化、夸张手法的表现形式,同远古神话传说一脉相承。这些寓言寓于想象力,在虚构的故事中寓有深刻的含义,为后世小说创作提供了丰厚的艺术经验。寓言的讽刺艺术,直接影响着后世的讽刺小说。同时,一些寓言故事也成为后世小说题材的来源,如魏晋志人小说《笑林》《郭子》里就有采自《韩非子》的一些寓言。六朝志怪小说也往往根据《庄子》《列子》诸书中的寓言故事敷衍成篇,如《搜神记》中荀巨伯遇鬼杀二孙的故事,即从《吕氏春秋·疑似》中黎丘丈人遇鬼杀子的故事演化而来。

第三节 小说叙事传统的奠定:史传文学

先秦两汉的史传著作,对小说的影响更为直接。一般说来,小说与历史著作是不同的,历史著作所写的人物和事件都必须以历史事实为根据,是所谓"实录"。小说则离不开夸张和虚构,不必是实有的事实。但是,我国历史著作,特别是先秦两汉的史书《左传》《战国策》《史记》《汉书》等,虽然基本性质上是历史,不是小说,但它们在实录的基础上,具有一些文学性。比如,通过典型事例刻画人物性格、注意故事的起伏变化和伏笔照应、语言个性化,等等,甚至还运用了虚构。这些历史著作,既是"信史",又是优秀的文学作品,可谓兼有二者之长。我们称之为史传文学。史传文学对后世小说的创作有深刻的影响。

《左传》是《春秋左氏传》的简称,是我国历史上第一部编年体史书。《左传》的作者是左丘明。全书记叙了春秋时代统治阶级内部的矛盾斗争,以及各国之间频繁的兼并战争。

《左传》虽是一部编年史,却很有文学价值。它叙事完整而翔实,尤其擅长于描写战争。刘熙载说:"左氏叙事,纷者整之,孤者辅之,板者活之,直者婉之,枯者腴之,剪裁运化之方,斯为大备。"(《艺概·文概》)书中对于一些重大战争的叙描就达到了上述的境地。例如宣公十二年晋楚邲之战。晋国出兵本来师出无名,许多统帅不愿出战,认为"我曲楚直"。战斗打响后,这支不义之师就崩溃逃窜。晋军的最高统帅更"不知所为"。军士争船渡河,被砍的手指很多,竟达到了"可掬"的地步。晋兵在溃逃时,车子不能前进,是楚兵教他们拔了车上的旌旗,才逃出来。这些描写十分深刻地表现出晋国必然失败的道理和晋兵溃逃的狼狈。整个战斗过程具体生动,有全景的鸟瞰,也有细部的特写。它的叙事艺术,对后世历史演义小说,有很大影响。

《左传》虽然以记事为主,但记事中注意刻画人物,通过人物的语言和行动,表现人物的性格特征。《郑伯克段于鄢》一段中对郑庄公的刻画就非常成功。郑庄公之母武姜不喜欢庄公,而偏爱小儿子共叔段。武姜为共叔段提出封地要求,庄公答应了。臣子劝谏道,这样不合法度,会给国君造成威胁。庄公说,母亲要我这么做的,我怎能躲开这种祸害?庄公表面上宽厚,其实是让共叔段的叛乱公开化。时机一经成熟,郑庄公便名正言顺一举击垮了共叔段,还把母亲武姜安置到城颍,发誓永不相见。以后,心里后悔,又变通方法与母亲再次相见。这篇记载生动地展现了统治者内部骨肉相残的无情事实,描绘出了郑庄公这样一个外表宽厚诚笃,内里阴险狠毒的人物。他沽名钓誉,把自己打扮成孝子、贤兄,实际是欲擒故纵,助长共叔段的贪欲,促使共叔段走上叛乱道路,他的所作所为无不具有深心。

《战国策》是一部记录战国时期纵横家思想和活动的著作,有较高的史学价值和文学价值。它大概是秦汉人杂采战国时期各诸侯国史料编纂而成。作者为谁,已无从查考,到汉成帝时,由刘向整理汇编,定名为《战国策》,全书包括东周、西周、齐、秦、楚、赵、魏、韩、燕、宋、卫、中山十二策,总共三十三卷。

《战国策》中记有许多文情并茂、脍炙人口的历史故事,如"苏秦以连横说秦""邹忌讽齐王纳谏""冯谖客孟尝君""触龙说赵太后""唐雎不辱使命""荆轲刺秦王"等,内容丰富,读者从中了解了非常具体的历史知识。从文学角度看,这些故事在人物描写上很有特色,它善于将人物置身于典型的历史情境中,揭示出人物丰富的内心世界。人物语言又十分警策动人,富有个性特征。如《魏策四》"唐雎不辱使命"一节,塑造了一个不为威武所屈,竭力维护本国尊严的外交官的形象。唐雎是安陵这个仅有五十里土地的小国的使者,在骄横的秦王面前,敢于进行针锋相对的斗争,宁为玉碎、不为瓦全,表现出不畏强暴的英雄气概:秦王要以五百里之地交换安陵,实际上是借口吞并安陵。安陵君诚惶诚恐,派唐雎来秦国交涉。唐雎先婉辞拒绝,可秦王却勃然大怒,恐吓道:

"公尝闻天子之怒乎?

唐雎对曰:"臣未尝闻也。"

秦王曰:"天子之怒,伏尸百万,流血千里。"

唐雎曰:"大王尝闻布衣之怒乎?

秦王:"布衣之怒,亦免冠徒跣,以头抢地耳!

唐雎曰:"此庸夫之怒也,非士之怒也"。

接着他举出了专诸、聂政、要离三个历史上有名的刺客,表明现在的形势正如刺客所面临的情形一样:"若士必怒,伏尸二人,流血五步,天下缟素,今日是也。"于是拔剑而起。经过他这一番针锋相对、气势逼人的抗争,秦王在匆促中别无选择,只得"长跪而谢之",说:"先生坐!何至于此!寡人谕矣,夫韩、魏灭亡,而安陵以五十里之地存者,徒以有先生也!"在这一段对答中,唐雎的大义凛然、奋不顾身和秦王存心讹诈、色厉内荏的情态表现得十分充分。

《战国策》所写的人物,以"士"的形象最为突出,他们的语言都有析理明哲、谈锋矫健的特点。但具体人物又各自有特点,如苏秦的坚韧倔强、张仪的奸险狡诈、陈轸的圆滑机智、公孙衍的老谋深算等。这些为后世小说创作提供了经验。

　　史书登峰造极的时刻是司马迁《史记》的出现。《史记》完善了史书的体例并创造了辉煌的史传文学,对晚出的小说有着极端重要的影响。对于后来的准备为他人或为自己树碑立传之人来说,《史记》就是样板。首先,《史记》的史传文学的体例,在描写人物方面表现了突出的成就,他常常根据表现人物思想性格的需要来选择和组织材料,通过故事和情节突出人物的特点。如《廉颇蔺相如列传》,"通过完璧归赵""渑池之会和廉颇""蔺相如将相交欢"等几个情节,集中地表现了蔺相如的勇敢机智和"先国家之急而后私仇"的优秀品质。《李将军列传》则通过李广抗击匈奴的一些生动具体的战斗故事,表现了他的勇敢。

　　其次,司马迁写人物,往往通过曲折的故事情节和紧张的斗争场面来凸现人物的性格,而极力避免冗长静止的描绘和平板的叙述。《项羽本纪》中的"鸿门宴"一节很有代表性。在宴席上,项羽的谋臣范增设计杀害刘邦,张良和项伯识破了他的计策,保护刘邦偷偷逃走。当范增得知刘邦逃走的消息后,长叹道:"唉!竖子不足与谋!夺项王天下者,必沛公也,吾属今为之虏矣。"整个过程写得紧张异常,扣人心弦,而各个人物的性格——范增的远见洞烛、项伯的愚蠢无知、项羽的优柔寡断,都通过他们的不同言行得到了很好的表现。

　　再次,作者还善于通过细节描写来表现人物的思想性格。《淮阴侯列传》写刘邦被围困在荥阳,掌管重兵的韩信不但不出救兵,反而在刘邦求援时,以齐地政局不稳为借口,要求刘邦封自己为齐假王,然后方能发兵。这个理由显然太勉强,其目的就是要齐王的王位:汉王大怒,骂曰:"吾困于此,旦暮望若来佐我,乃欲自立为王!"[①]张良、陈平蹑汉王足,因附耳语曰……汉王亦悟,因复骂曰:"大丈夫定诸侯,即为真王耳,何以假为!"一个蹑足的细节,把当时的紧张状态写了出来,也把刘邦的权变和机智表现了出来。

　　《史记》对后来的小说创作产生了深远的影响,不仅其中的许多故事常常为后来的小说所吸取,更主要的是它在描写人物方面的杰出成就,为后来的小说创作提供了极好的借鉴。像《唐宋传奇》和清代《聊斋志异》等小说,常常以一个人物的生平事迹为线索,来展开全部情节,则明显地受到了《史记》的影响。

---

① 孟庆锡,毕桂发. 古小说简论[J]. 河南大学学报(哲学社会科学版),1985(02):35-41.

第一章　中国古代小说的起源

东汉班固撰述的《汉书》，是我国第一部纪传体断代史。作为传记文学，它也有较高的成就。它的文笔不如《史记》奇幻洒脱，跌宕起伏，但整严工练。语言受汉代辞赋影响，以整饬华丽见长。在人物描写方面，它继承了《史记》的手法，善于通过重要情节、巨大场面和生活细节、人物语言来塑造人物。它比较注重细节描写，有些细节写得精彩而传神。例如《外戚列传》中写李夫人病重，汉武帝来探视，她却以被蒙面，坚决不让汉武帝看。后来，她说出了缘由："所以不欲见帝者，乃欲以深托兄弟也。我以容貌之好，得从微贱爱幸于上。夫以色事人者，色衰而爱弛，爱弛则恩绝。上所以挛挛顾念我者，乃以平生容貌也。今见我毁坏，颜色非故，必畏恶吐弃我，意尚肯复追思闵录其兄弟哉！"这一细节深刻地表达了李夫人凄苦的心理。

汉代还出现了介于正史和小说之间的野史杂传，与小说的关系更为密切。所谓野史，即私家编撰的史书，它不同于史官所记的正史，往往有一些里巷传闻和神怪传说。如现存较为可信的汉人小说《燕丹子》，写的是燕太子丹派荆轲刺秦王的故事，内容和《史记·刺客列传》所载大致相同，只是兼采了民间传说，诸如"乌即白头，马生角"之类的怪异内容。它情节曲折，结构完整，人物性格突出，虽本史实，又收罗了异闻传说，就更与后来的小说相近。

这类野史杂传中，还有东汉赵晔的《吴越春秋》和袁康的《越绝书》。二书故事梗概本于《国语·越语》，兼来《左传》《史记》，同时又增加了好多异闻。例如《吴越春秋》的"夫差内传"，写伍子胥被夫差杀死，尸投江中，头挂城上，伍子胥的魂魄化为怒涛，冲崩江岸的传说，比《左传》所记虚构成分更多。这类小说对以后的魏晋南北朝志怪、志人小说有直接的影响，《吴越春秋》的"阖闾内传"，记干将莫邪夫妇铸雌雄剑的故事，即为《搜神记》《列异传》等书所吸取。

第二章 志怪志人小说研究

从东汉末年至魏蜀吴三国鼎立,经西晋、东晋到南北朝对峙局面的结束,即公元220年到589年的三百七十年间,我国古代小说有了初具规模的发展。古代的神话传说、寓言故事和史传杂记,虽然对我国古代小说的形成和发展提供了重要的因素,但还不能看作小说文学。到了魏晋南北朝时期,大量的"志怪""志人"小说的出现,表明我国古代小说已经进入了独立发展的阶段,这一阶段可以看作小说发展史上的雏型阶段。

第一节 志怪志人小说概述

一、志怪小说概述

(一)志怪小说的盛行及类别

中国古代小说独立成为一种文体形态是在魏晋时期。魏晋南北朝时期,仅有文言小说。这一时期的小说连同两汉的小说,通常称古小说。古小说就其外部特征而言,篇幅短小,不拘体例,且独立成篇,都是短篇文言小说。

魏晋南北朝小说可分为志怪小说和志人小说两类。"志怪"一词,最早见于《庄子·逍遥游》:"齐谐者,志怪者也。谐之言曰:'鹏之徙于南冥也,水击三千里,抟扶摇而上者九万里,去以六月息者也。'"[1]志,记也;怪,异也。所谓志怪,就是记异谈怪的意思。显然,"志怪"在这里并不具备文体方面的含义。胡应麟分小说为六类,志怪居其首(见《少室山房笔丛·九流绪论》),从而赋予其以小说分类学上的含义。而直到鲁迅著《中国小说史略》,志怪之称才最终确定。

---

[1] 史璞.魏晋志怪之新闻性解析[J].克山师专学报,2004(02):76-77.

第二章 志怪志人小说研究

志怪小说在魏晋南北朝盛行,既有文学发展自身的内部原因,也有外在的因素。就文学发展的内部因素而言,它直接继承了《山海经》《穆天子传》等神话传说的传统,又在新的时代环境下呈现出新的发展态势。就文学发展的外部因素而言,宗教迷信思想的盛行,给志怪小说的兴盛提供了适宜的土壤。文献表明,夏朝的宗教信仰已很复杂,鬼神信仰已在国家信仰活动中占据重要位置。古人迷信天帝,凡军国大事都要占卜问神,巫觋即是从事这类活动的人;许多巫术灵验的故事在社会上流传,成为志怪小说的素材。战国后期,从巫觋中分化出方士之流,鼓吹神仙之说,求不死之药,从而导致上层社会的求仙行为和神仙传说的流布,也成为志怪小说的素材。两汉时期,天人感应说与谶纬迷信盛行,从而导致新神话与变异之谈的广泛流传,这也成为志怪小说的重要素材。汉末至隋,在此约四百年的时间里,能够称得上统一的,不过约三十年。战乱、分裂、死亡、社会的黑暗、人生的苦难,给宗教的发展提供了有利条件。东汉后期,道教兴起,它与汉代传入中国的佛教一道,在魏晋以后广泛传播,给苦难困惑失望中的人们带来精神上的依托。魏晋以后,玄、道、佛并存,谈玄说怪,探索玄微,也在客观上刺激了志怪小说的发展。道教宣扬神仙方药,炼形长生;佛教传布生死轮回,因果报应;从而产生出许多神仙方术,佛法灵异的故事,成为志怪小说的重要素材。当然,宗教迷信等因素外,促进志怪发展的另一重要原因是人的觉醒。

就该时期志怪小说作者而言,有不少作者在当时是知名的史学家、文学家、博学家,社会地位普遍较高。他们撰述志怪的动机很不相同,宗教徒以之弘扬佛法道术,自神其教;士大夫因之谈玄说怪,或出于搜奇记异的兴趣,或为赏心而作。总的说来,这一时期的志怪小说或多或少地带有宗教色彩,这是时代风尚使然。

魏晋南北朝志怪小说按内容可分为四类:

(1)地理博物。记述山川地理,远方异物。主要作品有:托名东方朔的《十洲记》,写汉武帝既闻西王母说八方巨海中有十洲,乃延东方朔问十洲之名物,内容多涉动植物异、神仙怪异之谈,颇类《山海经》。托名郭宪的《洞冥记》,记汉武帝求神仙道术及远国遐方怪异之事。张华的《博物志》,记异境奇物及古代逸闻杂事,多剽取旧籍,少有新意。其中的"浮槎",奇幻美妙,反映了人们探索大自然奥秘的愿望;而"马化盗妇"的传闻给后世小说以启迪,唐传奇《补江总白猿传》即源于此。郭璞《玄中记》,亦叙山川地理异物,而对精怪的描写尤为出色,其中关于狐妖的记述对后世小说中狐形象的塑造影响很大。任昉的《述异记》多载神话传说,草木禽兽之属,惟记述失之琐碎。总的来说,地理博物类志怪小说直接继承了《山海经》的传统而又有所发展,所叙故事多琐碎简短,基本上没有完整的情节;但其中记述了不少优美的神话传说,富于想象力,对后来小说影响较大。

(2)鬼神怪异。记鬼怪精魅变异幻化之事。主要作品有曹丕的《列异传》,内容乃"序鬼物奇怪之事"(《隋书·经籍志》),题材较广泛,奠定了志怪小说进一步发展的基础。干宝的《搜神记》,则是该期志怪小说的代表作,所记乃"古今怪异非常之事"(《上搜神记表》),作者自称撰述《搜神记》的宗旨是"发明神道之不诬",同时也承认《搜神记》具有"游心寓目"的功能。小说写神鬼怪异,人物变化之事,往往奇幻而多姿,质朴而简练。《搜神记》中的很多故事对后来文学影响很大,清代蒲松龄《聊斋志异》云:"才非干宝,雅爱搜神。"足见《搜神记》在题材和艺术表现手法方面的影响。托名陶潜的《搜神后记》亦记鬼神灵异变化之事,而其中有关桃花源的描写和人神相恋的故事如"袁相根硕"等,对后来文学影响尤大。吴均的《续齐谐记》是南北朝时期较优秀的志怪之作,其中既有优美的民俗记述,也有人神之恋的宛曲叙写,意境优美,文字清新;尤其是"阳羡书生"故事,奇幻至极,虽受佛经故事影响,而无宣扬佛法之嫌,已是有意识的创作小说,显示出志怪小说的进步。

此外,这一时期记鬼神怪异的志怪小说还有陆氏《异林》、戴祚《甄异传》、刘敬叔《异苑》、孔约《志怪》、东阳无疑《齐谐记》、祖台之《志怪》、祖冲之《述异记》等。总的来说,此类志怪小说虽大多尚未脱离"丛残小语"的状态,仅是粗陈故事梗概;但其中有些篇章,显然已注意到情节的构思,人物的塑造,叙事中已明显地有意识运用韵散结合的表现形式,显示着志怪小说向传奇小说的过渡。

(3)神仙方术。记服食长生、求仙得道、度人济世等幻妄事迹。主要作品有王浮《神异记》、葛洪《神仙传》、王嘉《拾遗记》等,而以《神仙传》及《拾遗记》较为出色。《神仙传》是葛洪有意识证明神仙实有,仙可学致的宣道之作;主要记述神仙之种种异行及修道成仙之要诀与经过;虽作者本人无意于作小说,而其中诸如皇初平叱石成羊,壶公之壶里乾坤,麻姑与左慈等故事,玄想奇异,叙写有情致,对后世文学影响较大。《拾遗记》记包牺迄东晋之野史传闻,其中"多涉祯祥之书,博采神仙之事"(萧绮《拾遗记序》);小说中的怨碑、薛灵芸、采药人遇仙等故事,采之传说,饰以藻绘;遂使"历代词人,取材不竭"(《四库全书总目提要》子部小说家类三)。

(4)佛法灵异。记佛法威灵,善恶报应不爽。主要作品有王琰《冥祥记》,刘义庆《幽明录》《宣验记》,傅亮、张演、陆杲的《观世音应验记》(三种),颜之推《冤魂志》等;而以《幽明录》成就最高。相对而言,《幽明录》题材较广泛,除了宣扬果报思想外,更多的是记鬼怪神灵变幻奇异之事,其中关于仙境洞窟和人神之恋的描写如"刘晨阮肇""黄原与妙音"等,继承《搜神后记》而又有所发展;而离魂型故事"巨鹿石氏女"、于梦境中历经荣华富贵的"焦湖庙祝"等,构思新奇,直接影响唐人传奇创作。

宣道志怪与宣佛志怪一样,都是教徒们自神其教的产物,因而在思想内容方面无足观。但宗教的幻想力无疑在客观上刺激了小说的虚构,并对中国叙事性虚构作品的发展起了积极作用。

(二)艺术成就及在小说史上的意义

魏晋南北朝志怪小说处于小说发展的初期。在艺术形式方面,一般还是粗陈梗概。由于作者在写作时都把怪异之事当作真事,按史家"实录"原则如实记载。因而志怪小说的创作一般还不是有意识的文学创作,总的来看是多叙事少描写,并不专意于人物形象的刻画。一些故事虽以离奇取胜,但情节又往往简单,和后来的短篇小说相比还有很大的距离,但一些优秀作品在艺术上也取得了相当的成就。

从小说艺术发展的角度看,首先是加强了故事的完整性和丰富性,情节曲折多变,引人入胜。如《干将莫邪》《韩凭夫妇》《李寄斩蛇》《刘晨阮肇》《左慈》等,在情节结构上都摆脱了粗陈梗概的写法。《干将莫邪》写干将莫邪埋剑别妻;赤入山逢侠;侠客携赤头入宫行刺。这开头、发展和结尾三部分,完整圆合,很自然地推进了故事情节的进展。而在《李寄斩蛇》中,作者先用官吏的无能、九女的懦弱反衬李寄的勇敢,再通过铺写李寄斩蛇的过程,刻画李寄沉着机智的性格,最后写李寄斩蛇后"缓步而归",再一次渲染了她的勇敢沉着。不仅故事委曲多姿,引人入胜,而且也成功地塑造了这个象征人民战胜灾害的智慧与勇敢的少女形象。又比如《续齐谐记》中的《阳羡鹅笼》,写书生自由出入鹅笼,嘴吐酒菜和女人,女人再吐男人,男人又吐女人,寻欢作乐,后又一一吞入,情节曲折有致,故事生动有趣,可谓"辗转奇艳""幻中生幻",大有山外有山,戏中有戏之妙。这说明此时有些志怪小说已开始注意避免平铺直叙,追求情节波澜曲折的趋向。

其次,有些描写妖魅神怪的小说已不仅仅满足于情节的离奇曲折,而且还常常赋予被描述对象以人性和可感的音容笑貌,用写人的手法来写鬼神妖魅,因而也使之富于人情味和生活情趣,读来兴味盎然,给人的审美感受也比较丰富深刻。如《幽明录》中的《刘俊》,写三个在雨中争夺壶的小孩,行为诡异,显系鬼魅,但举止动作,声口性情,完全是三个顽童,并不使人感到阴森可怕,反而感到活泼有趣。这一类故事在魏晋南北朝志怪小说中占有相当的篇幅。它说明一些主要来自民间传说的志怪小说,世俗性、人情味加强了,宗教性则相对减弱了。

第三,一些志怪小说已初步注意了对场面、人物动作、人物语言进行细节性的描写渲染,以衬托人物性格。如《搜神记》的《干将莫邪》不仅具体描

· 13 ·

述了赤报仇坚决,不惜牺牲自己的刚烈行动,而且还通过他的头被煮时"踔出汤中,瞋目大怒"的细节,突出地表露了他对楚王的死不瞑目的刻骨仇恨。《韩凭夫妇》写何氏跳台前"阴腐其衣",表现她的机智、细心和"视死如归"的殉情精神。又如《搜神记》中《千日酒》,写刘玄石酒醒一段,亦可谓刻画细致,栩栩如生:"……乃命家人凿冢破棺看之,冢上汗气彻天,遂命发冢,方见开目张口,引声而言曰:'快哉醉我也!'因问希曰:'尔作何物也?令我一杯大醉,今日方醒,日高几许?'墓上人皆笑之。"这里写刘玄石初醒时的动作、语言,真是神态如见。

魏晋南北朝的志怪小说在中国小说史上有着不容忽视的重要意义。从中国小说史的角度看,处于小说初级阶段的魏晋南北朝志怪小说与同期的轶事小说相比,具有更多的小说因素,最突出的是它有丰富的想象和幻想,比较鲜明的形象和比较完整的情节,这些因素在各种条件的作用下,不断增长、扩大和完善,使它发展为更高级的小说形态。《唐代传奇》就是在志怪小说和史传文学的影响下而发展起来的相当成熟的文言短篇小说。

二、志人小说概述

(一)志人小说的兴起与类别

晋武帝咸宁五年(公元 279 年)汲郡人盗掘战国魏襄王坟墓时出土一部竹书。当时奉命整理竹书的荀勖、束晳等人,将其中记载周穆王出游和美人盛姬丧事部分整理为 6 卷、800 余字,定名为《穆天子传》。据《史记》载:穆天子(西周时周穆王姬满)之父就好出游并在南巡途中去世。穆王在位亦多次出游,并再一次不听大臣劝阻,大规模远征犬戎,结果得不偿失。战国初文人(多系魏国人)根据历史和神话传说加以夸张虚构,把周穆王远征写成和平友好的远游。前五卷记穆王西游全过程,他命造父为驭手,驾八骏拉车,从宗周出发,经两年才归。主记时间、地名、国君名、活动项目、交换物资的种类和数量。第六卷记穆王宠姬在出游途中病亡和为其大办丧事的过程。其中西王母和八骏的故事为古代神话,但全篇中枢是人,所以有人认为《穆天子传》为志人小说之祖。就书中所反映的历史事件而言,也可说它是最早的历史小说。

而"志人"这个名目,则为鲁迅《中国小说的历史的变迁》所设立,与"志怪"相对而言。《中国小说史略》又说:"记人间事者已甚古,列御寇、韩非皆有录载,惟其所以录载者,列在用以喻道,韩在储以论政。若为赏心而作,则实萌芽于魏而盛大于晋。虽不免追随俗尚,或供揣摩,然要为远

第二章　志怪志人小说研究

实用而近娱乐矣。"①我们从中可以看出,志人小说的写作目的已经转为欣赏和娱乐,而非其他史书的记录史实。鲁迅先生分析其成因时说:"汉末士流,已重品目,声名成毁,决于片言,魏晋以来,乃弥以标格语言相尚,惟吐属则流于玄虚,举止则故为疏放……渡江以后,此风弥甚……世之所尚,因有撰集。"(《中国小说史略》第七篇)也就是说,当时的士族竞相以奇言怪行争胜,因此就形成了一批以记录人物的言行轶事为主的小说,以供人参考、借鉴,同时兼有供人欣赏及娱乐的功能,这就是"志人"小说。

志人小说按其内容可分为笑话、野史、逸闻轶事三类。

(1)笑话。主要作品有邯郸淳的《笑林》,三国魏邯郸淳撰。《笑林》采集前人著述,又兼采民间笑话,不少作品讽刺了贪鄙者自私自利者的愚蠢可笑,嘲讽了剥削阶级的道德观念。鲁迅曾称《笑林》:"举非违,显纰缪,实世说之一体,亦后世俳谐文字之权舆也。"(《中国小说史略》第七篇)

(2)野史。主要作品有托名刘歆而实则葛洪所作的《西京杂记》,西京,指西汉都城长安。书中所记,乃是有关西汉的历史传闻,包括宫廷秘闻、帝王后妃生活、文人方士伎艺乃至宫室苑囿、异物珍玩、民俗风情等,其中不乏怪异色彩。有些故事对后来影响较大,如司马相如卓文君的故事。《小说》,梁殷芸撰,清姚振宗《隋书经籍志考证》称:"此殆是梁武帝作通史时,凡不经之说为通史所不取者,皆令殷芸别集《小说》,是《小说》因通史而作,犹通史之外乘。"书中所记遗闻琐事,起自周秦,迄于宋齐,分为秦汉魏晋宋诸帝、周六国前汉人、后汉人、魏世人、吴蜀人、晋江左人、宋齐人十卷。此书既保存了一些有价值的史料,也载录了不少民间传闻故事,小说意味颇浓。

(3)逸闻轶事。主要作品有东晋裴启的《语林》,所记内容如《续晋阳秋》称:"晋隆和中,河东裴启撰汉魏以来迄于今时,言语应对之可称者,谓之《语林》。"此书当时颇盛传,后因记谢安语失实,为谢安轻诋,不再流传。东晋郭澄之的《郭子》,记录了两晋上层社会人物的逸闻琐事,包括人物的言语应对、品藻人物等。梁沈约撰的《俗说》,内容多记东晋及南朝上层社会人物的言行遗闻琐事。南朝宋虞通之撰的《妒记》,据《宋书·后妃传》载:"宋世诸主,莫不严妒,太宗每嫉之,湖熟令袁慆妻以妒忌赐死,使近臣虞通之撰《妒妇记》。"《妒妇记》即《妒记》,乃受皇帝之命而作,意在做劝妇女应有不忌之德。书中内容无非讽刺上层妇女妒忌的行为,赞扬妇女不忌之德。

逸闻轶事类最重要的一部小说是《世说新语》,南朝宋刘义庆撰。全书依据内容分36门,记述了汉至东晋间上层士大夫的逸闻轶事,尤其是魏晋名士的风流,鲁迅称之"可以看作一部名士底教科书"(《中国小说的历史的

---

① 史绍典.《〈世说新语〉二则》读书小札[J].中学语文,2018(01):10-12.

变迁》)。《世说新语》是魏晋南北朝志人小说的代表作。

(二)超前的艺术精神在志人小说中的表现

魏晋南北朝时期是古代小说的初步形成期,因而这个时期的小说在艺术形式上不可避免是稚拙的、原始的。然而,这个时期的小说,无论是志人还是志怪,都表现出一种可贵的难得的艺术精神,那就是对人的个性的高度关注,对人生问题的深沉思索。后世的小说创作,在很长的历史时期内,对个性的关注和对人生的思索都没有超出魏晋南北朝小说,因而,这个时期的小说创作所表现出来的艺术精神可以说是超前的。魏晋南北朝小说超前的艺术精神,根源于这个时期人的自我意识觉醒。魏晋南北朝是中国历史上最动乱的时代,然而也是人的自我意识觉醒的时代。这种觉醒,主要表现在对自我的标举,对个体的生存意义和价值的追求。出现人的自我意识的觉醒,有着多方面的原因。汉代,随着"罢黜百家,独尊儒术"政策的实行,儒家思想逐渐成为统治思想,董仲舒的天人感应论,又使儒学向神学方向发展。到了西汉末、东汉初,儒学进一步同谶纬之说相结合,结果成为唯神学。这种保守、荒谬的意识形态对人们思想的束缚达到了前所未有的程度,人的自我意识完全被儒学章句、谶纬迷信吞噬了。东汉末年开始的社会大动乱,使中央集权的汉代大帝国土崩瓦解,儒家独尊的思想统治逐渐动摇,人们的思想不再受封建帝国和儒家思想的箝制,这就为自我意识的觉醒提供了宽松的思想环境。长期的社会大动乱,造成"生民百遗一""千里无鸡鸣"(曹操《蒿里行》)"出门无所见,白骨蔽平原"(王粲《七哀诗》)的社会惨象。士大夫知识分子们也饱尝了战乱之苦,或颠沛流离,转死沟壑,或在统治者内部的互相争夺中,成为刀下之鬼。这种残酷的社会现实,使他们既感喟人生的短暂、无常,又增强了对人生的珍惜、爱恋,力求在短暂的生命中,实现最大的人生价值。于是知识分子们纷纷弃绝孔孟,皈依老庄,在此基础上产生了魏晋玄学。玄学的中心课题是探求一种理想的人格本体,求得人格的绝对自由,它的内在趋势便是导向人的自我意识的觉醒。伴随着玄学的产生,魏晋时期的清谈之风大为盛行,清谈中无论是谈玄、谈佛还是人物品藻,探寻的都是人的生存意义和价值,推崇的是人的才情、品貌、风度、智慧、识鉴、个性等。清谈中一些阐发玄理、佛理的妙言隽语,一些人所显示出来的智慧、才情,所涉及的一些人物的品貌、个性,往往不胫而走,在社会上造成广泛的影响。这种清谈既是人的自我意识觉醒的结果,反转来又进一步促进了自我意识的觉醒,使士大夫知识分子们愈益重视内在的人格完美。上述种种原因,使魏晋时期知识分子中的风气大异于汉代,人们不再就范于儒学的藩篱,不再强调个体无条件地服从群体、社会、封建名教,而是标举自我,将个

第二章 志怪志人小说研究

性的发展、人格的独立提到了首位。《世说新语·方正》门载:"王太尉不与庾子嵩交,庾卿之不置。王曰:'君不得为尔。'庾曰:'卿自君我,我自卿卿。我自用我法,卿自用卿法。'"《品藻》门载:"桓公少与殷侯齐名,常有竞心。桓问殷:'卿何如我?'殷云:'我与我周旋久,宁作我。'"这种对自我的标举虽然不同于近代资产阶级对个人的强调,但终究表现了在现行制度所能容许的范围内对个体生存意义和价值的推崇,同汉代标榜名教、抹杀个性的思想相比,无疑具有自我意识觉醒的意义。宗白华说:"汉末魏晋六朝是中国政治上最混乱、社会上最苦痛的时代,然而却是精神上极自由、极解放,最富于智慧、最浓于热情的一个时代,因此也就是最富有艺术精神的一个时代"(《美学散步·论〈世说新语〉和晋人的美》),[①]的确为不易之论。

人的自我意识的觉醒导致了小说创作对人物个性的高度关注。这一可贵的艺术精神最鲜明地表现在志人小说《世说新语》之中。这部小说记述的人物,不乏帝王将相、国家重臣,但作者选材时的视觉焦点不是这些人外在的文治武功,而是他们作为生命个体所表现出来的独立的人格、个性,是能表现人格、个性的日常言动。作家像高明的画家和摄影师那样,十分善于抓住人物容止中"最富于孕育性的""可以让想象自由活动的"那一顷刻(莱辛《拉奥孔》),善于通过人物的片言只语,披露人物独有的内心世界,显示人物的个性、才情、品貌、气度。如:

钟会撰《四本论》始毕,甚欲使嵇公一见,置怀中,既定,畏其难,怀不敢出,于户外遥掷,便回急走。(《文学》)

郗太傅在京口,遣门生与王丞相书求女婿。丞相语郗信:"君往东厢任意选之。"门生归,白郗曰:"王家诸郎亦皆可嘉,闻来觅婿,咸自矜持。唯有一郎在东床上坦腹卧,如不闻。"郗公云:"正此好。"访之,乃是逸少,因嫁女与焉。(《雅量》)

王蓝田性急,尝食鸡子,以箸刺之,不得,便大怒,举以掷地。鸡子于地圆转未止,仍下地以屐齿蹍之。又不得,瞋甚,复于地取内口中,啮破即吐之。王右军闻而大笑曰:"使安期有此性,犹当无一毫可论,况蓝田耶!"(《忿狷》)

上面三则的主人公钟会、王逸少、王蓝田,都是魏晋期间的闻人重臣。钟会,魏国大臣钟繇之子,为人多智,时人称之为"子房"(张良),曾拜镇西将军,魏元帝景元四年(263)与邓艾分军灭蜀,进位司徒。王逸少即王羲之,晋代大书法家,曾任右军将军,会稽内史。王蓝田即王述,东晋名臣王承之子,袭爵蓝田侯,官至散骑常侍尚书令。作者没有记述他们的武功政绩,而是抓住他们日常生活中最富于孕育性、生发性的顷刻之间的动作,揭示他们内在

[①] 刘小兵."嵇琴"在唐代的嗣响[J].名作欣赏,2011(08):158-160.

的神明、性格、气质。钟会那既跃跃欲试、存心卖弄而又犹豫不决、又卑又怯的心理，王羲之漠视荣辱、洒脱自如的气度，王蓝田粗豪狷急、毫无耐性的个性，无不跃然纸上。

再如：

刘伶病酒，渴甚，从妇求酒。妇捐酒毁器，涕泣谏曰：君饮太过，非摄生之道，必宜断之。"伶曰："甚善。我不能自禁，唯当祝鬼神自誓断之耳。便可具酒肉。"妇曰："敬闻命。"供酒肉于神前，请伶祝誓。伶跪而祝曰："天生刘伶，以酒为名，一饮一斛，五斗解酲。妇人之言，慎不可听！"便引酒进肉，隗然已醉矣。（《任诞》）

晋明帝数岁，坐元帝膝上，有人从长安来，元帝问洛下消息，潸然流涕。明帝问何以致泣，具以东渡意告之。因谓明帝："汝意谓长安何如日远？"答曰："日远。不闻人从日边来，居然可知。"元帝异之。明日，集群臣宴会，告以此意，更重问之。乃答曰："日近。"元帝失色，曰："尔何故异昨日之言邪？"答曰："举目见日，不见长安。"（《夙惠》）

桓公北征，经金城，见前为琅邪时种柳，皆已十围。慨然曰："木犹如此，人何以堪！"攀枝执条，泫然流泪。（《言语》）

上面几条，则通过人物的片言只语揭示人物的个性、感情。刘伶，"竹林七贤"之一，曾为建威参军。他是历史上有名的酒徒，连出外乘车也要带上酒，让人扛着铲子随从，说："死便埋我。"他向妇人求酒的语言以及滑稽独特的祝词，活画出一副嗜酒如命而又不失诙谐洒脱的酒徒的狂态。晋明帝，即司马绍，晋元帝司马睿之子，公元323—326年在位。公元311年，西晋京城洛阳被后赵刘曜、石勒攻陷，俘怀帝，杀太子及王公百官三万余人。316年，又陷长安，俘愍帝，西晋灭亡。此时，明帝之父司马睿正镇守建康。长安来人，约在311—316年之间。众人因国势发炭可危而潸然饮泣，明帝却以"日远长安近"回答父亲的问题以进行劝慰。次日，当群臣集会时又一改前日之说，以"日近长安远"激励群臣的家国之慨和收复失地的决心。对同一问题在不同场合、不同情势下作了截然相反的回答，语惊四座，有的放矢，充分表现了晋明帝少年时资质的聪颖。桓公，即桓温。他是晋明帝的女婿，拜驸马都尉，曾任南琅邪太守、徐州刺史，后为荆州刺史，掌握长江上游兵权。后以大司马专擅朝政。他一生曾三次北伐，第二次甚至攻下了洛阳。但由于偏安江左的世家大族的阻挠，都没能最后收复中原。第三次北伐时，看到先前任南琅邪太守时所植之柳，粗已如许，"攀枝执条，泫然流涕"的动作和"木犹如此，人何以堪"的语言，深切表现了对时光流逝而事业未成的慨叹。

即使描写自然景物，作者也是用来衬托、比附、象征人物的思想感情、风度气质，为表现人物内在的神明服务。如：

王子猷居山阴,夜大雪,眠觉,开室,命酌酒。四望皎然,因起彷徨,咏左思《招隐》诗。忽忆戴安道,时戴在剡,即便夜乘小船就之……(《任诞》)

王子猷,即王献之,王羲之之子。初为桓温参军,蓬首散带,不理府事,后任黄门侍郎,弃官东归,居山阴。戴安道,东晋画家,兼精文章、书法及音乐,隐居不仕。王献之因眼前雪景而联想到山中隐士,皎然白雪显然成了山中隐士的高洁人格的象征。此时,放达萧散的王献之亦退居山阴,当其荡轻舟,溯清流,穿行于四望皑皑的白雪世界时,亦飘飘然大有神仙之概。写雪景完全是为了烘托、象征人物的神明。又如:

顾长康从会稽还,人问山川之美,顾云:"千岩竞秀,万壑争流,草木蒙笼其上,若云兴霞蔚。"(《言语》)

顾长康,即顾恺之,东晋著名画家,亦工诗赋、书法,曾任桓温和殷仲堪的参军,官至通直散骑常侍。他在回答会稽山川之美的问题时,所描绘的会稽山水的一派生机,显然表现着他本人内心深处蓬勃向上的热情。山水融汇着说话者自己的灵魂,写景也就是写人。

文学应该是人学,是人的性格学、感情学,特别是小说创作,更应该将表现人物的个性特征作为艺术构思的轴心。但做到这一点很不容易,它必须以现实中个性意识的觉醒和个性的充分发展作为前提。在中国封建社会的大部分时期,都缺乏这种历史条件,因而后世的一些小说创作,特别是相当数量的白话通俗小说,并没有将人物的个性作为关注的中心;它们最感兴趣的是人物外在的命途遭际,是各种悲欢离合的奇特故事。而《世说新语》却能以传神的笔墨,简洁的语言,通过琐屑的人间言动,生动如绘地表现了魏晋士大夫的精神风貌。"读其语言,晋人面目气韵恍惚生动"(《少室山房笔丛·九流绪论下》);确实做到了像黑格尔所要求于文学的那样:"把每一个形象的看得见的外表上的每一点都化为眼睛和灵魂的住所,使它把心灵显现出来。"(《美学》第一卷)它所表现出来的艺术精神,的确是可贵的、超前的,这正是魏晋南北朝时期人的自我意识觉醒的结果。

第二节 《搜神记》与其他志怪小说

一、干宝的《搜神记》

在中国小说史上,《搜神记》占有比较重要的地位。它是志怪小说的代表作品,也是后世同类小说的楷模,影响深远。同时,它本身也具有相当高的艺术价值。

《搜神记》的作者是干宝,约生于西晋太康(公元 280—289 年)中,卒于东晋永和(公元 345—356 年)年间,字令升,新蔡(今河南新蔡)人。他自幼勤奋好学,成年后博览群书,著述很丰富,是一位经学家和史学家。他还是一位朝廷重臣,曾被封为关内侯。他的大部分著作早已散佚不存,现在只有《搜神记》基本完整地保存下来,使他作为一位著名小说家而广为人知。

《搜神记》原为三十卷,而且是按类编次的,现知的就有"感应""神化""变化""妖怪"四目。最迟到宋朝开国(公元 960 年)以后,这部小说集便严重散佚。到了明代,胡应麟重新辑录,编为二十卷,不过已经不是分类编排。现在我们能够看到的《搜神记》,有将近五百多条故事,虽然仍非完璧,但已经能够基本满足读者的阅读需求了。

晋代鬼神迷信风气特别盛行,文人喜谈神仙,追求长生不老,而且流行佛教的因果报应之说。干宝博学多闻,"性好阴阳术数",十分相信世间有鬼神存在。他撰述《搜神记》,就是为了"发明神道之不诬",即证明确有鬼神。他广泛搜集了汉代以后的各种志怪故事,同时还特别重视收集当时的民间传说,在此基础上进行加工整理,铺叙描写,撰成了这部具有浓厚的东方神秘主义气息的志怪小说集。干宝的创作理论和实践都证明,至少晋朝人已开始有意创作小说了。那么中国小说的自觉时代在公元 4 世纪已经到来。

《搜神记》基本摆脱了远古神话的束缚,采用了神仙化的思维方式。小说描写了许多长生不老的仙人,感应灵异的神祇,变化多端的妖怪,表达了摆脱现实人生时空限制的愿望。由神话外视天地万物而内敛为关注人的生存境遇,是人的主体意识觉醒的必然结果。所以,小说中的鬼魂精魅,往往颇有人情味,曲折地表达了人的现实欲望。

《搜神记》的内容包括以下几个方面:

(1)赞扬神仙方士的幻异之术。如写葛玄与客对食,说到变化之事,便把口中的饭变为数百大蜂,然后一张嘴,蜂飞入口中,仍变成米饭。又如他能让蛤蟆跳舞,能冬生瓜枣,夏致冰雪,还能呼风唤雨,真是变幻莫测。

(2)写神灵感应,怪物变形之事。如《盘瓠》写犬取人为妻,生儿育女;《天上玉女》写神女与人相通,结为夫妇。

(3)写精怪、妖魅的故事。如《斑狐》篇,写千年修行的斑狐幻化为一个学问渊博的书生去见张华,结果不仅自己遭到杀身之祸,还牵累了燕昭王墓前的华表。

(4)神话传说,历史故事。此类作品范围颇广,有上古神话,也有后来的传说以及历史的轶事遗闻,在《搜神记》中是最富有现实意义的优秀作品。下面主要对这一类作品加以介绍与分析。

第二章 志怪志人小说研究

(一)《干将莫邪》《韩凭夫妇》《东海孝妇》

《干将莫邪》《韩凭夫妇》《东海孝妇》等主要揭露统治阶级的凶残,表现人民反抗强暴、反抗迫害的斗争精神。

1.《干将莫邪》

我国古代笔记小说发轫于魏晋时期,这个时期创作的主流是志怪小说,其代表作是被誉为"鬼之董狐"的东晋史官干宝所创作的《搜神记》。作者广泛搜集了古今神祇灵异、人物变化之事,目的是为了"发明神道之不诬",给鬼神天命观提供丰富的佐证,因而,书中许多故事都带有浓厚的宗教迷信色彩。但是书中也保存了不少优秀的神话传说和民间故事,表达了下层人民争取美好生活的强烈愿望,折射出当时的社会现实;即使是一些写神鬼精怪的作品,在虚幻荒诞的外衣下仍包容着真切深刻的现实内容,富有积极的思想意义和较高的艺术价值。《干将莫邪》(或作《三王墓》。原书各篇均无题,题目为现代人所加)出自《搜神记》第十一卷,就是该书中最优秀、最感人的作品之一,反映了中国古代早期小说的艺术成就与思想水平。

《搜神记·干将莫邪》主要写的是古代著名铸剑者干将莫邪的儿子赤为父复仇的悲壮故事。与同时期其他志怪小说粗陈梗概的叙事手法相比,本篇小说显得较为完整与成熟。它已开始突破丛残小语式的格局,以事件为中心来谋篇布局,扩大了小说的容量,增强了故事的完整性和生动性。首先,《干将莫邪》叙事讲究条理章法,简洁生动而又曲尽其情地写出了一个完整的复仇故事。全篇以复仇作为贯串故事发展的线索,依次叙述了干将铸剑、藏剑,赤寻剑复仇、托头自刎,客杀楚王、终报大仇等情节,首尾完具,结构紧凑,而又环环相扣,层次井然。故事开头写干将莫邪(姓干将,名莫邪,一说干将、莫邪为夫妇)为楚王铸剑,"三年乃成,王怒,欲杀之",是矛盾冲突的开端,表现了楚王的凶暴残忍,也埋下了仇恨的种子。干将往见楚王之前自知不免于死,便将雄剑埋藏于家中,并嘱托妻子:生子后告之以藏剑之处,表现出他对儿子为自己复仇的期望,这就为后文赤的复仇进行了很好的铺垫。接着,作者用极其简洁的笔墨写到赤长大成年,干将莫邪之妻向他传述父亲的遗嘱。这一段过渡性的叙述可谓惜墨如金,即使篇中大幅度的时间跨越变得十分紧凑,同时也使得情节的衔接十分自然流畅,见出作者剪裁之力与运思之妙。行文至此,作者却又笔生波澜,把赤的复仇行动暂且荡开不叙,转写楚王梦见赤前来报仇,王悬赏千金捉拿赤,赤不得不亡命山林。这一情节的设置决不是可有可无的,在情节发展的链环上具有重要的意义。它一方面再次突出了楚王性格的暴虐残忍,不仅残害其父,而且要斩草除根,追杀其子,进一步凸现了赤复仇的正义性质;另一方面又由赤亡命山林很自然地引出路见不平、拔刀相助的山中侠客,扩大了小说描写的社会生活辐射面,表现了被压迫人民见义勇为、团结互助的优秀品质。此后情节的发展进入了高潮,复仇的任务由山中侠客与自刎献头的赤共同完成,虽然这段描写具有浪漫奇异的色彩,但"事异而情真",进一步浓化了故事的悲壮气氛。

其次,作者在情节的经营中还注意到了设置悬念,使得故事情节的发展跌宕起伏,一波三折。小说写干将莫邪死前曾告诉妻子雄剑藏于南山,但赤寻剑时,"出户南望,不见有山",剑到底在何处呢?使人顿生悬念。赤找到雄剑后径直去找楚王复仇,复仇的利剑本应直刺楚王胸膛,却没想到又节外生枝,楚王早有防备。在读者都感到赤复仇无望时,作者却是笔锋陡转,把复仇的接力棒由赤移交到山中侠客手中,使情节的发展在"山重水复疑无路"之际,呈现出了"柳暗花明又一村"的境地,并将故事情节逐步推上了高潮。小说结尾写得尤为惊心动魄,山中侠客本已杀死楚王,实现了干将莫邪父子两代的复仇愿望,却未曾料到他亦挥剑自刎,这些情节的设置使得全文避免了平铺直叙,增强了故事情节的生动性和丰富性,也使得这篇小说具有了更加引人入胜的艺术感染力。

《干将莫邪》的人物描写也取得了相当高的成就。一般说来,魏晋南北朝的志怪小说偏重于叙述故事,人物只是情节的承担者,本身缺乏鲜明的形象特征。但本文已开始注意到人物形象的刻画,文中出现的主要人物都显示出了各不相同的性格特色。作者对干将莫邪的描写,虽然着墨不多,但寥寥几笔,就勾勒出其性格中聪明机智和镇定自若的一面。小说开头写干将莫邪铸好雌雄二剑后,就预见到自己将要被杀的悲剧命运,这证明了他对统治阶级的残忍本性有着清醒的认识,表现了他建立在生活阅历基础上的深刻洞察力。面对这种即将到来的悲剧命运,他既不是逆来顺受,也不是惊慌失措,而是临危不惧,镇定自若,冷静地嘱托妻子抚养遗孤将来复仇,并机智地藏好雄剑,留下了复仇的武器,这又表现了他建立在坚强的复仇意志基础上的冷静与镇定。赤是作者倾注全力刻画的主人公,作者着重写他坚定不移的复仇意志和视死如归的刚毅性格。他秉承父志,找到父亲藏好的宝剑,无时无刻不在思谋复仇。他因楚王悬赏追捕而逃亡,为自己不能手刃仇敌而悲歌当哭。当听到山中侠客言明可以用赤的头和剑替他复仇时,赤就毫不迟疑地立即自刎,死后竟能将自己的头和剑双手交给山中侠客而僵立不倒;直到侠客向他承诺决不辜负其期望后,尸体才跌倒在地。后来他的头被山中侠客献给楚王,置于汤锅中煮了三日三夜,不但毫不腐烂,竟然还能从沸汤中跳出,瞋目怒视楚王。这两个想象奇特的细节,虽然有悖于现实生活的真实,但却渲染出赤大无畏的英雄气概和至死不移的复仇意志,使读者感受到震撼人心的悲壮美。作者对山中侠客的描写则表现了他扶危济难的侠义精神和智勇兼备的斗争胆略。他与赤本是陌路人,当他得知赤的悲惨遭遇后,便慨然许诺替赤复仇,显示出下层民众疾恶如仇、见义勇为的高尚品质和同仇敌忾、相互扶持的斗争精神。当他要求赤将头与剑交给他时,显然对如何报仇已是成竹在胸。他巧妙地利用了楚王得到仇人之头后的狂喜心理,机智地将楚王诱骗到汤锅边,智斩楚王,达到了诛除暴君、伸张正义的目的。杀死楚王后,他自知难以幸免,便从容自尽,以自己的牺牲,赢得了斗争的最终胜利。其甘于献身的浩然正气充于天地之间,令读者不禁扼腕长叹。小说结尾写赤、山中侠客、楚王的头俱已煮烂,无法辨认,被同葬于"三王墓"中,表现了对封建统治者的高度蔑视和对反抗者由衷的敬仰。

正因为这篇作品蕴含着可贵的思想内容,虽然它在艺术上还比较粗糙,但依然一直深受人们的喜爱,像现代文学大师鲁迅先生就对这篇故事进行了创造性的改编,写出了《故事新编》中的《铸剑》篇(原名《眉间尺》)。

2.《韩凭夫妇》

如《韩凭夫妇》又名《韩朋》,是一个反抗强暴、讴歌爱情的故事。宋康王舍人韩凭之妻何氏生得十分美丽,宋康王夺之,并囚禁韩凭判罪,后韩凭自杀,何氏"阴腐其衣",在与王共登台时,自投台下。这个爱情悲剧故事,揭露了统治阶级的荒淫无耻,歌颂了人民的反抗斗争。小说对主要人物何氏的形象刻画很成功,她聪明、美丽,忠于爱情,不慕富贵,不畏权势,外柔内刚,富有心计。她进宫后,密送书信给韩凭,隐约其辞,"其雨淫淫,河大水深,日出当心",既表达了她对爱情的忠贞,又使王"左右莫解其意",表现了她的聪明与机智。她遗书于带曰"王利其生,妾利其死",表现了她以死反抗的决心。为达到死的目的,她"阴腐其衣"后投台自尽,表现了她非凡的勇气和智谋。小说篇幅不长,只有二百多字,却由于人物形象刻画成功而感人至深。结尾用浪漫主义的手法,实现了韩凭夫妇"生时离隔,死后相聚"的理想。何氏死后,康王不许合葬,结果一夜之间墓上各自长出梓树,"旬日而大盈抱,屈体相就,根交于下,枝错于上。又有鸳鸯,雌雄各一,恒栖树上,晨夕不去,交颈悲鸣,声音感人。"这个结尾与乐府民歌《焦仲卿妻》相似,表现了人民群众的理想和愿望。

《韩凭夫妇》是一则历史轶事。宋康王荒淫酷虐,史书均有记载,《史记·宋微子世家》称其"淫于酒、妇人,群臣谏者辄射之,于是,诸皆曰'桀宋'"。韩凭妻事最早载于《列异传》,情节比较简单,《搜神记》可能采于此。

3.《东海孝妇》

《东海孝妇》是写孝妇周青冤狱的故事。周青婆媳相依为命,婆婆年老,为免于拖累媳妇,自缢身亡。婆婆死后,其女告官说:"妇杀我母。"于是,周青被昏官毒打治罪,构成冤案。孝妇死后,郡中三年不雨,后太守到任后,"身祭孝妇家",天才下雨。这是一个早期的公案故事,《搜神记》采自《汉书》,又加入了当时关于周青的传闻,给小说安上一个富有浪漫色彩的结尾:青将死,车载十丈竹竿,以悬五幡,立誓于众曰:"青若有罪,愿杀,血当顺下;青若枉死,血当逆流。"既行刑已,其血青黄,缘幡竹而上极标,又缘幡而下。"血当逆流"的结尾和"郡中枯旱,三年不雨"的后报,控诉了官府的昏庸、残暴,表现了周青对统治阶级的强烈反抗,突现出孝妇的斗争性格。这个情节后来被关汉卿的《窦娥冤》所吸收。

(二)《李寄》《董永》

《李寄》《董永》等主要表现人民群众的优良品性和对美好生活的向往。

1.《李寄》

《李寄》记述了一位智斩蛇精,为民除害的少女的英雄事迹。小说由大蛇为害、李寄主动卖身应祭、李寄计斩大蛇、越王封李寄为后四部分组成,故事完整,情节紧张、曲折,特别是李寄斩蛇这一段:寄自潜行,不可禁止。寄乃告请好剑及咋蛇犬。至八月朝,便诣庙中坐,怀剑将犬。先将数石米糍,用蜜麨灌之,以置穴口。蛇便出,头大如囷,目如二尺镜。闻糍香气,先啗食之。寄便放犬,犬就啮咋,寄从后斫得数创。疮痛急,蛇因涌出,至庭而死。寄入视穴,得其九女髑髅,悉举出,咤言曰:"汝曹怯弱,为蛇所食,甚可哀憨!"于是寄女缓步而归。

这一段文字,描写详略有致,扣人心弦,以李寄事前做准备的细致、周密和斩蛇时的沉着、勇敢,来表现这位少女非凡的英雄气概。

《李寄》的故事,虽表现了一定的封建色彩(如越王封李寄为后,全家均得赏赐),但从李寄身上我们看到了她善良、勇敢、急人所难和勇于牺牲的高贵品格。

2.《董永》

董永是个孝子。他努力耕种,却生活贫困。父死,无力殡葬,只能自卖为奴。于是,感动了天帝,让织女下凡,与他结为夫妻,并在十日中织缣百匹,帮助他偿还欠债。小说赞美了至孝的美德,表达人民群众希冀好人应有好报的生活理念。

《董永》的故事原出刘向的《孝子传》,情节与《搜神记》所载相似。后来话本《董永遇仙记》、宋元戏文《董秀才遇仙记》和明清传奇《织锦记》《槐阴记》《遇仙记》,直至当代的黄梅戏《天仙配》等,都是演衍董永的故事。

(三)《紫玉》《河间郡男女》

《紫玉》《河间郡男女》等主要反映青年男女为争取爱情、婚姻的自由幸福而斗争。

1.《紫玉》

《紫玉》又名《吴王小女》《吴女紫玉》《韩重》等。这个故事脱胎于《吴越春秋·绝越书》。紫玉与童子韩重相爱,遭到吴王夫差的反对,紫玉气结而死。三年后,韩重游学归来,去紫玉墓前吊唁。紫玉魂从墓中出来,邀韩重进墓,并"留三日三夜,尽夫妇之礼",临别,以径寸明珠相赠。之后,吴王以盗墓之罪要收押韩重,紫玉又现身王府,为韩重开脱罪名。故事情节生动、完整,想象奇特,用鬼魂现形的幻想形式,来表达青年男女追求爱情、婚姻自由的美好愿望,批判了封建门阀制度残害青年的罪恶。

小说采用韵散相间的形式,二人相逢,紫玉情动而歌,二十句四言歌辞,悲切凄婉,表达了她对婚姻不自由的无限悲愤和忠于爱情的决心。

2.《河间郡男女》

《搜神记》在《河间郡男女》之前有《王道平》条,情节相似,都是写一对青年男女相爱,男子被征服役,女子被迫另嫁后病亡,男子归来,不胜哀情,开棺发冢,女子遂死而复生,双方得以结为夫妇。这类故事揭示了"父母之命"是酿成婚姻悲剧的直接原因,表达出青年男女对婚姻自由的渴望。

(四)《张助砍树》《宗定伯》

《张助砍树》《宗定伯》等作品要表达的是个别的不怕鬼怪的故事。

1.《张助砍树》

《张助砍树》是个典型的破除迷信的故事。张助无意间在田间桑树丛中种了颗李核,长大成树,人以为怪,为什么桑树间长了一棵李树?便尊以为神,求治目疾。于是,盛传李树神灵,可使盲目复明,以至树下求医者"车骑数千百,酒肉滂沱"。张助远出归来,见到这种情况,十分惊异,说:"此有何神,乃我所种耳。"然后就把李树砍了。这则故事说明了"妖由人兴,神由人崇"的道理,具有很强的反迷信意义。

2.《宋定伯捉鬼》

《宋定伯捉鬼》写宗定伯机智地捉住一个鬼,并把鬼化成一只羊卖掉。人鬼相处,难分人间鬼域,鬼也像人一样有失察失算的时候。

在迷信盛行的东晋时代,几乎人人都信鬼、都怕鬼,而年轻气盛的宋定伯在走黑路遇见鬼时,他内心自然感到惊恐,但没有表现出被吓得魂不附体,而是坦然自若,不露声色主动走上前去打招呼,显示出一种超人的勇气和智慧。当"鬼"说"我鬼也",宋定伯马上骗它说自己也是鬼。他假装是鬼的同类,消除鬼的戒备心理,取得鬼的信任,这表现了宋定伯的冷静沉着和机智勇敢。鬼象征着人类社会中的邪恶势力,特点一般是贪婪狡诈、凶残愚蠢。当鬼探听到宋定伯打算到宛县的集市去时,他也随声附和说自己也要去宛县的集市,竟然是同一个目的地;但这绝不是巧合,他无非是想借同路的机会摸清宋定伯的底细,然后把他置于死地。接着鬼又提出轮流互背的建议作为对定伯的试探和挑战,宋定伯明知是计,却不乱方寸,满口答应下来。但人鬼毕竟有别,鬼在背他的时候发现他很沉重,不像是鬼,陡然之间出现了矛盾冲突。宋定伯暴露出自身的缺陷时,并没有惊慌失措,而是处变不惊地解释自己是新鬼,所以身体较重,巧妙地打消了鬼的怀疑,再次取得了鬼的信任。故事显得波澜起伏,险象环生。

宋定伯不仅聪明大胆,还极其富有谋略,不费吹灰之力就套出了鬼"唯不喜人唾"的忌讳,原先一直压抑着的恐惧心理一下子消失得无踪无影了,由被动搪塞变为主动出击,打探出鬼的机密并捉住了鬼。在人类正义力量的面前,鬼显得那么愚蠢和幼稚,轻而易举就暴露出了自己害怕人唾沫的致命弱点。当宋定伯过河蹚水的声音再次引起鬼的怀疑的时候,他以自己刚死变鬼,不熟悉鬼渡水作解释,合情合理的解释让鬼又一次信以为真。真是"魔高一尺,道高一丈"。当走到宛县的集市时,他紧紧抓住鬼不放,不管鬼怎样惨叫和哀求,他坚定果断,就是不心软,顺利地制服了鬼。一个神机妙算、智高胆大的少年英雄赫然出现在我们面前。到此,故事似乎应该结束了,但作者突转笔锋,出人意料地又引出宋定伯卖鬼的情节,戏剧化地点出宋定伯凭借自己的聪明机智不仅没有被鬼所害,反而制服了鬼而把他卖掉获得了收益。

小说以当时人们的赞美来结尾,一方面通过宋定伯这个智勇双全人物形象的塑造,突出"人能胜鬼"的主题,使我们从中明白邪不压正,只要敢于斗争,善于斗争,正义肯定会战胜邪恶;另一方面,也反映出现实生活中世事人情的复杂性,轻易相信别人往往致使上当受骗,极其富有哲理意蕴。故事以对话的方式展开情节,贯穿全篇。人物的对话十分符合各自的性格发展,宋定伯的灵活、机智、勇敢与鬼的笨拙、幼稚、怯懦形成了鲜明的对比,增强了故事的艺术感染力。

远古神话的原始野性,在《搜神记》中化成了脉脉人情,神秘而优美。正如有的学者所指出的那样:"志怪小说所关心的已不是早期神话中的天地、星辰、人种的创造,而是人类生存环境中的生老病死、吉凶妖祥、行业岁时、两性悲欢……它们把初民神话思维世俗化了,因而去崇高而得幽秘,离古拙而尚婉曲,为东方神秘主义文学写下了极其出色的一章。"①《搜神记》的思想内容,极典型地表现了这种特点。

《搜神记》的出现,表明志怪小说已经成熟,体制基本定型。它重在表现异乎寻常的事件,打破人间的时空限制,自由驰骋想象;语言简洁,不动声色,情韵盎然。在体制上,一方面仍保留"丛残小语"的短小特征,另一方面也有所突破。有些篇章篇幅较长,情节曲折,注意人物形象刻画,基本形成了以人鬼神仙为结构中心的艺术模式。特别值得一提的是,《搜神记》中穿插了不少诗句韵语,擅长运用诗歌表现人物心理和感情的微妙变化,为中国小说独特风格的形成做出了一定贡献。这些,对于后世小说都有积极的影响。

二、其他志怪小说

(一)《搜神后记》

《搜神后记》又名《续搜神记》,陶潜所作,历来认为只是伪托陶渊明之名。梁慧皎《高僧传·序》已称"陶渊明《搜神录》",可见此书题名陶渊明所作当在南朝,可能成书于刘宋时期,因此,也许即为陶潜所作,但流传过程中又掺入了后世其他作品。

陶潜,字渊明(又一说名渊明,字元亮),世号靖节先生。浔阳柴桑(今江西九江)人。生于晋哀帝兴宁二年(公元365年),卒于宋文帝元嘉四年(公元427年),曾任州祭酒、参军、彭泽令等职,安帝义熙二年离职归隐。

《搜神后记》是继《搜神记》之作,也是一部修谈鬼神的志怪小说,但内容上谈神仙更多一些,涉猎的面较广且文词隽雅,成片断的故事增多。在有关晋宋时期的奇闻异事类故事中,有不少还具较高的认识和艺术价值。

---

① 杨义.汉魏六朝志怪书的神秘主义幻想[J].齐鲁学刊,1991(05):55-56.

(1)神仙洞窟的故事,如《桃花源》《丁公化鹤》《袁相根硕》《韶舞》等。这类故事数量很多,并具有现实性。如《桃花源》真实地反映了晋宋时期人民群众渴望摆脱战乱和剥削,追求和平、平等的世外乐土的愿望;《袁相根硕》写两个普通劳动者袁相和根硕,因追赶山羊而进入仙境,并与仙女结合过着美满的生活,但仍然思归故里。故事中都充满了人情味,仙境也只是"桃花源"式的理想社会的反映罢了。(2)山川风物、世态人情的故事,如《贞女峡》《舒姑泉》等。这类作品把人类的感情、品性与山川风物联系起来,使山川风物具有人情美,很富有浪漫色彩。(3)人神、人鬼相恋的故事,如《白水素女》《李仲文女》《徐玄方女》等,表现了青年男女要求婚姻自由的呼声。其中,《白水素女》是一则优秀的民间故事"田螺姑娘"的事,直至今天还广泛流传,《李仲文女》和《徐玄方女》都是写人鬼相恋的情事。(4)不怕鬼怪的故事。《搜神后记》中这类故事比其他志怪小说有所加强,其中不乏优秀的篇章。如《白布绔鬼》中恶鬼穿着白布绔,好吃懒做,白吃白喝,十足是个无赖;《鬼设网》里的放牛娃以其人之道还治其人之身,机智地在鬼的身后,张网捉鬼;《斫雷公》中章苟怒斫蛇精,义正辞严地斥责雷公。这些都表现了人民群众不怕鬼怪的斗争精神,显示了《搜神后记》的思想价值。

《搜神后记》中有不少作品,故事完整,描写细致,文笔隽丽,是唐传奇的开先河之作。

(二)《异苑》

《异苑》为刘宋时刘敬叔所撰。《隋志》杂传类著录《异苑》十卷。明代胡震亨获宋本,刻入《秘册汇函》,《说库》《古今说部丛书》都有收。

刘敬叔,彭城人。晋安帝义熙中拜南平国郎中令,后免。宋初召为征西长史,元嘉三年(公元426年)为给事黄门郎,卒于泰始中。《异苑》之名,系模仿刘向的《说苑》,也是搜集各种奇花异物的志怪故事,题材比较广泛。如《大客》写一个农人被一头大象用鼻子卷入深山,去给另一头大象拔脚上的巨刺,事后,大象以象牙相赠的事。表现人与动物互相帮助,和睦相处。又如《竹王神》写夜郎侯的来历,很有神话的色彩。《异苑》取材很广,但故事简略,小说色彩不浓。《四库提要》赞其"词旨简澹,无小说家猥琐之习",实际上却正好是它的缺点。

(三)《幽明录》

《幽明录》又作《幽冥录》《幽冥记》,是刘宋时刘义庆所撰。《隋志》杂传类著录二十卷,宋时散佚。鲁迅《古小说钩沉》共辑二百六十五条,尚有漏收的。

第二章　志怪志人小说研究

刘义庆,彭城(今江苏徐州市)人。生于晋安帝元兴二年(公元403年),卒于宋文帝元嘉二十一年(公元444年)。是宋的宗室,袭封临川王,官至都督加开府仪同三司,卒后赠司空,谥康王。刘义庆著述颇多,小说除《幽明录》之外,还有志怪的《宣验记》十三卷,人的《世说》八卷、《小说》十卷。《世说》今存,作三卷,其余都散佚了。刘义庆小说之作既多,且《幽明》《世说》又是特佳之作,所以,当为南朝穆家巨璧。

《幽明录》是南北朝时期一部杰出的志怪小说集,内容丰富,形式多样,文笔优美,独具特色。它虽然仍以记鬼神灵异为主,但宣扬佛教的故事增多了,表现出南北朝时期佛教对小说的重要影响。题材有来自历史传说和旧籍的,如有关汉武帝、曹操、孙权等人的事迹,虽是荒诞的传闻,作者写来却如同真事;有来自民间传闻故事,大部分是东晋、宋初的事情,所以虽然是志怪的形式,但也颇富时代气息。

《幽明录》的主要思想内容:

(1)宣扬佛法,鼓吹轮回报应。如宣扬佛法报应不爽的《舒礼》;宣扬生死由命的《士人甲》;宣扬佛法广大,连鬼都怕佛的《新死鬼》等。

(2)关于"街谈巷语"鬼怪异物的传闻。如《参军鸜鹆》《黄金潭金牛》《苏琼》《藻居》等,其中以《藻居》最为生动,《藻居》情节曲折,内容丰富,描写细致,小说色彩浓厚。

(3)爱情题材的故事。《幽明录》的爱情故事题材广泛,有表现人神恋爱的,如《刘晨阮肇》;有表现人怪相恋的,如《苏琼》;有表现人世青年男女相恋的,此类现实故事更写得有声有色,曲折生动,引人入胜。如《买粉儿》写一个富家子爱上了一个卖胡粉(铅粉)的女子。为了能见到这位女子,他天天去买一包胡粉,日积月累,箧笥中积胡粉百余包。他的至诚终于感动了女子,与他私约明夕相会。次夜,这位女子如约而往,富家子大喜过望,"不胜其悦",意"欢踊遂死"。富家子死后,他母亲见箧笥中所积的胡粉,就执卖胡粉的女子去见官。面对官府,女子不仅据实相告,并要求"临尸尽哀",县官答应了她的要求。她抚尸恸哭,结果,富家子"豁然更生",于是,二人结为夫妇。这个故事情节曲折变化,跌宕起伏。富家子苦恋卖粉女,可是,一旦女子答应,却又乐极生悲,因喜而亡;卖粉女被执见官,但在抚尸痛哭中,使男子豁然更生,否尽泰来,二人结为夫妇。人物形象也较鲜明,富家子的痴情在日复一日的买胡粉中体现;卖粉女的大胆、忠贞、诚挚在私约相会与抚尸痛哭中展现。整个故事充满着人情味,结尾死而复生的志怪内容显得很是淡薄,扣人心弦的是这对青年男女生生死死的真挚爱情。与《买粉儿》相似的还有《石氏女》,是写石氏女由于偷看了美男子庞阿,内心爱慕,于是魂魄离体与庞阿相会。因庞阿有妻,她便立誓不嫁,直到阿妻死后,才如愿以偿,与庞阿结为夫妻。这个故事描写生动,人物感情真切,是我国最早的离魂型作品,为唐代陈玄祐的《离魂记》所本。后来,元代郑光祖的杂剧《倩女离魂》,明代瞿佑《剪灯新话》中的《金凤钗记》,清代蒲松龄《聊斋志异》中的《阿宝》都有离魂的情事。

(四)《博物志》

《博物志》十卷,张华撰。张华(公元232—300年)字茂先,西晋范阳方城(今河北固安县)人。曾做中书令,以后官至太子少傅。他博闻强识,相信神仙方术,故撰《博物志》。据王嘉《拾遗记》记载,书原有四百卷,因为晋武帝看了嫌它内容有些杂乱、失实,叫张华删节,才成十卷。

《博物志》前三卷大都记山川地理物产、异国异人异俗、异兽异鸟异虫等,性质大约相当于《山海经》,内容来自古籍且杂以新的传闻。其他各卷也是新闻与古籍杂取。较好的如《八月浮槎》《天门郡诛蟒》等,前者与牵牛织女故事相关,后者说的是智除妖蟒的故事。

(五)《述异记》

《述异记》今存两卷,梁任昉所撰。书中多有隋唐地名,有的系任昉身后之事,这可能是唐人串入的内容,也有可能此书是后人托名伪作的。

任昉,字彦升,乐安博昌(今山东寿光)人。生于宋孝武帝大明四年(公元460年),卒于梁武帝天监七年(公元508年),仕宋、齐、梁三朝,官终新安太守,卒赠太常卿。任昉擅长散文,当时有"任笔沈(约)诗"之誉。

《述异记》内容驳杂,语言琐碎,与《博物志》相似,所以《四库全书总目》把它归入小说类琐语一属。对殊方异物、山川地理的记述是《述异记》的重要内容,其中有许多草木虫鱼、奇禽异兽的故事。

《述异记》具有博物特征,但又胜过《博物志》,虽多数篇章仍简略短小,然而也有不少像《懒妇鱼》这样的优美故事,所以它在南朝小说史上有一定的地位。

(六)《玄中记》

《玄中记》又名《玄中要记》,郭璞所撰。此书久已亡佚,鲁迅《古小说钩沉》有辑本。

郭璞,字景纯,东晋河东闻喜(今山西闻喜)人。生于晋武帝咸宁二年(公元276年),卒于晋明帝太宁二年(公元324年)。曾任大将军王敦记室参军,是个著名的方术家。《玄中记》正是方舆、动植物与方术的混合,与《博物志》同为晋代地理博物类志怪的代表作。有人称其"恢奇瑰丽,仿佛《山海》《十洲》诸书",如《姑获鸟》,是写名为鬼鸟的姑获鸟,能"衣毛为鸟,脱毛为女人",豫章一男子,偷其所解毛衣,得以娶之为妻。这是首次见于记载的人鸟恋爱的故事。《搜神记》中《豫章男女》即取材于此。

(七)《神仙传》

《神仙传》为晋代葛洪所撰,今本十卷,并非全是原书。

葛洪,字稚川,丹阳句容(今属江苏)人。生于晋武帝太康四年(公元283年),卒于哀帝兴宁元年(公元363年),他的从祖葛玄,吴之道士,世称"葛仙翁"。葛洪自小好学,先就学于葛玄弟子郑隐,后师事鲍玄。《晋书》本传说他"究览典籍,尤好神仙异养之法"。西晋末为伏波将军,东晋初任司徒掾、咨议将军等。干宝推荐他为史官,不就,隐居广州罗浮山炼丹,自号抱朴子。

《神仙传》作于葛洪三十多岁时,旨在补《列仙传》的"殊甚简略,美事不举"的弊端,书名乃袭用汉《神仙传》。

《神仙传》通行本记有九十二个仙人。有关这些神仙的故事,内容丰富,情节曲折,描写细致,一般篇幅较长,很具小说特色。例如《麻姑》篇:第一段写神仙王方平降临蔡经家,因独坐长久,令人相访麻姑;第二段细致描绘麻姑降临的情景;第三段写麻姑撒米变珠,王方平赐蔡经家人仙酒;第四段写蔡经遭鞭打;最后写蔡经亦得"解蜕之道",方平、麻姑宴毕升天。故事情节完整、生动,曲折多变,如蔡经因见麻姑手如鸟爪,心中刚一念想"背大痒时,得此爪以爬背当佳"时,即遭鞭打,可是只觉鞭着背,却不见有人拿鞭。形象描写也很细致,如写麻姑降临的情景时,先闻人马箫鼓的声音,再从蔡经家人目中现其形:"是好女子,年十八九许,於顶中作髻,余发垂至腰。其衣有文章而非锦绮,光彩耀目,不可名状。"只寥寥数语,即表现出仙女麻姑的不同凡响。其他如《壶公传》《栾巴传》等都很生动有趣,人物形象鲜明。

(八)《拾遗记》

《拾遗记》又名《拾遗录》《王子年拾遗记》,十卷,今存,王嘉所撰,肖绮叙录。明代胡应麟认为是肖绮撰此书而托之于王嘉。此说不可信,因为《晋书》本传称王嘉"著《拾遗录》十卷,其记事多诡怪,今行于世"。这是一部杂史体的志怪小说,原来史志书目多归入杂史或传记,《宋史·艺文志》《文献通考》才把它隶属小说。

王嘉,字子年,陇西安阳(今甘肃渭源)人,是个道士。后赵石虎末,隐于长安终南山、倒虎山,前秦苻坚屡征不就。后秦主姚苌对他颇为礼遇,最后因得罪姚苌而被杀。

《拾遗记》以历史人物、历史事件为题材,但往往只是借一点历史的因由,加以铺张敷演。例如《沐胥国道人》,写道人尸罗能从"指端出浮屠十层,高三尺,及诸天神仙,巧丽特绝",螭龙、鹄能从他的口中出入,日常变化无穷,或化为老叟或变为婴儿,忽死忽生,十分神奇。又如《李夫人》,写李夫人死后,汉武帝思念不已,方士李少君让武帝派人到暗海之都寻潜英之石,刻为人象,"置于轻纱幕里,宛若生时",可是不能亲近,后把石人舂为药丸,武帝吞服后才不再思梦。《拾遗记》为文善于铺张渲染,因此,内容夸诞而文辞富丽。这种借历史因由,把点滴事实敷演成篇的做法,很似有意创作小说,对唐传奇颇有影响。

(九)《列异传》

《列异传》始著录于《隋志·杂传类》,三卷,魏文帝曹丕所撰。杂传类小序说:"魏文帝又作《列异》,以序鬼物奇怪之事。"《旧唐志》则说是张华所撰,但《后汉书·光武帝纪》李贤注释为魏文帝撰。然而,书中有些内容确是文帝身后之事,因此,姚振宗《隋书·经籍志考证》说:"意张华续文帝书,而后人合之。"虽是推测之辞,但也不无道理。

魏文帝曹丕,曹操次子,字子桓,沛国谯(今安徽亳州)人。生于汉灵帝中平四年(公元187年),卒于黄初七年(公元226年),在位七年。曹丕所撰小说,除《列异传》外还有《笑书》,今亦佚。

《列异传》在宋时已亡佚,六朝及唐、宋书有引,或题为《列异记》。此书中有不少优秀的故事,如《三王墓》《谈生》《宋定伯》等。这些篇章在《搜神记》中也有记载,可能是祖述《列异传》的,但《搜神记》所载,文字更为详细。

(十)《续齐谐记》

《续齐谐记》一卷,为梁代吴均所撰。从题名看,此书是续《齐谐记》的。《齐谐记》为刘宋东阳无疑所撰,已亡佚,鲁迅《古小说钩沉》辑本有十五条。关于"齐谐",元代陆友在《续齐谐记·跋》中说:"齐谐,志怪者也。盖庄生寓言耳。今吴均所续,特取义云耳。"①

吴均,字叔庠,吴兴故鄣(今浙江安吉)人,生于宋明帝泰始五年(公元469年),卒于梁武帝普通元年(公元520年),梁时官至奉朝请。吴均是梁代著名的文学家,尤其擅长散文,文体清拔有古气,时号"吴均体"。

《续齐谐记》内容为异闻志怪。一是一般的志怪故事,如,《紫荆树》讽喻田真兄弟分家争财的行为;《金凤辖》写霍光豪华的御赐车辖上的金凤凰夜

---

① 刘琳.佛教对南朝志怪小说的影响研究[D].郑州:河南师范大学,2013.

飞晓还的故事。二是民间时俗来历的传说,如《白膏粥》记述正月十五日,民间家家吃白膏粥以祭蚕神;《屈原》记五月端午吃粽子的来由;《成武丁》写七月七织女嫁牵牛等。三是记鬼神,尤其是人鬼、人神相恋的故事。如《王敬伯》,写王敬伯与吴县令亡女的一夜恋情,二人琴歌相和,互赠礼物,感情缠绵悱恻,其描写十分细腻生动。四是根据佛经改编的志怪故事,其中最有名的是《阳羡书生》,情节诡异,变幻多端。故事中说阳羡书生能口吐珍肴、美女,并能与之共饮,阳羡生醉卧时,美女又口吐情夫,而情夫又另有情人,又口吐一女子,待阳羡生将醒,各男女又依次吞纳,最后都吞入阳羡生口中。故事情节诡幻,令人称奇。这个故事已经把佛经故事完全国有化了,正如鲁迅先生说的:"魏晋以来,渐译释典,天竺故事亦流传世间,文人喜其颖异,于有意或无意中用之,遂蜕化为国有,如晋人荀氏作《灵鬼志》,亦记道人入笼子中事,尚云来自外国,至吴均记,乃为中国之书生。"①《阳羡书生》反映了佛经故事对中国小说的影响。

《续齐谐记》虽然只有一卷,寥寥十七则,但由于其作者吴均是一位有名的文学家,其小说文笔清雅隽秀,因此《四库提要》赞扬它为"亦小说之表表者"。

第三节　魏晋风流与《世说新语》

东汉末年由于政治腐败,社会黑暗,在士大夫阶级中产生了一派所谓"清流"的人物。他们反对宦官专权,主张"非礼勿听""非礼勿言""非礼勿视",指谪时弊,品评人物。这种品评,当时就叫"清议"。后来,"党锢之争"虽然使这一派人遭到杀戮,但这种"清议"的风气却一直延续了下来。到魏晋时期,由于政治上、思想上的大变动,清谈玄理的风气大盛,正如鲁迅先生说的"魏晋以来,乃弥以标格语言相尚,惟吐属则流于玄虚,举止则故为疏放,与汉之惟俊伟坚卓为重者,甚不侔矣。"这样,"清议"遂演变成了"清淡"。他们以一种幽默的语言来评论时政、时俗,发个人的牢骚。反映在文学上就出现了一些笑话集和清言集,它们"或者掇拾旧闻,或者记述近事",就是轶事小说,又叫志人小说。它们题材内容现实,文字幽默、雅致,是属于士大夫的文学。由于所记都是人事,就与兴盛于民间的志怪形成不同的范畴。

---

① 刘琳.佛教对南朝志怪小说的影响研究[D].郑州:河南师范大学,2013.

一、笑话类

（一）《笑林》

《笑林》三卷，原书已佚，《古小说钩沉》中辑有佚文。东汉末年邯郸淳所撰。

邯郸淳生于东汉顺帝阳嘉元年（公元132年），卒年不详。又名竺，字子叔，颖川人。邯郸淳博学多才，桓帝元嘉元年，曾为曹娥作碑文，援笔立成，被蔡邕誉为"绝妙好辞"，遂闻名于世。初平中寓居荆州，与曹氏父子相厚，曹丕建魏，封他为博士给事中。邯郸淳尝作《投壶赋》奏上，曹丕赐帛千匹，时年已九十余岁。

《笑林》是我国最古的笑话集，所记都是当时流行的笑话。如《长竿》，鲁有执长竿入城门者，初竖执之，不可入；横执之，亦不可入，计无所出。俄有老父至，曰："吾非圣人，但见事多矣。何不以锯中截而入。"遂依而截之。

这则笑话嘲讽了自作聪明的庸人。其他如《谁杀陈他》是讽刺逢迎拍马的名利之徒；《山鸡》是讥讽盲听盲信的；《汉世有人》嘲讽爱财如命的；《不烦更作》嘲讽抄袭之风的，等等。

《笑林》的题材有的来自前人著作或民间传说，有的是作者自撰，内容广泛，主题鲜明，以夸张的漫画式笔法写人，充满了滑稽和幽默的情趣，有浓厚的生活气息。

《笑林》是我国的笑话之祖，它所开创的笑话文体，为后世文人所继承，从魏晋一直到明、清，绵延不绝。

（二）《解颐》与《启颜录》

《隋志》中有杨松玢的《解颐》二卷，但书已亡佚，佚文也没存世。

《启颜录》二卷，侯白所撰。书也已亡佚，但《太平广记》中有佚文。它的题材内容，有的取之于子史的旧文；有的记一些诙谐调笑的近事。如《刺猬与橡斗》：有一大虫，欲向野中觅食。见一刺猬仰卧，谓是肉脔。欲衔之，忽被猬卷着鼻。惊走，不知休息。直至山中，困乏，不觉昏睡。刺猬乃放鼻而走。大虫忽起，欢喜，走至橡树下。低头见橡斗，乃侧身语云："旦来遭见贤尊，愿郎君且避道。"

以大虫的粗枝大叶、心有余悸的生动形象来讽喻世人，语言浅显、幽默，很有寓言色彩。

二、琐言类

琐言类小说是指一些"诙谐小辩"式的作品,属于记"清言"之书。这类作品通过记述士大夫上层人物的言行,反映他们的思想面貌,表现所谓"名士风度"。

(一)《语林》

《语林》十卷,东晋裴启所撰。此书至隋时已佚,但佚文散见于其他书籍,鲁迅《古小说钩沉》辑有一百八十条。

裴启,东晋河东郡(今山西永济)人,约公元362年前后在世,一名荣,字荣期。裴启少有风姿才气,喜欢评论古今人物,以汉魏至东晋可称述的言行为题材写成《语林》。此书曾流行一时,后因书中记谢安之事不实,被谢安指责,书便不再流传。

《语林》上承《名士传》,下启《世说》,在琐言轶事小说中有承前启后的作用。它的题材内容广泛,涉及朝政、吏治、世风等琐闻佚事;语言简洁,以记言为主,如"曹操条":

魏武云:"我眠中不可妄近,近辄斫人不觉,左右宜慎之。"后乃阳冻眠,所幸小儿窃以被覆之,因便斫杀,自尔莫敢近。

短短四十多字,充分表现了曹操的疑心与诡诈。《语林》中大量的内容是通过言语应对来表现士大夫的品格、风貌。如:

士衡在坐,安仁来,陆便起去。潘曰:"清风至,尘飞扬。"陆应声答曰:"众鸟集,凤凰翔。"

短短三十字表现了晋代士族文人之间的相轻所短、清高孤傲、风流自赏的风气,这就是所谓魏晋的"名士风度"。当然,也反映了陆机、潘岳善于应对的才气。

(二)《郭子》

《郭子》三卷,为郭澄之所撰。郭澄之,字仲静,太原阳曲人,约公元403年前后在世。为人才思敏捷,尝为南康相,刘裕引为相国参军,后位至相国从事中郎,封南丰侯,卒于官。《郭子》一书在唐时犹存,今已亡佚。从遗文看,所述内容有的与《世说》相似,如"许允之妻""武子母择婿"等,《世说》皆有记载。

(三)《俗说》

《俗说》三卷,梁代沈约所撰。

沈约,字休文,吴兴武康人。生于刘宋文帝元嘉十七年(公元 441 年),卒于梁武帝天监十二年(公元 513 年)。少年时孤贫好学,聪明过人,博通群书,历仕宋、齐、梁三朝,累官至尚书令,太子少傅。沈约曾提出"四声八病"说,创"永明体"新诗,是齐、梁时的文坛领袖。著作宏富,《俗说》三卷,今已佚,鲁迅《古小说钩沉》辑有五十二条,所述内容与《世说》相似,乃记东晋至刘宋上层人物的言行与轶事,记述比较零碎。

三、轶事类

(一)《世说新语》

《世说新语》是魏晋南北朝轶事小说的典范之作,与志怪小说代表作《搜神记》,形成双蜂并峙的局面,共同代表着此期小说的最高成就。不过,无论是从文化意蕴上看,还是从受欢迎的程度看,《搜神记》都要比《世说新语》逊色一些。

《世说新语》是魏晋风度的传神写照,历来倍受文人士大夫厚爱,被誉为中国中古社会文化的百科全书,可以说是中国小说史上一座优美的早期里程碑。

这部优秀小说集的编写者是刘义庆(公元 403—444 年),祖籍彭城(今江苏徐州),后迁居晋陵郡丹徒县(今江苏镇江)。他的伯父,是宋武帝刘裕。因这层关系,他出嗣叔父为子,袭封为临川王。他一生担任过许多军政要职,死时年仅四十二岁。他也喜好著书立说,尤其爱好编写小说,除《世说新语》外,还有志怪小说集《幽明录》《宣验记》。他的著作大多散佚不存,只有《世说新语》给他带来了巨大的文学声誉。对于这部小说的著作权,后世有许多争议。一种意见认为,刘义庆喜欢"招聚文学之士",他身边的这些文士可能才是真正的编写者,这是有道理的。不过,刘义庆显然是这本书的主编,小说反映了他的思想见识和审美趣味,那么,现在将作者的荣誉归于他,也是理所当然的。

《世说新语》原名《世说》,后称《世说新书》,唐宋之后才定为今名。在流传过程中,这部书也有所散佚,卷数和门类几经变化,最后形成三十六门(篇)的定本,共一千一百三十条。这些故事,一般都不是作者自己的创作,而是收集采选自当时流行的同类小说及各种史传,再经加工润色而成。这些小说经过作者慧眼独具的选择和妙笔生花的修饰,化腐朽为神奇,点顽石

第二章 志怪志人小说研究

而成金,组合为一座意蕴丰厚的文化宝藏。

《世说新语》广泛反映了魏晋时代的社会风貌。汉末至南北朝,门第观念极为浓重,非常关注家族的荣誉和社会地位。门第的高低,往往决定着一个人的荣辱升降,是中国中古社会的一种至关重要的社会文化现象。《世说新语》当中就有许多这种现象的投影。如《赏誉》篇记载三国吴郡八族四姓的显赫地位,说:"吴四姓旧目云:张文,朱武,陆忠,顾厚。"分别说明了张、朱、陆、顾四姓的特征。以陆姓为例,《规箴》篇记载陆凯骄傲地宣称陆氏家族在朝握有重权者,竟有"二相,五侯,将军十余人"。再如《方正》篇写宗承以大族名士自负,著名的奸雄曹操出身寒门,发达前宗承拒不接纳。发达后曹操问是否可以接交,宗承傲然回答:"松柏之志犹存。"还是拒绝了。杀人如麻的曹操,如此受辱竟无可奈何,可见宗氏家族声势之盛。又如《贤媛》篇写李络秀为了抬高李氏门第,不惜自我牺牲,嫁到大族周家作妾,形象地反映了门第与婚姻的内在联系。这种以家族利益为重的婚姻形式,主要还不是经济行为,而是一种政治行为。家族声望影响个人的一生,反之,个人的言行举止,也往往影响着家族的声望。魏晋盛行人物品评之风,与门第观念和选官制度是紧密相关的。在这方面,《世说新语》的反映相当全面。如《品藻》篇写温峤身为大族名士,不甘名居二流,"时名辈共说人物第一将尽之间,温常失色",反映了当时人们对个人名望的高度重视。再如《德行》篇写汉末清议运动的领袖李膺德高望重,"后进之士有升其堂者,皆以为登龙门"。能够到名士家中一去便会身价百倍,可见声望是何等重要。又如《德行》篇写"华歆、王朗俱乘船避难",有一个人想搭乘,华表示为难,王则愿相助;待到贼兵快要追上来时,王想抛弃那个人,华则表示不能在危难之际抛弃需要救助的人,"世以此定华、王之优劣"。王朗有始无终,华歆有始有终,在对比中作出评价,表现了人物品评时的道德标准。另外,小说也反映了当时豪门大族的奢侈之风。如《汰侈》篇写石崇与王恺争富,石家的珊瑚树竟令皇亲感到十分寒碜。石家连厕所都非常奢华,常有十多个婢女伺候着,使得大部分客人都不好意思去方便。石崇每次请客,必会命令美女劝酒,客人若不喝,石崇便杀掉美人,使客人不得不多饮。一位大将军故意不饮,"已斩三人,颜色如故,尚不肯饮"。可见豪门是何等残暴。这些故事,对于我们认识魏晋南北朝的社会风貌,有很大帮助。

《世说新语》号称魏晋文化的百科全书,更突出地反映了当时社会的思想风貌。由于社会大动荡,汉代"独尊儒术"的局面受到很大冲击,以老庄哲学为基础的玄学成为魏晋哲学的主流。文人士大夫酷好清谈,在思想游戏中丰富着人类的智慧。如《文学》篇写"诸名士共至洛水戏",在享受山水田园之乐的同时,清谈名理,说明清谈是当时流行的一种具有审美性质的文化娱乐活动。再如《文学》篇写王弼在何晏家中"自为客主数番",即有时应答别人的论题,有时首先提问,请别人答辩,结果王弼大获全胜,反映出清谈的论辩性质。这种智慧的竞赛,有人称为"理赌",与现在流行的辩论比赛有些相似。又如《文学》篇写支道林清谈时"作数千言,才藻新奇,花灿映发",使王羲之极为叹服,"留连不能已"。这表明,清谈不仅是追求真理的手段,而且是表现才藻之美的方式。论辩双方固然计较胜负,同时也注重清谈姿态的闲雅和措辞的华美。尤其是旁观者,更关注辞采感染的愉悦。有的学者认为,西晋永嘉(公元307—313年)年间的清谈是"理中之谈","这时的清谈既要有敏捷的才思,深微的论证,又要有简洁优美的词藻,从而引起人们的审美感受",这是很有道理的。

　　佛教至迟在东汉末年传入中国,恰逢"独尊儒术"的局面逐渐被打破,具有宗教色彩的玄学盛行,于是,佛学乘虚而入,顺势发展壮大起来。《世说新语》对此也有形象的反映。如《言语》篇写后赵的皇帝石勒、石虎对佛图澄"甚敬信之",把他当作师长;《言语》和《文学》篇都描写了简文帝对佛理的特殊偏爱和领悟;《方正》篇则写竺法深借炫耀他与二帝二相的特殊关系来自高身份。这些,都反映出当时统治者在佛教传播中所起到的推波助澜的作用。佛教既如此盛行,它的理论又颇有与玄学相通之处,当时名士便不可能不受佛理影响。《文学》篇写支道林和许掾一起在会稽讲演,一谈佛理,一谈老庄,相互论辩,听众"但共嗟咏二家之美,不辨其理之所在",表现出佛法渐能与玄言分庭抗礼。《文学》篇还写到支道林以佛法诠释庄子的《逍遥游》,标新立异,大受欢迎,反映出佛学与玄学合流的趋向;败军之将殷浩刻苦钻研佛经,孜孜不倦,终于成为一位深通佛理的权威,是名士佛僧化的典型。书中有许多篇章写支道林与当时名士一起游山玩水、下棋清谈,乃至要买山隐居,其精神气质俨然是一位名士,具有鲜明的时代特征。另外,各篇还大量描写了佛僧道安、法汰、于法开、道壹等讲谈佛法的情况,是弥足珍贵的佛学研究史料。可见,《世说新语》对魏晋思想风貌的反映是何等广泛。

　　在中国历史上,魏晋时代的知识分子最富有独立个性。

　　他们尊崇自然,任性放达,重真情,斥虚伪,表现出强烈的自我主体意识。这是所谓魏晋风度的神髓。《世说新语》对这种思想及美学风貌的表现,既形象又深刻,是这部小说集的精华部分。如《任诞》篇写刘伶嗜酒狂放,自称"天生刘伶,以酒为名",甚至脱衣裸体,把天地当作房屋,把房屋当作内衣,把世俗之人当作内衣中的虱子。这种态度表现出对恶浊社会现实的极度失望,表达了试图通过对环境的否定而实现自我解脱的愿望。《任诞》篇还写了阮籍有意摆脱礼法的束缚,醉卧在邻妇身边,喜欢跟嫂子聊天儿,宣称"礼岂为我辈设也",个性色彩极为强烈。《雅量》篇写嵇康因政治原

第二章　志怪志人小说研究

因遭到杀害,临刑"神气不变",潇洒抚琴,表现出他桀骜不驯的坚强人格和视死如归的壮美个性。余英时说:"名教危机下的魏晋士风是最近于个人主义的一种类型,这在中国社会史上是仅见的例外,其中所表现的'称情直往',以亲密来突破传统伦理形式的精神,自有其深刻的心理根源,即士的个体自觉。"①《世说新语》可以说就是这种知识分子"个体自觉"的形象写真。

　　魏晋士人的人生,是审美的人生。他们寄性山水,把山水人格化,也把个体人格山水化,体现出物我合一、物我两忘的审美人生趣味。如《言语》篇写支道林好鹤,先是把友人送来的鹤的翅膀削剪了,后因同情鹤的懊丧,又把它们的翅膀养好,使之重现"凌霄之姿"。这种追求人生自由意义的努力,融会了明显的审美意味。再如《容止》篇写潘岳相貌英俊,妇人遇到他会一哄而上将他拉住;左思相貌丑陋,妇人们见到他便一齐乱唾。由此可见,当时社会对仪容之美的偏爱。历史上,魏晋南北朝的男男女女,确实普遍重视仪容的修饰,人物品藻也以自然之美比拟人物之美,进而也以人物之美比拟诗文之美。如《德行》篇形容李膺如"劲松下风",《巧艺》篇则写顾恺之画眇目"如轻云之蔽日"。因此,美学家宗白华认为:"中国美学竟是出发于'人物品藻'之美学。美的概念、范畴、形容词,发源于人格美的评赏。"②

　　如果我们在联系美学史实际的同时阅读《世说新语》,对此会有强烈的同感。魏晋士人向外发现了自然之美,向内发现了人生之美,都是他们个体人格高度自觉的结果,给这个时代涂上了浓艳的生命色彩。魏晋南北朝,由此而成为春秋战国之后思想最解放、个性最独立的时代,至今仍是中国知识分子永恒追慕的对象。《世说新语》无疑是这个时代最形象的画卷,这是它深受历代文人喜爱的根本原因之一。先秦两汉至魏晋南北朝,小说的基本篇章特征是短小,《世说新语》是这种"丛残小语"型小说的集大成之作。后世虽形成"世说体"一派,但总体上皆不能逾越它的成就。它所描写的,往往不是一个完整的故事,而是人物的片言只语,或具体行为。比如《俭啬》篇写王戎,说:"王戎有好李,卖之恐人得其种,恒钻其核。"是写王戎总是钻破李子核再卖出去,以免别人得到好种子。通篇只有十六个字,何等短小,却突出了王戎的悭吝个性。小说中的人物,大多是帝王将相,社会名流,但它写人记事的重点却不在文治武功和文章业绩,而是遗貌取神,选取最能体现人物个性特征的闲言碎语和生活琐事,这与史传文学重在写人物生平事迹大异其趣。如阮籍是著名诗人,小说却只写他如何好饮、别嫂、痛哭等小事。

---

①　任梦池. 真情 真性 真人——浅谈魏晋风度独特的审美内涵[J]. 牡丹江大学学报,2017,26(05):63-64.

②　杨超文. 魏晋人物品藻的美学解读[D]. 曲阜:曲阜师范大学,2010.

邓艾是位大将军,小说则只写他如何口吃,这种取材方式,使作品显得轻松诙谐,故事妙趣横生,引人入胜。作者在刻画人物形象时,善于运用对比手法,使两个不同性格的人物相得益彰,给人以鲜明的印象。如《德行》篇写管宁、华歆在园中锄菜,见地下有金,管视而不见,华则抓起来后又扔掉;在一起读书,窗外有权势人物路过,管听而不闻,华则跑出去观看。管宁因此认为华歆爱慕财势,与他"割席分坐",不再以朋友相待。华歆虽有势利之心,但其表现毕竟不太明显。可是,与管宁一比较,他的特征就十分鲜明了。另外,小说的语言,简洁隽永,有很高的艺术成就。

作者善用比喻,如用"飘若游云,矫若惊龙"形容书法,用"瑶林琼树"形容人的姿态,用"玉山之将崩"形容人的颓废气质等,都大大增强了语言的文学表现力。现在有许多广泛使用的成语,如一往情深、咄咄怪事、难兄难弟、拾人牙慧、我见犹怜、颊上三毫等,都出自《世说新语》。

总之,《世说新语》内容丰富,思想深刻,艺术精美,语言雅洁,在中国小说史上独树一帜。这些都说明,它不愧为魏晋南北朝小说的骄傲。

(二)《西京杂记》

《西京杂记》二卷,作者葛洪,托名西汉刘歆。葛洪(公元283—363年)丹阳句容(今江苏句容)人。是道教理论家、炼丹家、医学家、文学家。著作有《抱朴子》《神仙传》《本草注》等。

《西京杂记》共有129条,记载西汉统治者和文士的轶事和掌故,夹杂了一些怪诞的传说。其中有名的如《王嫱》,记述王昭君远嫁匈奴的故事。它不仅把王昭君的性格遭遇写得哀怨动人,而且通过故事揭露汉元帝的荒淫,揭露宫廷生活的腐朽。为了昭君的画像,导致六个画工同日被杀。这暴露出统治者的残暴无道。《相如病渴》条,记司马相如和卓文君的故事,比史书记载要曲折得多。

《西京杂记》的叙述常采用第一人称的方式,使故事蒙上亲切、真实的色彩。这方式后来为唐人传奇吸收。鲁迅评曰:"意绪秀发,文笔可观"(《中国小说史略》)。本书对后世影响不小,许多典故出自于此。

第四节 志怪志人小说对后世小说的影响

在中国小说史上,魏晋南北朝是一个重要的发展阶段。此期的小说,有多方面的历史贡献。

首先,作为小说的自觉时代,这个时期的小说观念有了一定发展。尽管

第二章　志怪志人小说研究

小说仍被视为小道,但像曹植、刘勰、郭璞这样著名的文论家,已开始讨论小说的基本特征,说明小说文体地位的进一步加强。干宝、葛洪等志怪小说作家,有明确的创作意图,有意混同虚实,力图真幻共存,其理论及创作实践都激发了后世作家及批评家探讨虚构想象等问题的兴趣。刘义庆等轶事小说作家,尽管未能摆脱史传文学的影响,但在取材、篇章、语言等方面的有益尝试,都有利于小说相对于历史著述的文体独立。殷芸径直命名自己的集子为《小说》,说明小说家有了一定的文体自信。许多著名人物参与小说创作,则大大提高了小说的文体声誉。唐代及其后的历史时期,许多著名文人染指文言小说创作,与此期的作者情况有很大关系。可以说,小说这一"卑微"的文体为士大夫所认可,正是自魏晋南北朝开始的。

其次,魏晋南北朝小说对早期小说创作进行了总结,为后世留下了可资借鉴的艺术精品。小说自战国时期正式产生,至魏晋已发展了五六百年,小说的基本特征已经相当鲜明。这个时期的志怪和轶事小说,正是这数百年艺术积累的一个总结。从此,中国文言短篇小说的艺术形式基本定型。特别是笔记性质的文言短篇,以后再也没有出现本质的变化。此期将这些"丛残小语"编为集子,便于流传,也是后世的楷模。对早期小说进行总结的结果,就是产生了优秀的艺术精品,即《搜神记》和《世说新语》。这两部作品,都有后世小说所无法替代的艺术素质,永远是小说爱好者的美味佳肴。我们不能用机械的艺术进化论看问题,以为后世的艺术品一定高于前世。正像李白、杜甫不可能替代阮籍、陶渊明一样,《聊斋志异》和《阅微草堂笔记》也不可能替代《搜神记》和《世说新语》。

其三,魏晋南北朝小说积累了丰富的艺术经验,为唐代小说的繁荣做好了艺术准备。这个时代还处于中国小说发展史的早期,小说的文体潜能还有待于进一步发挥。此期总结并尝试了志怪、轶事、传奇等多种取材方式,摸索出许多有效的艺术表现手段,为小说艺术的进步做出了重要贡献。唐代的传奇小说,正是在魏晋南北朝志怪和传奇小说的基础上发展起来的。志怪丰富了人们的艺术想象,激起了人们的好奇心,传奇则完善了铺叙故事的各种艺术手段,兼有史才和诗笔,两相结合,才能迎来中国文言小说的繁荣局面。

其四,魏晋南北朝小说的思想和艺术,对后世小说创作具有深远的影响。尤其是那些艺术精品,由于世代传诵,竞相仿效,成为了后世的艺术楷模。比如《飞燕外传》,宋朝以后广泛流传,风流文人纷纷模仿。它的色情描写和宣扬"女人祸水论",对《金瓶梅》等世情小说及《肉蒲团》等艳情小说都有影响。西门庆之死的描写,就直接脱胎于《飞燕外传》。它的序言记樊通德语所谓:"夫淫于色,非慧男子不至也。慧则通,通则流,流而不得其防,则百物变态,为沟为壑,无所不往焉。"就是说越是聪慧的男子,就越是好淫好色。《红楼梦》第二回贾雨村论贾宝玉的话,正是《飞燕外传》中这些话的发挥和引申。再如《搜神记》,远启《聊斋志异》《阅微草堂笔记》,使搜神志怪,形成中国小说的一大独特奇观。甚至现代作家鲁迅的小说《铸剑》,也取材于《搜神记》。又如《世说新语》,后世有许多仿效之作,先后出现了《续世说》《今世说》《新世说》《女世说》等,形成了"世说体"。它的尊崇个性独立的意识,为《红楼梦》所发扬光大。它的关注士人命运的取材角度,为《儒林外史》所继承发展,竟为中国小说艺术攀援至顶峰做出了独特贡献。更不必说,《世说新语》广泛而深刻地影响了中国知识分子的思想意识,在后世文化史上较多地留下了它的投影和反响。

第三章　唐传奇研究

唐朝为中华民族留下了十分宝贵而又辉煌的文化遗产。提到唐诗,很多人都能背上几首,但提到唐代传奇小说,就很少有人知道了。唐代传奇小说,简称为"唐传奇"。唐传奇是指唐代流行于世的文言短篇小说,它是在六朝志怪小说的基础上,融合历史传记小说、辞赋、诗歌和民间说唱艺术而形成的一种新的文体,唐传奇具备很多文学样式的特点,是一种集大成的文学体裁。

我国古代小说的成熟,是以唐传奇的出现为标志的。鲁迅在《中国小说史略》里说:"小说亦如诗,至唐代而一变,虽尚不离于搜奇记逸,然叙述宛转,文辞华艳,与六朝之粗陈梗概者较,演进之迹甚明,而尤显者乃在是时则始有意为小说。"就是说,唐代已经有意识地把小说作为独立的文学样式进行创造了。在小说史上,通常把唐代(公元618—907年)的文言短篇小说称为唐传奇或唐代传奇,唐代小说的主要样式就是传奇。为什么称唐人的文言短篇小说为传奇呢?一方面是人们根据这类小说专门记述奇行异事,富于传奇色彩的特点,约定俗成称之为传奇;另一方面,元稹的《莺莺传》原名就叫《传奇》,晚唐裴铏把自己的小说集题名为《传奇》,以后人们就把唐人小说统称之为唐传奇。但是,传奇的名称,在不同时代有不同的含义,中晚唐至北宋,称文言短篇小说为传奇,南宋和金朝称诸宫调为传奇,元朝人称杂剧为传奇,明清则称南戏为传奇。

第一节　唐传奇的兴起与发展研究

一、唐传奇产生的社会历史背景

中国的文言小说正式产生于东周的战国时代(公元前475—前221年),到唐代(公元618—907年)已经发展了一千多年,才达到繁荣的高峰,其原因是值得探讨的。传奇作为唐代小说的代表,繁荣于中唐(公元780—827年)不是偶然的。就内因而言,可以说唐传奇的繁荣是小说艺术发展演化的必然结果。从题材内容上看,魏晋南北朝已经有志怪、轶事和传奇小说,其中传奇小说的势力还比较薄弱。可是,《飞燕外传》等作品的出色表现,说明它是一种前景十分光明的种类,是一股清新的气息。志怪和轶事小说在那时主要还是"粗陈梗概"的形态,尽管作品在这种形态上已经达到成熟,取得了非凡的成就,但它们的艺术潜力还没有充分发挥出来。仅就结构而言,发展的方向必然是首尾完整,情节复杂,故事曲折。而《飞燕外传》的成功,恰恰证明了这种发展方向是相当正确的。所以,隋末至初盛唐,《离魂记》将志怪写实化,《古镜记》将情节复杂化,《白猿传》将故事叙述得更为完整,《游仙窟》使轶事更为丰富而有系统,便大大完善了这种富于文学意味的小说类型。从人物形象上看,除《飞燕外传》等少数作品外,魏晋南北朝小说一般是记事重于写人。《世说新语》将同一个人物分散在不同门类的不同故事中,就是明显的例证。可是,在《史记》等史传文学作品中,一篇传记只写一个或几个人物,形象非常鲜明,深受读者喜爱,说明小说也必然要向这个方向努力。也是《飞燕外传》,在这方面取得了令人注目的成就。如果说,在隋末至初盛唐的传奇创作中,这方面还是一个薄弱环节的话,那么,在以《李娃传》《莺莺传》和《霍小玉传》为代表的中唐传奇中,鲜明的人物形象已经是一个特别值得骄傲的成就了。也正是在这个时期,史传文学的影响是十分显著的。从表现手法上看,《搜神记》等志怪小说过于离奇,毕竟难以取信于人;《世说新语》等轶事小说又过于质实,确实难以满足读者驰骋想象的愿望。还是《飞燕外传》,比较恰当地糅合了史实与虚构,平中见奇,奇而不虚,最合乎读者那种近于无理的阅读期待——既要真实可信,又能诱人遐想。充分施展虚构的才华,把注意力放在加强艺术真实上,是对小说家的进一步要求。那些优秀的传奇作品,正是向这个方向前进的,取得了卓越的成就。鲁迅说:唐传奇"文笔是精细的、曲折的,至于被崇尚简古者诟病;所叙的事,大抵具有首尾和波澜,不止一点断片的谈柄;而且作者故意显示着事迹的虚构,以见他想象的才能了"。① 从《离魂记》到《虬髯客传》,作者手中的笔愈来愈擅长虚构,真可以说是妙笔生花。唐代的志怪和轶事小说,都程度不同地染上了传奇色彩,也从另一个侧面说明,唐传奇是沿着一条正确的艺术方向发展的,能够达到繁荣,合乎中国文言小说演进的内在逻辑。

当然,唐传奇要实现繁荣,仅有内因是不够的。倘若社会、经济、文化等外部条件不成熟,它的繁荣就只能延期,甚至胎死于腹中。唐代社会稳定,

---

① 潘承书. 六朝志怪和唐代传奇[J]. 重庆职业技术学院学报,2006(01):101-103.

经济繁荣,政治宽松,文化发达,为唐传奇这朵鲜花提供了适宜的土壤和气候,这是不言而喻的。具体而言,如下三个方面的情况才是特别值得注意的。

首先,唐传奇的发展源于唐代经济的空前繁荣。

唐代的城市经济发展在当时已经达到了相当高的水平,以首都长安为中心,形成了规模宏大的城市群。当时,各大城市中均聚集着各个阶层的人士,其中聚集人数最多的当属市民阶层,这一阶层的广泛扩大,增加了社会阶层的复杂性。这就需要文化领域中出现大量描写和反映市民阶层现实生活的文艺作品,来揭露这种复杂性,反映复杂的社会矛盾,以表达市民阶层的思想感情与愿望。后来,这些感情和愿望往往就演绎成了各色各样的故事和传说。人们在街头巷尾、茶余饭后议论和关注的社会热点新闻,都成了唐传奇创作的素材。同时,唐传奇所记述的奇闻,也恰恰迎合了文人和市民阶层嗜奇猎艳的口味和需求。

其次,唐传奇的发达又源于唐王朝政治的开明。

隋唐创立了新的选官制度,即科举制。于是世家大族之外的庶族知识分子,也有了出仕为官并飞黄腾达的可能。这是一个很大的进步,有效地调动了庶族士子的积极性。这些进士或努力要成为进士的知识分子,有非常强烈的进取心和争胜欲望,特别愿意展露自己的才华。传奇"文备众体,可以见史才、诗笔、议论",所以就颇受他们青睐了。宋人认为,传奇的兴盛和"温卷"风习有关。考试前把自感得意的诗文投送给显贵和名人,叫作"行卷",以后再投送,叫作"温卷",无非是为了博取好感,加深人们的印象,以求称赞或推荐。无论中唐是否盛行"温卷"之风,传奇有利于作者提高声望则是肯定的。中唐进士那样热衷于传奇创作,显然与这一类因素有关。据冯沅君考证,现在知道姓名的传奇作者是四十八位,除二十七人生平不详外,其余二十一位中,进士十五人,应进士而落第者一人,另有三人也可能是进士。也就是说,传奇的作者绝大部分是进士或希望获得进士出身的人。由此可见,传奇这种新的文体,确实是赢得了新兴阶层的喜爱。中唐牛(僧孺)李(德裕)党争严重,本质上是科举与门第的较量。传奇是进士的武器,因而激烈抨击门阀制度,鼓吹思想开明和婚姻自由,显示出意识形态方面积极进步的特点,这正是科举制度影响的结果。

再次,唐传奇的发展和繁荣与唐代文化艺术的繁荣是分不开的。

据史料记载,当时的都城长安,常有成群结队的文人墨客会聚在一起,轻歌曼舞,好不热闹。李白、杜甫、高适、岑参、王勃等人均参与过这类集会。这些文人相聚在一起,少不了吟诗作赋。这在一定程度上又促进了唐代文化艺术的繁荣。而这种繁荣表现在文学形式上,就是唐诗和散文的繁荣。

唐传奇是一种诗化的小说,没有诗歌艺术的滋养,这朵花是不可能如此娇艳的。唐诗重在抒情,其情都是真实的,如杜甫对民生疾苦的感慨;同时也奇妙的,如李白对壮丽山河的咏叹。诗人那种飞扬的思绪,深沉的情感,敏锐的眼光,高超的才华,无不感染着小说家,激励着小说家,诱惑着小说家,召唤他们用小说的笔调写作散文化的诗章。这是文学性的感染,也是精神上的鞭策。白居易有《长恨歌》,陈鸿就有《长恨歌传》,这不是偶然的。诗歌从精神到语言,都关照着传奇,使这朵花渐次绽放,日益灿烂。唐诗异彩纷呈,中唐恰好又是爱情诗开始放射光彩的时候,白居易、元稹都是此中圣手。中唐传奇把爱情当作主题,显然要归功于诗歌的影响。唐代的民间文学,如变文、说话等讲唱文学也为传奇的发展提供了自己的养料。中唐元稹有诗曰:"翰墨题名尽,光阴听话移"(《寄白乐天代书一百韵》),在这两句诗的下面,作者自注:"于新昌宅(听)说《一枝花话》,自寅至巳,犹未毕词也。"可见传奇作者也爱好民间文学。《一枝花话》的内容就是白行简《李娃传》的内容。《一枝花话》能说上半日光阴,其生动丰富可以想见,《李娃传》的创作吸取了其中的精华。另外魏晋南北朝以来盛写志怪、志人小说的风气在唐代得以延续,这也促进了传奇的发展。高彦休《唐阙史序》中说:"武德、贞观而后,吮笔为小说、小录、稗史、野史、杂录者多矣。贞元、大历以前,捃拾无遗事。"这就可见当时传写风气的盛行,这种风气是培养佳作的温床,自然也会培养出一大批优秀的传奇作品。

二、唐传奇三个发展阶段

唐传奇的发展,经历了三个阶段。

(一)初盛唐时期

唐传奇的初期或称前期(公元618—762年),即从唐高祖至玄宗、肃宗时,大约150年。历经初唐和盛唐,这是传奇产生和兴起的时期。

这个时期传奇创作的主要特点,是从六朝志怪小说逐渐向唐传奇过渡。

作品数量少,比较可靠的作品仅有《古镜记》《梁四公记》《白猿传》《游仙窟》以及牛肃的传奇小说集《纪闻》。内容尚未脱离志怪的影子,但总与人或事有关。如《古镜记》讲的是一面古镜的灵异,能降妖伏魔,消灾除病,百邪不侵。虽然仍如六朝志怪中神物成精灵的故事,但是已经有了人事色彩。并以人物为线索,有意识地进行创作。至于高宗、武后时张鷟所撰的《游仙窟》,自叙途中夜投大宅,逢两女子宴饮调戏,停一宿而去,内容轻薄,颇似现实狎妓生活的反映,只是采取志怪形式加以反映而已。此时还出现了完全

"纪实"的传奇小说集——牛肃的《纪闻》。《纪闻》之名,即可见其书之纪实性质。内容广泛,文字亦颇有文采。这个时期的传奇,艺术上虽不尽完善,但篇幅增长,情节曲折,描写渐趋细致。如《白猿传》就初步显示了传奇小说艺术创新的特色。又如《古镜记》,结构亦有特点,颇有连缀短篇成长篇之势。《游仙窟》文辞华艳浅俗,且多骈句韵语,显系受到民间说唱文学的影响。以上作品,它们既是唐传奇产生期的初步成果,也是六朝小说过渡到唐传奇繁荣期的产物。它表现有如下特征:首先,从形式上看,大多数作品还没有完全摆脱志怪的题材和影响,但在内容上却又与人事紧密相关,尽管反映现实生活还比较狭窄或薄弱,但是这种倾向却是强烈的。其次,作者均有意识、有目的地进行小说创作。无论是攻击欧阳询的《补江总白猿传》,还是欣赏自己放荡生活的《游仙窟》,都是作家思想观点的自觉的表白和流露。至于《纪闻》当中的一些作品,作者的目的性更为明确。第三,艺术表现上的进步尤为突出和明显:如篇幅漫长,结构完整,情节丰富,描写细致,并初步刻画了人物的性格和形象特征。如欧阳纥失妻时的痛不欲生(《补江总白猿传》),五嫂、十娘的轻佻、庸俗(《游仙窟》),救危扶难的义士吴保安(《纪闻·吴保安》)等,都给我们留下了较为深刻的印象。这个时期的传奇创作为中期传奇的繁荣打下了基础,积累了经验。

初期的传奇为什么会产生以上的特点呢?这主要是由初盛唐的经济、政治情况决定的。由于有了初唐经济发展的基础,到盛唐出现商业城市,商人的势力逐渐摆脱朝廷限制而不断强大起来。如唐初高祖规定:"工商杂类,无预士流。"不准中举、做官。中唐则大为不同。但出身庶族的进士阶层尚未形成雄厚实力,因此反映现实生活的传奇,初期尚属薄弱,直到中期方呈异彩。

(二)中唐时期

这是唐传奇的繁盛期。从代宗大历到宣宗大中(公元766—859年)的近百年间,作者辈出,佳作如林,现今流传的名篇,大都是这一时期的作品,真可以说是传奇的黄金时代。

这一时期的作品,题材广泛,有的表现男女爱情的悲欢离合,有的批判功名利禄的虚妄庸俗,有的描摹怪异传闻,有的反映当朝显赫人物的行止,它们共同的特点在于,作品主题的现实意义大大加强,艺术上已臻成熟。代表作品有沈既济的《枕中记》、李公佐的《南柯太守传》、李朝威的《柳毅传》、白行简的《李娃传》、元稹的《莺莺传》、蒋防的《霍小玉传》、陈鸿的《长恨歌传》等。

(三)晚唐时期

这是唐传奇的衰微、演化期。这一时期的传奇,尽管数量很多,但质量明显下降。总的看来,搜奇猎异、言神志怪,六朝遗风复炽,现实主义内容大大削弱。艺术上,篇幅短小,文字粗糙,人物形象模糊,远不如前期作品。要说这一时期的新鲜题材,就是出现了不少写豪士侠客的作品。例如杜光庭的《虬髯客传》、袁郊的《红线传》、裴铏的《聂隐娘》等。

这时期还出现了许多传奇专集,现今存留的有牛僧孺的《玄怪录》、李复言的《续玄怪录》、牛肃的《纪闻》、薛用弱的《集异记》、袁郊的《甘泽谣》、裴铏的《传奇》、皇甫枚的《三水小牍》等。

第二节　传奇成熟的标志

一、传奇成熟的标志:题材取向的现实性、深刻性

中唐,传奇以大量的优秀作品证明了它的成熟。

广义的成熟首先指题材取向中的现实性、深刻性。唐朝前期的政治比较宽容,特别是实行科举考官制度,打破士族对政治的垄断,为广大知识分子实现自己的政治抱负创造了现实的可能,所以唐代士人的精神面貌发生了根本的变化,不再像他们的六朝前辈那样因对前途绝望而变得远离社会、愤世嫉俗,而是开始以一种现实而清醒的态度面对人生。而当他们真的跨入仕途后,他们便以杰出的才能和实干精神一步一个脚印地朝着自己的目标前进。此时的知识分子,已不再是上层社会的附庸,关心现实则成了必然——在诗歌里,我们看到了王维,看到了初唐四杰,看到了陈子昂;在小说里,使传奇小说突破志怪的樊篱,面向广阔无垠的现实世界,也是非常自然的。所以,尽管有志怪的传统,尽管佛、道两教在唐代都有发展的机会,甚至民间的鬼神精怪崇拜都红红火火,但正是在这样一个氛围中,传奇走出了志怪的题材局限,正像我们前面分析的那样,《游仙窟》《古镜记》《补江总白猿传》一步一步地抛弃了精怪的故事,而慢慢地学会了写人,写人的故事。如果说唐传奇的出现确实是中国小说史上的一大变迁的话,那么其中第一个大变化就是改变了题材取向,他们不愿意像志怪小说那样,把自己的任务确定为只是"传录舛讹",也就是以写实的态度记录传闻,而是把笔触开始转向现实,写现实的人,写现实人的独特命运和情感,或者干脆就写自己的故事,

第三章　唐传奇研究

展示自己的情感世界。类似于志怪的题材当然还有,但显然可以区别的是,传奇的使用目的已不一样,价值取向也不一样,鬼神妖狐,不过点缀而已,《任氏传》《柳毅传》都是范例。[①]

传奇最优质的作品集中于婚姻爱情题材,正是把小小情事,表现得凄婉欲绝,而深刻的社会意义也体现在其中,如《离魂记》《任氏传》《柳毅传》《霍小玉传》《李娃传》《莺莺传》等。

《离魂记》原见《太平广济》,题名《王宙》。作者陈玄祐,生平无考。倩娘与表兄王宙自小青梅竹马,并有婚嫁之说。但长成后,倩娘之父却将其许配他人。王宙深怀愤恨,无奈以请调为名赴京。船方离岸,忽见倩娘奔来,二人遂改道入蜀。五年后,倩娘思念父母回乡。到家才知道,原来随王宙入蜀者,却是倩娘之魂,其身一直卧病在家中。

《离魂记》表面上看是一个人与魂灵的恋情故事,但它实际表现的却是现实生活中青年男女们爱情的力量,虽然有理想化的色彩,但其本质是非常真实的。

本篇也算是传奇中较早的一篇,篇幅虽短,但影响不小。元杂剧郑光祖《倩女离魂》,明汤显祖《牡丹亭》显然有借鉴,话本中也有类似篇目。《任氏传》出《太平广记》,作者沈既济,中唐人,官至礼部员外郎,《新唐书》有传。《任氏传》是一部较早的在艺术上完整描写狐精的作品,刻画了一个勇敢反抗强暴的妇女形象。狐女任氏,爱上因贫困而"托身于妻族"的郑六。郑六的妻弟韦崟是个好色之徒。他仗着郑六经济上对他有所依赖,竟白日登门,企图对任氏施行强暴。任氏义正辞严怒斥韦道:"郑生,穷贱耳。所称惬者,唯某而已。忍以有余之心,而夺人之不足乎?哀其穷馁,不能自立,衣公之衣,食公之食,故为公所系耳。若糠糗可给,不当至是。"在任氏面前,韦崟这个颐指气使的公子哥儿也不得不"敛衽"束手。这个故事,作者沈既济声明是由韦崟处亲耳所闻,但这只是志怪小说将故事当事实记录的遗留痕迹,而其中对于人物的刻画,已经显示了任氏这一艺术形象的深刻意义,就在于体现了妇女要求主宰自身命运的愿望和坚决反抗强暴的斗争精神。

《李娃传》原出《异闻集》,后为《太平广记》收入。所谓元稹、白居易兴致勃勃听讲的《一枝花话》,应该与此是同一个故事。作者白行简,白居易的弟弟,亦是中唐诗人。故事写贵胄公子荥阳生进京应试,在平康里邂逅名妓李娃,一见钟情,于是倾囊买欢。当荥阳生资财耗尽之时,李娃虽也眷念荥阳生,却遵从鸨母的意愿,设计将他逐出。荥阳生流落街头,靠为殡仪队唱挽

---

① 于歌,邵平和.唐传奇对中国古代小说文体确立的贡献[J].现代语文(文学研究版),2009(01):32-33.

歌谋生,后为其父荥阳公发觉,因恨其污辱家门,将其鞭笞至重伤。荥阳生沦为乞丐,以伤病之躯在风雪里煎熬。李娃见此感慨曰:"今子一朝及此,我之罪也!"于是自赎为良,精心护理照料荥阳生,并勉励其重拾功课,终于高擢甲第。李娃之后也得到荥阳生明媒正娶,并被封为汧国夫人。这一故事看起来是一个普通的大团圆结局,但其实通过对李娃品德和二人感情的强调而改变了传统的进士和妓女的风流关系,在进士和妓女主题中加入婚姻的内容,其中的社会意义应该是很重大的。

《霍小玉传》原出《异闻集》,后为《太平广记》收入。作者蒋防,中唐人,长庆时曾为翰林学士。写的是士大夫李益和妓女霍小玉的爱情悲剧,依据的是真实的人物,其事也略有依据。主人公霍小玉是被霍王侮辱了的婢女所生。霍王死后,她因"出自贱庶",被兄弟们赶了出来,随母流落长安,沦为妓女。她跟出身门阀士族的公子李益相爱,而森严的封建等级制度却注定了这种爱情的悲惨结局。李益得官后,为了攀附高门,以便步步高升,就娶了出身望族的卢氏女。霍小玉则相思成疾,沉绵不起;当得知李益负约,自己已被遗弃时,更是愤恨欲绝。最后,在黄衫豪士的帮助下,她面斥李益,"长恸号哭数声而绝"。这饱和着血泪的控诉和抗议,不仅是对李益,更是针对产生这一爱情悲剧的总根源——门阀制度和封建礼教。

其次,一些涉及仕途、官场和唐代政治生活的作品,具有较深刻的讽刺意义。反映朝廷政治历史的故事大多与唐玄宗有关,在这些故事里,作者以一种理性的态度,以生动可感的故事形象反思历史。历史上的唐玄宗,算得上是一位有作为的君主。他即位后励精图治,选贤任能,整肃朝纲,创造了政治清明、经济繁荣的"开元盛世"。然至晚年,他却变得不问朝政,一心游乐,多欲荒淫,最后终于导致"渔阳鼙鼓动地来,惊破霓裳羽衣曲"的惨痛局面。《东城父老传》《长恨歌传》都是以玄宗荒淫误国为题材,直刺唐代政治。

《枕中记》原出《异闻集》,后为《太平广记》收入,题作《吕翁》。作者沈既济。写卢生一心想通过"学而优则仕"的途径,"建功树名,出将入相",光宗耀祖。他在邯郸旅店中遇见道士吕翁,吕翁给他一个枕头,他枕在上面睡着了,这时店主人刚蒸上一锅黄粱米饭。他在梦中先娶了名门望族清河崔氏女为妻,接着中了进士,立了边功,最后被"追为中书令,封燕国公","前后赐良田、甲第、佳人、名马,不可胜数",五个儿子也都在朝为官;他"年逾八十,位极三事",临死前皇帝还降诏慰问。在醉心仕进的人们眼中,他真可谓"富贵寿考"占全了。哪知他一觉醒来,发现自己仍躺在吕翁身旁,主人的黄粱米饭还没熟。这对那些热衷功名富贵的士人来说,无疑是极其辛辣的讽刺。

本篇虽然写的是梦境,但却多用玄宗时史实,因而讽刺现实的意图非常明显。对后世影响也较大,明汤显祖戏剧《邯郸记》据此敷衍。其他类似访

第三章　唐传奇研究

作极多。

《南柯太守传》原出《异闻集》，后为《太平广记》收入，题作《淳于棼》。作者李公佐，中唐人，曾中进士。现流传传奇四篇，除此外还有《谢小娥传》《古岳渎经》《庐江冯媪》。本篇故事与《枕中记》相仿：主人公淳于棼，梦入槐安国，当了驸马，后出为南柯太守，守郡二十年，受到国王的器重，赐食邑，锡爵位，居台辅。生有五男二女。男以门荫授官，女亦聘于王族。荣耀显赫，一时之盛，代莫比之。后因出战失败，又遭谗言，被国王遣送出郭，醒后才知是醉后一梦，所谓大槐安国，不过是大槐树下的一个蚁窝。作者之本意，是想借这两个故事来说明"宠辱之道，穷达之运"，使人们"感南柯之浮虚，悟人世之倏忽，遂栖心道门，绝弃酒色"，走出世的道路，但客观上却是对官场种种的无情揭露。

《王知古》出皇甫枚《三水小牍》，属晚唐作品。反映了晚唐政治斗争情况，形象地揭露和批判了当时藩镇割据势力的专横残暴。张真方是个独霸一方的节度使，他整天酗酒打猎，"未尝以民间休戚为意"，奴仆"有不如意立杀之"，飞扬跋扈，无恶不作，皇帝拿他也毫无办法。后到洛阳，聚众射猎如故，弄得附近的飞禽走兽见了他"必群噪长嗥而去"。他的党徒王知古，一天夜晚误入狐仙宅第。狐仙们原想将狐女嫁给他，但当一听说他是张直方同伙，都惊恐万状，有的"惊叫仆地，色如死灰"，有的大叫"火急斥去，无启寇仇"，赶忙把他当瘟神似的送出门去。就是这样，作者巧妙地以张直方为典型，对中唐以来横行霸道、胡作非为的封建割据势力进行了揭露和批判，现实意义也是较强的。

唐传奇中另一类比较特殊的作品以豪侠义士为主人公。这一类作品多出现在晚唐时期，豪侠义士形象受到重视，与当时的政治形势有关。晚唐朝廷中宦官弄权，党争激烈，而藩镇权重，为扩张势力，往往拥兵攻伐，甚至脱离朝廷公然称王。一些藩镇蓄养刺客，如平卢节度使李师道使刺客于元和十年（815）刺杀宰相武元衡，刺伤中丞裴度，一时朝中人人自危。在这种具有浓烈末世色彩的乱世之中，人们寄希望于游侠豪杰之士，幻想着这些豪侠能拔剑而出，扶危济困，平定社会，将百姓从水深火热之中解救出来。豪侠题材的传奇小说即反映了这种社会情绪。《红线传》《聂隐娘》《无双传》《虬髯客传》等，也和唐代的特殊政治活动——藩镇有关。藩镇的出现是唐代历史上的一大问题，从李唐王朝的角度看，它削弱了中央集权，破坏了社会经济，阻碍了生产力的发展，加重了人民的痛苦，当然是一件坏事；但从历史发展的角度看，它在打破传统的等级制度、提高庶民地主的地位、促进新的社会结构的形成、推动社会的进步等方面，又不无益处。藩镇的存在为不少士人进入仕途开辟了一个新的途径。欧阳修说："唐诸方镇以辟士相高，故当时布衣韦带之士,或行著乡间,或名闻场屋,莫不为方镇所取;至登朝廷位将相,为时伟人者,亦皆出诸侯之幕。"(《集古录·唐武侯碑阴记》)正因为有与藩镇的这种新关系,所以文士们对藩镇的态度,往往也是爱恨交织。

《红线》原出《甘泽谣》,后为《太平广记》收入。作者袁郊,晚唐人,进士,曾为翰林学士。故事中的女侠红线,是潞州节度使薛嵩的青衣。魏博节度使田成嗣觊觎潞州,谋出兵夺取。在薛嵩无计可施的时候,红线挺身而出,"饰其行具""倏忽不见",在一夜间往返七百里,从田成嗣枕前盗得七星剑的金盒,震慑了田成嗣而使其不敢轻举妄动。

作者之所以要塑造这样一个女侠,正是有感于藩镇割据混战,使国家动摇,百姓丧生,而朝廷无能,于是只能将平息藩镇的愿望寄托在侠客身上。故事中红线此举的目的,在于"两地保其城池,万人全其性命,使乱臣知惧,烈士安谋",就说得很明白。

二、传奇成熟的标志:艺术形态的稳定性、修饰性

成熟的另一个标志则是形态的稳定性和围绕其基本形态的精心修饰,即多种艺术技巧的使用。

很显然,我们无需做精确的统计就应该相信,中唐之后传奇的数量足可以使之称流成派,而且从不知作者的单篇到个人作品的结集,我们看到了一种风气、一种趋势的形成。

很显然,传奇的每一部作品在保持自己艺术个性的同时,又都遵循着共同的规范,至少每个故事都具有了结构的完整性和对曲折情节的追求,至少每个故事的过程描写已引起足够的注意,至少叙述语言的生动易接受,已显示了吸引读者的魅力,像魏晋六朝时随意的纪录已不复多见,像《游仙窟》那样过渡性的骈散相杂的文笔形式也已被淘汰。

这些构成了传奇的形态稳定性。至于修饰性——多种艺术技巧的使用,我们要通过作品来演示:

单就艺术而言,《莺莺传》并非唐传奇中的上品,但却有代表性。开篇介绍张生,仍是常规,张生的一段话原本不过空泛之言,但是为下文张生的惊艳作了反衬。

中唐以后的传奇,一般都比较注意情节的曲折委婉。《莺莺传》为了营造莺莺的出场效果,先做了大量的铺垫交待,使得整个故事的发展非常合理;而莺莺出场时,先抑——"久之,辞疾",后扬——"颜色艳异,光辉动人",其出其不意,使得一向以不近女色自矜的张生为之惊艳倾心。这样的手法和艺术效果,已完全不是志怪简朴的记事可比。

第三章　唐传奇研究

唐传奇,最突出的成就在于塑造人物形象,刻画人物,而以上一段可以称为典范。作为出身于"财产甚厚,多奴仆"的大家闺秀,莺莺从小受封建礼教的教诲。所以她冲破封建礼教藩篱、选择自己的终生幸福时,需要有更大的勇气;写她有所犹豫,几经动摇,乃至反悔,再三再四,也非常合理。你看他知道张生的意图后,先以红娘提醒张生可以求取;后来答应张生的请求,以诗相约,十五之夜,幽会西厢;临到见面之时,她却又以封建礼教严词训斥之;而几天之后,她又情不自禁,以身相许了。这样一个过程,不仅揭示了人物矛盾的内心世界和她挣脱封建礼教禁锢的痛苦而艰难的过程,丰富了人物的形象,而且更增加了其结局的悲剧性。

"俄而,红娘捧崔氏而至。至则娇羞融冶,力不能运肢体,囊时端庄,不复同矣。是夕,旬有八日也。斜月晶莹,幽辉半床。张生飘飘然,且疑神仙之徒,不谓从人间至矣。……自疑曰:'岂其梦邪?'及明,睹妆在臂,香在衣,泪光荧荧然,犹莹于裀席而已。"这一段摹写人物动作神态心理,逼真传神,几无可比。

莺莺的悲剧并不仅在于其几经动摇,而几乎可以称为是一个必然的时代悲剧。张生是典型的薄情虚伪的负心郎。最初他倾倒于莺莺的才貌,百般撩拨,狂热追求;既到手之后,为了功名利禄,却无情地抛弃了她。在他的心目中,功名前程显然要比莺莺重要得多。莺莺对此知道得非常清楚,所以除了表示对一段往岁的珍惜外,没有做挽回的徒劳努力。这也非常真实,非常符合人物的个性。

唐传奇的主题一般都比较明确,而且往往受史传文学的影响,在文章的末尾以议论的形式点题,这也是唐传奇艺术上成熟的标志之一。本篇的最后这一段,几乎就是为了表白主题而设定的——先是张生的自我表白:大凡天之所命尤物也,不妖其身,必妖于人。予之德不足以胜妖孽,是用忍情;其次,以旁观者社会舆论的形式表示:时人多许张为善补过者;而最后作者直接表明宗旨:使知者不为,为之者不惑。

本篇的主题与后来的《西厢记》相比,有天壤之别。即使与其他一些将矛头直指封建门阀制度、婚姻制度的作品相比,也是高下立判的,这也正是时代的局限所致。

最后这一段,也暴露了相当一部分唐传奇的弊病:好卖弄文才。以致往往造成局部的臃肿。

《虬髯客传》《太平广记》"豪侠类",作者杜光庭,晚唐人,曾入仕为官。晚年隐居青城山修道,有道书多种。

晚唐传奇,数量骤增,往往以结集的形式出现,单篇较少,而这篇最初却可能是单篇流行的。在晚唐传奇中,无论是主题立意,还是艺术技巧,本篇都可称精品。

　　这篇传奇的立意非常明确,它将故事的背景放在隋末纷争之时,但却应当看作与现实相关的作品,之所以写到唐代开国皇帝李世民和功臣李靖,恐怕和晚唐藩镇割据,世事乱离的局面有关。时代的动乱和灾难,自然让人想起唐初的升平盛世和对李世民等的怀念。

　　就本篇的故事而言,开篇的交代就是不寻常的。不仅隋炀帝荒于政事,摄政的杨素也表现得尸位素餐;没落的迹象不仅李靖这样的天下奇士看得出,就是红拂这样的歌妓也知其无成,去者众矣,那么群雄逐鹿的局面不仅势在必行,而且指日可待。

　　写独具慧眼的红拂,是为了衬托布衣奇士李靖;写李靖的不群之才,是为了衬托际会风云的天下豪杰虬髯客;而写虬髯客的英雄失落,则是为了衬托龙虎英主李世民。

　　虬髯客出场,即显出非凡的豪气。这个人物的跃然纸上,与传奇塑造人物技巧的成熟有关。虬髯客豪侠仗义,行动诡异,富甲王公。他不同于红拂和李靖的择主而事,而是胸怀天下,有志图王,所以他能注意到李靖与红拂均非常人。他对红拂的关注观察,和色相其实毫无关系。

　　由于李靖的引进,虬髯客得以一睹李世民的丰姿,由衷地感叹曰"真天子也",随即决定退出中原政局的游戏。这对于他决非轻松的选择,但它能举重若轻,决定将自己的资财留给李靖,嘱其辅佐李世民成就大业,而自己则飘然避往海外,自立为王。

　　作者借虬髯客主动避让李世民这一情节,说明了唐朝得天下出自天命,显然有警告天下藩镇的意思;但从小说本身来说,虬髯客乱世图王的志向,又是作者所赞赏的,又不能不触动那些英雄豪杰内心的憧憬。

三、传奇成熟的标志:语体变革的征兆

　　一个既久远又新鲜的话题是关于唐传奇的语体。

　　鲁迅说,远古时人们劳动的号子是诗歌,休息时的闲谈是小说。大家当然都能理解这种最基本的比喻,当然也不存在能否接受的问题。但大家也会发现,我们以上谈到的从神话开始的小说演变,其实和口头的闲谈没有太大的关系。口头的故事从远古以来一直在讲,但这些东西很少被原原本本地记录为文字;而我们的小说,从一开始就以文字为表达形式,其营养就主要来自文字构成的文化积淀,如神话、寓言、史传等。

　　这个现象,叫"言文分离",可以算是汉语的一个特殊现象,也可以说是汉语的方块表意象形文字带来的一种历史病态。一方面,以表意为主的方

块汉字,在发展中结构与形状越来越复杂,难认、难记、难懂,很快就成为了上层社会少数人的专用工具,和大众的社会生活产生了一定的距离;而另一方面,这一特点克服或者说避免了许多由文化交融、各地方言带来的交流障碍,而自成一个比较封闭的系统——由于我们的文字能超乎各种方言之上,所以它也能在各种方言之间解决沟通问题,用"书同文"作为大一统国家各个局部交流的媒介。

从先秦到唐一千余年间,中国古代小说正是在"言文分离"的状态中发展的。最初,在神话、寓言、史籍中酝酿了小说的因素,而后,以笔记的形式将各种各样的文学因素聚合起来,形成了自己的书面形态,取得了普遍阅读、流传、欣赏的社会价值和文学价值。

这里有一点大家应该注意到,中国小说在自己的发展过程中,无论是它寄生于神话、寓言、史籍时,还是独立以笔记形式出现时,他的最主要的营养源还是士大夫知识分子,还是文字的书面的文化积淀。尽管由于它包含了对街谈巷语、道听途说的重视和记录,在一定意义上成为了社会上下层文化沟通的桥梁,但是,他的文言性质究竟与实际生活特别是与普通民众语言有相当的距离。在某种意义上,它具有一定的封闭性,只能成为士大夫的工具,它的创作和接受,都只能被限制在一个相对狭小的在以儒学为正统,以史书为正宗的封建文化环境和社会圈子里;它的文化、文学的营养,也只能来自那个狭小的圈子。这就是文言小说长期以志怪为特点,题材范围难以扩大的原因。

我们看到,唐传奇曾试图走出狭小的圈子。社会环境的变化为它的变化创造了条件,唐代科举的实行和对士族门阀的抑制政策,导致大批庶族知识分子登上政治舞台,他们为政坛带来清新,也为传奇带来了新的题材和主题,造成了一定时期内传奇的繁荣。但是,外部条件所带来的变化毕竟是有限的,庶族知识分子所能开拓的题材也是有限的。以晚唐传奇为例,我们可以发现,晚唐传奇中出现了一批以游侠为题材,实际上反映了晚唐藩镇割据局面的作品,这应该视为体现了庶族知识分子的政治立场。但同样是晚唐,大量的传奇还是回到了志怪、猎奇的老路上。在宋代,文言的笔记数量不小,可以称得上传奇也就是称得上是小说的作品也有一些,然而精品就少得可怜,除了在题材上略有变化外,整体上就像是沿着轨道下滑的唐传奇的一个尾声。

阻碍唐代传奇继续发展的是它的语体,是文言这种形式决定了传奇的高度就是那么高。我们不妨再看一看笔记在以后的发展。明清之际,笔记有所恢复,出现了数量巨大的各类笔记,到清代中叶出现了以《聊斋志异》和《阅微草堂笔记》为代表的一次中兴。就这中兴的代表看,《聊斋志异》主要是题材、主题和审美意趣的变化,而这一变化恰恰是蒲松龄这又一类的社会底层文人的加入带来的;号称当时天下第一才子的纪晓岚就如打擂台般地写了《阅微草堂笔记》,内容不可谓不丰,文笔不可谓不精,可就是翻不出新意。因为什么?因为纪晓岚就是当年写唐传奇那一类的文人,纪是才子,唐代文人也是才子,纪未必高出多少;而蒲松龄却是过去这个行列里少有的文人类型,所以尽管才气未必太高,却带来了一类新的题材和审美意趣。这说来有点像歪批,但确有道理。

　　唐传奇似乎曾有从白话语体吸收营养的尝试。《游仙窟》中有大量的骈体叙述,研究者认为来自南北朝时在民间流行的杂赋,《李娃传》的素材可以肯定来自民间的"说话"故事《一枝花话》,但是这类向民间吸收营养的做法没有坚持下去,尝试悄悄地流产了,其原因可能就是源于文言语体的封闭性。

　　唐人在文言领域里创造了一个高峰,但却因为语体的限制不能再创新高。

　　创作这种不可压抑的冲动,必须选择一种新的文体,其实,这种选择早已开始。

第三节　著名的唐传奇研究

一、婚姻恋爱故事

　　唐传奇中最精彩动人的作品,当数以婚姻恋爱为题材的作品,《霍小玉传》《李娃传》《任氏传》《莺莺传》等都是脍炙人口的名篇。

(一)《霍小玉传》

　　蒋防的《霍小玉传》写妓女霍小玉与进士李益恋爱婚姻的悲剧。霍小玉原是唐宗室霍王侍婢所生之女,霍王死后,她被赶出王府,沦落风尘。进士李益为霍小玉的美色所倾倒,狂热地追求她。她为李益的诗才所吸引,把爱情献给了李益,希望终生有所寄托。李益开始也曾信誓旦旦,可是离开霍小玉去郑县做官以后就变了心。他顺从母命与世家大族之女卢氏订婚,甚至不恤奔走借债,凑足聘金。霍小玉却痴情不变,为寻访李益,把首饰都卖了。后来怀忧抱恨,怨愤而死。小玉临死时,豪士黄衫客劫持李益到小玉家里,小玉斥责李益负心,表示死后要化作厉鬼进行报复。果然,李益与卢氏婚后,便得了妒痴之病,闹得家无宁日。这以后又再娶三次,都因李益妒忌多疑,得不到家庭的和谐幸福。霍小玉是一个在当时社会里受凌辱而不甘心屈服于命运的悲剧典型,小说通过小玉的悲苦遭遇,揭露了封建门阀制度的罪恶和玩弄女性的封建士子的丑恶灵魂。这是唐传奇中绰有情致,尤为"精彩动人"的一篇。

这段描写深刻地反映了霍小玉的痴情和李益的负心。临死誓言,句句是血,一句一顿,悲愤沉痛,斩钉截铁,令读者悲感起立。明代戏曲家汤显祖的《玉茗堂四梦》中《紫钗记》一剧就取材于本篇。

(二)《李娃传》

《李娃传》是唐传奇中的一流作品,反映了古代文言小说在形式体制、思想艺术上都走向了成熟。这篇小说以其成功的创作和卓越的成就,对后代的小说和戏曲产生了巨大影响。小说戏曲中那些历经磨难而最终团圆的才子佳人类情节,实滥觞于此。元人石君宝的《李亚仙花酒曲江池》杂剧,明代薛近兖的《绣襦记》传奇,都是根据它改编的,但在艺术上都不能和这篇传奇小说相媲美。

白行简的《李娃传》则以喜剧结局唱出了反对门阀制度的凯歌。作者白行简是唐代大诗人白居易的胞弟。作品写妓女李娃与荥阳公子郑生的爱情故事,荥阳公子去京城赴试,爱上了名妓李娃,在一年多的时间里,把钱财挥霍殆尽。李娃在鸨母逼迫下,设计甩掉了公子。公子贫病交加,流落街头,无处存身。后来,寄身于凶肆(殡仪馆),唱挽歌糊口。这事被他父亲发现了,荥阳公为了家族门第的尊严,不惜把公子打死,弃之而去。后来,公子被人救活。他满身溃烂,无衣无食,只得街头乞食。在一个风雪交加的夜晚,公子啼饥号寒之声,被李娃听到了。她心里很难受,便把公子扶进屋里。以后,她又向鸨母赎身,租屋与公子同居,立志帮助公子成就功名。公子在李娃的帮助下勤奋苦读,终于考中,授成都府参军。赴任途中遇到了调任成都府尹兼剑南来访使的荥阳公,公大惊,不敢相认。等到他知悉了原委,也十分感激李娃,力主明媒正娶李娃为儿媳。后来李娃还被封为新国夫人。这篇小说通过出身低贱的妓女和荥阳公子的悲欢离合的故事,歌颂了李娃的崇高品质和他们的纯真恋情,对门阀制度和封建礼教作了大胆而有力的冲击。鲁迅评道:"行简本善文笔,李娃事又近情而耸听,故缠绵可观。"

这篇小说之所以为人们所喜闻乐见,更主要的是因为它在艺术上取得了为后人难以企及的成就。鲁迅在《中国小说史略》中曾对它予以高度评价:"(白)行简本善文笔,李娃事又近情而耸听,故缠绵可观。"①所谓"近情"即是指《李娃传》中的主要人物形象贴近现实、真切感人;"耸听"即是指《李娃传》的情节跌宕起伏、引人入胜。这个评价确实揭示出了作品创作的艺术特色。

首先,这篇传奇小说塑造出了李娃这一栩栩如生、光彩照人的艺术形象。这是它杰出艺术成就的主要表现,也是唐传奇比六朝小说有显著进步的标志。从小说的题目可以看出作品是为李娃立传的,李娃显然是小说的主角。小说在开头和结尾也一再强调李娃的"节行",可见作者的本意是要热情歌颂一个品行超卓的奇女子。但是作者并没有像一般小说那样将李娃这一人物类型化、简单化,美则一切皆美,丑则一切皆丑,而是从现实生活出发,真实可信地写出了李娃性格的复杂性、多元性,写出了她各种性格元素的矛盾统一,消长变化。李娃与荥阳公子第一次见面时,"回眸凝睇,情甚相慕";一年后,公子资财仆马荡然,"姥意渐怠"而"娃情弥笃"。这些描写都真实地表现了一个久落风尘的女子,在内心深处仍然保留着对真诚感情的要求,对美好生活的向往,以至于使她一见公子就情动于中,意不忍舍。但她又是一个倚门卖笑的娼妓,在长期屈辱痛苦的生活中,其天性、灵魂不可能不有所扭曲甚至异化,在被人长期玩弄的同时也学会了玩弄别人;同时多年的青楼生涯,也使她清醒地认识到以自己的身份、地位是不可能与贵族公子结为正常夫妻的,因而她又忍情参与了甩掉荥阳生的计谋,然后与鸨母销声匿迹,不再露面。然而,她内心深处利与情的矛盾并没有冰释,善良的天性并没有泯灭,只不过对利的追求暂时占了上风。后来,荥阳公子求乞时无意中到了她的新居门前,她从"饥冻之甚"的凄切呼叫声中,一下子辨出公子的声音,说明她并没有忘情于公子。她完全没有料到她同假母的计谋会使公子沦落为乞丐,与公子的重逢和公子的悲惨处境,唤起了她潜藏在心中的对公子的感情,也使她的善良本性复苏了。她听到公子求乞的呼叫声后"连步而出",就反映了她心中爱情余烬的复燃和纯洁善良本性的抬头。看到公子"枯瘠疥厉,殆非人状",李娃"前抱其颈,以绣襦拥而归于西厢,失声长曰:'公子一朝及此,我之罪也!'绝而复苏",并当即向鸨母表示要赎身与公子别找住所。此时,李娃完全从金钱的桎梏中解放出来,善良的天性在赎身的决心中得到了无拘无束的发展。赎身后李娃悉心照料公子,使其"平愈如初",继而又督促公子日夜苦读,在公子读书应试、及第得官后又主动提出愿公子"结媛鼎族",而自己"愿以残年,归养老姥",善良的天性又进而发展到"义"的壮举。李娃终于在现实生活的矛盾冲突中,克服了自身思想性格中的矛

---

① 王文乔.试论唐传奇叙事中女性形象的嬗变[J].兰台世界,2012(27):75-76.

第三章 唐传奇研究

盾,由一个贪财无义的烟花女子,转变成一个有"义"有"节"的奇女子。总观小说对李娃的描写,李娃性格中多情与忍情、残忍与善良、逐利与行义等相互对立的各个方面及其矛盾斗争、消长变化,随着情节的开展得到了鲜明真实的表现。这种个性独特、色彩丰富、血肉丰满、变化自然的艺术形象,不仅在六朝小说中从未出现过,而且在唐传奇多彩多姿的女性画廊中也是别具风采的。

其次,这篇小说在情节结构的设置上也颇具匠心。《李娃传》以荥阳公子和李娃波澜簸荡的爱情纠葛为线索来安排情节,用抑扬顿挫法把故事组织得既井然有序,又跌宕起伏。故事的全部情节主要由院遇、计逐、鞭弃、护读、团圆五部分组成。院遇是情节发展的第一阶段,也是后文情节发展的基础。小说一开始极写荥阳公子才华出众,父亲视为"千里驹",自己也觉得科举高中易如反掌,使读者不禁觉得他前程似锦。这都是为他后来嫖妓落难这一中心事件作铺垫,也是一种欲抑先扬的艺术手法。接着,作者笔锋一转,写公子上京应试,在平康里鸣珂曲遇到了京都名妓李娃,为国色天香所倾倒,遂沉溺于儿女欢情之中以致忘记了科考。倾囊买笑,但到底难以取胜于青楼规则,荥阳公子在妓院这个销金窟中很快资财荡尽,读者不免为他的命运担心起来。作品情节随即进入第二阶段——计逐。果不其然,"只认钱财不认人"的鸨母与李娃巧设"倒宅计"甩掉了荥阳公子,而整个设计过程,写得真真假假,扑朔迷离,使读者不易一眼看破,却又处处透露种种蛛丝马迹,十分精彩。这构成了小说情节的第一个起伏,同时也吸引着读者关心人物命运的下一步进展。鞭弃是情节发展的第三阶段,写荥阳公子被妓院逐出后,愤懑成疾,又身无分文,举目无亲,从前程似锦的"千里驹"一下子跌入社会的最底层,不得不寄身凶肆充当挽歌郎来勉强糊口。作品的情调也由前面缠绵悱恻的温煦转入悲切苍凉。接着,作者写荥阳公子在凶肆中练就一幅绝妙的歌喉,在两家肆主的歌咏竞赛中帮助主人大获全胜。读到这里,读者不禁松了一口气,认为他的境遇从此会好转起来。"无巧不成书",就在赛挽歌时,荥阳生被其父意外地发现,读者又为之一喜,还以为他会从此父子团聚,重新置身于世族行列。但出乎意料的是情节在此处陡转直下,荥阳公认为他狎妓堕落,是"污辱吾门",给他一顿毒打,几乎置之于死地。读者刚刚放下的心顿时又被悬置起来。公子虽然被凶肆中的患难兄弟所救,但最终又被弃置道旁,以至于落到持破瓦罐乞食间里、夜入粪壤窟室、昼游都市的困窘境地。这是小说情节的第二个起伏,矛盾冲突也逐步推上了高潮。荥阳生在饥寒交迫的困境中,饱尝人世间的苦难,濒临死亡的边缘,大家都认为他不会有救了。当矛盾发展到极端,作者将笔锋一转,以千钧笔力为读者开辟了一个新的境界,作品情节进入了第四个阶段——护读。荥阳公子绝处逢生,在风雪之中乞食时到了李娃家中,李娃见他鹑衣百结,顿生恻隐之心,为自己以前的行为追悔不已,毅然决然地与鸨母诀别、租院另居,与荥阳公子开始了新的生活。荥阳生由此摆脱贫困,恢复健康,刻苦攻读,一举成名,洗污垢而成大器,恢复了他贵族阶级的身份地位。这形成了小说的第三个起伏。团圆是情节发展的第五个阶段,也是整个故事的结局。荥阳公子高中做官,两人的关系又将如何发展呢?读者对此不能不十分关心。作者在此又横生波澜,先写李娃"功成身退",劝荥阳公子另娶高门,尽管公子以死相留,她仍"固辞不从",再度给情节的发展蒙上阴影。就在公子赴官途中,与李娃将再离而未离之际,荥阳公的出现又使情节峰回路转。荥阳公主动恢复了与荥阳生的父子关系,又遣媒下聘礼迎亲,使李娃这个烟花女子成了荥阳生明媒正娶的妻子,故事最终以大团圆结束。这构成了小说情节的第四个起伏。整篇小说就是在这一波未平、一波又起的大开大合中,在荥阳公子与李娃离合沉浮的大喜大悲中,在一连串变幻莫测、扣人心弦的悬念中,创造出引人入胜的情节的。而且这篇小说的情节安排环环相扣,一转再转,既出人意外,又恰在情理之中,既极尽曲折回环之趣,又绝无离奇怪诞之弊,表现出作者精湛高妙的构思功力。

　　再次,这篇小说在曲折婉转、陡起陡落的故事进程中,还向人们展示了工细深婉、精微独到的细节描写和摇曳多姿、绘声绘色的场景描写。这不但充实了作品的情节框架,扩大了作品的社会容量,而且使整篇作品散发出浓郁的生活气息。比如荥阳公子与李娃最初相见和交往的那段描写,历来为人称道:

　　(生)至鸣珂曲,见一宅,门庭不甚广,而室宇严邃。阖一扉,有娃方凭一双鬟青衣立,妖姿要妙,绝代未有。生忽见之,不觉停骖久之,徘徊不能去。乃诈坠鞭于地,候其从者敕取之。累眄于娃,娃回眸凝睇,情甚相慕。竟不敢措辞而去……他日,乃洁其衣服,盛其宾从,而往扣其门。俄有侍儿启扃。生曰:"此谁之第也?"侍儿不答,驰走大呼曰:"前时遗策郎也!"

　　荥阳公子,正值"弱冠"之年,见到李娃这样的绝代佳人,自然是爱不忍舍。但他又是一个教养有素的大家子弟,是一个初出茅庐、乍到京城的外地青年,深知长时间无端注视一个青年女子有悖于礼法,而又没有久惯风月的纨绔子弟追风挟策的伎俩。"停骖久之""徘徊不能去""诈坠鞭于地","累眄于娃""竟不敢措辞而去"等一系列细节,就使这个翩翩公子见到李娃后既恋恋不舍又毫无办法,既幼稚可笑又机智聪明的性格特点、心理状态,活灵活现,呼之欲出。"侍儿不答,驰走大呼"这一细节也有着十分丰富的内涵。它一方面表现了侍儿看到荥阳公子来访后惊喜不置的心情和小丫头不善于掩饰内心秘密的情态,更重要的是对李娃的"不写而写"。侍儿为什么不顾回答公子的问话而急不可待地向李娃报告公子又来的消息呢？它暗示出李娃受到公子的遗策相顾后也是爱慕不已的，是断定公子会重来而且期待着公子重来的，并且是经常和侍儿一起议论、猜测、苦盼的。这一细节对表现李娃来说，可称作"不着一字，尽得风流"，即使放在整个古代小说中，也是熠熠生辉、卓荦不群的。

再比如作者描写东西两凶肆为了"竞争市场"，摆擂台进行较量的场面，为我们形象地展开了一幅中唐都市的社会风俗画。作者一开始极写竞赛造成的"轰动效应"之大，是"士女大和会，聚至数万"，是"四方之士，尽赴趋焉，巷无居人"，把当时热闹的情景烘托得仿佛能使读者看到那万头攒动、人声鼎沸的场面。接着以浓笔重彩写两凶肆比赛挽歌。在这一场景描写中，作者采用了欲扬先抑的手法，先极力渲染西肆长髯者的从容、得意，"顾盼左右，旁若无人"，得到了众人的齐声喝彩，让人觉得他确实是"独步一时，不可得而屈也"；然后再写荥阳公子从容不迫地登场，"（生）整衣服，俯仰甚徐，申喉发调，容若不胜。乃歌《薤露》之章，举声清越，响振林木，曲度未终，闻者歔欷掩泣。"在对比映衬中写出荥阳公子更胜一筹。这段描写，可谓笔触细致，刻画入微，把唱歌者的神态举止、声调表情，乃至客观效果，都生动传神地再现出来，使当时情景宛然如现眼前，令人叹为观止，表现了作者相当纯熟的艺术技巧。明清之际侯方域《马伶传》中两个戏班子比赛的场面，即脱胎于此段描写。

（三）《任氏传》

沈既济的《任氏传》塑造了一个亦狐亦人、聪明美丽、敢于反抗强暴的女性形象。狐女任氏爱上了因贫困而托身于妻族的郑六。郑六的妻弟韦崟（yín 银）闻任氏绝色，仗恃富贵上门调戏，被任氏义正辞严地拒绝。韦崟为任氏的坚贞感动，以后便不拘形迹在一起玩乐，而不及淫乱。一年多后，郑六携任氏去外县就职，途中任氏为猎犬所逐，化狐而死。

（四）《莺莺传》

元稹的《莺莺传》即杂剧《西厢记》故事的原型，记张生爱慕崔莺莺始乱而终弃的故事。宋人王铚考证，故事所述是作者自身的经历。女主角崔莺莺真实感人，她出身名门，深受礼教熏陶，举止端庄、沉默寡言。她勇敢地突破了精神桎梏，全身心地爱恋着张生，没想到张生却是一个用情不专、负心薄幸的人。她陷入了绝望和痛苦，便毅然离开了张生。

《莺莺传》其实很难简单地指为"爱情小说"，张生对莺莺，只是把她看作一个具有诱惑性的"尤物"乃至"妖孽"，始而为其美色所动，主动亲近，最终却为了自身利益将她抛弃,而这种行为在小说中竟被称颂为"善补过"。但另一方面,在发表伪善议论的同时,作者毕竟还是描绘了一对青年男女在一个短暂的时期中彼此慕悦和自相结合的经过(这表明元稹对于其自身经历仍颇怀留恋)。小说中崔莺莺的形象,也是刻画得比较成功的。她以名门闺秀的身份出现(实际其原型家庭地位较低),端庄温柔而美丽多情。她以传统礼教作为防范别人和克制自己的武器,内心却又热烈渴望自由的爱情,而终于成为封建势力和自私男子的牺牲品。由于小说中包含着作者真实的经历,故它表现人物性格和心理,也就比一般作品来得真切;作者的文学修养又很高,善于运用优美的语言来描摹人物的体态举止,并以此呈现人物微妙的内心活动,让人读来确实很有美感。由于小说中存在着反映青年男女向往自由爱情的基础,故它后来被改造为《西厢记诸宫调》和《西厢记》杂剧,小说本身也更为著名了。

这篇小说的缺陷,除了上述写作态度上的矛盾和由此造成的作品主题的不统一,从结构上来说,后半篇不仅记述了莺莺的长信,还穿插了杨巨源和作者本人的诗歌及张生"忍情"的议论等,也显得松散累赘。而这主要不是写作技巧的问题,而是反映了小说以外的各种因素所造成的文体不纯现象。

《莺莺传》对后世文学产生了深远影响。以崔张爱情故事为题材的文学作品,有宋代话本《莺莺传》《张公子遇崔莺莺》,明代拟话本《王娇鸾百年长恨》,宋杂剧《莺莺六么》,秦观、毛滂的《调笑令》,董解元《西厢记诸宫调》,特别是王实甫的杂剧《西厢记》更是辉耀百代。当代的影视剧和戏剧创作中,崔张故事也被多次改编。

(五)《柳毅传》

别名《柳毅》《洞庭灵烟传》。作者李朝威,生平不详。从作品中说薛根开元末在洞庭见到柳毅的说法,此作写于中唐时当属无疑。

李朝威的《柳毅传》叙述人神恋爱的故事,有着浓厚的浪漫主义色彩,表达了爱情自主的理想。作品写落第书生柳毅到泾阳访友,遇到龙女。龙女受到公婆和丈夫的虐待,托柳毅带信给洞庭君。洞庭君的弟弟钱塘君得知侄女受苦,飞往泾阳,杀死泾川龙子,将龙女救回。钱塘君想将龙女再嫁给柳毅,但他强硬逼婚,遭到柳毅的严词拒绝。洞庭君又想将龙女嫁给濯锦江龙君的儿子,但龙女的心在柳毅不肯从命。恰好此时柳毅妻子死了,龙女来到人间托生为卢氏,与柳毅结为夫妻。这一篇柳毅、龙女和钱谢君的人物形象都塑造得很成功。

描写婚姻恋爱的传奇,还有陈鸿的《长恨歌传》、陈玄佑的《离魂记》、许

第三章　唐传奇研究

尧佐的《柳氏传》等。

这篇充满了奇异幻想的传奇故事,是作者丰富的想象力和创造力的浓缩。

曲折的故事情节恰恰契合了中唐时期的社会现实和人们的情感需要,它那无穷的艺术魅力深深地吸引着我们。

首先,作者塑造了一系列个性鲜明、栩栩如生的人物形象:仗义相助,正直勇敢的柳毅;美丽善良,真诚多情的龙女;刚勇暴烈、粗犷鲁莽的钱塘君;和蔼可亲、仁厚持重的洞庭君等,每一个人物形象都血肉丰满,充满着生命力。

其次,作者对故事情节的安排独具匠心,极尽曲折而又不乏巧妙,神奇但不荒诞,出人意料之外,却又在情理之中。

对钱塘君形象的塑造,作者采用了正面描写和侧面描写相结合的方法。早在他还没有出场之前,就借洞庭君之言,侧面烘托渲染他叱咤风云、惊天动地的神勇。他作为气势磅礴的钱塘怒潮的化身,性情暴烈,勇气过人,曾经跟帝尧对抗,使帝尧天下遭受了九年洪灾;他与天将结下矛盾就阻塞五山,凶猛异常,极具暴力。他最终受到严惩,丢官卸职;命运不济,被囚禁在哥哥洞庭君处;即使如此,仍不改本色,一听到侄女受辱,便怒不可遏,折柱摧锁,凌空而去,大战泾河,严惩了恶人。接着又对他进行正面描写,一出场就不同凡响,大有挟风雷之势、激五岳之气,极富气吞山河的英雄气魄。他"电目血舌,朱鳞火鬣";他形貌巨伟,全身通红,其身周围雷霆千万,雪雹俱下,令人惊恐,这刻画出他与众不同的形象。擘青天飞去,战泾阳,惩恶龙,行动迅速果断,描绘出他非凡的动作。"中间驰至九天,以告上帝",还表现出他敢作敢当、勇猛率直的一面。这样就把一个活生生的富有立体感的人物形象摆放在读者面前了。同时,作者还通过对比的手法来突出钱塘君嫉恶如仇、刚直勇猛的个性。洞庭龙王得知女儿惨遭不幸时一筹莫展,他并没提出任何营救女儿的有效措施和采取积极的行动,只是掩面而泣,哀伤不已,深深自责,表现得十分软弱谨慎。而钱塘君一知实情,就风驰电掣般直奔泾河而去。一个沉郁,一个奋战,对比强烈鲜明,更突出了钱塘君率直刚烈的性格。在这个敢犯天颜、惩罚恶类的神灵身上,寄托着作者彻底摧毁恶势力的理想。要破坏旧的秩序,必须有排山倒海的强大力量不可,而钱塘君就是这种愿望和力量的化身。他和龙女一样,不失为封建制度的叛逆者,在他身上闪耀着民主思想的光辉。把自然界加以人格化,洞庭龙君的性格犹如洞庭湖水那样雍容而仁弱,钱塘君的性格则像钱塘潮那样凶猛暴烈,他们的形象奇幻而又神妙。总之,这篇故事人物塑造手法变化多样,再加以合理的夸张、想象,塑造出了栩栩如生的艺术形象。

感恩宴上,钱塘君对柳毅的逼婚,让故事波澜又起。钱塘君恩怨分明,心直口快,言无顾忌。他从柳毅传书中了解到柳毅人品的高尚,便极力撮合他和龙女的亲事。虽是出于对柳毅的感恩、敬佩,但显得过于鲁莽草率,这极其符合他的个性。可贵的是当他的好意遭到柳毅的拒绝后,他却能勇于改进,引咎自责,知错就改,并与柳毅结为知心朋友。这就把他粗犷鲁莽、神武刚勇、嫉恶如仇的一面,与他淳朴憨厚、刚决明直的一面结合起来了。柳毅为龙女传书,扶弱济困不图私利,侠义心肠,没有一点个人目的;就是在龙宫受到盛情款待,也毫无居功自傲之色和施恩图报之意。他之所以对一个素昧平生的弱女子援之以手,完全是出于侠骨柔肠。正直无私、志坚品洁、嫉恶如仇、不慕荣华、不畏强暴等封建社会下层知识分子的传统美德,在他身上体现得十分鲜明。他一直在行动中义无反顾地信守着承诺,体现出道德和正义的力量。柳毅有着自己立身做人的原则,当钱塘君"因酒作色""以威压人",以一种居高临下命令式的语气提出要他娶龙女时,他理直气壮、进退有据地加以拒绝了,因为这跟自己扶危救困的初衷相违,会使自己成为"杀其婿而纳其妻"的不义之徒,从道义和良心上都不能接受。他对钱塘君的严词指责,突现出其威武不屈、不畏强暴的个性特征。

在柳毅回到人间后,小龙女一直默默地关注着他,她再也不愿屈从父命,毅然拒绝了父母让她嫁给"濯锦小龙"的安排。在柳毅连娶的两个妻子都撒手人寰之后,她才以范阳卢女的身份与柳毅结合。这份对爱情的执着,不断追求自己幸福的勇气,绝非一般女子所能做到的。她善良多情而又富有反抗精神,是一个美丽善良而又不甘任人欺凌、敢于冲破封建礼教束缚、追求自由幸福的女性形象。

《柳毅传》猛烈抨击了包办婚姻,歌颂了自由、幸福、富足的爱情生活,对广大妇女低下的社会地位和家庭地位寄予深切同情,同时也批判了人间的污浊和强权的压迫。

除了成功地塑造人物形象外,《柳毅传》的环境描写也很突出,对洞庭龙宫的环境描写细致逼真而富于海国特征。小说中的情节和环境映现着生活的内在逻辑,夸张和想象既在意料之外,又在情理之中,有新奇而不怪诞的特点。另外,结构的完整,情节的多变,也使这个喜剧结尾的神话故事产生了波澜迭宕的艺术魅力。

千百年来,《柳毅传》这个故事被改编成了各种杂曲话本。这个诞生于中唐时期的传奇小说,代表了我国唐代小说的最高成就。

(六)《离魂记》

《离魂记》,作者陈玄祐,生平不详,篇末云:"大历末,遇莱芜县令张仲舰,因备述其本末。"可知是代宗、德宗时人。大概此篇亦写于大历末年,是唐传奇里成熟作品中的较早作品。《太平广记》作《王宙》,是利用传统志怪题材而重新加工创作的一篇传奇小说。《离魂记》在唐代传奇中的重要性,不仅是因为它写了一个异闻与言情相结合的动人故事,而且是在利用旧籍的基础上,通过它的细节描写和人物塑造,表明唐传奇真正趋向成熟。

《离魂记》以虚幻的形式,浪漫的手法,反映了现实中一个极为重要的主题,即追求自由爱情,体现了强烈的反封建倾向。小说述写武则天时,清河张镒官家于衡州。其女倩娘与外甥王宙,自幼相许;后张镒自食其言,答应一个进京待选官僚的求婚,逼使王宙出走,倩娘私奔,相偕乘船至蜀。五年中,倩娘生两子,复归衡州张镒家,与在闺房中病卧数年的倩娘合为一体。这种精诚所至,心驰神往;梦寐以求,魂飞千里。"离魂复合"的情节十分离奇而又合情合理。作品采用浪漫主义的瑰奇想象,写出了倩娘的痴情和她对自由爱情生死不渝的追求。整个故事更是一曲自由爱情的凯歌。一直到倩娘与王宙乘船回家,读者还蒙在鼓里。待到作者点破真相,读者才恍然大悟。当写到倩娘的灵魂和躯体复合时,作者添上了"其衣裳皆重"这一重要细节,将超现实的想象融进生活的经验体会之中,幻中有实,产生了真幻融合的艺术效果。船中的倩娘"颜色怡畅";家中的倩娘一病五年,听说王宙来到,"喜而起,饰妆更衣""出与相迎",立即恢复了青春的活力与健康。鲜明地体现出作品对追求自由爱情的青年男女的同情。

《离魂记》是我国古代"离魂型"小说中的代表作。与之相类的故事,唐代尚有《灵怪录》里的《郑生》《独异记》里的《韦隐》等,都表现了因精诚所感而引起的"离魂"。但这几篇作品人物形象都比较模糊,特别缺乏《离魂记》所具有的反封建主题。"倩女离魂"已成了有名的典故。《离魂记》对后代影响较大。元代戏剧家赵公辅和郑光祖都著有《倩女离魂》杂剧。今存郑剧,是元杂剧著名的作品之一。明杂剧有王骥德《倩女离魂》,传奇有无名氏的《离魂记》。明代大戏剧家汤显祖的《牡丹亭》,也借用了"离魂"这一浪漫主义手法。明代瞿佑《剪灯新话·金凤钗记》、凌濛初《拍案惊奇·大姊魂游完夙愿,小妹病起续前缘》,显然也受到了此篇的启发。至于《聊斋志异》中的《阿宝》,离魂的主人公已由女性变为男性了。

(七)《柳氏传》

《柳氏传》,作者许尧佐,峡州(今湖北宜昌)人,具体生卒不详。贞元元年(公元790年)进士及第,十年后复举贤良方正能言直谏科,授太子校书郎,官终谏议大夫,今存文七篇。

《柳氏传》讲的是韩翃与柳氏的爱情故事。天宝年间,韩翃四处漂泊,寄居在好友李生家中，与李生的宠姬柳氏两相倾爱。李生便将柳氏许配给韩翃。第二年，韩翃考中了进士，回清池探视父母家人。这时，安史之乱烽火遍燃，柳氏无可奈何削发为尼，避难法灵寺中。即使如此，也没有逃脱战争的劫难，被蕃将沙吒利劫掠而去。乱平之后，韩翃寻找柳氏下落，一个偶然的机遇二人相见却不能通言，双双陷入思念和痛苦之中。虞候闻知此事，只身闯宅，劫回柳氏，韩柳团圆。皇帝别赐二百万给沙吒利，才了却了这一段婚案。

《柳氏传》歌颂了真挚的爱情，柳氏虽为婢女，而韩翃对她一往情深，这样的爱情，没有庸俗的社会政治成份，爱情的基础是男女双方的情投意合。韩翃得官，也不以柳氏为嫌，终于白头偕老，这在封建社会中是很难得的。作品的深刻之处，还在于把韩柳二人的爱情，放在安史之乱的社会大背景下，展示爱情离合的曲折过程，以韩柳的离合之情，写唐朝的盛衰之感，曲折地批判了社会动乱给人民生活带来的灾难性后果。韩翃不以柳氏沦为蕃将之妻为嫌，一如既往深爱柳氏，女性的贞操观念表现得非常淡漠。连皇帝都为此事出面调停，还赐钱蕃将，了却纠纷，表现得相当开明。韩翃乃天宝十三年的进士，大历十才子之一，在历史上实有其人，与柳氏的爱情是否完全属实，尚难确认。但是小说中表现的这种市民意识却令人叹服，也许是一种理想化的虚构吧。许俊在《柳氏传》中虽是次要人物，义士参与韩柳爱情的发展，也是一种值得注意的现象，从另一个侧面反映了力大于理的硬道理。

《柳氏传》善于用简洁准确的语言行动刻画人物形象，也善于抓住人物的感情发展，透视人物的内心世界。如写许俊"乃衣缦胡，佩双鞬，从一骑，径造沙吒利之第。候其出行余里，乃被衽执辔，犯关排闼，急趋而呼曰：'将军中恶，使召夫人！'仆侍辟易，无敢仰视。遂升堂，出翃札示柳氏，扶之跨鞍马，逸尘断鞅，倏忽乃至。引裾而前曰：'幸不辱命'。四座惊叹。"寥寥数语，一个侠骨义胆、机警勇敢的义士形象便展现在面前，其中的思路、计谋、过程，甚至细节，都跃然纸上。

在小说中渗入诗词作品，也显得自然，毫无游离于情节之外的疵病。例如韩翃以练囊盛麸金，题诗云："章台柳，章台柳！昔日青青今在否？纵使长条似旧垂，亦应攀折他人手。"柳氏答云："杨柳枝，芳菲节，所恨年年赠离别。一叶随风忽报秋，纵使君来岂堪折？"把各自的心态、处境都在诗中含蓄地表达了出来。

后世宋人有话本《章台柳》，明人有《苏长公章台柳传》小说，清人则扩展为十六回的《章台柳》小说。元人钟嗣成有杂剧《章台柳》，明人吴长儒有传奇《练囊记》，梅鼎祚有《玉合记》，张回维有《章台柳》，足见这篇传奇影响之深。

二、仕途官场的故事

唐传奇中也有一些涉及仕途和官场生活的故事,虽然谈神说怪,但具有社会现实生活内容和深刻的讽刺意义。这方面以《枕中记》和《南柯太守传》为代表。

(一)《枕中记》

沈既济(公元750—800年),苏州吴(今江苏吴县)人。他自幼喜好读书,精通经史子集,擅长写作小说。大历年间被委任为协律郎。曾上书改革选举制度,建议皇帝选拔德才兼备、具有真才实学的人才为官。德宗初年,受宰相杨炎的大力举荐,担任左拾遗一职,并负责史书的修订。他充分地发挥了自己在史学方面的才能,为唐王朝的历史修订工作付出了坚实的努力,并对史学的发展起到了推动作用。后来沈既济因杨炎被贬而受到牵连,被贬异地。不久,他又被调入长安,官至礼部员外郎。历尽官场沉浮,他对世态炎凉早已看破。他所经历的时代,刚刚经历了安史之乱的洗礼,官场黑暗,党争此起彼伏,社会上一些人更加疯狂地热衷于追名逐利。"中进士、通过迎娶名门之女而跻身上流社会"成为很多人梦寐以求的理想,怎奈宦海明争暗斗、暗礁横生,又有几人能够处乱不惊;人生百转千回、雾里看花,又有几人能够柳暗花明,到头来恐怕只是一场梦。沈既济就是根据这种社会现实,创作了志怪传奇《枕中记》。当然,文中有很大一部分是借鉴了干宝的《搜神记》和刘义庆的《世说新语》。很多唐传奇中的内容都是借鉴了汉魏六朝的文学成果才得以成书。《枕中记》就是其中之一。

沈既济的《枕中记》,即"黄粱一梦"典故的出处,写落魄士子卢生一心想"建功树名,出将入相,列鼎而食,选声而听"等功名富贵之事。在邯郸旅店遇上了道士吕翁,吕翁给一个青瓷枕,让他枕着睡觉。他入梦后,先娶了五大夫士族的崔氏妻,次年又中了进士,随后官运亨通,边功赫赫,执掌朝政。也因而招致忌恨,先后两次被贬谪放逐,几乎自杀。后来皇帝为他洗刷冤情,又得宠信,加官进爵,位极人臣。"前后赐良田、甲第、佳人、名马,不可胜数,"五个儿子都在朝做官,临死时皇帝还降诏慰问。享寿八十,子孙满堂,真可谓"福禄寿禧"样样俱全。谁知这不过是大梦一场。篇末作者写道:卢生欠伸而悟,见其身方偃于邸舍,吕翁坐其傍,主人蒸黍未熟,触类如故。生蹶然而兴曰:"岂其梦寐也?"翁谓生曰:"人生之适,亦如是矣。"生抚然良久,谢曰:"夫荣辱之道,穷达之运,得丧之理,死生之情,尽知之矣。此先生所以窒吾欲也。敢不受教。"稽首再拜而去。

这无疑是全篇的主题所在,卢生终于大彻大悟:自己孜孜追求的功名富贵,不过是过眼云烟;对那些荣辱、穷达、得丧、死生,不必过于计较,说穿了是一场春梦。这是宣扬道家、佛家的出世思想,尽管如此,在客观上,作品的讽刺意味还是很辛辣的。它嘲讽了对功名利禄热衷追求的士子们和煞有介事、勾心斗角争斗着的当权统治者。

　　作者以现实为依托,用一种非常手段揭示了唐朝的社会生活,深刻而尖锐。作者体察了读书人的苦楚和社会上大多数人追求功名利禄的迫切心理,用一种怪诞的语气分析了这种追求的无意义性。在行文过程中,作者运用了巧妙的构思和奇特的想象,同时又有一些对现实的描写,因此,文章显得血肉丰满,有张有弛,同时也揭示了统治阶级生活的腐朽,批评了他们骄奢淫逸的状态。作者指出:海市蜃楼只是一时美景,转瞬即逝,瞬间的得失永远代替不了永恒,梦幻永远不能成为现实。梦中的名与利只是过眼云烟,不值得为之付出一生。

　　卢生的黄粱一梦,讽刺了那些舍弃本性而热衷于追名逐利的人们。后人对这部传奇的评价极高,鲁迅先生认为:"如是意想,在歆慕功名之唐代,虽诡幻动人,而亦非出于独创。……既济文笔简练,文多规诲之意,故事虽不经,尚为当时所推重。"(《中国小说史略·唐之传奇文上》)沈既济在当时封建社会的统治秩序之下,能对人生的得失悲欢有如此高的见地,实属不易。他本身是读书人,但却能跳出功名看人生,展开批评与自我批评,这是非常具有独创性的,具有跨时代意义。从这个角度来看,《枕中记》也不愧为唐传奇中的名篇佳作。

(二)《南柯太守传》

　　李公佐的《南柯太守传》是这类作品中成就最高的一篇。李公佐,或西郡人,唐代宗大历至宣宗大中年间人,他是唐代最负盛名的传奇作家,现存传奇单篇,他的数量最多。《南柯太守传》写将门余子、落魄军官淳于棼梦入蚁蚁国的经历。淳于棼的住宅南边有一株大槐树。一天,他饮酒醉卧,梦见紫衣使者,奉槐安国王之命来邀,他便出门登车,驰向大槐树。车进洞穴,便见山川风候,草木道路,与人世甚殊,他来到一座城楼,楼上题着"大槐安国"四个大字。淳于棼拜见了国王,被招为驸马。以后又出任南柯郡太守,守郡二十年。移风易俗,政绩卓著,受到国王的器重,封高官厚爵,生五男二女。荣耀显赫,当世无比。后因与檀萝国交战失利,妻子金枝公主又病死,便辞职回京。于是宠衰谗起,遭到软禁,以后被国王遣送回家。醒后才知上述只是一场梦,寻迹发掘,始知所谓槐安国、檀萝国者,原来都是蚁穴。从此他深感人世虚幻,乃栖心道门,绝弃酒色。这篇作品的立意,虽与《枕中记》差不多,但它情节更曲折,描摹更具体,"更为尽致",重点更突出,因而作品的思想意义就更见深刻。中唐社会,藩镇割据,叛逆迭起,宦官擅权,南衙北司之争更趋激烈。有人朝为贵官,夕遭贬戮,有人靠贿赂得官,坐镇外藩。《南柯太守传》深刻地嘲讽了当时纷纭扰攘的黑暗现实、位高势盛、排场阔绰的王侯贵戚和追名逐利的士大夫。篇末的情节把这种讽喻现实的意思挑得分外明白:

  遂命仆荷斤斧,断拥肿,检查蘖,寻穴究源。旁可袤丈,有大穴。根洞然明朗,可容一榻。上有积土壤,以为城郭台殿之状。有蚁数斛,隐聚其中。中有小台,其色若丹。二大蚁处之。素翼朱首,长可三寸,左右大蚁数十辅之,诸蚁不敢近:此其王矣。即槐安国都也。又穷一穴:直上南枝可四丈,宛转方中,亦有土城小楼,群蚁亦处中,即生所领南柯郡也……复念檀萝征伐之事,又请二客访迹于外。宅东一里有大涸涧,侧有大檀树一株,藤萝拥积,上不见日。旁月小穴,亦有群蚁隐聚其间。檀萝之国,岂非此耶?
……
  公佐贞元十八秋八月,自吴之洛,暂泊淮浦,偶觐淳于生儿楚,询访遗迹,翻复再三,事皆摭实,辄编录成传,以资好事。虽稽神语怪,事涉非经,而窃位生,冀将为戒。后之君子,幸以南柯为偶然,无以名位骄于天壤间云。前华州参军李肇赞曰:"贵极禄位,权倾国都,达人视此,蚁聚何殊!"

末尾的描绘和点睛的议论,把主题引向深处,正如鲁迅所说:"则假实证幻,余韵悠然,虽未尽于物情,已非《枕中》之所及矣。"(《中国小说史略》)

三、豪侠故事

晚唐时期传奇中出现了新的题材,就是描写豪侠剑客的故事,《虬髯客传》《红线传》《聂隐娘》为其代表。

(一)《虬髯客传》

杜光庭的《虬髯客传》,写的是"风尘三侠"的故事。话说隋末群雄并起,隋朝大臣杨素奢侈傲慢,目空一切。他身边有一个手执红拂的侍婢,却被列为"风尘三侠"之一。《红楼梦》的林黛玉有诗赞曰:"长剑雄谈意态殊,美人巨眼识穷途;尸居余气杨公幕,岂得羁縻女丈夫。"诗中所云正是下面的故事:

  一日,卫公李靖以布衣上谒,献奇策。素亦踞见。公前揖曰:"天下方乱,英雄竞起,公为帝室重臣,须以收罗豪杰为心,不宜踞见宾客。"素敛容而起,谢公,与语,大悦,收其策而退。当公之骋辩也,一妓有殊色,执红拂立于前,独目公。公既去,而执拂者临轩指吏曰:"问去者处士第几?住何处?"公具以对。妓诵而去。

公归逆旅。其夜五更初，忽闻扣门而低声者，公起问焉。乃紫衣戴帽人，杖揭一囊。公问："谁？"曰："妾杨家红拂妓也。"公遽延入。脱去帽，乃十八九佳丽人也。素面画衣而拜。公惊答拜。曰："妾侍杨司空久，阅天下之人多矣，无如公者。丝萝非独生，愿托乔木，故来奔耳。"公曰："杨司空权重京师，如何？"曰："彼尸居余气，不足畏也。诸妓知其无成，去者众矣。彼亦不甚逐也。计之详矣。幸无疑焉。"问其姓，曰："张。"问其伯仲之次，曰："最长。"观其肌肤、仪状、言词、气性，真天人也。公不自意获之，念喜愈惧，瞬息万虑不安，而窥户者无停履。数日，亦闻追访之声，意亦非峻。乃雄服乘马，排闼而去，将归太原。

他们在去太原的途中结识了一个"赤髯如虬"的豪侠，就是虬髯客。他们三人结成知己朋友，结伴同行，所以叫作"风尘三侠"。虬髯客是个要谋图王霸之业的人，听信望气者的话，要去太原察看即将兴起的"真命天子"。他利用李靖与刘文静的关系，见着李世民，觉得李世民确有真命天子的样子。以后，他又约了一个道兄再去太原察看，道兄一见也认为天下将是李世民的。虬髯客从此死了心，毅然出海创立基业。他把自己的全部财富赠给李靖和红拂，希望李辅佐李世民，一匡天下。十多年后，李靖果然成了唐朝的开国元勋，而虬髯客则在海外的扶余国杀其主自立。这篇小说英雄传奇的色彩很强烈，反映隋末天下的混乱，政治黑暗，人民盼望英雄豪杰乘时而起，一匡天下，治理好国家的心情。作品中宣扬李世民是真命天子，不可与之强争的迷信，当然是错误的。不过，全篇弥漫的英雄气息和有识之士择主而事的思想却是晚唐混乱现实的曲折反映。

（二）《红线传》

袁郊的《红线传》写身为女奴的豪侠红线的故事。红线的主人是潞州节度使薛嵩，他正面临着被魏博节度使田承嗣吞并的危险，红线一夜间去魏郡盗取了田承嗣床头的金合，警告了田，从而避免了一场藩镇之间的战争。这篇在一定程度揭露唐末藩镇割据互谋吞并的黑暗现实，反映了人民铲除暴虐的理想。

（三）《聂隐娘》

裴铏，唐朝人，生卒年均不详，约在唐懿宗咸通初前后在世。著有《传奇》三卷，但很多作品没有流传下来，只有《太平广记》中所录的四则，得传至今。他是唐末著名的文学家，一生以文学成就闻名于世，为唐代小说的繁荣和发展作出过巨大贡献。唐代小说之所以称为传奇，便是从他的名著《传奇》一书得名的。裴铏的作品很多,题材也不拘一格,非常广泛。

裴铏的《聂隐娘》写魏博镇大将之女聂隐娘的奇行。她善剑术,能飞行,魏博节度使收买了她,命她去行刺陈许节度使刘昌裔。刘能神算,礼迎隐娘。隐娘服其神明,便背魏归刘,几次挫败魏的行刺阴谋,保护了刘。后来为其夫乞得一个挂名官衔,自己便入山访高人去了。这篇作品也反映了藩镇矛盾,表现人民除奸抗暴的思想。

《昆仑奴》是裴铏的代表作。《昆仑奴》写一位武艺高强的老奴,帮助崔生成就了一段姻缘的故事。崔生偶遇一红衣妓者,遂害了相思之苦。家中昆仑奴帮他解释了红衣妓为崔生留下的暗语。崔生冲破了重重阻碍,最终和红衣妓相会。二人一起回到崔生家中,意图成婚。但此事很快被红衣妓的主人、当时朝廷一品官员郭子仪发现,他派兵包围了崔生的宅院。千钧一发之际,又是昆仑奴帮他们成功逃脱魔爪。作品中对昆仑奴的勇气给予了高度赞扬。昆仑奴敢作敢为的英雄气概恰恰是那个时代缺少的,作者对这种英雄行为给予了高度的评价。通过对比来反映人物性格,体现了传奇在人物描写上的进展和突破,使人物形象更加鲜明了。这种比较写法是中国文学批评中比较传统的方法,在刘勰的《文心雕龙》中早有论述,但运用到传奇当中还是首创,因此具有划时代的意义。

另外,裴铏还写了一些含有教育意义的神话小说,如《韦自东》,写义烈之士韦自东被道士聘去护丹抗妖。妖魔化作巨蛇、美女,都被他一一识破,最后被一个变幻作"道士之师"的妖魔所欺骗,前功尽弃。作品教育人们要善于识破伪装,不能以貌取人。总之,在晚唐,裴铏是一个多产作家,他以自己的创作实践推动了中国小说的迅猛发展。

四、斩妖除怪的故事

唐代佛、道盛行,佛仙神怪的故事泛滥,唐传奇中有大量这类故事。其中也有一些写斩妖除怪,显示出积极意义的篇章。

(一)《郭元振》

牛僧孺的《郭元振》写郭元振斩除猪妖,拯救无辜少女的故事。猪怪"乌将军"在乡间肆虐,乡人只得每年送一少女去祭奠。郭元振激于义愤,用计砍掉了妖怪的左脚,救出了少女。但是愚昧的乡老,反罪怪郭元镇残害了本乡的"神",会给本乡带来灾祸,要把他抓起来。他以理说服乡民,并带领乡民,一举击毙猪怪。这篇小说拯救女弱、为民除害的思想,是值得称道的。

（二）《京都儒士》

皇甫氏的《京都儒士》写一个说大话的儒生自己惊扰的笑话。他自夸有胆气，与人打赌敢在凶宅独宿。其实他的胆子很小，在凶宅里抱剑而坐，惊怖不已。先误将衣架上的为风所吹的帽子当作妖怪砍下来。接着又将从狗洞中探头的自己的驴子砍去半边嘴。最后，他只得躲身于床下。天明，明白原委后，他还惊悸不已，旬日方愈。这则笑话讽刺了心中有"鬼"的庸人。

（三）《画琵琶》

皇甫氏的另一篇《画琵琶》写一书生偶然在僧壁画了一个琵琶，后来就被村民奉为神物，于是以讹传讹，"灵验非一"。书生回来后，自己洗去了琵琶，说明原委，灵验也就消失了。这是一则破除迷信的故事，说明迷信都是唯心、虚妄、自欺欺人的。

五、政治类传奇

（一）《上清传》

《上清传》，别名《上清》，作者柳珵，生平不详，蒲州河东（今山西省永济市）人。

《上清传》写的是上清为主子窦参报仇雪恨，打击政敌陆贽的故事。贞元八年春三月，宰相窦参在宅院中散步，侍婢上清以有事必须在厅堂才肯禀告为名，使他躲过了院中树上密探的暗算，并且把千匹之绢扔到墙外，赠给密探。窦参意识到这是政敌在监视自己，托后事于上清。

第二天上朝，窦参受到皇帝的斥责，以私结节度使的罪名，月余之后贬为郴州别驾，又贬骧州，没收家产，死在半路之上。上清因长相清秀，没为宫女。

上清因为善解人意，茶艺高超，应对机敏，成为德宗皇帝的近侍。闲谈之中，皇帝指责窦参罪名，说在窦家搜出的银器上刻着节度使的名字，显然是结党营私收受贿赂。上清告诉皇帝这全是陆贽的陷害，节度使的名字全是陆贽让人刮掉皇帝的名字另刻的。重新验证，果如其言。加之裴延龄也攻击陆贽。于是陆贽也被贬，死于半途。上清被赦度为道士，隐姓改名，嫁给了金忠义。

这篇传奇揭露的是统治阶级的相互倾轧，为了打倒政敌，常常不择手段，栽赃诬陷更是家常便饭。而皇帝常常是一种表面上看起来圣明伟大，似乎可以洞察秋毫,实际上却被佞臣蒙蔽欺骗的角色。上清作为一个普通的婢女,既有洞察敌情的敏感,又有临危不乱的智谋,既有长期蛰伏的毅力,又有见机行事的胆略,温柔漂亮的外表下蕴藏着远胜须眉的谋略和勇气。这样的形象在以往的作品中是极其罕见的,张扬了下层妇女的智慧和能力,具有深远的影响。从作品中我们还可以看到官场的险恶,政治风云变幻莫测。官宦舞台,你方唱罢我登场,今朝侍宴天子旁,明夕贬官瘴疠乡,这是封建官场永远走不出的怪圈。

(二)《长恨歌传》

《长恨歌传》,作者陈鸿,字大亮,生卒年不详。由太常博士,累迁至主客郎中,有史著《大统纪》三十卷。《长恨歌传》,冠于白居易《长恨歌》之前,《长恨歌》是白居易在元和年间任周至县尉时的作品,白居易与陈鸿是朋友关系。

《长恨歌传》描写的是杨玉环和李隆基的爱情故事,同时,揭示了安史之乱发生的内在原因。小说先写唐玄宗在位日久,倦于政事,完全沉浸在太平天子的逸乐之中,大小政事,都交给右丞相,而自己深居游宴,声色自娱。这就完全忘记了一国之主的政治责任,在亿万百姓的供养和文臣武将的辅助之下,堕落为风流皇帝。于是,玉环入宫,得以专宠,汤泉钿盒,极尽荣华,其亲族也都因杨贵妃得以封侯。谁得到皇帝的欢心,谁就可以富贵双兼,甲于天下。这就极大地破坏了国家的政治路线和组织路线,裙带得势,民怨载道,并导致了安史之乱。乱后,杨玉环马嵬赐死,唐玄宗闲居无聊,李隆基不但没有从国家的衰败中总结历史的经验教训,而且是深陷在对杨玉环的追怀中不能自拔。"春之日,冬之夜,池莲夏开,宫槐秋落,梨园弟子,玉琯发音,闻《霓裳羽衣》一声,则天颜不怡,左右歔欷。"于是在唐朝历史上又演出了天地合一,人神相会,蓬莱得见太真的闹剧。且不说为了使退休的太上皇得到精神的安慰,国家如何劳民伤财,支付了多少人力和物力,仅从思想的愚昧也令人瞠目。当然,人们并不反对用浪漫主义手法表现现实的内容,也根本不想否认,皇帝、贵妃也是人,也应该有自己的爱情生活。但是,爱情在人生中应该占有多大的比重,唐王朝由盛而衰,乃至中华民族从此雄风顿失,到后来不断遭受外敌的侮辱和欺凌,杨玉环,特别是李隆基应该负多少责任,这种责任是不是可以负得起,的确是一个值得长久深思的问题。

从艺术上看,《长恨歌传》现实主义和浪漫主义结合的手法;细致入微的肖像描写和环境描写;曲折的情节、完整的结构,富于表现力的语言,都在唐传奇中占有一席之地。

《长恨歌传》的影响也是很大的。当然抒写李杨爱情的还有《长恨歌》等作品，但后世演述李杨爱情的文学作品，也肯定受到了前者的影响，例如宋人乐史的小说《杨太真外传》，元人白朴的《梧桐雨》杂剧，明人吴世美的《惊鸿记》传奇，清人洪升的《长生殿》传奇等，现当代的荧屏、银幕、舞台上，李杨爱情仍然在不断被搬演。

（三）《东城老父传》

《东城老父传》，作者陈鸿祖，生平不详。文中四称颍川鸿祖，可见是颍川人，与陈鸿并非一人。

小说中的老父就是贾昌，长安宣阳里，九十八岁了仍然耳聪目明。他的父亲贾忠，随玄宗杀韦后有功，成为贴身侍卫。

玄宗为亲王时，非常喜欢民间清明斗鸡之戏，也许同他属鸡有一定关系吧。他登基之后，便在宫中大修鸡坊，集中上千只黄鸡于坊中，在御林军中选了五百少年负责鸡的驯养工作。上行下效，此风染及王公国戚和闾里巷坊，贾昌就是善玩鸡被玄宗带进宫中的。他非常熟悉鸡性，驯教鸡头来制御群鸡，如同将军指挥士兵一般。太监王承恩上报此事，经过表演，贾昌便当上了驯鸡长。皇帝对他赏赐甚丰。玄宗祭泰山，贾昌笼三百鸡相随。昌父死于泰山，贾昌则用公费将父亲的尸体运回长安埋葬，其受宠可见一斑。民谣云："生儿不用识文字，斗鸡走马胜读书。贾家小儿年十三，富贵荣华代不如。……"

玄宗属鸡，生于八月初五，登基之后定为千秋节，每年大庆三天，并进行大型技艺表演。贾昌指挥若定，群鸡腾、伏、斗、打，各依其队，结束之后，胜者前，败者后，依次而退。令其他节目不敢登场。玄宗让梨园子弟潘大同的女儿嫁给贾昌，潘氏也因歌舞得宠杨贵妃，夫妻宠幸四十年。

安史之乱中，玄宗成都避难，贾昌护驾，因马失前蹄而伤脚，躲进终南山。安禄山悬赏千金求昌而不得。玄宗返京后，贾昌布衣在招国里路旁见到妻儿负柴破衣，痛哭而别。大历中，跟从资圣寺高僧运平习经识字，运平死后，为之守舍利塔数年。后来，昌子探父，竟似不相识之人。小说结尾，运用贾昌的话，说明世风淡薄，一代不如一代。

贾昌的生活道路与唐王朝的国运息息相关，从中可以看到唐王朝由盛而衰的内在原因。朝廷利令智昏，没有忧患意识，在纸醉金迷、声色犬马中享受太平盛世的洪福，极尽奢靡、挥金如土，淫逸是败亡之由，皇帝是万恶之首，这就是作品揭示的深刻启示。

贾昌目不识丁，论文无安邦之策，论武无尺寸之功，竟然成为皇帝跟前显赫一时的大红人。"路逢斗鸡者，冠盖何辉赫。"最高统治集团以玩乐为盛事,必然导致玩丢江山的结果。既然斗鸡可以如此荣耀受宠,还有什么必要辛苦地发展生产、创造文化呢?

六、武侠类

(一)《谢小娥传》

《谢小娥传》,作者李公佐。元和八年(公元814年)李公佐罢江西从事,暂住建业时,遇到了谢小娥,五年后又重逢,了解到这件事,加工完成了这篇传奇。

谢小娥,豫章人,八岁丧母,嫁给历阳段居贞。谢小娥的父亲和丈夫都泛舟经商,被强盗所劫,遇难身亡,童仆数十,皆被沉入江中。十四岁的谢小娥被沉后,被别的船救出,乞食来到上元县,被妙果寺尼姑净悟收留。后来,谢小娥梦见父亲告诉她:"杀我者,车中猴,门东草。"丈夫也托梦说:"杀我者,禾中走,一日夫。"谢小娥在数年之间,遍访解梦之人而不得获,元和八年,李公佐在建业瓦官寺为她道破谜底,以为杀人者是申兰、申春。

谢小娥女扮男装,寻访仇人。年余之后,在浔阳应佣时,意外来到申家。二年之中,忍辱求生,摸清了申家的一切底细。一日,谢小娥趁申兰、申春酒醉之时,先将申春反锁室中,又杀申兰于庭院,然后报告官府捕获了申春及群贼,为父亲和丈夫洗雪了冤情,浔阳太守上表免去了谢小娥的杀人之罪,谢小娥拒嫁里中豪族,剪发访道于牛头山。

谢小娥称得上是女中英侠,她有誓死复仇的坚定信念,为解开谜局,不惜四方奔波,又有忍辱负重的刚强意志,两年多的佣人生活终于摸清了仇人的根底,还有手刃仇人的勇气、从容不迫的风度和一网打尽的智谋。最后,谢小娥又选择了空门,表现了她对社会的失望,作品的思想深度是令人钦佩的。

这篇传奇最大的成功是对谢小娥的人物塑造。小说的时间跨度比较大,谢小娥的身份也几经变化,作者始终能根据人物的年龄和处境,表现人物的性格。在语言、行动、心理等方面,都有准确的把握。另外,用"解谜"的方式来组织小说的情节,有引人入胜的魅力,随着这一悬念的逐步展开,人物形象站立起来了,情节也渐次推出。这一解谜手法,被后世的小说戏剧大量运用。

《谢小娥传》有现实的生活基础。《新唐书·列女传》《续玄怪录·尼妙寂》等书中均有记载。凌濛初《初刻拍案惊奇》中的《李公佐巧解梦中言,谢小娥智擒船上盗》就是它的翻版,清代王夫之的《龙舟会》也是写谢小娥复仇的事。

（二）《冯燕传》

《冯燕传》，作者沈亚之，字下贤，生卒不详。德宗元和十年（公元815年）进士，先后为泾原掌书记，秘书省正字、栎阳尉、福建团练副使，中丞御史、德州判官，被贬南康尉，起为郢州掾。有诗集十二卷，传奇还有《异梦录》《秦梦记》《湘中怨解》。

《冯燕传》，又名《冯燕》，作于元和年间。冯燕本为浪荡豪侠之徒，替别人排解纠纷犯了杀人命案，逃到滑州，与张婴之妻私通。张婴耳闻奸情，常常殴打其妻，一日醉，恰逢冯燕奸宿在家。张婴进屋倒头就枕，冯燕的头巾却遗失在张婴的佩刀旁边。冯燕示意张妻递给他头巾，张妻却误将佩刀递上。冯燕以此女心狠手辣，一刀将她剁为二段。次日，邻居以为这是张婴酒后误杀妻子，被官府判为死刑。临刑之时，冯燕刑场自首，救下了张婴之命。皇帝感于冯燕之义，赦免了他和滑州所有的死囚。

冯燕奸人妻子，本属流氓恶霸，又因误会杀死情妇，更是罪上加罪，但法场自首，却表现了义气、正直和勇敢的品格。精神值得肯定，杀人的事实却无法更改，免除死刑的做法类似滑稽，亵渎了法律的尊严。杀了人只要勇于承认就可免于一死，天下岂不大乱？作品在客观上暴露了封建皇帝的昏庸，封建司法的虚伪。在人物塑造方面，能从多侧面表现人物的不同思想品格，使冯燕、张妻有立体感，这是值得肯定的。

七、志怪类

志怪类的传奇在中唐也颇有收获，而且大都以个人专集的形式出现。这些作品，大都篇幅较长，叙述委婉，情节曲折，于作者虽不免假狐怪而显才思，但它们对社会生活的曲折反映是多方面而深刻的，其成就不容小视。

《玄怪录》，又名《幽怪录》，作者牛僧孺（公元779—847年），字思黯，安定鹑觚（属今甘肃灵台县）人。唐穆宗、文宗时二度为相，为牛党首领。《玄怪录》，共十卷，原本已佚，明陈应翔四卷本已非原貌，中华书局本共收五十八篇，恐非尽为牛作。

《玄怪录》内容是相当丰富的。有影射官场黑暗的，如《吴全素》中吴全素因阳寿未尽被遣还阳时，二位冥吏非给五十万钱不肯带路。有反对封建礼教的，如《崔书生》中崔书生与玉卮娘子的爱情就被崔母活活拆散。有张扬侠义行为的，如《郭元振》中郭元振机智地杀死了黑猪精而求得一方平安。

《续玄怪录》，又名《搜古异录》《纂异》，作者李复言，陇西人，生卒不详。

第三章 唐传奇研究

该书本五卷,今存南宋本,共二十三篇。最大特点是佛、道色彩浓厚。如《杜子春》中杜子春几度挥霍老道所赠金钱,后来在华山云台峰为老道看守药炉,老道明嘱其凡见神鬼、猛兽皆非真相,不可动心,但杜子春还是控制不住自己的感情,见到儿子被杀而失声痛哭,导致炉毁药焚、前功尽弃,以寓学道必须专一。

《河东记》,作者薛渔思,生平不详。共三卷,其故事虽然荒诞不经,但是它的讽刺意义却非常明显。例如《李自良》中,道士用妖术让平庸无能的李自良爬上太原节度使的高位,《樱桃青衣》中的卢秀才借鬼族之力,利用裙带关系做了二十年的宰相。

《博异志》,三卷,已佚,中华书局本辑录二十三条。作者谷神子,因多砭时弊,未知真名,或以为是郑还古,不知确否。这部作品,对贪财之徒有憎恶,杨知春等人就是因为盗墓分赃不均而互相火并(《杨知春》)。贪色之徒也不给予好下场,李黄因贪恋蛇精白衣丽人而命丧黄泉(《李黄》)。道士们的下场更加可悲而可笑,每年九月三日的升天之夜,其实只是喂老虎的良宵(《张竭忠》)。统治阶级的吃人本质也被揭露得入木三分。许汉阳与龙女们在夜明宫中所饮的美酒,竟然全是活人的鲜血(《许汉阳》)。洛阳城中的五条毒龙互相串通,以美色诱人落井而食之,吃人才是它们千古不变的准则(《敬元颖》)。

《集异记》,又名《古异记》,作者薛用弱,字中胜,河东(今山西永济)人,生卒不详。这部传奇集思想和艺术价值都非同一般。受到冥司敲骨之报的凌华,是因为他生前受贿太甚,王维之所以得中解头是由于权倾一时的太平公主因赏识而给他走后门(《王维》)。狄仁杰的集翠裘是从佞臣张宗昌那里赢来的,目的是看不惯武则天亲近这个面首。旗亭画壁的故事也出自此书的《王焕之》。《贾人妻》则描绘了一个机智勇敢又富于同情心的侠女形象。

《会昌解颐》,不署撰人,虽不外说狐道鬼,博人笑乐,但对于社会百相、人生冷暖也不无反映。山魅肖老,化盒为虎,吃尽汀州刺史元自虚百余家人,是为了报全家遭焚之仇(《元自虚》)。又黑又丑的庄稼汉竟敢捣毁越州观察使皇甫政用巨资画成的神仙图(《黑叟》),被雷霆打成牛的史无畏,肚子上写着"负心人史无畏"的标签,是因为他忘恩负义,刘立的妻子之所以比亲生女儿美美大两岁,是为了感谢他的善良知情。

《逸史》三卷,卢肇作,共四十五篇,涉及神道鬼筮报应之事,内容繁杂,部分作品宣扬了复仇意识。如李尉、乐生和小妾都在死后化厉鬼报仇,而仇人都是权倾一地的官僚。(《华阳李尉》《乐生》《严武盗妾》)。书中所记,涉及的都是现实生活中的真人,其事虽妄,寓意存焉。

77

（一）《古镜记》

《古镜记》作者王度,太原祁(今山西祁县)人,生于隋开皇初年(公元581年),卒于唐武德(公元618—626年)年间。隋大业中,曾为御史,大业七年(公元611年)五月,罢归河东,六月至长安。次年冬,为著作郎,奉诏撰国史。大业九年(公元613年)秋,以御史兼芮城令;冬,持节河北道,赈陕东。后事不详,史书无传。遗文仅存此篇。

小说大约写在隋王朝覆灭前夕,或者竟在隋亡之后,把已经实现的事写成预言,更显示古镜的神奇。这种神奇带有志怪色彩,当然是不可信的,但可能是隐喻了作者对隋王朝的哀悼。小说似是作者的一篇自叙传,以古镜为中心,以人物为线索,由12个事件组成一个完整的故事。作者自称从汾阴侯生处得一宝镜,从大业七年五月起,持镜宦游各地,先用此镜除去化为婢女的千年老狐;继灭芮城令厅前树中的蛇精;并在陕东以宝镜为民消灾除疫。此后作者弟勃(绩)继持此镜出游,登高涉险,均一一逢凶化吉。宝镜于大业十三年七月十五日亡去。

记镜灵异,不始于唐,王度此篇综述了六朝以来有关记镜怪异之事。从这一点上来说,《古镜记》仍继承六朝志怪之遗风;然而通过志怪形式,寄寓作者的思想、政治观点,却又是与六朝纯志怪小说不同的地方。作者叙述创作之由时说:"今度遭世扰攘,居常郁怏,王室如毁,生涯何地,宝镜复去,哀哉今具其异迹,列之于后,数千载之下,倘有得者,知其所由耳。"隋末的动乱,王朝的没落,生活的不安定,都引起作者深深的忧虑;对百姓遭受的贫困与疾病,表示了深深的同情。因此,能够降妖伏魔、消灾除病的宝镜的出现,颇似作者一个理想政治的化身,或表示作者对逝去的安定幸福生活的一种怀恋和向往。同时,作者在小说中亦流露出浓重的天命论和老庄思想。这是与六朝志怪小说作者相通之处。总之,作家世界观的复杂倾向,正是当时社会的产物。

在艺术上,小说具有较新颖的表现形式。首先,作品以物为中心,以人为线索,把12段古镜故事,连成一体,成为一个大故事,表现了一个共同的主题。这是小说结构上的新创造。其次,"其文甚长",篇幅上摆脱了六朝小说类似残编断简的短篇体制,增大了小说的容量,为传奇表现复杂、丰富的内容,开辟了道路。第三,小说开拓了传奇重在渲染情节、描写委曲婉转的新表现手法,突破了六朝小说"粗陈梗概"的局限,提高了传奇的表现力。小说内容把志怪与人事相结合,虚虚实实,真真假假,使古镜的灵异具有真实感,又富有政治寓意,这种表现手法比六朝小说大大地前进了一步。第四,小说语言华丽,文采斐然。基本上以畅晓的古文,并采纳六朝小说叙事简略

第三章　唐传奇研究

的手法,使行文既有藻彩,又不失之繁缛。总之,这篇小说在六朝至唐中期小说的发展过程中,起到了承上启下的桥梁作用。

(二)《白猿传》

《白猿传》被誉为唐前期第一篇真正的传奇作品。它虽然仍取材于志怪,但已明显克服了《古镜记》的若干缺陷,向前迈进了一大步。

《白猿传》写于初盛唐之间,作者佚名,不可考。《太平广记》录入此传,题作《欧阳纥》,下注:"出《续江氏传》。"《唐书·艺文志》著录为《补江总白猿传》,不署撰人。《江氏传》即《江总白猿传》之谓。江总,字总持,南朝梁时任太子中宫舍人,入陈为太子詹事。陈后主时,官至仆射尚书令。陈亡入隋,拜上开府,死于江都,世称江令。《补江总白猿传》即补写江总《白猿传》之意。托言补或续江总之作,以示有据而已。然而,宋代陈振孙《直斋书录解题》认为,此篇"虽托名江总,必无名子所为也"。所论甚确。

小说综合概括了汉魏以来猕猴盗劫人间美女事而加工创作。如汉代焦延寿《易林·坤之剥》即记载:"南山大玃,盗我媚妾。怯不敢逐,退然独宿。"据此意而发展起来的志怪故事,越来越丰富多彩,并见于晋代张华《博物志》、干宝《搜神记》、任昉《述异记》等。但指名道姓说一个人的来历,言被盗美妇为梁副将欧阳纥妻,其美妇所生子为欧阳询,却是本篇的独创。《白猿传》的创作,其实是对欧阳询的嘲弄和诽谤。《直斋书录解题》云:"欧阳纥者,询之父也。询貌类猕猴,盖尝与长孙无忌互相嘲谑矣。此传遂因其嘲广之,以实其事。"故《崇文总目》以为"唐人恶询者为之";明代胡应麟《少室山房笔丛·四部正讹》则曰:"《白猿传》,唐人以谤欧阳询者。询状颇瘦,类猿猱,故当时无名子造言以谤之。"欧阳询是唐初名臣。关于他的面貌酷似猿猴的记载,唐代颇多,如刘𬩽《隋唐嘉话》、孟棨《本事诗》等。《隋唐嘉话》卷中曰:"太宗宴近臣,戏以嘲谑,赵公无忌嘲欧阳率更曰:'耸膊成山字,埋肩不出头,谁家麟阁上,画此一猕猴?'询应声曰:'缩头连背暖,倪裆畏肚寒。只由心混混,所以面团团。'帝改容曰:'欧阳询岂不畏皇后闻?'赵公,后之兄也。"《白猿传》显系在欧阳询传说基础上,利用志怪形式进行了再创作。把志怪故事与具体人事相连接,便产生了现实作用。鲁迅在《中国小说史略》中指出:"是知假小说以施诬蔑之风,其由来亦颇古矣。"

这篇小说与《博物志·异兽》中《蜀南高山猕猴盗妇女》相比较,虽同为称道灵异,然《白猿传》采用史传笔法,结构首尾完整,情节波澜起伏,可见传奇艺术上的特色。它不再像《古镜记》那样按年月连缀故事,不再采取平铺直叙的写作手法,而是围绕着失妻、寻妻、杀猿组成一个完整的情节形成一个中心主题。作者从欧阳纥的略地进山写起,言其妻之失已非失于路途,而是在重兵环护之下被盗,足见白猿的神通广大;接着写欧阳纥寻妻经过,寻妻于百里之外,始见绣履一只,又于两百里之外,始见其迹,写得扑朔迷离;后与诸妇合谋,约十日后正午计杀白猿,令人惊心动魄。其次,注意了细节描绘。如写白猿动的状态:"日晡,有物如匹练,自他山下,透至若飞,径入洞中",写静的状态:"少选,有美髯丈人长六尺余,白衣曳杖拥诸妇人而出。"生动形象,远非六朝小说可比。第三,初步刻画了人物。写纥妻见寻至,虽在病中,仍"回眸一睇,即疾挥手令去"。寥寥数语,极见对丈夫的恩爱及对白猿的恐惧,手法极为高明。最终,欧阳纥取妻及诸妇人归,其妻生子,为江总收养,是归结这个故事的主题。插入的补叙十分自然,与全篇浑然一体。

总之,从《补江总白猿传》的艺术特点,足见传奇小说的发展和进步。自然,作为传奇小说的早期作品,该篇仍显不够成熟,如太重于事而忽视人物——白猿的描写,即过多的故事性叙述,削弱了对人物的刻画;特别是利用志怪题材,仍没有摆脱六朝遗风的影响,人物的现实性不足,没有反映宽广的现实生活。就本篇对后世小说戏曲的影响而言,小说有《清平山堂话本·陈巡检梅岭失妻记》(即《古今小说·陈从善梅岭失浑家》)、《剪灯新话·申阳洞记》;戏曲有元传奇《陈巡检妻遇白猿精》及钱南扬《宋元戏文辑佚》中存残曲三十五支。

(三)《游仙窟》

《游仙窟》是一篇用"假语村言"反映初唐文人放荡生活的传奇小说。它以奇特的内容,骈体的形式,华丽的辞藻,独具特点,产生了很大影响,在作者生前即已传入日本。

作者张鷟(约公元660—740年),字文成,自号浮休子,深州陆泽(今河北深县北)人。生活在唐代武后、中宗、睿宗及玄宗朝前期。唐高宗上元二年(公元675年)进士及第,仪凤二年(公元677年),弱冠应举,下笔成章,特授襄乐尉。凡八试皆登甲科,再调长安尉,迁鸿胪丞。证圣(公元695年)中迁监察御史,长安初(公元701年)贬处州司仓,柳州司户,后改德州平昌令。张鷟性躁急,行为无检,又好讪短时政,臧否人物,为宰相姚崇所恶。开元初,御史李全交罗织罪状,贬至岭南。不久内徙,起为龚州刺史,又入为司门员外郎。开元十八年(公元730年)卒,年七十三岁,赠国子司业。著有《游仙窟》《朝野佥载》《龙筋凤髓判》等。张鷟当世颇有文名。新罗、日本使至,必出金宝购其文。新罗,古朝鲜国名。可见他的著作,在当时的国内外有着相当的影响。

《游仙窟》国内向无传本。清代杨守敬始著录于《日本访书志》。遵义黎氏从日本抄回来的本子,卷首题"宁州襄乐县尉张文成作",说明是张鷟早年

第三章　唐传奇研究

的作品。小说采取自叙体,作者言从沔陇奉使河源(今青海兴海县境内),因"日晚途遥,马疲人乏",遂中夜投大宅止宿,大宅即神仙窟,与女主人十娘、五嫂,以诗书相酬,调笑戏谑,宴饮歌舞,无所不至。以五嫂为"媒",将十娘"嫁"与文成,一宿而别,洒泪而去。实际上描写的是一段爱情故事。在唐代,"仙"一般是指艳冶女子,或妓女;"游仙",也就是艳遇或逛妓院的代名词。作者以当事人的身份直叙其风流韵事,并把妓女十娘冠以"博陵王之苗裔,清河公之旧族"的崔氏高贵门第,把妓院虚掩成"神仙窟",那统统不过是作者的"假语村言",是没有什么神秘性可言的。

作者把唐初文人放荡、轻浮的狎妓生活,第一次写入传奇领域,富有一定意义;但与中唐同类题材的成熟作品如《李娃传》《霍小玉传》相比,又显出它的浅薄和浮艳。作品表现了作者"傥荡无检"的作风和"浮艳少理致"的行文特点。它所表达的是一种毫无拘束的感情生活。对相见求欢的情节进行了露骨的描写:"昔日双眠,恒嫌夜短,今宵独卧,实愁更长";恳求"空悬欲断之肠,请救临终之命。元来不见,他自寻常;无故相逢,却交烦恼。敢陈心素,幸愿昭知"!真可谓"逼人太甚"。接着写作者与十娘、五嫂欢会,饮酒弹唱,调笑相乐,语言庸俗粗鄙,实为空前之文。请看下面喝酒赛赌的一段对话:

十娘笑曰:"莫相弄,且取双六局来,共少府公赌酒。"仆答曰:"下官不能赌酒,共娘子赌宿。"十娘问曰:"若为赌宿?"余答曰:"十娘输筹,则共下官卧一宿;下官输筹,则共十娘卧一宿。"十娘笑曰:"汉骑驴则胡步行,胡步行则汉骑驴;总悉输他便点。儿递换作,少府公太能生。"五嫂曰:"新妇报娘子:不须赌来赌去,今夜定知娘子不免。"

这类对话,酷似嫖客与妓女的语言,没有半点粉饰。小说在艺术上,以四六骈文进行传奇文创作,且写得生动活泼,十分不易。这算是传奇史上的别开生面之作,故有人称之为"新体小说"。此后并有清代陈球《燕山外史》,亦是用骈体作小说的,可谓"无独有偶"。这一方面与六朝小说的传统有关,但更重要的是受当时变文等演唱文学的影响所致。《游仙窟》中的诗词,连篇累牍,颇感烦琐、累赘;但也有的诗词,受民歌影响,具有浅显明快、大胆粗俗的特点。

第四节　唐传奇的影响

唐传奇对后世文学,特别是小说所产生的影响是非常突出的。宋代传奇是唐传奇的延续。宋代以后,古代小说分成文言和白话两支流脉,宋元明清的文言小说、笔记小说就与唐传奇有一脉相承的关系。明初瞿佑等仿唐传奇而作的有《剪灯新话》《剪灯余话》《觅灯因话》。明清著名文人也都写过一些传奇体作品，如高启《南宫生传》、马中锡《中山狼传》、张岱《柳敬亭说书》、李渔《秦淮健儿传》等。至于蒲松龄的《聊斋志异》一书，更是吸取了传奇的营养而加以发展的文言笔记小说。白话小说也受唐传奇的影响，如《醒世恒言》中的《杜子春三入长安》则取材于《续玄怪录·杜子春》。

　　说起来似乎有些不可思议，受唐传奇影响最大的文学体裁，似乎不是小说，而是戏曲。几乎每一篇唐代传奇，都曾被元明清的戏曲作家改编过，有的还不只改编过一次。如郑光祖的《倩女离魂》改编自《离魂记》，尚仲贤的《柳毅传书》改编自《柳毅传》，薛近兖的《绣襦记》改编自《李娃传》，洪昇的《长生殿》改编自《长恨歌传》等，很难一一列举。最著名的例子有两个：一是董解元的诸宫调《西厢记》和王实甫的杂剧《西厢记》，都改编自《莺莺传》，使之成为雅俗共赏、妇孺皆知的故事。二是明代最伟大的戏曲家汤显祖，其代表作是所谓"临川四梦"，其中竟有三梦改编自唐传奇，分别是《枕中记》《南柯太守传》和《霍小玉传》。唐传奇对戏曲的影响是如此之大，以致明清的戏曲冒名顶替，也叫作"传奇"了。这种结果，是白行简、元稹、蒋防等唐传奇作家的骄傲。

　　唐传奇对后世诗词创作也产生了影响，柳毅传书、倩女离魂、黄粱一梦等都是诗词里常用的典故。

　　总之，唐传奇对后世的影响遍于各个领域。至于它反映现实的深度和艺术手段的精湛对后世小说创作的潜移默化影响更是无法估量的了。

第四章　宋元话本研究

宋元话本就是宋元时代说话人演讲故事所用的底本。包括小说、讲史、说经等说话艺人的底本,但诸宫调、影戏、傀儡戏的脚本也可以称作话本,还有人把明清人模拟小说话本而写的短篇白话小说统称为话本。

第一节　宋元话本概述

一、宋元话本兴盛的条件

唐代已经开始专门化的"说话"伎艺,到宋代空前兴盛起来,这种发展变化是有一定的社会经济原因的。

公元960年,宋太祖赵匡胤从后周夺取政权,逐步结束了五代十国军阀割据的局面,建立了统一的中央集权的封建国家,中国封建社会从此进入后期。

唐末规模巨大的农民战争,沉重地打击了地主阶级,消灭了士族门阀制度的残余,使中唐以来的封建生产关系完成了由授田制向庄园制的过渡。宋代地主、官僚主要以购置的方式兼并土地,而不再享有按等级占田的特权;对农民的剥削方式以出租田地、榨取实物地租为主,而不再以劳役地租为主。佃农对地主阶级的人身依附关系有所减弱,较自由的租佃关系成为普遍形式。同时,农民还可以自由购买土地,成为自耕农,劳动果实能较多地属于自己,这就提高了农民的生产积极性。加之这一时期重视农田水利建设和农业科技知识,并使用犁耙、铁锹、镰刀、水车、辘轴等先进农具,使农业生产很快得到发展。也促进了手工业和商业发展到更高水平,城市迅速繁荣起来。而且北宋一度少战事,也极有利于经济的发展、城市的繁荣。北宋京城汴梁(开封),到北宋末年,人口急剧增长,而且商业非常繁荣。南宋都城临安(杭州)更是繁荣,从北宋初到南宋,户口数量翻了近十倍,人口超过百万,是当时世界上的特大城市。城内店铺林立,茶馆酒店遍布,有经营不同项目的商业区,买卖昼夜不绝,夜交三四鼓,游人才开始稀少,而五鼓钟鸣,早市的人又开店了。以至于杭州有"乐园"之称,西湖有"销金锅儿"之谚。民间更流传着"上有天堂,下有苏杭"的俗语。

随着商业的发展,经济活动的加强,到宋代,坊市制和传统的宵禁制度完全被打破。从北宋中叶以后,就再也听不到街鼓声了。坊制的破坏,使市民可以随意开门经营商业;市制的崩溃,使市民可以自由进行夜市。商业店铺营业时间依商业的繁华情况而定,一般商店天明后开始营业,天黑息业,而饮食店、酒楼、茶馆的营业时间大都在早晨五更到半夜三更,有的甚至通宵达旦。坊市制的取消,大大促进了城市的繁荣和工商业的发展。市场面貌大为改观,商店临街,到处是商贩和手工艺人。交易时间也没有了限制,形成繁荣的夜市。除都城外,许多城市如长安、扬州、镇江、徽州、成都、广州、泉州等也都十分繁荣。唐代十万户以上的州府城才十多个,到宋徽宗时已发展到五十多个。城市的繁荣、工商业的兴盛,使市民阶层空前壮大,成为一股可观的社会力量。市民们集中在城市里,不仅需要物质生活,也需要文化生活,而且随着物质生活水平的提高,文化娱乐生活的需求也日益增长。除了一般市民外,由于宋代推行禁军制度,兵士集中于京城及大都市。据统计,宋仁宗时代,竟有禁军125900人之多,半数以上散居在京师汴梁附近。这些士兵加入到市民阶层中,除操练武艺外,也需要娱乐。北宋"承平日久,国家无事",于是大量聚集在都市中的人便在闲暇中寻求享受娱乐,古老的农业大国形成了都市的繁华。北宋画家张择端的杰作《清明上河图》生动展现了东京汴梁的繁荣面貌。繁华富庶,催化了市民们对文化娱乐的需求。占城市人口大多数的下层市民,是一个文化素质比贵族文人低,但阅历见识又比乡村农民高的社会阶层。他们的生活环境,不是皇宫贵胄的官场,不是高雅的书斋,也不是宁静的山村、葱绿的原野,而是熙熙攘攘、闹闹哄哄、巧营精算、风波丛生的都会商市。在这种生活环境中形成的审美趣味可能不高,甚至俗不可耐。但他们并不追求典雅的文化诗意、品赏韵味,又不甘冷清孤独、寂寞无聊。他们所倾心的是有生动情节、生活内容的故事,是色调浓烈能满足感官享受、引发笑声的伎艺歌舞。这样,人们所津津乐道的诗词文赋等雅文学,就不能适应市民大众的口味,无法满足他们的要求,于是既适应市民口味又反映市民生活的民间伎艺的兴盛便成为必然。可以说,广大市民群众的需要和爱好,为"说话"伎艺的兴盛提供了条件。同时,宋代统治者也爱好听"说话",为其发展推波助澜。北宋后期的仁宗赵祯、徽宗赵佶,南宋的高宗赵构都很喜欢听"说话"。当时朝廷还特设专局采访各种伎艺。"说话"艺人中著名者往往被皇帝召到内廷去献艺,即所谓"御前供

第四章　宋元话本研究

话"。大都市的游艺场——瓦舍中，常有许多伎艺高超的"说话"人演出。

在这样的条件下，宋代"说话"得到了空前的发展，其规模、普及程度及艺术水平，都远远超过了唐代，为历史之最。

二、宋元话本的类型

从有关资料看，宋元话本数量很多，大部分都散失了，现今存留的不多，存留下来的话本可分为长篇和短篇两类、长篇是讲史话本和说经话本；短篇是小说话本。

讲史话本，是说话中讲史的底本，这种话本自元代开始叫作平话。平话是只说不夹吟唱的话本。现存的有《全相平话五种》(即《武王伐纣平话》《七国春秋平话》《秦并六国平话》《前汉书平话》《三国志平话》。其中《七国春秋平话》只存后集，《前汉书平话》只存续集。)《新编五代史平话》和《大宋宣和遗事》。另外，《永乐大典》原有平话二十六卷，至今一卷无存。另在5244卷辽字韵尚有《薛仁贵征辽事略》平话一种。

说经话本，是说话中说经的底本，现仅存《大唐三藏取经诗话》一种。所谓诗话，即话中夹诗的话本。至于词话，是指带唱词的话本。

小说话本，又称短书，是在说话基础上发展起来的白话短篇。《醉翁谈录》《也是园书目》《宝文堂书目》上记载有一百四十多篇话本的题目，现今还能从《京本通俗小说》《清平山堂话本》和冯梦龙的《三言》中收集到的只四十来篇。这四十来篇中有的是明代编辑刊行的，文字上修饰较大，宋元原本的面貌已经不全了。

《京本通俗小说》是现存最早的宋人话本，刊印于明代，原书已散佚，近代缪荃荪发现残本加以刊印。现存的九篇是原书卷十至卷十八。篇名为《碾玉观音》《菩萨蛮》《西山一窟鬼》《志诚张主管》《拗相公》《错斩崔宁》《冯玉梅团圆》《定州三怪》《金主亮荒淫》。

《清平山堂话本》，明嘉靖间洪楩编辑。全书未发现，现只存日本内阁文库藏残本十五篇，宁波天一阁藏残本十二篇，共计二十七篇。这本书保存了我国最早的一批话本。它保存的宋人话本至少有下列十一篇：《西湖三塔记》《合同文字记》《风月瑞仙亭》《蓝桥记》《洛阳三怪记》《陈巡检梅岭失妻记》《五戒禅师私红莲记》《刎颈鸳鸯会》《杨温拦路虎传》《花灯轿莲女成佛记》《董永遇仙传》。

明末冯梦龙编辑出版了当时流行的话本、拟话本总集《三言》(《警世通言》《醒世恒言》《喻世明言》)收有很多宋元话本。在宋代罗烨的《醉翁谈录》中有宋代话本目录一百零七种，《三言》和这个目录中题目相同的作品，可以认为是宋代的作品或经过明人加工的宋代作品。有《郑节使立功神臂弓》《钱舍人题诗燕子楼》《金明池吴清逢爱爱》《张舜美元宵得丽女》《宿香亭张浩遇莺莺》《卓文君慧眼识相如》《三现身包龙图断案》。此外,还有《万秀娘仇报山亭儿》《福禄寿三星度世》《白玉娘忍苦成夫》《杨思温燕山逢故人》等篇。

三、宋代话本小说的价值

(一)宋代话本是小说史上的一大变迁

在中国文学史上,宋代是一个极重要的时期,具有划时代的转折意义。在宋代,中国文学发展变化的大趋势已逐渐明显:当宋代文人的心理性格越来越倾向于内省、内敛,甚至近乎封闭,越来越追求文艺的高雅精致时,世俗凡庸的市民们却找到了反映自己社会生活的文学形式——生动热闹甚至有些粗鄙的通俗文学。正统雅文学的统治地位将要逐渐被通俗文学所取代,中国文学中以抒情为主的传统将要演变为以叙事为主,中国文学注重韵味的高雅美学风貌,也将转变为对通俗趣味的追求了。究其实质,这种转变从根本上说是世俗化、人文化的转变,是文化从面向上层到面向下层的转变。这种转变是以通俗戏曲、小说的出现为标志的。我们从宋人话本小说中,可以具体清晰地看到中国文学发展变化的总趋势。

从中国小说发展史的角度论,古代小说到魏晋南北朝初显雏形,唐传奇的出现,标志着古代小说的真正成熟,形成了中国小说史上的第一个高峰。到了宋代,话本小说揭开了中国小说史的新篇章,标志着小说史发展到一个新的历史阶段,鲁迅先生高度赞扬其为"实在是小说史上的一大变迁"。

话本小说是市民文学,创作主体是"说话"艺人,即使是文人,也是沦落下层的书会才人。他们生活在市井小民中间,衣食住行都不离市民的世俗生活,因此,话本小说不再着意描写才子佳人的风流韵事或叱咤风云的英雄人物,而主要是反映下层市民的社会生活。其描写的主角,也主要是下层小人物,有中小商人、手工业者、店员、工匠、江湖流浪汉以及社会地位低微的劳动妇女。如《碾玉观音》中的婢女璩秀秀和工匠崔宁,《闹樊楼多情周胜仙》中开酒店的范二郎和商人的女儿周胜仙,《小夫人金钱赠少年》中的商店伙计张胜等。

即使有时也会涉及上层社会人物,但叙述故事、评价事物,依然是从市民的视角出发。

话本小说中主角的改变是一个具有历史意义的变化。六朝志怪,主要

第四章　宋元话本研究

记述超自然的神异鬼怪。唐传奇的主角也是上层人物,即使出现下层人物,也只是陪衬,只有到宋人话本小说,下层小人物才堂而皇之地登上了文艺舞台,破天荒地成了文学描写的主角,成为被肯定的对象,所以鲁迅先生称话本小说为"平民的小说"。作为叙事文学的小说,是通过塑造人物形象,描写他们的活动来表现特定社会生活、社会思潮、道德观念等,因此,什么人登上文学舞台成为主角,往往反映出一定社会力量的成长和壮大。下层小人物登上文学舞台,就反映出随着时代的前进,城市经济的繁荣,封建社会的阶级关系开始发生新变化,也反映出作家文学视野的开阔和认识社会生活、表现现实生活能力的加强,这是中国文学从面向上层到面向下层的最具历史意义的显著转变。

宋人话本是娱人之作,是为服务市民而创作的,完全以普通市民的兴趣爱好为目的,因而自然取材于市民们感兴趣的现实生活,宣泄他们的苦乐悲欢。而且与诉诸视觉的文言传奇不同,它是诉诸听觉的,它以听众为中心,时时注意他们的兴趣和爱好,考虑他们的审美水平。诉诸听觉的话本小说,不像诉诸视觉的文学作品那样可以头绪复杂,有较多的暗示,含蓄深沉,而是不仅要使故事有头有尾、条理清楚、脉络分明,容易理解接受,而且要以故事的丰富生动、情节的紧张曲折,配以强烈的气氛、巧妙的悬念、鲜明的人物及其活动,牢牢地吸引听众,并且把环境描写、人物心理刻画与情节的发展和人物的行动密切结合起来,共同为塑造人物和表达主题服务,而很少孤立静止地描写环境和刻画心理。从而形成了中国古代小说的显著特色,富有民族风格。

在文学语言上,唐传奇是专供士大夫阅读的案头文学作品,使用的是典雅的文言。这种语言虽具有雅洁、简练的特点,也富于表现力,但却有碍于作品的广泛流传。而宋人话本的阅读对象多是不熟悉文言的下层市民,因而使用的是活在人民大众口头的通俗易懂的语言——白话,而且通过通俗"说话"传扬到民间,所以赢得了极广泛的读者群。宋人话本所使用的白话,是在民间口语的基础上提炼成的一种新的文学语言,这种语言以白话为主,但也融合了一些文言文的成分,并且经常穿插一些古典诗词。具有生动、明快、泼辣、粗犷的特色。叙述故事,明快有力;表现人物,惟妙惟肖。大大增强了小说的表现力。

具有市民性、通俗性、群众性的宋人话本,奠定了中国小说发展的基础,"后来的小说,十之八九是本于话本的"。从宋人话本以后,白话小说就逐渐代替文言小说而成为古代小说的主流,充分显示出白话小说强大的生命力和广阔的发展前途。

宋人话本小说取材于现实,它以新的写实手法,表现普通人平凡的日常生活,大大缩小了艺术形象与生活之间的距离,朴实地表现了世间普通人的欢乐、辛酸和悲哀。其主人公既不是英雄剑侠,也不是绝代佳丽,但这些平凡人的平凡故事,却以人情世态、悲欢离合的细节取胜。在审美意向方面,则不追求高雅的韵味、精美的文辞,而是以曲折变化的情节、充满世俗情趣的故事取胜。受志怪传奇的影响,宋人话本中也有怪异题材之作,但其主流及优秀代表作却是那些反映社会现实,描写普通市民日常生活的作品。题材的现实性和日常生活化,是宋人话本的主要特点。即使有奇巧的情节,也是注意取材于民间逸事,是从日用起居中提炼出来的。即使出现鬼魂,也是主人公斗争精神的化身,且仍如普通人一样在继续着对平凡而幸福生活的追求。

(二)生动的市民生活画卷

古代历史上所称的"市民"并非一般意义上的城市居民,而是特指封建社会后期由于城市商业和手工业的发展,出现的一个新的社会阶层。为适应宋代城市经济繁荣发展的新变化,北宋天禧三年(1019年),重新建立户籍制度,第一次将城市居民与乡村居民分别开来,将城市居民列为坊廓户,在全国范围内按照城市(镇市)居民的财产状况将居民分为十等。坊廓户单独列籍定等,在户籍制度中获得独立,标志着我国市民阶层的兴起。宋代市民即宋代文献中所谓的"市人",则由坊廓户中的商人、作坊主、小贩、工匠、店员、船工、苦力、艺人、妓女、无业游民等组成。宋代城市繁荣、商品经济迅速发展,都城人口达到百万以上,商税也居全国城市之首,全国政治中心也成了新的商业中心。于是城市市民随之迅速增加,发展成为颇具影响力的社会力量,这些"市井细民"是农民阶级和封建统治阶级之外的"第三等级"。

宋人话本是为适应市民阶层的文化需要而产生的,以表现市井民众的社会生活、反映他们的思想愿望为主要内容,是市民的文学。从宋人话本中,我们可以真切地看到宋代市民生活的历史画卷。

市民阶层虽是"第三等级",但与农民阶级一样,都受到封建统治阶级的压迫和剥削,他们与封建统治阶级之间存在尖锐的矛盾,有强烈的反封建意识。特别是生活在繁华闹市的市民们,从小既没有接受过正统的儒学熏陶,也不像农民被束缚在乡野土地上,比较闭塞,他们行商坐贾,结交三教九流,出入秦楼楚馆、茶肆酒店,过着放浪不羁的生活,较少受封建礼教的约束,也特别不甘心忍受封建礼教的束缚,所以反封建要求很强烈,宋人话本鲜明地表现出了这一点。

反映妇女的爱情婚姻生活也是宋人话本中最重要的内容之一。在以男性为中心的中国封建社会,妇女处于社会底层,市民阶层中的妇女也是这

第四章　宋元话本研究

样,所以在宋人话本中涉及得比较多的是妇女的爱情婚姻问题,既反映了封建势力对她们的迫害,表现她们的痛苦和不幸,也表现出她们的反抗和斗争。而且与过去的文学作品相比,宋人话本小说中的妇女形象表现得更为坚定和勇敢,使作品中的男性形象相形见绌。《玉观音》中的璩秀秀就是这样的典型,这是一个为了幸福爱情婚姻生活而勇敢反抗、宁死不屈的妇女形象。她出身贫苦,又被迫"献入"王府当"养娘",实际上是一个女奴。她爱上了工匠崔宁,便利用王府失火的机会,主动提出跟崔宁乘乱逃走。崔宁虽也对她"痴心",但犹豫害怕,不敢跟她逃走。① 她就以"我叫将起来,教坏了你"相威胁,绝无贵族小姐的扭捏之态,显得大胆坦率,甚至泼辣,毫不掩饰自己火一样的感情。她以这种强烈感情帮助崔宁战胜怯懦,两人双双远逃他乡"做长久夫妻"。可仍然没能逃脱封建统治阶级化身郡王的魔爪,璩秀秀被抓回来活活打死。但她至死也不忘恋人,做了鬼仍要与之一起生活。然而还是无法生活下去,又被郡王抓回,她便把崔宁一起扯到郡王势力达不到的阴间去,做了一对鬼夫妻。正如篇末诗所言:"璩秀秀舍不得生眷属,崔待诏撇不脱鬼冤家。"真是情之所钟,生死以之。在璩秀秀身上,充分表现出新兴市民阶层对幸福爱情婚姻生活的强烈渴望。而且,这一渴望因与人身解放联系在一起,因而表现得更为执着。作为一个市民女子,璩秀秀所追求的人生理想是经济独立、婚姻自主,不依附他人,靠自己辛勤的劳动生活,掌握自己的命运,在追求爱情婚姻自由、人身自由的同时,追求人的价值和人格的独立。从人与人结合,到鬼与人结合,最后到鬼与鬼结合,她在强大的封建恶势力逼迫下步步后退,但显现出的却是一如既往、至死不渝的顽强精神,是任何恶势力都无法战胜的勇气和决心。她大胆泼辣的行为是基于对爱情婚姻和人身自由的双重追求,具有冲破封建束缚、反抗封建礼教的意义,是新兴市民阶层意识进步的反映,对爱情文学的发展作出了具有历史意义的贡献。

封建婚姻制规定男女婚姻必须经"父母之命,媒妁之言",不能自己作主。但《闹樊楼多情周胜仙》中的周胜仙对开酒店的范二郎一见钟情时,便不肯轻易错过,而要思量怎样和他说话。在严酷的封建礼教控制下,她虽然无法同范二郎直接交谈,却巧妙地冲破封建礼教牢笼,迂回作战。她故意借与卖水人争执闹嚷的机会,说道:"我是曹门里周大郎的女儿,我的小名叫作胜仙小娘子,年一十八岁。"做了自我介绍,还大胆地补上一句:"我是不曾嫁的女孩儿。范二郎心领神会,如法炮制,进行自我介绍后,她"心里好喜欢",更大胆地借骂卖水人又加上一句:"你敢随我去?"这种富有机智、借题发挥

---

① 邓素恒.论"三言"中平民女子自我意识觉醒.学园,2014(36):189-190.

式的爱情表达，其大胆坦率、火热炽烈是显而易见的。后来，她的婚姻受到封建家长的阻碍，她便一气死去。死而复苏后，她马上要去找范二郎。可找到范二郎后，却又不幸被当成鬼打死。她为情而死，死而复活，又误伤于情人之手，但她仍丝毫不悔："奴两遍死去，都只为官人。"鬼魂还特地寻到狱中和范二郎团聚，"了其心愿"。周胜仙对自己选定的爱人，始终不渝地热恋着，坚定执着地追求着，生前相爱、死后缠绵、义无反顾，绝不后悔，为追求爱情婚姻幸福而产生的斗争意志，不但可以挣脱封建礼教的束缚，而且可以冲破生死之隔。在我国古典文学中，以前还未曾产生过如此坚定于爱情的女性形象。《夫人金钱赠少年》(又作《志诚张主管》)中的小夫人形象，仍体现出强烈追求幸福生活的特点。小夫人是一个陷入不幸婚姻中的妇女，她因年轻美貌，被高官王宣招纳为小妾，虽"十分宠幸"，实际只是以她为玩物，所以"后来只为一句话破绽些，失了主人之心，情愿白白里把与人"，根本没有把她当人看待。接着她又被媒婆欺骗，嫁与一个"须眉皓齿"的六十老翁张员外，"心下不乐"，时时"两行泪下"。她被当玩物一样左右易手，被禁锢在一个极有限的生活天地里，她不甘心放弃追求幸福生活的权利，偷偷爱上了年轻的主管张胜。她主动赠金钱、衣物给他，以此表达自己的感情。虽然张胜胆小怕事，在母亲的劝告下处处回避小夫人，但她死后变鬼也要来找他，"只因小夫人生前甚有张胜之心，死后犹然相从"。她的真情实在是感人。在封建势力统治下，她一再被折磨、受欺骗，她强烈渴望摆脱不能主宰自己命运的玩物地位，想过一个普通人的正常生活，这种愿望是完全合理的，她对这种幸福生活的追求也十分勇敢执着。虽然有限的生活圈子使她不得不把希望寄托在一个软弱胆怯的人身上，她的最平凡的人生愿望也无法实现，始终未能品尝到生活的幸福。但是，她却不断追求，并为此付出了生命的代价，表现出一种不屈服于命运的顽强精神。

在据历史故事和民间传说编改的宋人话本中，也有同样勇敢执着的女性形象。《风月瑞仙亭》中的卓文君是主动私奔；《董永遇仙记》中的织女则是主动下嫁。

总之，这些宋人话本小说中出现的女性形象，不管是下层市民女子，还是曾生活于上层社会的女子，不管是富户小姐，还是天上仙女，都富有追求幸福的勇敢执着精神。像璩秀秀这样的下层妇女形象，纯然是中国文学中以前未曾出现过的新形象，她们的大胆执着令古代文字作品的妇女形象黯然失色，即使是唐传奇中出现的强烈追求爱情幸福的妇女形象也无法与之相比。特别值得注意的是，唐传奇以上流社会为对象，其中出现的女子也多是上层社会女子，即使是下层妓女，也是周旋于上层社会的名妓，身边自有大批追随者。而宋人话本中出现的却多是璩秀秀这样的下层女子，她们虽身份低下,精神上却突破了封建礼教的束缚,她们的思想是坚定的,行为是果敢的,特别是在所爱的男子面前,她们大胆、坦诚、热情。反过来,对于背叛她们感情的男子,她们也毫不犹豫地予以报复。《王魁》中的桂英虽是一个妓女,地位卑下,但得知考中状元的王魁背义负心后,便气得捶胸顿足、呕血而死,死后冤魂仍要索命报仇。《杨思温燕山逢故人》中的郑意娘虽已殉死,但得知丈夫不守盟誓、负心他娶时,仍采取了报复行动。如果说唐人传奇常常表现男性对女性的占有和玩弄的话,那么宋人话本小说则常常表现的是女性对男性软弱和负心的批判。这些摆脱了男尊女卑观念束缚的妇女,确实极鲜明地表现了女性形象的胆识与勇气。

宋人话本写妇女的生活,写她们对爱情婚姻幸福的追求,不是孤立的描写,而是放在特定的社会环境中,通过她们的命运和遭遇,让人看到当时社会的面貌。璩秀秀所追求的是起码的人身自由和个人幸福,她只想能摆脱不被当成人的被奴役地位,与自己心爱的人过自食其力的生活,但却被封建统治势力的代表郡王活活打死,我们从中可以看到社会的黑暗和罪恶。周大郎极力阻止女儿的婚事,周胜仙为此付出了生命的代价,反映出封建门第观念的深重影响。《王魁》反映出一个深刻的新的社会问题,这就是后来许多作品所反映的"痴心女子负心汉"主题。科举制度打破了豪门士族对官场的垄断,庶族寒士也可以通过参加科考跻身官场,这就是所谓"十年寒窗无人问,一举成名天下知"。而这些科举的幸运儿"一阔脸就变""贵易妻"也就成了一个社会问题,许多处于社会底层的贫穷女子成了牺牲品。桂英就是其中一个,她的悲剧是有典型性的。作者对她充满了同情,最后写到"桂英死报",既表现出宋人话本反映现实的敏锐性,也表现出强烈的现实批判性。

宋人话本小说的另一重要题材是公案,也具有强烈的现实批判性。随着封建社会向后期发展,封建专制统治日益稳固,社会也越来越腐败黑暗,对人民群众的压迫和残害越来越严重。公案类作品的大量出现,正是封建统治阶级草菅人命、制造冤狱的黑暗现实的反映。

《错斩崔宁》通过一个冤案,深刻揭露了封建社会法制的腐败和封建官吏草菅人命的罪恶。小市民刘贵岳父借得十五贯钱,回家后对小娘子陈二姐开玩笑说是她的卖身钱,于是陈二姐连夜逃开,想回娘家。当夜,刘贵被杀,银子被抢。陈二姐早起路遇小贩崔宁,结伴同行。人们赶来抓住,崔宁身上刚好带有卖丝得来的十五贯钱,银数的巧合成了罪证。虽然崔宁对银子来源交代得很清楚,但府尹咬定"世间不信有这等巧合事",既不听申辩,也不去调查,只是严刑逼供,屈打成招。两个无辜的人被糊里糊涂地处斩了。这个案件本身并不复杂,也不难调查清楚,但封建官吏视人命如儿戏、武断专横,随意制造冤案。作者气愤地说:看官听说,这段公事,果然是小娘子与那崔宁谋财害命的时节,他两人须连夜逃走他方,怎的又去邻舍人家宿一宵?明早又走到爹娘家去,却被人捉住了?这段冤枉,仔细可以推详出来。谁想问官糊涂,只图了事,不相捶楚之下,何求不得?

明确指明这个简单易断的案子成为冤案是因为"问官糊涂,只图了事",只知"捶楚"。作品以简单冤案来揭露当时社会的阴暗,反而大大增强了作品的批判力量,充分说明封建官吏昏聩到何等程度,封建官府黑暗到何等程度。作者不由得发出痛切的呼吁:所以做官的切不可率意断狱,任情用刑,也要求个公平明允。道不得个"死者不可复生,断者不可复续",可胜叹哉!

在这些糊涂问官的身上,作者不仅揭露了他们不分青红皂白、武断专横、滥杀无辜的罪恶,而且更窥视到封建官吏视人命如草芥,对人、人性和人权的压制和漠视。因而作品不再局限于对昏官糊涂不明的批判,更发出了争取人权、重视人命的深沉呼声。

《陈可常端阳仙化》中的吴七郡王听了针对可常和尚的诬告,就随意"教人分付临安府"抓了,也不容分辩,将"被告"打得皮开肉绽,郡王想怎么判处就怎么判处,临安府也不敢做主。

在这些公案作品中,除了揭露社会黑暗、官府昏庸专横外,还突出反映了当时社会妇女的悲惨命运。《错斩崔宁》中的陈二姐,听到刘贵的一句"戏言"之所以信以为真,就是因为当时确实存在典当与买卖妇女的野蛮制度。听说丈夫把她卖了十五贯,她的疑虑也主要在于"不知他卖我与甚色样人家?我须先去爹娘家里说知",并非不肯相信,更非要有所反抗。唯其如此,更显出这种事情的普遍性,才更反映出妇女社会地位的低下——居然像牲畜一样听任买卖。

社会黑暗、狱冤遍布,生活于苦难中的广大市民群众渴望着减轻苦难,得到拯救,于是在公案话本小说中出现了"清官"的形象。《三现身包龙图断狱》中的包公,就是一个典型。他"能剖人间暧昧之情,断天下狐疑之狱"救民于水火。而且他还能"日间断人,夜间断鬼",有超凡的智慧和权力。与以后小说戏曲中出现的"包青天"形象比起来,宋人话本小说中的包公形象还是较为单薄粗疏的,但却为后来流芳百世的包公形象打下了基础。《皂角林大王假形》中的赵知县,也是一个"清官"形象。在市民文化土壤中孕育、生长起来的"清官",是社会阶级矛盾激化的产物,是随时可能会遭到飞来横祸、蒙受不白之冤的市民们,为对抗封建统治阶级的无理迫害而制造的偶像。《错斩崔宁》中,小商贩崔宁只是与陈二姐同行即被冤,可见飞来横祸是如何地让人防不胜防。而如果有"清官"包公在,他也许就不会蒙冤被害,屈死刀下。话本小说中的"清官",即使是历史上确有其人,也不再是历史人物的简单再现,而成为市民理想的寄托,体现出他们要把自己对社会和事件的看法与政治权力结合起来的愿望。市民的这种理想和愿望借《王魁》中的阴间判官的口表达了出来:

阳间势利套子,富贵人只顾把贫贱的欺凌摆布,不死不休……俺大王心如镜,耳似铁,只论人功过,那管人情面?只论人善恶,那顾人贵贱?

通过幻想表达的这些要求,实质上是要求在法律面前有平等的权利。但这种权利在现实世界中无法得到,于是寄托于"清官"。但"清官"也只是一种幻想。

除幻想"清官"来解救自己外,市民们还希望有人能除暴惩凶,为自己出一口恶气,《宋四公大闹禁魂张》等作品就反映了这一点。这篇话本小说歌颂的是一批侠盗,他们机智大胆,以神出鬼没的本领、高超出奇的手段,劫富济贫、骚扰官府,"激恼京师"。他们为穷人伸张正义,惩罚贫吝刻薄、为富不仁的财主张富,使他坐牢破产而死。他们还偷走了钱王府的金银、玉带,剪掉了马观察的一半袖子,割去了滕大尹的腰带挞尾,在皇城脚下戏耍官吏,闹得满城风雨。在他们的挑战面前,封建统治者惊慌失措,束手无策。他们专与富豪、权贵、官府作对,他们对权贵富豪的戏弄和惩处,从一个侧面反映出市民群众对封建统治阶级的憎恨情绪,表现了对迫害者的反抗斗争。《万秀娘仇报山亭儿》中的尹宗也是一个侠盗。他虽是偷儿,但能急人之难,救人之命,并为救他人而牺牲自己的生命。这些作品反映出市民群众反抗黑暗社会、反抗封建压迫的强烈情绪,与公案作品中的"清官",一文一武,成为市民反抗精神的寄托。宋代统治者由于采取"守内虚外"的政策,国力孱弱、外患不已、最后北宋覆灭,南宋半壁江山也朝不保夕,一个民族矛盾尖锐、民族灾难深重的朝代到来了。面向现实的宋人话本也有反映民族矛盾之作,《杨思温燕山逢故人》就是一个代表。北宋沦亡时,入侵的金兵俘虏了徽、钦二帝,也掳掠去大批宫女和平民。这就是历史上著名的"靖康之变"。南宋时期,出现不少抒写亡国之痛和流落异邦之苦的作品,如《靖康孤臣泣血路》《窃愤录》等,但都是为最高统治者唱哀歌的,而这篇话本小说,却展现了民族大灾难中广大人民群众生离死别的悲惨图景。作品写"太平之世,人鬼相分;今日之世,人鬼相杂",对金统治者作了高度概括和深刻揭露,通过对流落敌国的杨思温在热闹节日里凄凉心境的表现,抒发了无可奈何的亡国之痛;以郑意娘的一灵不昧,刻画了国破家亡时殉身的鬼魂的难以瞑目;又以韩思厚的违弃盟誓、另求新欢,谴责了不能坚持节操的乱世男女,揭示了"人不如鬼"的严酷现实。压抑的气氛、沉痛的感情,真实地再现了民族大灾难中生活于"人鬼相杂"世道的人民的苦难和沦陷区人民的心理创伤,表现了反对民族压迫的情绪,在话本小说中展现了一个全新的生活领域和感情世界。

　　宋人话本中还有不少志怪之作,只是为迎合小市民的猎奇心理,并无什么意义。一些据历史和旧著编写的作品,一般说来,思想价值也较弱。只有那些面向社会现实、反映市民生活的作品,才是宋人话本小说的代表。

　　宋人话本小说是宋代市民生活和思想意识的真实记录,这些有幸流传下来的作品,广泛反映了当时社会的黑暗和秩序的混乱。当时的官府贿赂公行,不断地制造冤狱,滥杀无辜。都城临安,夜有盗贼谋财害命,城外郊野更有恶贼拦路抢劫、杀人越货。宋代市民阶层就生活在这样的社会之中。在沉重的封建势力压迫下,他们希望能得到"清官"的解救,也渴求有"侠盗"除暴惩恶,并以浪漫的幻想,让在现实生活中被迫害至死的有情人变成鬼——因为唯有如此,他们才能得到幸福。更为可贵的是,他们为人身解放和婚姻自主,进行了勇敢而顽强的斗争,表现了对幸福生活的强烈愿望和执着追求。他们也艳羡发迹,幻想有神怪相助,如《董永遇仙记》中的贫苦农民董永,依靠仙女的帮助,不仅摆脱了佣工奴役,而且后来还当了兵部尚书,而他与七仙女生的儿子,竟然是汉代大儒董仲舒,这种想象何其大胆、活跃。但是,市民们的生活理想却主要是在世上过独立自主、自食其力的生活,自己掌握自己的命运。不仅璩秀秀、崔宁是这样,就是其中的历史人物(如司马相如和卓文君),也是通过开酒肆来谋生,过着自食其力的劳动生活。

　　宋人话本小说是市民生活真实生动的历史画卷,充分表现了处于封建势力重压下的新兴市民阶层的思想意识,是真正"为市井细民写心"的。

　　刚刚从封建社会母体中成长起来的市民阶层,其思想意识带有明显的不成熟特征,且具有复杂性、模糊性,还带有软弱性。他们反对封建礼教的束缚,有冲破封建思想牢笼的强烈愿望,但却由于时代的限制,尚未找到与之对抗的思想武器。因而,即使他们斗争是勇敢的,但思想意识却并非很明确,还带有某种程度的盲目。如周胜仙,不可谓不勇敢坚定,但对那个见到她的鬼魂就惊慌失措以致误伤她的男人到底是否真值得她爱,却似乎从没有认清。也就是说,她只是在追逐爱情,舍生忘死地狂热追逐爱情,至于这爱情的内涵、思想意蕴是什么,她却并不了解,也不想了解,其中就包含了某种盲目。

　　他们有自己的生活理想,有过幸福生活的愿望,也曾为实现这种愿望奋斗过,但不少人却因惧怕封建压力而显得软弱,特别是那些男主人公。崔宁不及璩秀秀坚强,也可能有性格因素,而实质上是思想境界的差异。而张胜更不能与执着的小夫人相比,这个对小夫人未必没有一点爱慕之心的主管,由于畏惧封建势力,思想上受封建礼教束缚,在小夫人顽强执着的追求面前,显得那么怯懦、软弱。然而,话本小说虽对小夫人的不幸命运充满同情,却仍然要肯定张胜"立心至诚",以至于把小夫人当成祸水,而张胜"不受其祸"。所谓"少年得似张主管,鬼祸人非两不侵"。所以本篇又名《张主管至诚脱奇祸》。话本作者的这种矛盾的处理,充分反映了刚刚从封建社会母体中挣扎出来的早期市民阶层在思想意识上的复杂性、矛盾性、软弱性。即使像《碾玉观音》这样的优秀之作,虽然充分反映了封建统治者对下层劳动者的迫害,但其矛头却主要指向了挑拨是非的郭排军,这实际上为主犯郡王减轻了罪责,勇敢反抗的璩秀秀也只是以惩处郭排军来报冤仇罢了。《错斩崔宁》这种深刻揭露官府专横昏聩、草菅人命的作品,却又强调"只因戏言酿灾危",削弱了作品思想的尖锐性。《陈可常端阳仙化》更是把陈可常被迫害致死说成是"前生欠宿债,今生转来还"。

由于他们受封建统治者的迫害,所以渴望有"侠盗"为之出气,但是当他们兴高采烈地赞赏宋四公、赵正戏弄官府、惩处恶人、大闹东京时,又不忘提及他们的破坏性,如写宋四公行窃时杀死无辜妇女,赵正捉弄侯兴杀死亲生儿子等令人切齿的罪行。这种矛盾正是早期市民意识的反映。这篇话本小说所包含的官逼民反的倾向,从某种意义上可以说是《水浒传》的先声,但其思想价值却不可与《水浒传》同日而语。

至于宋人话本中所反映的因果报应、封建迷信思想等,并非仅是早期市民意识,而且也不仅仅是市民阶层所具有的思想意识。不过,在这些落后意识中,也包含着在现实生活中遭受苦难和迫害的市民们的愿望:"若是世人能辨假,真人不用诉明神。"信奉神明保佑与幻想"清官庇护",思想认识上具有相通之处。

(三)别具特色的叙文艺术

宋人话本小说是由入话、头回、正话、篇尾等部分组成的,成为话本小说的标志,由此形成了中国古代白话短篇小说的独特体制。

宋代话本小说一般在开头都有"入话",中间有诗词韵语的穿插,结尾用诗句结束。"说话"人在正式开讲之前,为了使已到场的听众安静下来,并等候后来的听众陆续到场,往往要先串讲一些诗词或讲一个与主体故事(正话)有关的小故事,这就是"入话",也叫作"头回"。如《错斩崔宁》开篇有诗:聪明伶俐自天生,懵懂痴呆未必真。嫉妒每因眉睫浅,戈矛时起笑谈深。九曲黄河心较险,十重铁甲面堪憎。时因酒色亡家国,几见诗书误好人。

这首诗讲出了为人的难处,说明举止言行需谨慎。接下来先串讲了一个小故事:一个叫魏鹏举的新科进士,因一句戏言被降职,丢了锦绣前程。恰恰也是因为戏言,《错斩崔宁》中的刘贵丢了性命。

在讲说过程中,特别是当故事发展到紧要去处,"说话"人又往往要插入一些诗词韵语,或写景、或状物、或发感慨、或作评赞,既可对讲说部分起到加强或烘托的作用,又可以通过吟唱或吟诵的形式调剂听众的情绪。话本结尾往往采用两句或一首散场诗,用以总括全篇,点明主题,一般具有惩恶劝善或总结教训的意味。如《错斩崔宁》的结尾,有诗为证:善恶无分总丧躯,只因戏语酿灾危。劝君出语须诚实,口舌从来是祸基。

所有这些结构形式,都是宋代话本小说的有机组成部分,不但为明清的拟话本小说所继承,而且对以后的中长篇小说也有很大影响。

体制毕竟只是形式,更为根本的是,宋人话本小说是由听觉文学向视觉文学的过渡,仍受"说话"的影响,具有诉诸听觉的艺术特点。这一总特点,规定了话本的叙述方式和方法。

1. 情节结构

宋代说话中的小说家在当时之所以最受欢迎,主要是因为他们可以在比较短、比较集中的时间内讲完一个内容丰富多彩、情节曲折离奇、能够引人入胜的故事。现在看那些写得比较好或比较有特色的宋代话本小说,的确都不同程度地具备了这些艺术特点。因为诉诸听觉,所以要用丰富曲折而又惊心动魄的故事情节吸引人,这正是宋人话本突出的艺术特点,奠定了中国小说故事性强的优良传统。郑振铎先生说:"话本的结构,往往较'传奇'及笔记为复杂,为更富于近代的短篇小说的气息。"

如运用巧合手法的《陈可常端阳仙化》,陈可常不但在自己所作的《菩萨蛮》词中两次出现"赏新荷",而且就在新荷与人通奸怀孕、不能出来唱曲的这年端午,陈可常恰巧也"心病发了",不能到王府来。难怪新荷招认与他有奸时,吴七郡王当即大怒:"可知道这秃驴词内皆有'赏新荷'之句,他不是害什么心病,是害的相思病!今日他自觉心亏,不敢到我府中。"遂盼咐临安府差人去灵隐寺拿陈可常问罪。后来陈可常被屈打成招、沉冤莫辨,直到新荷与奸夫钱都管闹翻,在郡王面前说出实情,陈可常才得以平反。但此时的陈可常已看破红尘,在灵隐寺坐化。偶然性的巧妙运用使情节更为曲折生动,引人入胜。

巴尔扎克说:"偶然是世界上最伟大的小说家,若想文思不竭,只要研究偶然。"宋代话本作家似乎早就懂得了这一点,很善于运用偶然性的"巧合"情节。

宋人话本还非常注意制造悬念,使故事情节扑朔迷离,引人入胜。《三现身包龙图断冤》开头写孙押司卦铺算命,算命先生说他当夜"三更三点子时必死",不仅孙押司坚决不信,读者(听众)也极难相信,这就造成了悬念。而且,不管当夜如何防止出事,孙押司还是在三更三点跳河了,给人留下了

第四章 宋元话本研究

一个更大的悬念。接着写孙押司的鬼魂三次现身,托丫鬟迎儿为他报冤,但还是没有说明他是怎么死的,一直把人的胃口吊住,最后才揭穿真相。原来是孙押司的妻子伙同小孙押司杀害了孙押司,把尸首撑在井中,再把灶头压在井上。而开头孙押司投河原来是小孙押司捣的鬼:半夜三更小孙押司掩着面走出,把一大块石头扔到河里,扑通一声响,当时只道大孙押司投河死了。小说情节扑朔迷离,待真相大白,读者得到了一种意外所带来的愉悦和美感享受。

富于戏剧性的情节特别容易吸引人,宋人话本小说也注意营造戏剧性场面。最典型的莫过于周胜仙、范二郎借与卖水的人吵闹而自报家门、互通情愫了。那趣味横生的戏剧性场面实在让人拍案叫绝。璩秀秀逼崔宁乘火灾与自己一起逃走的场面也是富于戏剧性的,一个巧妙地不动声色地步步进逼,一个不自觉地陷入"圈套"而进退两难,令人忍俊不禁。《错斩崔宁》也是在刘贵带酒又恼又戏,陈二姐闻言又惊又疑的戏剧性场面中展开情节的,只不过这"戏言"的轻松逗笑场面令人沉重揪心。富于戏剧性的情节设置,大大提高了话本小说作品的艺术感染力。

总之,以情节的曲折生动取胜是宋人话本小说的一大特色,而且由此而形成了我国古典小说表现手法的民族风格和特点,其影响是深远的。不仅对后代小说的创作发展产生重要影响,而且也影响到我国读者的欣赏习惯,我国读者习惯重视小说的故事情节,从故事情节的发展中去掌握作品,认识人物。

2. 人物形象刻画

宋人话本小说不但重视故事情节结构,优秀的作品也注重在情节发展中刻画人物,创造了性格鲜明的人物形象。

宋人话本小说中的人物形象生动鲜活,富有个性。像璩秀秀、周胜仙这些著名的人物形象,性格内涵可能没有太多的层次,但她们的大胆、泼辣、热烈闪烁着野性的光芒,却给人以非常鲜明、非常突出的印象。而且这种性格特点与她们的市民身份、市民生活是相符的。她们没有受过较高的文化教育,受封建思想的熏陶也少,她们不及上层文化妇女感情细腻,但深挚过之;不及其感情丰富,但火热过之。她们更不会扭捏遮掩,只是坦率地呈露自己真实的内心。

宋代话本小说善于在尖锐的矛盾冲突中塑造人物,进行性格刻画。为战胜崔宁的顾忌和犹豫,璩秀秀的性格已迸射出火花;而郡王的残酷迫害,更使她的性格在反复斗争中闪现光彩,塑造成功。"男女授受不亲"的封建礼教是周胜仙爱情的巨大障碍,而为了克服这一障碍,周胜仙显示了她的大胆、泼辣和机敏。封建家长的严酷阻碍,将周胜仙活活气死,但她的气死以及复活后的继续追求,却打造了她坚定、执着的性格。同时,宋代话本小说还运用心理描写,通过人物的内心冲突刻画性格。前者如《闹樊楼多情周胜仙》中周胜仙初遇范二郎时"心里暗地喜欢",自思量道:"若是我嫁得一个似这般子弟,可知好哩。今日当面错过,再来那里去讨?"又思量道:"如何着个道理和他说话,问他曾娶妻也不曾?"后者如《碾玉观音》中的崔宁,面对秀秀的步步进逼,他犹豫畏惧,但对秀秀也存着"痴心";《小夫人金钱赠少年》中的张胜,面对小夫人无言但执着的追求,他退缩,但并非没有对爱的渴求,否则也不会收留小夫人在家(在不知是鬼的前提下)。但是,当感情与封建礼制发生了矛盾,他们内心就畏惧、犹豫了,通过内心矛盾的表现正好刻画出他们的性格特征。而且,即使是《风月瑞仙亭》这样的改编之作,也毫不吝啬笔墨通过内心冲突刻画人物。当卓文君与司马相如私奔后,卓王孙怒气冲天又无可奈何,既想"讼之于官",又"争奈家丑不可外扬",恨而置女儿的死活于不顾。但当得知司马相如被汉武帝征召时,又赞"女儿有先见之明",不过他内心仍充满矛盾:我女婿不得官,我先带侍女春儿同往成都去望,乃是父子之情,无人笑我。若是他得了官时去看他,教人道我趋时捧势。

  通过前后矛盾的对比,暴露出卓王孙丑恶的灵魂,这里的矛盾心理,更是把他的虚伪性格表现得淋漓尽致。

  宋代话本小说还特别注重在具体的行动中表现人物的精神风貌和性格特点。这使人物的刻画与情节的发展紧密联系起来。通过璩秀秀的逃而捉、捉而逃,变成鬼也要与崔宁结合的一系列行动,展开了对她的性格刻画。尤其是秀秀同崔宁一同从郡王府出来时的描写,把她的性格刻画得越来越鲜明。当时秀秀手中提着一帕子金珠富贵,从左廊下出来,撞见崔宁,便道:崔大夫!我出来得迟了,府中养娘,各自四散,管顾不得,你如今没奈何,只得将我去躲躲则是。秀秀趁着王府失火的机会,收拾了一包金银绸缎准备逃离王府,不期撞上了崔宁,她便抓住这个时机,主动而大胆地向崔宁展开追求。两人一路走过去,她又说脚疼走不得路,有意识地向崔宁撒娇表示亲近。等到坐在崔宁家里,她又说:"我肚里饥,崔大夫与我买些点心来吃。我受了些惊,得杯酒吃更好。"这简直有点像以主妇的身份指挥崔宁了。描写极为自然,朴素平易,璩秀秀的要求似乎都是未经考虑、临时引起的。但实际上,她都是早有准备、深思熟虑的,她一步紧似一步地逼向既定的目标,每一步行动都表现了她大胆、主动的性格,表现了她追求幸福生活的热情,在表面的漫不经心中带着几分女性的狡黠。最后,她见崔宁仍无动于衷,便借酒提起郡王昔日无意的随口许诺。见崔宁还是唯唯诺诺,不敢应接,她便挑穿话头,直接提出要与他"先做了夫妻"。崔宁还说"岂敢",她便以"我叫将

第四章　宋元话本研究

起来,教坏了你"相威胁,胆小怕事的崔宁只好屈从。以上情节通过秀秀步步进逼的行动和简单明了的几句话,把秀秀热烈、大胆、泼辣、执着追求爱情和人身自由的性格鲜明地突现了出来。

同时,宋人话本小说还注意通过人物的生活环境和个人经历,刻画人物形象的不同性格特征。璩秀秀、周胜仙、小夫人都是被压迫的妇女,同封建统治者和封建礼教存在矛盾,都曾勇敢地追求爱情婚姻幸福,并为此牺牲了生命。但她们的性格并不相同。小夫人虽是小妾,可以因"一句话破绽些"便被抛弃,可她毕竟曾被娇宠于贵家大族,所以她在追求爱情幸福时,就不及璩秀秀、周胜仙勇敢大胆,而且,她在追求爱情幸福时,还乞灵于金钱财物,不像璩秀秀、周胜仙主要靠感情的坚执去争取。璩秀秀是"养娘",实际上只是个女奴,受尽压迫,对她来说,追求爱情婚姻的幸福是与争取人身自由连在一起的,所以她比周胜仙这个商人的女儿更加老练精细。她们都是大胆泼辣的,但璩秀秀面临的是重大的人生抉择,她深思熟虑,做好准备,步步逼向目标,表面上不动声色,实际颇有心计。她的大胆袒露真心,她的泼辣威胁,都是为追求终生幸福所作的孤注一掷的斗争,不达目的绝不罢休。周胜仙的大胆泼辣,是一见钟情的少女的热情的冲动,她的机巧也只是在"眉头一纵"中产生。所以璩秀秀的每一次行动都显得那么胸有成竹,从容不迫,而周胜仙则是走一步算一步,而且缺乏应变能力。走出朱真家后,她"不认得路";找到范二郎,被怀疑是鬼,只能被动挨打。她毕竟只是在父母的羽翼下长大的小鸟,比在生活的磨炼中长大的璩秀秀幼稚得多。

应该承认,宋人话本小说中使人印象深刻的人物形象并不太多,具有典型性的则更少。这既与话本小说的作者文化水平不高有关,也与话本小说受"说话"影响,过于重视故事情节的弊病有关,有些篇目中的人物简直是湮没到曲折情节中去了。即使像《宋四公大闹禁魂张》这样较有影响的作品,也同样存在这个问题。这是宋人话本小说显得较粗疏的主要表现之一。但是,宋人话本小说的人物描写所取得的现实主义成就是值得称道的,其描写的真实生动、人物形象的浮雕式的清晰,都达到了中国小说史上的新高度。

3. 语言特色

宋人话本小说作为"说话"的底本,是通过说话人的口头讲述而与听众直接交流的。这样诉诸听觉的直接结果,是它只能使用通俗的白话,而不再使用艰深的文言。宋人话本小说是最早的纯粹的白话小说,"是中国文学史上第一次用白话来描叙社会的日常生活"。到了宋人话本小说,真正的白话小说才算是出现了,这是凡读过宋人话本小说的人都可感受到的。

如《宋四公大闹禁魂张》中对"禁魂张"张富的描写:

这富家姓张名富，家住东京开封府，积祖开质库，有名唤作张员外。这员外有样毛病：要去那虱子背上抽筋，鹭鸶腿上割股，古佛脸上剥金，黑豆皮上刮漆。痰唾留着点灯，捋松浆来炒菜。……他还地上拾得一文钱，把来磨做镜儿，捍做磬（磬）儿，掐做锯儿，叫声"我儿"，做个嘴儿，放入箧儿。人见他一文不使，起他一个异名，唤做"禁魂张员外"。

三言两语，将一个爱财如命的吝啬鬼的形象刻画得入木三分。

纯熟通俗的语言，流畅生动的叙述，大量民间口语、谚语的运用，标志着白话小说的成熟。不过，以泼辣俚俗为特色的宋人话本小说的语言也并非都提炼得很精粹，时也有含糊、粗疏的毛病。但总的来看，中国小说从文言到白话的伟大转变，到宋人话本小说就已经完成了。而通俗、生动、朴素的语言风格，不但为明清的拟话本小说所继承、发展，而且为明清的章回小说所吸收、发展，并成为我国古代白话小说语言运用上的主要特色。

总之，从宋人话本小说的思想和艺术，可以看出它确实是市民的文学，体现了市民阶层的审美心理和审美需要，反映了市民阶层的生活和意识，从宋人话本小说开始，具有中国特色的市民文学终于真正出现了。

四、宋元话本的影响

宋元话本在我国小说史上的意义是巨大的、影响是深远的。上述是从章回形式方面说的。从总体内容方面说，它具体生动地反映了市民的生活和思想、扩大了小说反映生活的领域，标志着我国古代现实主义文学的成熟。从形式上说，它继承了宋以前讲唱文学的成果，确立了以白话为主体的小说，开辟了中国古代小说的新纪元，为明清时期小说进入繁盛阶段奠定了基础。

宋元话本影响了明清短篇小说的创作，相继出现了一大批出自文人之手的拟话本，这样，短篇创作的繁荣局面得以形成；白话短篇也为后世的小说、戏曲提供了素材，很多戏曲都是根据白话短篇改编的。明末朱㿜的《十五贯》传奇，至今活跃在戏剧舞台上，它就是根据话本《错斩崔宁》改编的。明清长篇小说的创作与宋元讲史话本、说经话本也有一脉相承的关系。话本往往是明清长篇的胚胎、雏型。如《三国志平话》之对于《三国演义》，《大宋宣和遗事》之对于《水浒传》，《武王伐纣平话》之对于《封神演义》，《七国春秋平话》之对于《列国志传》、《新列国志》，《大唐三藏取经诗话》之对于《西游记》，影响非常直接。

宋元话本也标志着整个文学领域新时期的来临。封建社会出现的新因素、新成分，主要是依靠这种新产生的话本小说和戏曲来反映。明清时期这

第四章　宋元话本研究

种反映发展得更强烈、更充分。在整个文学领域也发生了重大的变化,原来占统治地位的是诗和散文,现在话本小说闯进了文坛,先是要求一席地位,继而分庭抗礼,后来竟取霸主的地位而代之。所以,宋元话本有着划时代的意义。

第二节　宋元著名的话本研究

一、小说话本

小说话本内容丰富,《醉翁谈录》的"小说开辟"条里把小说话本的题材分为灵怪、胭粉、传奇、公案、朴刀、杆棒、神仙、妖术八类。每类下面都列举了一些话本标题。所列话本大半散佚。就存留话本而言,以"胭粉"——爱情婚姻故事、"公案"——断狱判案故事成就最高。这些故事大多直接取材于现实生活,往往以市民为主角,有着鲜明的市民观点。这一点是它与唐人传奇在思想内容方面的不同之处。

（一）婚姻恋爱的故事

小说话本中以婚姻恋爱为题材的作品,通过女主人公的不幸遭遇,表现了她们为争取婚姻自主反抗封建礼教的斗争精神,揭露了封建势力对人民的深重迫害。

1.《碾玉观音》

《碾玉观音》写女奴璩秀秀和工匠崔宁的恋爱悲剧。秀秀是装裱书画匠的女儿,卖与咸安郡王,做了刺绣养娘。一天,王府失火,她趁乱与王府的碾玉匠人崔宁一同逃出王府,结为夫妻。他们逃到远离临安二千余里的潭州开了一片碾玉铺。后因郭排军发现告密,郡王抓回秀秀,极残忍地将秀秀活活打死。秀秀的父母慑于郡王的淫威,双双投水而死。崔宁受刑后,发往建康府,秀秀的鬼魂仍然追求着崔宁。他俩又建立起了一个家庭。不久,再次被郭排军闯破。秀秀无法,最后拉了崔宁一块去作鬼夫妻。这篇所写的爱情悲剧是非常曲折动人的,是一则对被损害者的反封建斗争做了较深刻的反映、而较少庸俗气味的故事。秀秀泼辣大胆,勇敢地向封建势力提出英勇的挑战,对爱情进行生死不渝的追求。她虽然是一个被迫害而死的悲剧人物,却闪烁着"生生死死随人愿"的浪漫主义理想的光彩。说话艺人创造了这样一个形象在小说史上是有划时代意义的,我们把这篇话本列为宋元话本的压卷之作并不为过。

2.《闹樊楼多情周胜仙》

《闹樊楼多情周胜仙》也是一则爱情的悲剧,写富商周大郎的女儿周胜仙爱上开酒店的青年范二郎的故事。周胜仙在金明池遇上范二郎以后,巧妙地表露了自己的爱情。媒人来说合时,周大郎则以门不当、户不对为理由拒绝了。周胜仙因此忧愤而死。过后她死而复苏,亲自去樊楼找范二郎,不幸被范二郎误认为鬼,失手将她打死。范二郎因此吃了官司。周胜仙又以鬼魂出现,与范二郎在梦中结为夫妻,并设计救出了范二郎。周胜仙这种突破礼教,自择婚姻,生前挚爱,死后缠绵的精神,反映了市民妇女民主的意识。说话人善于描摹心理,敷陈故事,这篇就是很好的例证。小说开头的一段骈语描写周胜仙的花容月貌,不是由说话人作客观的描述,而是从范二郎眼中看出,这就一笔写出了两个人,既写出了周胜仙的肖像,又反映出了范二郎的爱慕心理。小说还一再进行人物心理刻画。如周胜仙与范二郎初见"四目相视,俱各有情",周胜仙:"暗暗地喜欢,自思量道:'若还我嫁得一似这般子弟,可知好哩!今日当面错过,再来哪里去讨?'正思量道:'如何着个道理和他说话?问他曾要妻也不曾。'"接下去她故意当着范二郎的面,与卖水人吵嘴,在吵嘴中把自己的情况介绍给范二郎。范二郎一听心领神会:"自思量道:'这言语跷蹊,分明是说与我听。'"后文又写"范二郎(思量)道:'他既暗递与我,我如何不回他。'"在描写人物语言动作的同时,描写人物心理的交锋,有助于刻画人物性格,增强场景的戏剧性。这种描摹心理的手法是很高明的。

3.《快嘴李翠莲记》

《快嘴李翠莲记》(《清平山堂话本》)是一篇具有传奇色彩的反封建礼教的话本。《快嘴李翠莲记》表现的是年方二八的少女李翠莲,在出嫁前夕到婚后三日之间的表现和遭遇。李翠莲聪明能干,会说善道,正由于她多言多语,口快如刀,遂为封建礼法所不容:在娘家惹得父母兄嫂担忧和不满,到婆家更遭到了公婆、丈夫、小姑的一致责难,最后被夫家逐出,受娘家埋怨,落得"夫家娘家着不得",只好"剃了头发做师姑"。

这一题材也蕴含着多方面的社会意义。封建社会对妇女有种种的限制,要求女子柔顺沉默、敛声收气、不可多言,南宋理学家提出"妻有七出",其中,"口舌"即为七出之一。本篇中的李翠莲,"说成篇,道成溜",问一答十,问十答百,竟因伶牙俐齿为夫家娘家所不容,她的表现显然是同封建礼教尖锐对立的。同时，封建社会否定女子的才华，认为"女子无才便是德"，而李翠莲却表现出能言善辩的才能，塑造这个形象在这一方面也具有反传统的意义。另外，李翠莲还有鲜明的反抗性格、宁折不弯的气概，当公公责备她是"长舌妇人"时，她便举出古代一连串长于口才的名人来为自己辩护，公然宣称"公公要奴不说话，将我口儿缝住吧"。当她面临再不慎言少语就会被休弃的矛盾时，仍不肯说半句退让的话，断然表示：既然你们容不了我，那就"快将纸墨和笔砚，写了休书随我便""永不相逢不见面"。铮铮誓言，何等刚强、何等大胆！总之，这题材本身蕴含着揭露封建礼教对妇女的残酷束缚，肯定女性的才华，提出了女性也有敢说敢想的精神生活的权利等丰富的客观意义。但作者对李翠莲的能言快语作了不适当的夸张，多处有失分寸。作者写她临嫁前夕到哥嫂门前高叫，责备哥嫂对她的婚事漠不关心，可是哥哥的回答是"凡百事，我自和嫂嫂收拾打点"。而且他们的确是"前后俱收拾停当"，最后才安歇的，李翠莲滔滔一席话，只能显出她蛮不讲理，出口伤人。她动辄骂人，骂媒婆是"老泼狗""白面老母狗"，骂撒帐先生念"撒帐词"是"放你娘的臭屁"，她几次声称要打人家一个"漏风的巴掌"，还真地跳将起来，摸着一个面杖将撒帐先生"夹腰两面仗"。丈夫张狼对她赶走撒帐先生不满，她竟然声称："若还恼了我心儿，连你一顿赶出去。"又命丈夫夜里睡觉"束着脚，蜷着腿，……若还蹬着我点儿，那时你就是个死"！未免厉害得不近情理了。她在家堂祖宗面前祝祷时，期望婚后诸事如意，最后竟然说："不上三年之内，死得一家干净，家财都是我掌握，那时翠莲快活几年！"又显得极端自私，不近情理。这些描写，使李翠莲成了一个分裂的形象，影响了形象的完整性。作者在"入话"中说："虽无子路才能智，单取人前一笑声"，这便是作者的创作目的。作者选择的题材、人物虽然很有意义，但他并不能完全理解这种人物，只是觉得这种人物很奇特，能够博得听众的笑声，因而不能按照美的标准塑造这个形象，而是迎合市民的庸俗趣味，不自觉地将人物丑化了、歪曲了。本篇作者愚昧的主观与题材客观意义的对立表现得也是十分明显的。宋元话本情节中的这一内在矛盾，自然也会大大削弱作品的思想艺术价值。

4.《志诚张主管》

《志诚张主管》写的也是一则人而鬼的爱情故事。王招宣府里失宠的小夫人，被转嫁给了六十多岁的富商张员外。她渴望爱情的幸福，不甘心与一个风烛残年的老头子生活，主动追求店里的青年主管张胜。由于她转嫁时带出了招宣府的一百零八颗明珠，事败而被迫自缢。死后，她以鬼魂追随张胜。张胜不知她已是鬼，以主母奉侍，终不及乱。真相披露后，小夫人的鬼魂才离去。这篇的原意是宣扬张胜志诚、守本分,不为鬼物所缠;但它客观上所显现的思想意义却大大超过作者的主观意图。小夫人的不幸命运和她反抗命运对自由爱情的热烈追求,在当时很有典型意义,值得同情。

(二)讼狱断案的故事

小说话本中以讼狱断案为题材的优秀作品,通过离奇复杂的案情,反映当时社会的复杂矛盾斗争,揭露和鞭挞了封建吏治的腐败。较好的有《错斩崔宁》和《宋四公大闹禁魂张》。

1.《错斩崔宁》

《错斩崔宁》写无辜百姓陈二姐和崔宁由于昏官胡断被冤杀的故事。陈二姐是刘贵的妾,刘贵为开店铺向岳父借得十五贯钱。晚上回家,酒后戏言,说这十五贯钱是典卖陈二姐的身价,陈二姐信以为真,万分悲痛,便趁刘贵醉卧,连夜逃走。路上巧遇卖丝的青年崔宁,两人便结伴同行。谁知她走后,赌输了钱的静山大王,窜入刘贵家杀死刘贵劫走了钱。案发后邻居追上陈二姐,将陈二姐和崔宁扭送官府。府尹不问青红皂白,一口断定他们是淫妇、奸夫,凑巧崔宁身上也有卖丝钱十五贯,便成物证,说他们谋财害命,双双逃走。昏官滥施酷刑,糊涂断案,便将崔宁、陈二姐问斩。后来,刘贵之妻也被静山大王霸占,静山大王偶然吐露了真情,才使案情大白,这篇话本通过刘二姐、崔宁的无辜被害,揭露封建吏治的昏庸腐朽,草菅人命,表达了平民百姓希望官府清正廉明的意愿。

从《错斩崔宁》中可以看出话本小说在形式上相通的特点。如故事一开始便以"聪明伶俐自天生,懵懂痴呆未必真。嫉妒每因眉睫浅,戈矛时起笑谈深。九曲黄河心较险,十重铁甲面堪憎。时因酒色亡家国,几见诗书误好人"开场,透过此定场诗传达出故事梗概;文末以"善恶无分总丧躯,只因戏语酿殃危。劝君出话须诚实,口舌从来是祸基"作结,前后呼应全文戏语酿灾的主旨。

另外,在故事进行时,也常以诗词作为故事进展的段落区隔,承先启后,如文中情节推展至小娘子听信刘官人之言而离家后所引"鳌鱼脱却金钩去,摆尾摇头再不回",便是用于总结前述段落,以展开其下小娘子离去后刘官人处境的故事情节;此外,正文中所穿插的诗词,亦有作为说书人对故事情节发出议论之用,如说到小娘子与崔宁处决时,便以"哑子漫尝黄蘗味,难将苦口对人言",为两人的含冤受刑发出议论。

说话人讲述故事时,往往以全知观点进行,因此在故事进行中,说书人亦常进入到故事段落中发以议论,因此在阅读话本小说时,常常可见"看官听说"字样,表示说书人进入故事中对情势加以评论,在评论结束后再以"闲话休题"导回故事正文。例如情节进行到小娘子与崔宁含冤受刑后,接着便有"看官听说"字样出现,所述内容并非剧情的延续,而是对前言所作的议论,评论之后再以"闲话休题"继续带入故事的后续发展。话本小说之所以有如此现象,亦为说话人说书语法残留于文本的一种形式表现。

《错斩崔宁》之所以能成为话本佳作,在于情节的巧妙设计,以一连串的巧合环环相扣,一切看似入情入理,却又破绽百出。故事中主要角色为刘贵、刘贵原配王氏、二房陈二姐、崔宁,其中又以陈二姐这个角色串起整个剧情的推进。故事情节自刘贵家道中落,于岳父寿诞时收取了岳父资助的十五贯钱开始铺陈,这"十五贯钱"自此成了整个故事发展的关键巧合点,一切的巧合自此层层叠叠地发生,最后造成了陈二姐与崔宁含冤枉死。而这巧合点所连接的两端,一边即是刘贵死前的戏言,另一边则为陈二姐与崔宁冤死。《错斩崔宁》的精彩之处,在于情节中所安排的巧合并不单调,而是一层又一层地覆盖包裹,最后织成铁证如山,冤死了两条人命。我们可以试着从最关键的巧合点向外延伸,来看作者织就种种巧合的手法。

《错斩崔宁》中崔宁之所以被错斩,关键就在于刘贵命案后现场所短少的十五贯钱,崔宁身上不多不少也正巧带着十五贯钱,更何况在刘贵命案现场后不知去向的陈二姐正巧也在他身边,而造成了陈二姐伙同崔宁杀夫淫奔的错觉。然而要让十五贯钱的巧合成为如山铁证,作者选择了以更多的巧合情节,来作为成就巧合的叙事技巧:

刘贵戏言将陈二姐以十五贯钱卖与他人。此为一切冤屈的开端,也是造成日后众人对陈二姐与崔宁产生杀夫淫奔错觉的前引,然而刘贵之所以会口出戏言,则起于刘贵巧遇故人多喝了两杯,酒意上身又遇陈二姐应门迟了,才会起意作弄,而刘贵元配王氏又正巧被留宿娘家,未随刘贵返家,陈二姐在无以对质的情况下,不免信以为真,而作出离家的打算。且陈二姐离家之时未收好钱财、闩上家门,正巧窃贼找上了刘贵家,行窃时不意惊醒了刘贵,又正巧窃贼手边搁着一把斧头,于是偷窃不成转为强盗杀人,窃贼杀了刘贵,带走了十五贯钱。这巧合的关键——十五贯钱,看似自此消灭,实借此巧妙地转换了叙事主轴,牵引出了错斩崔宁的情事。

与陈二姐同行的崔宁身上正巧也有十五贯钱。十五贯钱为全文的巧合关键,在刘贵的十五贯钱被偷走的时点上,种种巧合看似已伴随着他的死亡而有所具结,实际上却是下一个巧合链的开始。在十五贯钱巧合点的另一端,陈二姐离家后,正巧遇上了崔宁,两人又正巧同路而相伴同行。崔宁岂知陈二姐家发生命案,案发现场又正短少了十五贯钱,无巧不巧地崔宁身上也正带着刚做完买卖换得的十五贯钱,两下一合,刘贵家出走的人在他身边,短少的钱财与他身上带的分毫不差,这样的巧合确实让人难以分辨,再加上屈打成招,一件冤案就此定谳,冤杀了崔宁与陈二姐两条人命。

以十五贯钱串成如此紧扣的巧合链,铺陈了一件两条人命的冤案,从一句戏言到诸多巧合,看似荒诞,却又难以辩驳,一切都是那么地顺理成章,缺少了其中一项巧合,情节便会漏洞百出,不成章法,能够安排出如此繁复的巧合情节,正可看出作者的匠心独运。

作者善用巧合情节构设故事的写作技巧,并未在崔宁枉死之后就此停笔,在理清案情时,作者一样运用了诸多巧合来剥去之前所堆筑的层层巧合,如借由刘贵元配王氏巧遇当年的杀夫窃贼来还原案情,揭露出错斩崔宁的事实真相。所以,《错斩崔宁》一文,可说是借由"十五贯钱"作为出发点,用围绕着这十五贯钱的一连串巧合情节来铺叙故事,酿成了一部话本小说佳品。值得注意的是,在这部话本小说中,女性形象非常单薄,完全不像志怪、传奇中勇于为爱情献身的角色。相反,陈二姐对丈夫逆来顺受,得知丈夫将自己卖与他人也丝毫没有怀疑,代表了当时市民对女性的普遍要求。因为话本归根结底是迎合市民的趣味的,与士大夫们的审美趣味有一定的差别,再加上话本更注重的是情节曲折生动,因此人物也就略显单薄了。

2.《宋四公大闹禁魂张》

《宋四公大闹禁魂张》是写侠盗捉弄官府的故事。侠盗宋四公、赵正、侯兴、王秀不仅惩罚了为富不仁、视钱如命的财主张富,而且偷走了钱大王的玉带,当面剪走京师府尹身上金鱼带挺尾,马观察的一半衫衣,闹得整个京师惶惶不安。这些反映了官府的无能、侠盗的机智灵巧和江湖上的黑幕。在艺术上,这篇小说情节曲折离奇、细节具体生动,很有吸引力。

总的说来,宋元话本大多取材于现实生活,主人公大多是市民阶层,表达的是市民的理想和愿望。这是宋元话本的思想精华。但是,宋元话本也有宣扬迷信和因果报应的思想糟粕。在艺术表现方面,宋元小说话本似乎比讲史话本更见精神,优秀的小说话本就是一则优秀的短篇小说,看不到白话短篇草创时期稚嫩的痕迹。它情节曲折、结构完整,塑造了个性鲜明的人物形象,十分注意运用伏笔、悬念的方法增强故事性,也十分注意运用环境、心理和细节描写以增强形象性,从而取得了娓娓生动、引人入胜的艺术效果。特别值得一提的是,宋元小说话本是我国最早的用白话叙事状物的短篇小说,它采用通俗的口语,并且直接从民间吸取了不少谚语、俗语,用以反映现实生活。这种与当时口语一致的语言,大大丰富和扩展了小说语言的表现力。

二、讲史、说经话本

从现存的作品看,讲史、说经话本无论在内容和艺术上都无法与小说话本相比,它们结构散乱、故事前后不连贯、人物形象模糊、文白夹杂、错别字颇多,这些当然不能当作宋元讲史、说经的水平,宋元讲史却是当时很受群众欢迎的说话伎艺。这些可能只是一个十分粗略的记录。据《东京梦华录》记载,当年有专"说三分"的名家霍四究、说"五代史"的专家尹常卖。讲史科目有"汉书""五代史""三国志"等。南宋讲史更为繁盛,《醉翁谈录》所载的"黄巢""刘项争雄""孙庞斗智""晋汉齐梁""三国志"等就是当年讲史的名目。南宋临安还有专门的讲史勾栏。讲史艺人伎艺高超、说话感人至深,《醉翁谈录》里也有记载。其中的"说国贼怀奸从佞,遣愚夫等辈生嗔;说忠臣负屈衔冤,铁心肠也须下泪"两句,称赞的正是讲史艺人的本领。

(一)《全相平话五种》

这是现存最早的讲史话本,刊印于元代至治年间。日本内阁文库藏有原书,现有人民文学出版社标点本。它原来应是一套丛书,每种都分三卷,上面是图,下面是文,版式一律。现只存五种。书中内容大都是根据正史,并掺杂了一些传说故事。叙事简括,文多讹误,似为说话的原始底本。《武王伐纣平话》写纣王荒淫残暴,终于被周武王、姜子牙讨伐而亡的经过。全书有浓厚的神异色彩,初具《封神演义》间架。《七国春秋平话》(后集)以孙膑和乐毅两个人物为活动中心,写燕齐两国的战争和统治集团的矛盾。《秦并六国平话》,又名《秦始皇传》,写秦并六国和由于秦始皇暴虐无道终于覆亡的故事,大都依据《史记》的记载。《前汉书平话》(续集)又名《吕后斩韩信》,写刘邦一统天下后,吕后阴险狠毒,残害韩信等功臣的故事。《三国志平话》描写三国纷争的故事,初具了《三国演义》的一些情节。传说色彩浓厚,是五种平话中成就最高的。此书在《三国演义》一节中还要论及。

这五部平话虽然同为新安虞氏合刻,但文字风格,显然不是出于一人之手。郑振铎评道:"其叙述虽或近于历史,或多无稽的传说,或杂神怪的笔谈,然其文字不大通顺,白字破句,亦累牍皆是,却是五作如一的。我们很显然可以看出他们乃是纯然的民间著作。与宋人之诸短篇话本,与乎《五代史平话》较之,实令人有彼善于此的感觉。这样笨拙、迟重的文笔,仍是出于民间作者之手,而未曾经过文人学士的润饰的。与宋本的《三藏取经诗话》,其气韵却好相类。"(《插图本中国文学史》)。

(二)《大宋宣和遗事》

书分元、亨、利、贞四集,又或分前后两集。按年代记述史实,内容有十段:历代帝王荒淫之失、王安石以新法祸天下、王安石引蔡京等入朝专权、梁山泊聚义始末、宋徽宗与妓女李师师、道士林灵进用、京师繁华上元灯节、金人陷京、徽钦二帝被掳、宋高宗建都临安。其中以梁山泊聚义和徽钦二帝被掳两节写得较好。梁山泊聚义一节包括扬志卖刀、晁盖劫生日礼物太行山落草、宋江杀阎婆惜、九天玄女庙、攻夺淮阳、京西、河北三路等故事,勾勒出了水浒故事的大致轮廓,可能是《水浒传》的蓝本。徽钦二帝被掳,生活困苦的描写,也较凄凉感人,试看下一段:

自此以后,日行五七十里,辛苦万状,二帝及后,足痛不能行时,有负而行者。渐入沙漠之地,风霜高下,冷气袭人,常如深冬。帝后衣袂单薄,病起骨立,不能饭食,有如鬼状。涂中监者作木格,付以茅草,肩舆而行。皆垂死而复苏。又行三四日,有骑兵约三四千,首领衣紫衣袍。讯问左右,皆不可记。帝卧草舆中,微开目视之,左队中有绿衣吏若汉人,乃下马驻军,呼左右取水,吃乾粮,次取于皮箧中,取去乾羊肉数块赠帝,且言曰:"臣本汉儿人也。臣父昔事陛下,为延安铃辖周忠是也。……"经行已久,是昔宿一林下,时月微明,有番首吹笛,其声呜咽特甚。太上口占一词曰:

"玉京些忆昔繁华,万里帝王家。琼林玉殿,朝喧弦管,慕列笙琶。花城人去今萧索,春梦绕胡沙。家山何处?忍听羌笛,吹彻梅花。"

太上谓帝曰:"汝能赓乎?"帝乃继韵曰:

"宸传四百旧京华,仁孝自名家。一旦奸邪,倾天折地,忍听挡琶。如今塞外多离索,迤逦远胡沙。家邦万里,伶仃父子,向晓霜花。

歌成,三人相执大哭。或曰,所行之地皆草莽萧索,悲风四起,黄沙白雾,日出尚烟雾,动经五七里无人迹,时但见牧儿往来,盖非正路。

可惜的是,这样好的段落不多。全书繁简不一,内容较庞杂。可能是话本与杂抄书籍连缀而成。所以鲁迅说:"其书或出于元人,抑宋人旧本,而元时又有增益,皆不可知。"它不是典型的讲史话本,"近讲史而非口谈,似小说而无捏合。"(《中国小说史略》)。

《新编五代史平话》是宋元旧编,元人修订刊行。全书十卷,即梁、唐、晋、汉、周各两卷。写五代兴亡,反映人民在封建暴政和长期战乱中的苦难,比较生动地描写了刘知远、郭威等人发迹的过程。但对黄巢起义却是持反对的立场。鲁迅说:"全书叙述,繁简颇不同,大抵史上大事,即无发挥,一涉细故,便多增饰,状以骈俪,证以诗歌,又杂诨词,以博笑噱"。(《中国小说史略》)试看黄巢落第后,与朱温等为盗,准备动侯马庄马评事家的一段:

黄巢道："必去劫他时，不消贤弟下手，咱有桑门剑一口，是天赐黄巢的，咱将剑一指，看他甚人，也抵敌不住。"道罢便去。行过一个高岭，名做悬刀峰，自行了半个日头，方得下岭。好座高岭，是：根盘地角，顶接天涯，苍苍老桧拂长空，挺挺孤松侵碧汉，山鸡共日鸡齐斗，天河与涧水接流，飞泉飘雨脚廉纤，怪石与云头相轧。怎见得高？

几年撅下一樵夫，至今未曾撅到底。

黄巢兄弟四人过了这座高岭，望见那侯家庄。好座庄舍！但见：石惹闲云，山连溪水，堤边垂柳，弄风袅袅拂溪桥，路畔闲花，映日丛丛遮野渡。

这段叙描活泼生动，颇有文采，说它像明人小说也不为过。

（三）《薛仁贵征辽事略》

《薛仁贵征辽事略》见于《永乐大典》5244卷辽字韵，明代《文渊阁书目》也有著录。写薛仁贵征辽的故事。新旧唐书有《薛仁贵传》，话本大体依据史传，也增加了一些传说故事。话本文辞简朴，可能是南宋时期的作品。清代它被改编成《说唐后传》的一种，叫《说唐薛家府传》。所谓"薛仁贵征辽"，宣扬唐王朝武功、赞美侵犯邻邦的行为是极其错误的。

（四）《大唐三藏取经诗话》

此书是说经中的一种，写猴行者保护唐僧取经的故事。这是《西游记》的前身。1916年由学者王国维、罗振玉在日本发现而影印出来。卷末有"中瓦子张家印"字样，王国维考证，"中瓦子张家"是南宋临安的一家书铺，以此断定，这是宋代说经人底本。书分上、中、下三卷，共十七节，每节都有标题，如"行程遇孙行者处第二""入大梵王宫第三"等。可惜书已残缺，第一节就缺如，第八节只剩一部分残文。各书长短不一，长者有一千六百多字，短者不满百字。全文是用浅近文言写的，大部分是叙述文字，也有简单的描写。每节末尾都有结诗，文中亦间有诗句。试列最短一节，便可感知其具体情况：

入沉香国处第十二

师行前迈，忽见一处，有碑额云："沉香国"。只见沉香树木，列占万里，大小数围，老树高侵云汉。"想我唐土，必无此林。"乃留诗曰：

国号沉香不养人，高低耸翠列千寻。前行又到波罗国，专往西天取佛经。

这里的诗大部是七言绝句，但诗味不浓，近于佛经的偈赞，话文也与佛经相似。可见它是与唐五代的讲唱经文、俗讲是一脉相承的。综合全书的形式来看，这只是南宋说话人的一个底本、讲述提纲。说话人在献艺时是必须随时发挥、踵事增华的。

书的内容是,叙述一个猴行者化为白衣秀士保护唐僧西天取经,沿途降妖降魔,最后获得成功,被唐太宗封为"铜筋铁骨大圣"的故事。故事虽简单粗略,但已脱离唐僧事迹的实录阶段,而变成以虚构为主的艺术品。它可以说是明代《西游记》的一个雏型:(1)主角已从唐僧移到猴行者身上;(2)沿途过狮子林、树人国、王母池、长坑大蛇岭、九龙池、鬼母子国、女人国等,与八十一难的格局相近;(3)猴行者的来历与孙悟空相近,它是"花果山紫云洞八万四千个铜筋铁额猕猴王"。它在二万七千岁前曾因偷吃蟠桃被西王母捉下,这又仿佛有大闹天宫的影子;(4)书中出现了深沙神,是沙僧前身。此书虽是西游故事的雏型,但具体情节和行文叙述与《西游记》相距甚远,西行所经国名、地名、所遇磨难与《西游记》很少相同。有些倒与《大唐西域记》《妙法莲花经变文》相近。

就人物形象而言,此书亦与《西游记》相去甚远。试看"入王母池之处第十一"的开头:

登途行数百里,法师嗟叹。猴行者曰:"我师且行,前去五十里地,乃是西王母池。"法师曰:"汝曾到否?"行者曰:"我八百岁时,到此中偷桃吃了;至今二万七千岁,不曾来也。"法师曰:"愿今日蟠桃结实,可偷三五个吃。"猴行者曰:"我因八百岁时,偷吃十颗,被王母捉下,左肋判八百,右肋判三千铁棒,配在花果山紫云洞。至今肋下尚痛。我今定是不敢偷吃也。"

这里的两个人物都与《西游记》的面目相左,这法师还不曾有唐僧的那一副一丝不苟正人君子相,他竟有点不老成,叫猴行者去偷摸,猴行者还不曾有孙悟空的那种无所畏惧的气概,它倒反有点胆怯,不敢轻举妄动。

宋元话本(小说、说经、讲史)在小说史上是有重大意义的。意义之一,就是话本小说,特别是长篇话本为我国古代长篇小说的形式章回体作了酝酿和准备。所谓章回体的主要特点就是:(1)分章标回,段落整齐。每回叙述一两个中心事件,每回都有高潮和波澜;(2)韵散结合。在叙述中经常夹带一些诗词骈赋,用以描写、抒情或评议;(3)每回格式固定。有对仗显豁的回目,以话说、且说、却说等套语开头,以"欲知后事如何,且听下回分解"的话结束。这种章回体形式就是我国古代长篇小说的民族形式。这种形式风靡明清文坛,不仅《三国演义》《西游记》等与宋元说话有渊源关系的长篇小说采用章回体,而且文人独力创造的长篇也无一例外地采用这种形式。

这种形式的起源,盖出于宋元说话和宋元话本。虽然《三国志平话》《新编五代史平话》《大宋宣和遗事》和《大唐三藏取经诗话》等还不能称作章回小说,甚或还不能称作为严格意义上的长篇小说,但它们属于孕育阶段,为这种形式的形成作了充分的准备。它们篇幅较长,最长的是《新编五代史平话》,有十万多字,一般的也超过四、五万字。总是分卷分回的。每部话本的开头有序诗,概括整个话本的内容,每部话本的结尾有结诗,总结全书的内容。它们一般都是采用编年叙述的,有如史传标明历史故事发生的年月,按时间的先后顺序讲述。在开场诗以后,讲述本篇故事发生以前,往往要先说一段前代故事作为引子。这缀合的一段是用来从时间或情节上交代故事发生的前因或条件的。讲史话本以讲述历史事件为主,但也综合运用诗词骈赋、散文,大量征引历史信函、表章、奏议,以增强历史感。它的语言多用浅近的文言,也像小说话本那样,吸取了一些口语。从长篇话本的这些情况看,它确实是明清章回体长篇小说的滥觞。

(五)《武王伐纣书》

全名《全相平话武王伐纣书》,别题《吕望兴周》,上、中、下三卷,元至治间建安虞氏刻本,上图下文,图上有题,图题各四十二,原本藏日本内阁文库,上海古籍社出版了排印本。

全书讲述商末周初的历史,表现了有道伐无道的正义性。武王和吕望总括商纣王的十大罪状是:囚西伯,醢其子为肉酱;制虿盆、酒池、肉林、炮烙之刑;在摘星楼撑死姜皇后;驱逐太子;残害忠良;杀姜子牙之母,醢黄飞虎之妻;剖孕妇,辨男女;斫人胫,验骨髓;大动土木,劳民伤财。这样无恶不作的无道之君,自然应该用武力来彻底推翻,表现了反对暴政、呼唤仁政的进步思想。

与此同时,对妲己的批判也非常尖锐。作者让妲己与九尾金毛狐,合而为一,商纣王的许多暴政都是妲己的主意,或者是为了讨好妲己,狐狸精祸国殃民的寓意是十分明显的。

书中对伯夷叔齐也颇有微词,认为他们不食周粟是愚忠的表现。这部平话的素材大都来自历史典籍,在此基础上进行了一些补充、修订和合理想象,对《列国志》和《封神演义》产生了直接的深远影响。

(六)《前汉书续集》

《全相平话前汉书续集》,别题《吕后斩韩信》三卷,上图下文,图题各三十七,原本藏日本内阁文库,为元至治间建安虞氏刊本。既言续集,定有正集。从书中开头的话可见,正集内容是刘、项争霸之事。

该书在思想上极少迷信色彩,在事实上则主要依据《汉书》,然而观点却往往相悖。它不同意司马迁对项羽的批评,极力颂扬项羽的人格,又把刘邦、吕后杀韩信的真正原因说成是忌贤妒能,怕韩信和他争江山,于是百般诬陷,设计杀之。而陈豨、彭越、英布的造反,都是因为不满于刘邦、吕后对韩信的迫害,还写了韩信手下六将起兵反汉,为韩信报仇的事,逼得刘邦杀了假吕后诓骗六将。吕后更是一个杀人魔女,她私通沈字,诬陷彭越,诱杀如意,残害戚夫人,吓死惠帝,又在民间买来十个孕妇,将其中张屠夫妻子所生之子冒充惠帝之子立为太子,其余九人全都封在井中淹死,后来又把所立太子用土袋闷杀,接着硬逼刘肥、刘泽、刘友等七王休了前妻,另娶吕氏,并封吕产、吕禄、吕超为王。因此最后刘邦被英布冤气扑死,吕后也被韩信、彭越、戚夫人勾魂而亡,以示天道昭昭、生仇死报之理。在揭露最高统治者的彻底上,《前汉书评话续集》达到了少有的高度,作者对封建皇帝反动本质的认识表现出少有的深刻。

(七)《三国志平话》

《三国志平话》,上、中、下三卷,上图下文,图七十幅,图题六十九幅,卷首均题"至治新刊全相平话三国志",原书藏日本内阁文库,有影印本和古典文学出版社排印本。

全书大体上遵循《三国志》的线索,上卷写黄巾起义,刘关张结义,曹操杀吕布、陈宫。中卷写董成、刘、关、张诛杀曹操未遂,刘备牧豫州,赤壁之战,过江招亲。下卷写气死周瑜,袭取西川,三国归晋。

《三国志平话》虽然在轮廓上基本遵从历史,但许多情节取材于民间故事。开头以韩信、彭越、英布分别转世为曹操、刘备、孙权,刘邦、吕后分别投胎为汉献帝和伏太后,以便报前世恩怨。虽有迷信色彩,却表现了对谋杀功臣的强烈不满。全书已有鲜明的拥刘反曹的思想倾向,对张飞的评价高于《三国演义》。

《三国志平话》是较早定型的平话之一,对《三国志通俗演义》的成书有直接影响。

(八)《新编五代史平话》

《新编五代史平话》,十卷,梁、唐、晋、汉、周各二卷,1901年,曹元忠得之常熟人张敦伯家,巾箱本,今本不全,梁、汉各缺下卷。胡士莹先生以为是宋人旧编、元人新刊。

全书讲叙唐末五代的兴衰史,表现了对明君贤臣的歌颂,对战争的诅咒痛恨,有一定的积极意义。语言文白交叉,文言的部分大概取之《通鉴》等者居多,白话部分则生动活泼,很富于民间文学的色彩。作者很可能非常熟悉白话语言,是个下层文人。

第五章　明代短篇小说研究

在明代前期文学全面衰退的情况下,文言短篇小说方面则有些作品仍能承继元末文学的精神,并且有若干新的发展,成为中国小说史上值得注意的环节。但明代的短篇小说作品取得更大成就的,还是以拟话本为代表的白话短篇小说。而其中更以"拟话本"形式的白话小说"三言"和"二拍"最为引人注目。明代白话短篇小说的成熟,既继承了话本小说的传统,也受到文言小说发展的影响;同时,从"三言"开始,就已经是以创作为主的了,收录前人旧作也往往经过较大程度修改乃至改编。

第一节　明代短篇小说概述

一、明代白话小说概况

中国古代白话短篇小说的发展过程大致经历了三个阶段:其源头是宋代说话的"小说"门类,内容包括胭粉、灵怪、传奇、公案以及朴刀杆棒、发迹变泰等,其艺术特征则有口语形式、入话正话、韵散夹杂及注重故事性等,此为第一阶段。第二阶段是将口头的讲说整理成简单的文字记录并印刷出版,或用于说书的底本,或让不能进说书场者阅读,它们既有说话的某些特征,又掺入了书面文学的某些因素,处于从口头讲说到书面表达的过渡阶段,人们一般称其为话本。第三阶段是明清时期文人模仿话本所创作的供案头阅读的书面作品,由于是模仿话本,所以它带有市民文学的特点;又由于是文人的创作,兼有文人的意识与情趣,因而具有市民文学与文人创作的双重性质。人们或称它为拟话本,或称它为话本小说。拟话本是鲁迅在《中国小说史略》中提出的,后来被许多小说史研究者所普遍使用。拟即模拟、模仿之意,拟话本就是模拟话本所创作的新作品。话本小说是相对于话本而言,是既强调其与话本的联系,又想突出其书面文学特征的提法。其实二者用意相同，都是既重其源又显其变的意思。

如果说作为口头文学的说话艺术在宋元最为发达的话，则话本与拟话本在明代更为流行。明代嘉靖年间，人们已开始对话本发生兴趣。现知最早的话本集是嘉靖时洪楩编刊的《清平山堂话本》。原书分《雨窗》《长灯》《随航》《欹枕》《解闷》《醒梦》6集，每集分上下2卷，每卷5篇，故又称《六十家小说》。

今全书已亡佚，日本内阁文库存有15篇，天一阁存有12篇，1955年由文学古籍刊行社合在一起影印出版。后来阿英又发现两篇残文，所以目前共得29种。学者们普遍认为这是最接近宋元话本原貌的一批作品，而且根据每集的题目，知道编选者的主要目的是为读者提供娱乐。

继《清平山堂话本》之后，万历时书商熊龙峰也刊印了一批话本，当时由于是单篇分别刊出，因而不知道共刊出过多少本，现存4种也是在日本内阁文库所发现，分别在1958年古典文学出版社与1990年江苏古籍出版社出版，题名为《熊龙峰刊行小说四种》。

到了万历后期与天启年间，由于城市经济的繁荣与人们消费欲望的增加，读者对话本的兴趣也日益增强。因此文人与书商在搜集旧本的同时，更模仿话本重新创作，一时间拟话本的创作成为一种风气，并一直延续到清代前期。如冯梦龙的"三言"，凌濛初的"二拍"，陆人龙的《型世言》，周清源的《西湖二集》，天然痴叟的《石点头》，东鲁古狂生的《醉醒石》，酌元亭主人的《照世杯》，李渔的《无声戏》《十二楼》，笔炼阁的《五色石》，艾衲居士的《豆棚闲话》等，共计60余部。其中以"三言""二拍"与《型世言》最为有名。"三言"是《喻世明言》（原称《古今小说》）、《警世通言》与《醒世恒言》三部小说集的总称，每集40篇，三集共120篇，均刊刻于天启年间。尽管其中作品大都是根据原有话本、文言小说与戏曲剧本整理改变而成，但多数都经过了冯氏的加工，应视为文人再创造的产物。在"三言"的直接影响下，凌濛初又编著了《初刻拍案惊奇》与《二刻拍案惊奇》，合称"二拍"。"二拍"虽名义上是各40卷40篇，但因《二刻》卷23"大姊魂游完夙愿 小姨病起续前缘"与初刻相重复；卷40《宋公明闹元宵》是杂剧剧本而非小说，故"二拍"实收小说78篇。《型世言》是明末作家陆人龙所作，共10卷40回。原书在中国大陆早已佚失，直到1987年才在韩国汉城大学发现，1992年由台湾中央研究院影印出版，后来大陆数家出版社也相继标点出版。该书的发现，解开了《幻影》《三刻拍案惊奇》与《别本二刻拍案惊奇》的疑案，因为它们的祖本均为《型世言》，同时该书的发现也可以更清楚地认识拟话本小说的发展演变过程。此外，自明末以来还有一个流行广泛的拟话本选集《今古奇观》，这是一位署名为抱瓮老人的作品，鉴于"三言""二拍"近200种"卷帙浩繁，难览难周"（笑花主人《今古奇观序》),故从中选出40篇而构成了这一选本。就现存的拟话本看,它们有如下一些特征:在内容上,保留着宋元话本表现市民生活与市民情趣的特点,但由于文人的介入,在品位与境界上又有所提高。在艺术形式上,继承了话本的结构模式与行文特点,如"入话"、正文与结尾诗等。但经过文人加工后,行文更富于诗意,更加注意修饰刻画与技巧运用,如入话与正文的关系,当初只是说书人为等候听众而采取的权宜之计,故又称为"权做个得胜头回",而在拟话本中却变为行文的技巧,它们或与正文立意相近而突出同一主题,或与正文立意相反而构成一种矛盾张力,从而成为小说不可分离的一个部分。从整体看,拟话本较之话本主要表现出一种雅化的倾向。

拟话本也有一个发展过程,其中以冯梦龙的成就为最大,"三言"既继承了市民文学通俗活泼的传统,又具备了文人深刻的思想与细腻的笔法。至"二拍"时虽然也在行文笔法上极力仿效话本体制,但已基本上是文人的独立创作,表现出更多文人化的特征。至《型世言》时市民文学的特征已非常淡薄,从而失去了民间文学的活力。就总体而言,"二拍"之后的拟话本主要缺陷有二:一是从原来市民文学娱乐与教训的双重目的转向单纯的教训;二是相互承袭转抄而缺乏创造性。鲁迅曾说:"宋市人小说,虽亦间参训喻,然主意则在述市井间事,用以娱心;及明人拟作末流,乃诰诫连篇,喧而夺主,且多艳称荣遇,回护士人,故形式仅存而精神与宋迥异矣。"(鲁迅《中国小说史略》第二十一篇)。

二、明代文言小说概况

与通俗小说的辉煌成就相比,明代文言小说就显得大为逊色了。不过,它毕竟根深叶茂,有璀璨的唐代传奇为根,有宋元文言小说的经验教训为鉴,应该说超过了宋元时期,呈现出复兴的趋势,出版了几部较有影响的作品。

如果按照小说的要素衡量明代前期的作品,宋濂、高启在编写《元史》的过程中写就的民间奇人的小传,尽可纳入文言小说的范畴,如宋濂的《记李歌》《王冕传》《杜小环传》《李疑传》《秦士录》等,高启的《南宫生传》《胡应炎传》《书博鸡者传》等。这些人物小传,不像其他帝王、名臣传那样简约凝重,而是采取了铺垫、对比等描写手段,通过典型化的细节描写和环境气氛的渲染,突出了人物的性格特征,形象鲜明而生动,简直就是传奇小说。然而,他们才不屑于从事小说创作呢?不过是无意中出现了几篇小说式的人物传罢了。

明代前期真正有意继承唐代传奇的传统,并且有较好作品传世的是瞿佑,他的《剪灯新话》虽然不如唐人传奇华美自然,但是,出现在文网严密的明代前期,确也让人耳目一新,推动了明代前期文言小说的复兴。仿效之作接踵而来,李祯的《剪灯余话》、赵弼的《效颦集》、邱濬的《钟情丽集》是其中的代表。

陶宗仪编的《说郛》是这一时期出现的一部综合性丛书,《太平广记》以后出现的许多难得再见的小说,赖此书得以保存。如宋代传奇《绿珠传》《梅妃传》《杨太真外传》《赵飞燕别传》等,笑话集《杂纂》《郡居解颐》等,志怪小说《夷坚志》等。

但是,这些言情志怪的作品,与明代前期大力提倡程朱理学的统治意志大相径庭,只能得到禁毁的命运,致使文言小说的创作再次陷入沉寂冷落。

直到明代嘉靖年间以后,随着城市经济的繁荣和市民阶层的扩大,社会思潮发生了重大变化,程朱理学不断受到质疑与挑战,一部分士大夫的审美观念也相应地发生了重大变化,文言小说的创作才再度复兴,先后出现了邵景詹的《觅灯因话》、宋懋澄的《九籥别集》,还有一批有心人搜集、整理、出版的各种专集、总集,如冯梦龙的《情史》,王世贞的《剑侠传》《艳异编》等。

第二节 "三言"与"二拍"

一、"三言"

冯梦龙是通俗文学的大家,尤其是对通俗小说更有着杰出的贡献。他在小说观念上特别强调通俗,在《古今小说序》里说:"大底唐人选言,入于文心;宋人通俗,谐于里耳。天下之文心少而里耳多,则小说之资于选言者少,而资于通俗者多。试令说话人当场描写,可喜可愕,可悲可涕,可歌可舞;再欲捉刀,再欲下拜,再欲决脰,再欲捐金;怯者勇,淫者贞,薄者敦,顽钝者汗下。虽小诵《孝经》《论语》,其感人未必如是之捷且深也。噫!不通俗而能之乎!"他认为小说面对的是受教育较少的大众,要让他们受到感召就必须通俗。他在《醒世恒言序》中说:"明者,取其可以导愚也。通者,取其可以适俗也。恒则习之而不厌,传之而可久。三刻殊名,其义一耳。"可见为适应普通民众而追求通俗,是"三言"共同目的。这种对读者的定位是很重要的,它不仅导致了"三言"白话的语体,同时也在内容上照顾到市民的题材与情趣。"三言"最突出的特征之一便是其鲜明的市民色彩,据统计,在"三言"的120

篇作品中,直接以市民为主要描写对象的便有33篇之多,其中像蒋兴哥、王三巧、金玉奴、杜十娘、秦重、施复等,都是微不足道的市井小民,既没有高贵的地位,也没有显赫的功名,作者能够对他们产生浓厚的兴趣并将其作为描写的主体,应该说是非常难能可贵的。而且即使那些不以市民为主要描写对象的作品,也往往包含着市民的意识与评价,从而也带有市民文学的色彩。当然,这些市民题材与市民意识乃是冯梦龙感兴趣的部分,或者说是经过他选择与改造过的。因而要把握"三言"的思想内涵,就必须注意到市民特征与文人意识这两个方面。下面便以此为核心来谈一谈"三言"的主要思想内容。

首先是对市井小民命运的关心。如《吕大郎还金完骨肉》《警世通言》卷5中的布商吕玉,《刘小官雌雄兄弟》中的店主刘德,《徐老仆义愤成家》中的商贩阿寄等,作者均以肯定的态度,写出其辛苦勤劳、善良淳朴的品德与个性。尤其是《施润泽滩阙逢友》,描写了苏州府盛泽镇机户施复与蚕户朱恩两个小市民的故事,施复捡到朱恩失去的六两银子而归还其本人,后来到洞庭湖买桑叶时又得朱恩救助而免于灾难,两人遂结成儿女亲家,并最终发财致富。作者在施复捡到银子时,先写其欣喜之情,并私下算计"有了这银子,再添上一张机,一天出得多少绸,有许多利息"。但后来却又转念道:"(丢银的)傥然是个小经纪,只有这些本钱,或是与我一般样苦挣过日,或卖了绸,或脱了丝,这两锭银乃是养命之根,不争失了,就如绝了咽喉之气,一家良善,没甚过活,互相埋怨,必致鬻身卖子。傥是个执性的,气恼不过,肮脏送了性命,也未可知。"最后终于把银子归还了失主。在此,作者真实地展现了一位小市民的心灵世界,既没有刻意贬低,也没有虚伪溢美,施复有发意外之财后的窃喜,有用此银发家致富的打算,还银时有过犹豫与矛盾,而且他的还银也并不是听从了某项道德指令,而是通过对自身生存状况的体味,深感市民生活的艰辛,然后将心比心,同情他人的艰难,才最终作出了还银的决定。如果作者没有对市民生活的深入理解,是很难写得如此入情入理的作品的。当然,作者不仅关心市民,同时也关心文人,如《唐解元一笑姻缘》《卢太学诗酒傲王侯》,便写的是明代文人唐寅的风流放荡与卢楠的狂傲自大,体现的是明代中后期的思想意识与文人形象。

其次是对市民爱情婚姻生活的表现,表现爱情婚姻本是宋元说话中胭粉与传奇的传统题材,"三言"继承此一传统,将此类题材或改造或创新大量收入作品中。其中既有表现以男女愉悦为婚姻基础的轻喜剧《乔太守乱点鸳鸯谱》,也有寄托淫色自戒教训的《赫大卿遗恨鸳鸯绦》,可知作者的态度是既不满于对情欲的过分压抑限制,又反对沉溺于声色而不能自拔。但其出发点是从所谓情能生人也能死人的角度出发,而不是从道德贞节的伦理出发。如《蒋兴哥重会珍珠衫》，写的是商人蒋兴哥与妻子王三巧离而又合的婚姻变故。新婚的王三巧因丈夫外出经商而与另一商人陈大郎私通，被蒋兴哥发现后将其休弃，但蒋兴哥后来因一桩人命案而处于危险境地时，又被做了知县偏房的王三巧所救助，然后由知县做主重新团聚。通奸固然是丑行，但作者既没有在道德上过分指责王三巧，也没有过分责备陈大郎，反倒让蒋兴哥气愤之余，深深悔恨自己将妻子撇在家中"少年守寡"而弄出这场丑事。他更没有过分看重王三巧的失节，夫妻二人一旦发现旧情尚存，依然可以和好如初。这都可以看出冯梦龙所采取的方民立场。

但如果认真对比，还是可以发现作者与市民的情欲观有所不同。比如"三言"中那些明显是从宋元话本改编而成的作品，像《白娘子永镇雷峰塔》《崔待诏生死冤家》《勘皮靴单证二郎神》《闹樊楼多情周胜仙》等，一般有两个突出特点：一是大都单纯从本能欲望来写男女爱情而缺乏情感深度，二是对身陷情欲之中的男女抱着既同情而又恐惧的心理。如《清平山堂话本》收有一篇《西湖三塔记》，叙杭州有白蛇等三个妖怪，以色相迷人后，便结果其性命再换新人。《警世通言》中的《白娘子永镇雷峰塔》，显然还没有走出前者的影响，尽管白娘子对许仙抱有真情，直到被法海禅师捉住时，"兀自昂头看着许仙"，但却仍然妖气十足，不仅带累许仙"吃了两场官司"，而且还威胁他说："若生外心，教你满城皆为血水，人人手攀洪浪，脚踏浑波，皆死于非命。"在此，白娘子乃是情欲的象征，它已从《西湖三塔记》中纯粹被作为恐怖危险之物而向色欲诱惑与痴情之爱同时兼备转变。与宋元话本不同，"三言"中那些明代产生并被作者加工过的爱情故事，已经大胆地肯定了情欲，而且常常将情从欲中突显出来，以情来统帅欲，从而使情具有某种超越肉体的人性价值。如《杜十娘怒沉百宝箱》，本是冯氏根据明代一个真实事件改编的。作品所写虽也是妓女与嫖客的关系，但杜十娘所要求的却不是追欢卖笑的金钱与肉体交易，而是跟随李甲从良去过正常人的生活。她看中李甲的既不是金钱，甚至也不是俊俏的外表，而是对自己的真诚与尊重，为此她进行了种种试探与考验。但她最后发现，自己的所有努力都是徒劳的，当李甲又将她转卖给商人孙富时，她便依然是一件毫无自主权的玩物。杜十娘在绝望中痛斥李甲道：

妾风尘数年，私有所积，本为终身之计。自遇郎君，山盟海誓，白首不渝。前出都之际，假托众姊妹相赠，箱中韫藏百宝，不下万金。将润色郎君之装，归见父母，或怜妾有心，收佐中馈，得终委托，生死无憾。谁知郎君相信不深，惑于浮议，中道见弃，负妾一片真心。今日当众目之前，开箱出视，使郎君知区区千金，未为难事。妾椟中有玉，恨郎眼内无珠。命之不辰，风尘困瘁，甫得脱难，又遭捐弃。今众人各有耳目，共作证明，妾不负郎君，郎

第五章 明代短篇小说研究

君自负妾耳!"

然后将诸多宝物尽洒江中,抱持百宝箱愤然投入江心。在此杜十娘已从道德禁锢与金钱交易中超拔而出,她最为看中的是人间真情与做人权力,她为此付出了生命的代价,也由此使生命得到了升华,她的死带有崇高的悲剧美,同时也使这篇小说达到了诗意的高度。在作品结尾,作者借后人的评论,称十娘为"千古女侠"。将一位妓女为情而死的行为称之为"女侠",显示出作者已将情视为生命的根源,从而有了一种超越性的价值。这样的思想便不是平凡的市民世界所能具备,而是生当晚明思想潮流之中、并具有"情教"观念的冯梦龙才能具备的。《卖油郎独占花魁》的结尾尽管是喜剧性的,但却与前者有相同的旨意,秦重之所以最终能够赢得花魁娘子的爱情,也是由于他的一片赤诚之心以及对莘瑶琴人格的尊重,其中所突出的依然是真情的重要性。

其三是公案类小说。公案是宋代说话"小说"门类的重要内容之一,当然也会留下不少说公案的话本。"三言"受此影响,也包括了不少公案类的题材。它们大致可分为三类:一是突出案件本身的奇特性,如《宋四公大闹禁魂张》《简帖僧巧骗皇甫妻》等。二是表现昏官判案的糊涂草率,如《沈小官一鸟害七命》《十五贯戏言成巧祸》。三是歌颂清官判案的公正与机智,如《三现身包龙图断冤》《况太守断死孩儿》等。由于在中国传统社会中百姓的孤弱无力与官府的贪婪草率,所以冤案的发生就常常成为不可避免之事,这就有了宋元话本对贪官草菅人命的不满,并幻想出如包公那样的清正廉明官员去替无助的百姓申冤报仇。但在《滕大尹鬼断家私》这篇以明代为背景的晚期拟话本中,情况有了很大的不同。其中的滕大尹开始被称为"贤明官府",并特意补叙了他巧判无头案的实例。但在审理倪氏兄弟财产纠纷案时,他却没有被写成包公式的人物。他拿到已故倪老太守藏有遗嘱的行乐图后,只是百思不得其解,后来因丫鬟粗心将茶水泼在图上,才偶然发现其中的奥妙,这显然更合乎一位普通官员的形象。而当他看到遗嘱中有许多金银时,作品写道:"滕大尹最有机变的人,看见开着许多金银,未免垂涎之意。"然后他便在倪家上演了一出活灵活现的把戏,宛如亲自与倪太守亡魂对话并被委托所有的后事,轻易骗过了众人,压制住凶顽的长兄,将地下所埋之银顺利断给生活艰辛的弟弟。但他同时又声称倪太守亡魂执意要将所埋千两黄金作为给他的酬谢,他也就毫不客气地抬进了自己的府中。当时"众人都认道真个倪太守许下酬谢他的,反以为理所当然,那个敢道个'不'字"。可知在民众眼中,滕大尹依然是被作为"贤明官府"被信任的,这显示了官府与百姓之间存在着难以逾越的鸿沟。但作者却没有将滕大尹神化,而是将其写成一个普通的活人,其中也许还包含着作者对那些迷信清官判

119

案的无知民众的嘲笑。在这方面,身处晚明黑暗环境中的冯梦龙比那些普通民众的认识或许要更深入一些。

以上是就主要方面而论,当然不能概括"三言"的全部内容,比如说许多作品都宣扬了因果报应的思想,像《赵伯升茶肆遇仁宗》《史弘肇龙虎君臣会》《临安里钱婆留发迹》《赵太祖千里送京娘》等,都是这方面的实例。这些作品所共同显示的是:人生的际遇是半点不由人的,个人的贫富穷达全都处在命运的支配之下。这种观念不仅本身是消极的,而且它还削弱了其他题材的意义,比如将婚姻爱情归于姻缘的安排而减弱了主观争取的努力,商业的成败依靠运气的有无而不重视规律的把握等。因此在读此类作品时,应予以认真的思考分辨。

"三言"对话本的改造除了思想的深化外,在艺术上也有很大提高。作者几乎对所有作品都做了如下改造:使题目整齐美观,删去不必要的说书套语,增补"入话"内容等。但冯氏改作所取得的最突出成就主要体现在以下两个方面:

(1)使人物性格更突出丰满且更合乎自己的审美理想。如《清平山堂话本》中有一篇旧作《柳耆卿诗酒玩江楼记》,意在表现柳永的才子形象,所以写他"丰姿洒落,人才出众,吟诗作赋,品竹调丝,无所不通",在余杭县宰任上筑玩江楼以饮酒听曲。但他的风流也实在太出格,为了得到拒绝自己的歌妓周月仙,竟然设计让船工在她去约会情郎黄员外时奸污了她,并以此要挟使其就范。而在《众名姬春风吊柳七》中,却将奸污者改为刘二员外,柳永则出钱替周月仙除了乐籍,使她能够与黄秀才结风流可以不顾品行;后者则是从文人眼光看文人,风流必须与道德相般配。但更重要的是后者对柳永形象内涵的深入与丰富,作品突出了柳永的怀才不遇,他被宰相吕夷简所谗害,成为一个"奉旨填词柳三变"的落魄文人,而能够理解他的却是谢玉英等女流之辈,所以最后发出了"可笑纷纷缙绅辈,怜才不及众红裙"的感叹。这样的改造不仅使人物性格更为统一集中,并使作品的格调达到了一种诗意的高度,从中体现了文人才情意识对民间文学的提升。

(2)对人物心理描写的细腻化追求。脱胎于说话技艺的话本带有强烈的讲说性质,重视的是故事的流畅与情节的引入,因此很少对人物心理世界进行深入的描绘。但作为书面文学的拟话本却必须依靠人物性格的丰满与心灵世界的丰富以供读者品位,从而成为真正的艺术作品。如《卖油郎独占花魁》中秦重初见花魁娘子时,作者写他内心的感受道:

(秦重)一路走,一路肚中打稿道:"世间有这样美貌的女子,落于娼家,岂不可惜?"又自家暗笑道:"若不落于娼家,我卖油的怎生得见!"又想一回,越发痴起来了,道:"人生一世,草生一秋。若得这等美人搂抱了睡一夜,

第五章 明代短篇小说研究

死也甘心!"又想一回道:"呸! 我终日挑这油担子,不过日进分文,怎么想这等非分之事! 正是癞蛤蟆在阴沟里想着天鹅肉吃,如何到口!"又想一回道:"他相交的,都是公子王孙。我卖油的,纵有了银子,料他也不肯接我。"又想一回道:"我闻得做老鸨的,专要钱钞。就是个乞儿,有了银子,他也就肯接了,何况我做生意的,清清白白做人。若有了银子,怕他不接? 只是那里来这几两银子?"①一路上胡思乱想,自言自语。

这里人物的内心从肯定到否定,从再肯定到再否定的几度转折,十分细腻地表达了主人公当时的复杂感受,包含了希望与失望、自卑与自信等许多矛盾因素,作者却不厌其烦地将它们充分表现出来,体现了作者善于揣摩的艺术想象力与深入细致的艺术表现力,文字的整理与细节的增加。宋元话本一般对细节描写不甚留意,因为听众关心的是人物的命运结局,讲述者必须在有限的时间内将其交代清楚,而不可能停留于某一点精雕细刻。拟话本是书面文学,读者有充分的时间去思索情节的编织与场面的描绘,因而也就有必要增加更多的细节刻画。细节描写除了上面所讲的心理描写外,还包括景物、对话与事件具体过程的描写。如《清平山堂话本》中有一篇《戒指儿记》,叙述阮三因思念意中人而生病,情急之下只好将心事告诉朋友张远,张远当即答应帮忙,然后便直接到庵中请尼姑设法。这不仅使情节显得过于突兀,而且将张远写成搭桥牵线的老手也不利于人物形象的刻画。至《闲云庵阮三偿冤债》中,作者补写了如下细节:

张远作别出门,到陈太尉衙前站了两个时辰,内外出入人多,并无相识,张远闷闷而回。次日,又来观望,绝无机会。心下想道:"这事难以启齿,除非得他梅香碧云出来,才可通信。"看看到晚,只见一个人捧着两个磁瓮,从衙里出来,叫唤道:"门上那个走差的闲在哪里? 奶奶着你将这两瓮小菜送与闲云庵王师父去。"张远听得了,便想道:"这闲云庵王尼姑,我平昔相认的。奶奶送他小菜,一定与陈衙内往来情熟。他这般人,出入内里,极好传消递息,何不去寻他商议?"

随后才去闲云庵。这些补写显示出张远为此事颇费一番功夫的具体过程,深化了他乐于助人的形象,而且将请尼姑帮忙改成偶然间所受到的启发,也比原来更加合乎情理。这些改动也许从个别地方还看不出什么本质差别,但如果将这些改动累积起来,便会显示出话本与拟话本之间粗糙与精细、原始与成熟的重大差别来。

---

① 张俊.18 世纪的中国"意识流"——论《再生缘》的心理描写[J]. 宜宾学院学报,2005(08):57-60.

二、"二拍"

《二拍》是继《三言》之后,成就最高的明代白话代表作。对于《三言》历来评价较高,对于《二拍》则贬抑较大。其实,《二拍》所反映的社会内容和达到的思想高度,与《三言》大体相同,所不同的,只是糟粕略多,人物略为逊色而已。若将《二拍》与当时的《醉醒石》《石点头》《西湖二集》等白话小说相比,其高下就相当明显。

《二拍》是凌濛初编写的《拍案惊奇》(又名《初刻拍案惊奇》,成书于天启七年)和《二刻拍案惊奇》(成书于崇祯五年)的合称。两书各为四十篇,由于第二十三卷《大姊魂游完夙愿,小妹病起续前缘》两书重复,《二刻》四十卷《宋公明闹元宵》为杂剧,所以,《二拍》实有七十八篇。

作者凌濛初《二拍》还有一点和《三言》不同,《三言》中的篇章,少数是冯梦龙个人创作,多数是他收集整理而成的,《二拍》中的篇章,几乎是凌濛初的个人创作,这在我国古代白话短篇小说发展史上是罕见的。所以,凌濛初可以称得上是杰出的短篇小说作家。

凌濛初(公元1580—1644年),字玄房,号初成,又名凌波,别号即空观主人。浙江乌程人。他出身于官僚家庭,十八岁补廪膳生,五十五岁做上海县丞。做官以前,曾在南京、苏州等地游历,过着风流才士、浪荡文人的生活。六十三岁任徐州通判并分署房村。第二年吐血而死。

"二拍"虽历来与"三言"并称为拟话本的代表作品,其实二者仍有区别。在读者的市民化与性质的通俗化上,二者是相同的。但"三言"大都是宋元旧本的搜集整理,性质是改编;"二拍"虽也大都有本事来源,却基本是作者的独立创造,其书面化特征更为突出。而且随着时代环境的变异,二者在思想内涵上也有一些区别。这主要表现在以下几个方面。

(1)由于是文人的独立创作,也就更能表现作者的时代感受。如《硬勘案大儒争闲气》,写理学家朱熹因唐仲友轻视自己,便诬陷其嫖妓宿娼,并将妓女严蕊刻意拷问,逼其诬陷唐仲友。将朱熹写成这样一个迂腐而刻薄的儒者形象,只有在晚明王学流行、思想活跃的时代才能出现,而在宋元及明前期是不大可能。又如写官场的公案题材,"二拍"也有自己的特色,《进香客莽看金刚经》,写柳太守为得到白居易手书《金刚经》,竟然将收藏此经的洞庭山寺内和尚牵连进一桩强盗案中,以逼迫其交出经卷;《王渔翁舍镜崇三宝》,写提刑浑耀为抢夺所垂涎的宝物,竟然将法轮和尚活活打死。作者为此发感叹说:"解贼一金并一鼓,迎官两鼓并一锣。金鼓看来都一样,官人与贼不争多。"这种官贼不分的情形,应该说更能表现晚明官场的黑暗与腐朽,或者说更有时代的气息。

(2)表现市民经商的题材与"三言"的观念有所不同。"三言"中写市民发财致富靠的是道德与勤劳,"二拍"中则靠冒险与机遇。如《乌将军一饭必酬》,入话写王生两番出门经商均遭强盗打劫,不免有些灰心丧气,其婶娘却一再凑足银两鼓励他重出,并说:"大胆天下去得,小心寸步难行。"留恋乡土,恐惧异地,本是古老的传统意识,但随着商业中巨大利益的驱动,出门冒险却成了市民们重要的人生选择。《转运汉遇巧洞庭红》中的文若虚,靠海外贸易将价值一两多银子的洞庭红橘子变成八百多两的利润,又偶然在荒岛上捡到一个藏有夜明珠的大龟壳,从而变成巨富;《叠居奇程客得助》中的程宰,靠海神的指点,运用囤积居奇手段,也侥幸成了大富。这种渴求一本万利的发财心理,只有在商业畸形发达的晚明社会中才会表现得如此强烈。

(3)"二拍"对婚姻爱情的描写也与"三言"有所不同。"二拍"写男女之情往往突出"欲"的成分,认为情欲是人的基本生理需求,应该得到满足而不是压抑。如《任君用恣乐深闺》中指出,面对男女情欲,"总有家法极严的,铁壁铜墙,提铃喝号,防得一个水泄不通,也只禁得他们的身,禁不得他们的心"。这种对男女欲望的正面肯定,使"二拍"不像宋元话本那样对情欲抱有恐惧的心理,所以在表现人物的心灵世界时显得更为细致真实;但同时由于"情"的淡化,也使"二拍"不可能写出像《杜十娘怒沉百宝箱》《卖油郎独占花魁》那样富于诗意的精品,有时甚至容易流于色情的宣示,如《错调情贾母詈女》,本来写的是贾闰娘与孙小官两心相许,迫使贾母迁就女儿与有情人终成眷属,其中包含着自由选择婚姻的意识。但在具体行文中,作者并没有侧重对贾、刘二人情感共鸣的深入描写,反而多从肉欲着眼,对性交场面大肆铺张,从而大大降低了这篇小说的审美品位。

(4)艺术上的个体化特征。比如选材时更注意在平凡普通的日常生活中发掘其价值,也就是作者所说的"不奇之奇"(《二刻拍案惊奇序》)。在人物性格刻画上,则更注意其真实性与心理深度。如《满少卿饥附饱扬》,写满少卿负心弃妻之事,本属于男子负心的传统题目,但作者却写得入情入理。其关键就在于把握住了人物性格变化过程中的复杂性。满少卿在作品中出现时因父母双亡而颇令人同情,所以焦氏父女才会收留他在家中。尽管他刚吃过几顿饱饭便与人家女儿私通显得稍微过分,但男女之事倒也情有可原,所以焦父才会将女儿嫁给他并供其念书。他科举得中后本来也是一心一意要接焦氏父女一同赴任的,但是当退休枢密副使的族叔为其定下富家女儿婚事后,他便抗不住族叔的权势与新人俊俏富有的诱惑,于是便陷入极其矛盾的境地:

到了家里,闷了一回。想道:"若是应承了叔父所言,怎生撇得文姬父子恩情?欲待辞绝了他的,不但叔父这一段好情不好辜负,只那尊严性子,也不好冲撞他。况且姻缘又好,又不要我费一些钱物周折,也不该挫过。做官的人,娶了两房,原不为多。欲待两头绊着,文姬是先娶的,须让他做大,这边朱家又是官家小姐,料不肯做小,却又两难。"心里真似十五个吊桶打水,七上八落的,反添了许多不快活。直到文姬死后鬼魂前来向他索命,满少卿还羞愧难当,抱头痛哭,并答应收她做小。但由于他已犯下逼死焦父、文姬与丫鬟三条人命的难赎罪过,所以作者只好安排了他被文姬索命而去的结局。如此写既符合生活的情理,同时也增加了人物形象的立体感,显示出凌濛初的艺术功力。

但"二拍"中所表现出的长处有时又是其短处,比如作为文人独创的小说,使作品表现出明确的目的、集中的主旨与鲜明的叙事个性,避免了思想意蕴的庞杂与结构的松散,但作者主观因素的过多介入,也使教训的目的大为增强,议论的文字大大增多,从而损害了小说的艺术形象。"二拍"中的作品很少不以议论开头,一般都是作者先来一段议论,表明一种观点,然后再用故事来证明它。这些议论倒不一定都不可取,比如上所引《满少卿饥附饱扬》的入话中有议论说:

天下事有好些不平的所在。假如男人死了,女人再嫁,便道是失了节,玷了名,污了身子,是个行不得的事,万口訾议。及至男人家丧了妻子,却又凭他续弦再娶,置妾卖婢,做出若干的勾当,把死去的丢在脑后,不提起了,并没有人道他薄幸负心,做一场话说。就是生前房室之中,女人少有外情,便是老大的丑事,人世羞言;及至男人家撇了妻子,贪淫好色,宿娼养妓,无所不为,总有议论不是的,不为十分大害。所以女子愈加可怜,男人愈加放肆。这些也是伏不得女娘们心里的所在。①

这样的见解即使放在现代,也依然不失其价值。但在小说文体中频繁出现,就成为不必要的东西。好在"二拍"中表现得尚不过分突出,没有从根本上损害其艺术效果,但却显示了一种趋势,对后来的拟话本创作产生了不良的影响。

在艺术上,《二拍》和《三言》有相同的特点。有些地方的艺术描写细致具体,形象生动。但也有些地方"诰诫连篇,喧宾夺主"(鲁迅《中国小说史略》),削弱了艺术表现力。

---

① 潘建国. 试论古代小说主题表现的若干策略[J]. 北京大学学报(哲学社会科学版),2011,48(03):87-92.

三、其他短篇通俗小说

(一)《西湖二集》

《西湖二集》三十四卷,题"武林济川子清源甫纂"。据郑振铎先生考证,约刊行于明代崇祯年间,其前有《西湖一集》,已失传。作者周楫,字清源,生平不详。从湖海居士《西湖二集·序》可知,他是一个怀才不遇的穷书生。

《西湖二集》描写的都是与杭州西湖有关的故事。作品在描写西湖的水光山色和风俗人情的同时,广泛反映了明代社会的黑暗和政治的腐败。《胡少保平倭战功》有这样一段话:"如今都是纱帽财主的世界,没有我们的世界!我们受了冤枉,那里去叫屈?况且糊涂贪赃的官府多,清廉爱百姓的官府少。他中了一个进士,受了朝廷多少恩惠,大俸大禄享用了,还只是一味贪赃,不肯做好人,一味害民,不肯行公道。所以梁山泊那一班好汉专一杀的是贪官污吏。"这种愤世嫉俗的态度,使作品有了比较高的社会认识价值。《西湖二集》除了帝王百官的故事外,把读书人也作为一个关注的焦点。

同情他们的穷困潦倒,嘲讽他们的迂腐穷酸。《吴越王再世索江山》以调侃的笔调直接道出了对于这一题材的写作目的:"造化小儿,苍天眼瞎,偏锻炼得他一贫如洗,衣不成衣,食不成食,有一顿没一顿,终日拿了几本破书,'诗云子曰''之乎者也'个不了,真个哭不得笑不得听不得跳不得,你道可怜也不可怜?所以只得逢场作戏,没紧没要,做部小说,胡乱将来传流于世……发抒胸中之气,把生平欲笑欲哭欲叫欲跳之意,尽数写将出来,满腹不平之气,郁郁无聊,借以消遣。"①我们可以把这看成是作者的自我表白,但不也是为普天下所有怀才不遇的读书人鸣不平吗?《巧书生金銮失对》《邢君瑞五载幽期》记叙了甄友龙、罗隐未遇前的困顿与狂傲;《愚郡守玉殿生春》叙书生赵雄的蠢笨,天助其位至三公;《巧妓佐夫成名》靠妓女曹妙哥用计扶持,以聚赌赚钱为"功名之资"。"把金珠引动朝贵,那文字便字字珠玉",以至于名满天下。每一个读书人的穷通故事,都能让我们窥视到社会腐败黑暗之一角。

作品语言流畅泼辣,讽刺尖锐但还得体,只是"好颂帝德,垂教训",说故事好像摆论据,观念又无非忠孝节义、因果报应之类,影响了人物形象的鲜明和全书的艺术效果。

---

① 杨宗红.明清拟话本小说前世、转世叙事研究——以韦皋、韩滉为例[J].甘肃社会科学,2014(04):93-96.

(二)《型世言》

1987年,陈庆浩在韩国汉城大学奎章阁发现《型世言》原刊本,1992年11月由我国台湾"中央研究院"中国文哲研究所影印出版后,内地几家出版社也相继点校出版。《型世言》的发现解开了《幻影》《三刻拍案惊奇》《别本二刻拍案惊奇》的疑案,这三者的祖本都是《型世言》。

《型世言》作者陆人龙,字君翼,号翠娱阁主人,钱塘(今杭州)人,是明末著名作家、出版家陆云龙的弟弟,生平不详。除《型世言》外,还著有时事小说《辽海丹忠录》等。

《型世言》既有与"二拍"相似之处,也有相异之处。就立意上讲,本书更注重教训劝戒,这又包括了斥责奸凶贪淫与表彰忠孝节义两个方面。从揭露黑暗的角度看,它与"一拍"相近,都立足于对现实黑暗与官场腐败的反映。如《妙智淫色杀身》,写一个徐姓的州同知及其儿子徐行无恶不作,一次因拿住了和尚的把柄,先敲诈其二百两银子,并将两个不爽快的和尚"活活闷死"。与"二拍"不同的是,尽管前者也显示了作者的时代感受,但大多作品仍然假托前代,《型世言》则全都是写明代本朝故事,如《烈士不背君》写朱棣与建文帝争夺皇位之事,《胡总制巧用华棣卿》写嘉靖时胡宗宪招抚海贼徐海之事等,都是影响深远的历史大事件。从表彰忠孝的角度看,它要比"二拍"的正统色彩更浓厚些,此一点单从其回目上便能够清晰地表现出来。如"二拍"与《型世言》都曾写到"仙狐三束草"的故事,其主要情节是一男子受惑于变成美女的狐精,以致被弄得精疲力竭;当男子发现美女为狐精所幻化而与之分别时,狐精尚情意殷殷,并赠三束仙草于男子,使之不仅身体复原如初,并用它们得到了自己心爱的女子。"二拍"中《赠芝麻识破假形》对此持欣赏态度,主要突出人与狐之间的"情",即所谓"万物皆有情,不论妖与鬼",颇与后来蒲松龄写人狐相恋的态度相近。

而《型世言》第三十八回《妖狐巧合良缘》写此一故事时,主要情节虽无大的改动,但作者态度却大不相同,其结论为:"若非早觉,未免不死狐手,犹是好色之戒。"在重情与戒色的差别中,显示了二书旨趣的不同。这种差别既有作者个人思想意趣的原因,更有时代环境的原因,但从小说文体自身来说,《型世言》显然显得更为枯燥迂腐。

为了突出作者反映世情与教化民众的目的,《型世言》的议论文字也大大超过"二拍"。作者往往在每回开头冠以大段议论,定下一个主题,并列举古今之事加以说明,然后再讲"我朝"的典型事例,其中的人物则是证明这些主题的正反例证而已。因此尽管作者在文笔上并不屠弱,有的叙述描写还颇为流畅逼真,但过多的议论文字与迂腐的观念都大大削弱了本书的艺术价值。可以说《型世言》代表了后期拟话本小说的特征,并显示了拟话本衰落的许多重要原因。

(三)《石点头》

《石点头》十四卷,"题天然痴叟著、墨憨主人评",有冯梦龙序,不知作者真实姓名,只知为明末书坊主叶敬池刊印,其时应是崇祯年间。

《石点头》书名出自佛经,意思是只要道理讲得透彻,便是顽石也会信服。可见作者道德说教的目的是多么明确。它的标题往往标上"烈女""孝妇""认子""寻父""寻妻"等,视妇女失节为绝大丑事,往往置于死地。

如《王孺人离合团鱼梦》,乔氏失节后自耻,遗言死后不得与丈夫合葬;《瞿风奴情愆死盖》,连不合理的奸骗,也要女子为男人守节。表现出陈腐的儒家正统观念。

作品每篇开头都有议论,有的长达1000多字,还常常借作品中人物之口发表长篇大论,影响了情节的自然流畅和读者的阅读兴致。作者喜欢引用佛经典故,既是为了炫耀才华,也是为了灌输说教,给人游离生涩之感。《石点头》的可取之处是揭露了社会黑暗,抨击了政治腐败。如《郭挺之榜前认子》中米老翁"不是犯罪,是欠了朝廷的银钱,没得抵偿";《王立本天涯求父》在详尽地议论抨击了里甲之役的弊病之后,叙述王瑜的遭遇,他身处"地近帝京"的文安县,差役繁重,变卖田产,仍不胜其扰,被迫逃离家乡,离乡背井十数年,深刻反映了"苛政猛于虎"、酷吏狠如狼的社会现实。在人物心理描写和外貌刻画上也有一定成就,个别人物如《侯官县烈女歼仇》中刚烈精细的申屠光,阴险狡诈的方六一,《贪婪汉大院卖风流》中贪婪残酷的吾爱陶等,给人留下深刻印象。

(四)《艳镜》

《艳镜》又名《欢喜冤家》《贪欢报》《三续今古奇观》,二十四回即二十四个独立故事,分正集十二回与续集十二回。末署"重九日西湖渔隐题于山水邻",我们只好认定作者是"西湖渔隐"了。书上没有交代刊印时间,论者多认为刊于崇祯末年。

《艳镜》体例上有个重大特点是取消了"入话",体现出短篇通俗小说的进一步典雅化。尽管《艳镜》总体上还是作者的独立创作,但从回目的奇偶整齐对仗可以看出冯梦龙及"三言"的影响,内容上也有借鉴之处,如文中提到冯梦龙的戏剧《万事足》与小说《蒋兴哥重会珍珠衫》中的王三巧,并明确地告诉读者,《木知日真托妻寄子》与《蒋兴哥重会珍珠衫》的故事结构、人物结局相似。其他旧作也对该书有一定的影响,如第四回出自《廉明公案》,第七回出自《百家公案》,第十一回、续第二回、续第十回出自《僧尼孽海》,第十二回美人局类似"二拍"中的《张溜儿熟布迷魂阵》,续第一回似《乔换兑胡子宣淫》,续第十二回与《神偷寄兴一枝梅》相关。《艳镜》的内容消极大于积极。就积极方面说,较为广泛地反映了社会现实,揭露了贪官污吏及其爪牙仗势欺人、破坏吏治、贪赃枉法的黑暗现象。消极方面则是每篇小说均有大量的风月描写和暴力渲染,尽管这也许正是明末世风日下、人性异化的不良世情在小说中的反映,但是,在粗通文墨者俱可读、可传的短篇通俗小说中如此集中地描写色情与暴力,势必会对世道人心产生不良影响。

自"三言""二拍"之后,明代短篇通俗小说再也没有出现过轰动效应,无论艺术上或者思想性与艺术性的结合上,没有出现过成功的作品。它们有的因为"载道"意识过浓,道德说教淹没了艺术形象,如《石点头》;有的热衷于"猎艳""猎奇",突出了色情与暴力,影响了作品的思想认识价值和艺术品位,如《艳镜》。就因为这样,短篇通俗小说在清初已呈衰落趋势,就中的经验与教训,有待于后来的作家们总结研究、超越突破。

(五)《鼓掌绝尘》

《鼓掌绝尘》,分为风、花、雪、月四集,每集十回,共四十回,"古吴金木散人"编撰,评者分别为永兴清心居士,钱塘白拙生,钱塘猗猗主人、钱塘百益居士。

此书风集叙述杜开先与韩玉姿的婚姻,雪集写文荆卿与李若兰的婚姻,花集讲的是"哈哈公子"娄祝行善、得宝、交友、远征、升官的一生,月集以张秀为线索,讲述了许多人物的事迹,是相对独立的短篇的缀合。全书多取材明朝现实,而且篇幅拉长,不像"三言""二拍""一型"那样一回为一篇,而是一集为一篇,显示出拟话本由短篇白话小说向中篇和长篇发展的趋势,在中国小说史上具有重要意义。

(六)《欢喜冤家》

《欢喜冤家》,包括正集和续集各十二回,共二十四回,每回为一个独立的短篇。撰者不知何人,卷首有"西湖渔隐"的叙,卷末有总评,间有眉批。别名《欢喜奇观》《三续今古奇观》《贪欢报》《艳镜》。题材内容受"三言""二拍""百家公案""僧尼孽海"影响较大,总体上仍然是作家的个人创作。

《欢喜冤家》对官场黑暗、人情险恶有所揭露,然其专注却是男女色情,表现在财色横流的社会状态下,人性的堕落和异化。

在形式上,很少设置入话头回,而是直接叙述正话,表现出拟话本小说在体例上的演化。

第三节　明代的文言短篇小说

明代文言小说的成就虽不如白话小说,但数量却很大,而且还起着文言小说从唐宋到清代发展中的承上启下作用,因而在此一并加以简单介绍。

明代文言小说最出名的有所谓的"二灯丛话",即瞿佑的《剪灯新话》、李昌祺的《剪灯余话》与邵景瞻的《觅灯因话》。此外较有名的还有赵弼的《效颦集》、陶辅的《花影集》、宋懋登的《九籥集》等。

一、《剪灯新话》

明代传奇第一部有影响的作品是瞿佑的《剪灯新话》。瞿佑(公元1341—1427年)字宗吉,钱塘(今浙江杭州)人。《剪灯新话》成书于洪武十一年(公元1378年)前后,是明代第一部传奇小说集。

瞿佑是跨越元明两代的文人,在作品中表现了易代之际深沉的人生感慨,这主要体现在两个方面:一是对元末社会黑暗的揭露。如《修文舍人传》写一位博学多闻却贫穷不遇的寒士,当他客死异乡变为鬼魂后,却在冥间得到了重用。作者通过冥府与人世的对比,认为冥府能够真正任人唯贤,重用才士,所谓"黜陟必明,赏罚必公",而"非若人间可以贿赂而通,可以门第而进,可以外貌而滥充,可以虚名而蹴取也"。作者正是用冥间的公正来影射斥责人世的黑暗。二是对易代之际文人及百姓不幸命运的反映与感叹。如《华亭逢故人记》写全、贾两位士人在元末战乱中投笔从戎,兵败后投水而死。后来其鬼魂与友人石若虚相遇,又解衣质酒,高谈阔论。全贾(假)之姓与石若虚之名,明确表示出作者是以子虚乌有的虚构来发表自我的人生见解,谈论身处乱世的人生哲学,也就是作品所言的,"贫贱常思富贵,富贵复履危机"的矛盾与"丈夫不能流芳百世,亦当遗臭万年"的人生冒险之间的不同选择。但作品还是在"漠漠荒郊鸟乱飞,人民城郭叹都非"的凄凉气氛中结束。作品对普通百姓不幸的描写主要是通过爱情题材来表现的。如《翠翠传》写元末淮安民刘氏女翠翠与金定同窗读书,两人相互爱慕而私定终身,并通过与父母的抗争最终结为婚好。但翠翠却不幸被张士诚部将所掳,金定虽到军中寻得翠翠,却依然无法团圆,以致双双病死。小说突出了战前爱情婚姻的美满与战乱给爱情带来的悲剧。

本书在艺术上虽承袭唐宋传奇,但也受有一些话本的影响,它不仅吸取了话本善于用某种物象来缩合情节的手法,如《金凤钗记》中用金凤钗贯穿全篇等,而且采用了韵散交错的叙事方式,其韵语也趋于俗白,还夹杂着一些话本套语。但就其主要特征而言,则表现在下述两个方面:一是用传奇笔法叙写怪异内容。作者往往沟通人鬼、贯穿古今,从而更有利于表现其创作意旨。如《水宫庆会录》写潮州文士余善文在人间不得志,却被南海龙王请去撰文赋诗,不仅风光无限,还获得许多宝物;《渭塘奇遇记》让一位士人与所爱的酒肆女子梦中欢爱时所留迹象,后来又在现实中成为真迹;《太虚司法传》让一位狂士夜半时分与鬼怪共处等。二是因炫耀才学而在小说中大量融入诗词。唐代传奇的富于诗意历来被人们所欣赏,但唐人却并不直接将诗篇大量写进小说,而是靠文笔的优美与意境的高妙。瞿佑则因自幼颇具诗才却身逢乱世而不得重用,便只好将其才能表现在小说之中。如《水宫庆会录》《龙堂灵会录》与《修文舍人传》等篇,均写世间寒士在龙宫冥界因词笔动人而备受礼遇,其中自然会出现大量的诗词及骈俪之文,这就把唐人传奇"文备众体"的内在诗意,转化成外在于小说情节的大量诗词穿插了。上述两种情况在稍后的《剪灯余话》中表现得更加突出,并且对明清两代的小说创作均产生了不同程度的影响,因而它们也就成为从唐宋传奇到清代文言小说发展中不可或缺的环节。

《剪灯新话》有许多仿效之作,比较有名的是李昌祺(公元 1376—1452年)的《剪灯话》,它的内容与《剪灯新话》相似,最有特色的是爱情故事。《鸾鸾传》《芙蓉屏记》《秋千会记》等从不同角度歌颂爱情的真挚和对幸福生活的不懈追求,是明代传奇的佳作。它的文笔也是绮丽华艳,诗词连篇累牍,把唐传奇的"诗笔"引上了极端。

二、《觅灯因话》

《觅灯因话》作者邵景詹的生平事迹已无可考。通过作者自撰《小引》可知该书撰于万历二十年,是受了《剪灯新话》的启发而写的,共两卷八篇。所记皆"耳闻目睹古今奇秘……非幽冥果报之事,则至道名理之谈",通篇都是因果报应、传统礼教。但是,作者严格地把握了"怪而不诬,正而不腐"这个度,所写正面人物都还做到了生动真实,感人至深;批判的人与事,也能做到发人深思。诸如《贞烈墓记》,是在《辍耕录》所载故事的基础上加工改编的,却被赋予了全新的含义:郭秩真与旗卒情深意重,本卫千夫长李奇因郭的美貌而起觊觎之心,陷害其丈夫。郭氏经过周密的考虑,意识到只有她先死,丈夫的冤狱才有可能解脱。为了救夫,她安排好儿女生计,与丈夫泣别后投水而死。她的死并不是出于愚昧的贞节观念,而是为爱情而牺牲,在文学史上具有崭新的意义。

写得最细致深刻的要算《桂迁梦感录》,作者意在讽世,借桂迁感梦果报的意境描写,拯救世间忘恩负义者卑劣的灵魂。仗义疏财的施济,将桂迁从潦倒困顿、几乎妻离子散的逆境中解救出来,不但为桂迁偿还了二十锭银子的债务,还将自家的十亩庄田和若干株桑枣树送他安家谋生。桂迁却将施济之父埋在桑树下的一窖银子据为己有,暗中于别处购置产业,成了大富人。施济不久病故,留下孤儿寡妻,穷困中投奔桂迁,桂迁却忘恩负义,故意怠慢,说是要有债券为凭才能还钱。桂妻忧愤成疾而死。

巨富之后的桂迁捐资五千托刘某求官,刘将这些钱为自己买了官,桂迁愤怒之极,欲刺杀刘某,因倚身街旁打盹,梦见自己变成了狗,向施济摇尾乞怜,又向施妻求食而受杖。回顾妻与二子,都已变犬。醒来方悟忘恩负义之罪,改过自新,为报施氏之恩,将女儿嫁与施子为妻。

《觅灯因话》语言艺术上的显著特点是朴素雅洁,不假雕饰,虽是文言小说,但是文不甚深,又不失于粗俗,基本上做到了雅俗共赏。

另外,明代还出现过大量汇录文言小说的专集与总集,较有名的如何良俊的《语林》,王世贞的《艳异编》与《剑侠传》,梅鼎祚的《青泥莲花记》与《才鬼记》,冯梦龙的《情史类略》与《古今谭概》等。某些通俗类书如《国色天香》《燕居笔记》《万锦情林》《绣谷春容》等中,也选录了大量的小说。这些小说集子除了为当时人提供闲暇消遣外,也为当时与后来的戏曲小说创作提供了丰富的素材。而且像《青泥莲花记》专为出污泥而不染的历代妓女立传,《情史类略》大量汇集男女爱情婚姻故事,都显示了明代后期思想开放的鲜明时代特征。

第六章　明代长篇小说研究

明代成就最辉煌的文学样式,除了戏剧(传奇)外,便是小说。明代小说在文学史上占有重要的地位。明代的小说创作,无论长篇短制,都出现了空前的繁荣盛况。本章重点对明代长篇小说进行研究。

第一节　明代长篇小说概述

我国古代第一批长篇小说出现在元末明初,既是小说这一文体发展演变的结果,也有着特定的社会原因。

我国最早的长篇小说《三国演义》和《水浒传》等,是在元代讲史话本的基础上发展起来的。宋代的说话伎艺,重在"小说"一家;而元代的说话,由于统治者的思想箝制和其他原因,取材于现实生活的"小说"趋于消歇,而"讲史"一家得到了发展。至治年间新安虞氏刊印的元代讲史话本《全相平话五种》(包括《武王伐纣书》三卷,《乐毅图齐七国春秋后集》三卷,《秦并六国平话》三卷,《全汉书续集》三卷,《三国志平话》三卷),虽然叙事简括,文辞粗陋,结构零乱,但已有了大体完整的故事情节,初具长篇小说的规模。宋元讲史话本《大宋宣和遗事》,第四段讲宋江等三十六人聚义梁山泊,已有了水浒故事的雏型。上述讲史话本,在故事素材、组织结构、叙述方法、人物描写等方面,都为长篇小说的产生奠定了基础。元朝统治者本是北方尚处于奴隶制社会阶段的游牧民族,其思想、习惯、统治方法都有别于历史上的汉族统治者。由于居于统治地位的蒙古人、色目人可以通过世袭、奏补等特权和荐举得到官职,不需要经过科举的途径,因此元代统治者很不重视科举考试。据历史记载,太宗九年(公元 1237 年)曾举行过一次科举考试,以后一直中断七十余年。至仁宗延祐二年(公元 1315 年)重新开科取士,但分为左、右两榜。蒙古人、色目人为右榜,汉人、南人为左榜;右榜考中易,左榜考中难。两榜录取名额最多一百人,最少五十人,汉族知识分子想从科举得官十分困难。于是许多文人学士不再汲汲于科举考试所必须娴熟的正统诗、

第六章　明代长篇小说研究

文,有的便杂身于优伶之间,从事于杂剧的演出与创作,以致知识分子从科举道路上的分流,成为元杂剧取得辉煌成就的一个重要原因。入明以后,虽然恢复了正常的科举考试,但能从此途入仕者仍然是寥寥无几,不少知识分子仍然滞留于非正统文学创作领域。而元末明初,杂剧的创作已经衰微;加上知识分子在元代异族统治下所产生的复杂的心理郁积,在元末农民战争中所积累的丰富的生活经验,都远非受舞台限制的杂剧所能包容,于是长篇章回小说便在元代平话的基础上应运而生。

元末明初,经过长期孕育的两部著名长篇小说《三国志通俗演义》和《水浒传》几乎同时出现在文坛上,揭开了我国古代长篇小说创作的序幕。它们和成书于嘉靖年间的另一部著名长篇小说《西游记》,共同组成了我国古代长篇小说发展史上的第一个高峰。这三部作品的共同特点,是在长期的民间传说和民间艺人创作的基础上,由文人加工写定,是集体创造的成果。它们都继承了话本的思想艺术传统而又有较大的突破,标志着我国古代长篇小说由宋元时代初具规模的讲史和说经话本,发展到了成熟的阶段。

从嘉靖以后到明代末年,拟话本的创作与编订进入了高潮,长篇小说的创作也进入一个空前繁荣的时期。这一时期小说创作的繁荣,有着多方面的原因。其中一个重要原因是:成化、嘉靖以后,明代社会经济发生了较大的变化,农业略呈停滞而城市商业、手工业发达,日益扩大的市民阶层对通俗小说有着广泛而迫切的需求,书商也乘机借刻印通俗小说牟利,这无疑会大大刺激通俗小说的创作。另一个重要原因就是这一时期小说理论的推动。小说本来在文学殿堂地位低下,但《三国志通俗演义》和《水浒传》问世后,小说的影响愈来愈大,明中叶后便有一些理论家在反复古主义的思潮中,竭力推崇小说的社会作用,赞扬小说的文学价值。例如李贽就曾旗帜鲜明地说过:

"诗何必古选？文何必先秦？"认为《西厢记》《水浒传》,"皆古今至文,不可得而时势先后论也。"(《焚书·童心说》)袁宏道甚至认为,若和《水浒传》相比,"六经非至文,马迁失组练"(《听朱生说水浒传》)。李贽还评点《水浒传》,从而使通俗小说在社会上有了更加广泛的影响。这个时期的许多小说序言,也都大张旗鼓地鼓吹小说的价值和作用。在上述小说理论的推动下,这一时期不但长篇小说数量众多,而且由作家专力撰写长篇小说逐渐代替了过去那种靠长期孕育、群众创作,最后由某个作家加工提高、编定成书的做法。这个时期的长篇小说,主要有下面一些:在历史演义方面,承《三国志通俗演义》的余烈,出现了余邵鱼《列国志传》,甄伟《西汉演义》,谢诏《东汉通俗演义》,佚名《续三国志后传》,杨尔曾《东西晋演义》,熊大木《唐书志传通俗演义》,以及周游《开辟演义》、冯梦龙《新列国志》等。

英雄传奇方面,在《水浒传》影响下,产生了熊大木的《北宋志传》《大宋中兴通俗演义》,无名氏《杨家府演义》、郭勋《皇明英烈传》,袁于令《隋史遗文》等。

神魔小说,在《西游记》影响下,产生了许仲琳《封神演义》,邓志谟《许仙铁树记》,罗懋登《三宝太监西洋记》,吴元泰《东游记》,余象斗《南游记》《北游记》,杨志和《西游记》,朱名世《牛郎织女传》,沈孟柈《济公传》,无名氏《续西游记》,董说《西游补》等。

万历年间,署名兰陵笑笑生的世情小说《金瓶梅》问世,它以一个家庭为中心,以现实生活为题材,标志着这个时期长篇小说的创作进入了一个新境界。在该书影响下,明末清初出现了一批才子佳人小说,如《玉娇梨》《好逑传》《平山冷燕》等。另有一种《隋阳艳史》,是介于讲史和世情小说之间的作品。

此外,明末还出现了一批描写冤狱诉讼的公案小说,如李春芳《海刚峰先生居官公案传》,无名氏《包孝肃公百家公案演义》,余象斗《皇明诸司公案传》等。

上述历史演义、英雄传奇、神魔小说、世情小说,便是明代长篇小说的四大潮流。它们的代表作《三国演义》《水浒传》《西游记》《金瓶梅》,被称作明代长篇小说的"四大奇书"。

第二节 《三国演义》与历史演义小说

一、《三国演义》

(一)《三国演义》的写作特点

1. 历史的理想和迷茫

《三国志通俗演义》是一部历史演义小说,罗贯中是以三国时期的历史人物和事件作为基本素材创作这部小说的。因此,《三国志通俗演义》就与一般的小说有所不同,它具有"历史"和"文学"的两种特征和功能。这部小说用"依史以演义"的独特文学样式,描写了起自黄巾起义、终于西晋统一的近百年历史。"依史",就是"事纪其实,亦庶几乎史",对历史的事实有所认同,也有所选择、有所加工;"演义",则渗透着作者主观的价值判断,用一种

第六章　明代长篇小说研究

自认为理想的"义",泾渭分明地褒贬人物,重塑历史、评价是非。统观全书,作者显然是以儒家的政治道德观念为核心,同时也糅合着千百年来广大民众的心理,表现了对于导致天下大乱的昏君贼臣的痛恨,对于创造清平世界的明君良臣的渴慕。这就是《三国演义》的主旨。因为它广泛而深入地反映了当时的社会生活,在作品中表现出极其丰富而复杂的思想,其思想内容主要有以下几个方面:一是作品通过对三国时期各个政治集团之间军事、政治、外交事件的描述,生动形象地反映了当时各种斗争中所体现出来的经验和智慧。这些经验和智慧有些是可供我们去借鉴的。斗争的丰富多彩性不仅让人感觉紧张和好看,我们更能够从中看到人性的美与丑,看到人类的聪明才智,看到作者伟大的创造性。

二是作品真实地揭示了当时重重的社会矛盾和动乱不安的现实局面。在镇压黄巾起义的过程中,无数封建政治集团,发展了自己的政治军事力量,他们彼此征战,形成了军阀混战的局面,给人民带来了难以言说的深重灾难。我们不难从作品中看到作者对军阀罪恶的痛恨、对人民苦难的同情。修髯子在《三国志通俗演义·引》中所说的"欲知三国苍生苦,请听通俗演义篇",就道出了全书的这一倾向。这部小说能帮助我们认识当时社会的黑暗和封建统治阶级的反动本性。

三是作品在一定程度上反映了动乱年代里人民群众的苦难生活与拥护统一的愿望。小说中虽然存在着"分久必合,合久必分"的历史循环论思想,但是,反对分裂、拥护统一的思想倾向,也是显而易见的。可究竟应该由什么样的人或政治集团来统一天下,却是全书思想内容的关键。作者给我们广大的读者再现了当时封建军阀屠戮人民,劫掠百姓,从而使田园荒芜、生产凋敝、白骨如山、饿殍遍野的历史事实。作者对那些坚持分裂割据的军阀进行了无情的鞭挞和嘲讽。

作者在叙述和描绘历史人物时尽管有自己的感情倾向,但是他基本上能够如实地再现某些历史人物,比如曹操,作者虽然不赞成由他来统一天下,但在描写他同北方各个军阀进行斗争的过程中,却如实地描述了他的雄才大略。当然作者赋予曹操的主要还是奸诈、残忍、骄横、多疑的性格,罗贯中不仅写他"托名汉相,实为汉贼"的政治品格,而且还通过其残杀吕伯奢一家等情节体现了他的道德品格,从而为我们塑造了一个典型的以"宁使我负天下人,休使天下人负我"为信条的奸雄形象,使他成为封建统治者种种恶劣品格的代表。而与曹操相对立的另一个军阀刘备,在作者的笔下,却具备了一个优秀的统治者所应该具有的一切美好品质,成为一个"宁死不为负义之事"的理想中的贤明君主,与曹操形成了鲜明的对比。很明显,刘备及以其为首的蜀汉集团,正是作者及广大人民群众的政治理想和希望,他们希望能有像刘备那样的明君,像孔明那样的贤相,并由他们来实现统一天下的理想。当然,这样的理想和愿望并没有实现,刘备、诸葛亮以及他们的后继者都没有能够完成这一统大业,因此,在小说中又具有了某种悲剧性色彩。作者生于元明易代的动乱之际,他在作品中表达这样的理想和愿望,也是一种深沉的寄托。作者本来寄希望于蜀汉,希望刘备和诸葛亮能够君臣际会,做出一番惊天动地的伟业,使自己和其他百姓能够安居乐业。这种反对分裂、主张统一的思想,不仅反映了广大人民的深切愿望,同时也符合历史发展的趋势,具有进步意义。

作者"尊刘贬曹"的感情倾向十分鲜明。陈寿的《三国志》是以魏为正统,称颂曹操是"非常之人,超世之杰";而罗贯中的《三国演义》则以蜀汉为正统,贬曹操为"治世之能臣,乱世之奸雄"。尊曹或尊刘,是史学家们长期争论的话题之一,但这只不过是封建正统观念在不同历史条件下的不同表现。《三国演义》中"尊刘贬曹"的思想倾向有其历史根源,也有作者的情感和主观因素,如何看待这一思想倾向,需要我们辩证地去看问题,需要我们能够从一个比较客观的角度站在一个历史的高度去评价这些历史人物和历史事件。

四是作者热情地歌颂了忠义、勇敢等人类优秀的品质。作品成功地塑造了一些杰出人物。关羽,作为蜀汉名将,不仅勇武,更重要的还是他的忠义。他在身陷曹营之后,不为金钱美色所动。为了寻找刘备,关云长千里走单骑,过五关斩六将,这里表现的是关羽对刘备的义重如山。为了进一步表现关羽的义,作者甚至写他华容道义释曹操,当然,这种"义"从一定意义上来说是以个人恩怨为前提的,并非是值得我们去推崇的国家民族之大义。还有,能体现出这种勇敢和忠义的人物在作品中是很多的,如冒死救自己主公妻儿的常山赵子龙;如喜欢赤膊上阵拼死救曹操的许褚等。

当然作品中也存在着明显的封建糟粕,这是不容置疑的事实。如在毛本中得到强化的历史循环观和正统的观念等,这些都是有一定局限性、落后的封建主义历史观。另外,作品中也多处出现带有封建迷信色彩的描写,这些也是应予以否定和批判的。当然,这和作者所生活的时代和其认识自然、社会的能力有关,我们不应对作者有太苛刻的要求,我们还是应以其作品的整体价值为主,不能因点而否面。

2. 气势非凡、波澜壮阔的历史画卷

罗贯中的《三国志通俗演义》取材于历史,同时在小说中将历史之实与艺术之虚巧妙结合依存,做到了虚实的有机结合,小说以非凡的叙事才能、全景式的战争描写、特征化性格的艺术典型塑造等突出的特色,取得了令人

第六章　明代长篇小说研究

瞩目的艺术成就,成为中国古代历史小说创作中不可企及的高峰。

首先,《三国演义》在民间传说和宋元"讲史"的基础上,吸取和发展了说书人讲故事的艺术传统,善于组织故事情节、故事性强,且惊心动魄、引人入胜。小说的结构,不仅宏伟壮阔而且严密精巧。《三国志通俗演义》的战争描写,继承了从《左传》到《史记》中的战争描写传统,并加以发扬光大、创新提高。全书写了大小几十个战争场面,其中有两军对阵的厮杀,也有战略战术的运用;有以少胜多的范例,也有出奇制胜的妙计;有水战,也有火攻。每一个战争场面都写得具体而生动,形式多样而不呆板,表现出战争的复杂多变。比如诸葛亮七擒孟获,七放七擒,每次擒拿孟获的形式都不一样,而他的六出祁山,也各自不同。再如用火攻的战例,诸葛亮火烧新野用的是火攻,周瑜在赤壁之战中火烧战船用的是火攻,陆逊大破刘备同样也是用的火攻,可每次战争的形势不同,敌我双方的力量不同,所用的火攻也就有所差异。

其次,在创作历史小说中,首先要解决的问题,就是"虚"与"实"的构思安排。《三国演义》是在依据史实、博采民间各种传说的基础上加以创造而成的。它虚实结合、构思巧妙。可以说《三国演义》是七分实写三分虚写,也就是说整部作品的主干、框架基本上是史实,而具体的情节与人物性格往往是虚构的。这部小说所描述的时间长达近百年,人物更是多至千人,事件也是错综复杂、头绪纷繁。而描述的历史事件和人物不仅仅要做到虚实结合,同时还要注意增强故事和人物的文学性和艺术性。我们可以看到,作者在结构的安排上是有很大困难的。但是作者却能写得井井有条、脉络分明,从各个章回看,基本上都能独立成篇,而从全书来看,又是一个非常完整的艺术整体。这都得力于作者的宏伟而巧妙的构思。罗贯中以蜀汉政权为中心,以魏、蜀、吴之间的矛盾纷争为主线,来展开全书的故事情节,情节既曲折多变,又前后连贯;线索既有主有从,而又主从密切配合。

再次,小说成功地塑造了一大批栩栩如生的人物形象。特别是其中的主要人物,无不个性鲜明、形象突出、有血有肉。罗贯中描写人物,善于抓住人物的基本特征,突出其某个方面,加以夸张,并用对比、衬托等手法,使人物个性鲜明生动。这是作者塑造人物的一个基本方式。小说中运用这一方式的最好说明,就是被人们称为"三绝"的曹操、关羽和诸葛亮,即曹操的"奸绝"——奸诈过人;关羽的"义绝"——"义重如山";诸葛亮的"智绝"——机智过人。作者在刻画人物时,往往是把人物放在惊心动魄的军事、政治斗争中,放在尖锐复杂的矛盾冲突中来塑造,通过一系列的故事情节和人物语言表现其复杂的性格。曹操、关羽、诸葛亮,之所以被称之为"三绝",就是因为他们的个性特征是非常突出的。作者通过在某一事件中,一些才智相当的人物之间的较量来表现人物的性格。例如在赤壁大战中,诸葛亮的对手,既有老谋深算的曹操,又有俊雅多才的周瑜,而诸葛亮的智慧和才干特别是他的预见性,恰恰是在战胜这些强大对手的过程中得到了充分的展现。再有就是在空城计的故事情节中,诸葛亮的另一个强大对手司马懿也是一个才智高绝的智者,诸葛亮的智慧又一次在写强者的对决中得到完美表现。

最后,作者以大量的篇幅描写了大大小小四十余场战争,成为描写古代战争场面的典范作品。作者在作品中给我们展现了一幕幕惊心动魄的战争场面。在这些场面中尤以袁曹的官渡之战、魏蜀吴的赤壁之战、蜀吴的彝陵之战最为出色。对于决定三国兴亡的几次关键性大战役,罗贯中总是着力描写,并以人物为中心,描绘出战争的各个方面,特别是对战前双方或多方准备情况的描写,敌对双方如何使用战略战术,如何排兵布阵,如何打探虚实,如何利用对方的弱点等,都描绘得十分生动逼真。因此,我们所读到的战争场面丰富多彩,千变万化,各具特色,充分地展现了战争的复杂性和多样性。

如赤壁之战,共有9回的篇幅,前三回集中写双方的战略决策,在曹魏近百万大军的威胁下,诸葛亮奔走于夏口、柴桑间,争取与东吴结盟;而孙吴政权内部也展开了激烈的辩论,主战和主和各执一端、互不相让,最终孙权由狐疑不定到誓死抗战;诸葛亮舌战斗智,激将等法齐用。整个决策过程跌宕起伏、变化莫测。在战争进程中,又出现了孙、刘之间又联合又斗争,东吴政权内部主战主和的矛盾;主战派内部周瑜、鲁肃对待同盟军不同策略的矛盾。作者把政治斗争与军事斗争结合起来,使战略决策的描写具有更深刻的内涵。

三国演义中,人物斗智斗勇相结合,并进一步突出孙刘联军战术运用的正确,进而揭示战争胜利的原因。作者紧紧抓住了北方人不习水战这一重要弱点,描写蜀吴联军如何扬长避短、变劣势为优势;而魏军又如何想方设法摆脱不利因素,但终因种种失误而导致失败。在这场战争的整个过程中,可以说是奇计迭出,首先是周瑜利用蒋干设置反间计,除掉深谙水战的蔡瑁和张允;然后是庞统献连环计;之后是黄盖的苦肉计等,这一切战术谋略的运用,都进一步增强了作品的艺术可观性。

我们从作者的描绘中既能看到战争的激烈、紧张、惊险,而又不觉得战争的凄惨,往往具有昂扬的格调,有的还表现得从容不迫、动中有静、有张有弛。作者所追求的艺术效果,并不是给我们展现战场和战争的热闹,而是表现那些将帅们在战争中的智慧和思想。

除此之外,作品的语言、文风也颇有特点。小说语言精练畅达,通俗晓畅。当然在今天来看,这部小说的语言似乎半文不白,但在当时它却和老百姓的日常口语白话相当,作者采用这种文字来写长篇小说,可以说是一种创举,是一个明显的进步。

当然,《三国演义》在艺术处理上也有一些比较明显的不足。这主要体现在人物塑造方面,作者为了突出人物的某一性格特点而写得太"过",也就是有些想象和夸张运用得不尽合理,产生了过犹不及的效果。鲁迅先生曾对此做过比较中肯的评价,他说:"至于写人,亦颇有失,以致欲显刘备之长厚而似伪,状诸葛之多智而近妖。"(《中国小说史略》)另外,就是一些宣扬宗教迷信方面的情节,显然也是艺术上的重大缺憾。

(二)《三国演义》的艺术成就

尽管缺乏罗贯中的生平资料,但是,从他留给我们的作品中可以看出,罗贯中无愧于我国古代杰出的文学家的称号,他那渊博的学识、明晰的理智、深沉的政治道德眼光、驾驭鸿篇巨制的艺术气魄,都比他同时代人高出一个层次。

《三国演义》取材于历史。作家用全部的心血和满腔的激情,通过浓墨重彩,描画出一系列栩栩如生的英雄形象。小说总共写了一千多个人物,其中一些主要人物形象都很鲜明,一直活在人民心中,而关羽、张飞、曹操、诸葛亮等尤其写得出色。关羽的形象,主要表现为义与勇的化身,他出身微贱,与刘备、张飞在桃园结义后,始终坚持义气,尤其是不顾曹操的拉拢,封金挂印,单骑独行千里而与刘备会合,而华容道上义释曹操,更是"义勇之气可掬,如见其人"。而温酒斩华雄、破五关斩六将、单刀赴会、水淹七军等情节,更使关羽英气逼人、智勇过人。尽管他最后失荆州败走麦城,但仍写得十分悲壮。凡是读过或听过《三国演义》的人,都非常喜爱张飞。他是一个嫉恶如仇、勇猛善战、力大无比、粗豪爽直的人物。罗贯中一方面通过虎牢关勇斗吕布、长坂坡喝退曹操等情节来刻画他的勇猛,一方面又在古城聚义、三顾草庐等情节中描写他的莽撞,同时,还在怒鞭督邮时写他的嫉恶如仇,在视察耒阳时写他知过必改,在擒释严颜时写他的粗中有细和善于收拾人心。但粗暴是张飞性格中的致命弱点,他脾气暴躁,爱喝酒,常常喝醉打人,对待部属粗暴等,最终酿成被杀的悲剧。历史上的曹操是一个极端利己主义者,一个乱世之奸雄。小说《三国演义》以史书为依据,对他进行了典型化处理,使其"奸"与"雄"得到了淋漓尽致的体现。当他刺董卓失败,出逃至故人吕伯奢家,听到吕家准备饮食的磨刀声,以为是想害他,便杀了吕伯奢一家,宣称:"宁使我负天下人,休教天下人负我。"当他逐渐拥有了一些兵力以后,借口为父报仇,尽屠徐州百姓。他对关羽虚伪笼络,对汉献帝"挟天子以令诸侯",他设计杀戮效忠汉室的臣僚,连董妃、伏后也不免一死。他颇有文才,能横槊赋诗,也因此对文人特别忌妒,需要时"求贤如渴",小不如意时就直接或间接加以诛杀。如孔融、祢衡、崔琰、许攸、荀彧、杨修,都是由于曹操的"忌才"或小有不如己意而被杀的。其他如自己下令用小斗发军粮而杀仓官以平众怒;为防范行刺,宣称习惯梦中杀人,杀了侍女而佯装不知,都活活勾画出了极端利己主义者的丑恶面貌。罗贯中《三国志通俗演义》中对曹操形象的成功刻画已使曹操成为奸雄的代名词。

《三国演义》的背景是群雄并起的乱世,是可以有所作为的乱世。乱世只是一个历史的框架、一种特定的情境,而激发罗贯中创作灵感和创造热情的是那些叱咤风云的英雄豪杰。一方面是乱世出英雄,另一方面也只有乱世才能显出英雄本色。罗贯中所处的正是一个动荡不安的时代,而他的作品也隐隐透露出作者本人的英雄意念。可以说,罗贯中之所以塑造三国群英谱,既是时代使然,也出于他那怀才不遇并渴望自我实现的英雄意识。

《三国志通俗演义》是一幅气象恢宏的历史巨画,它充分显示了作者艺术家的胆识和气魄。三国故事在三国鼎立的同时或稍后就开始流传,其间经过1000余年的口耳相传,加工创造,许多历史故事得到了丰富和提炼。至宋代出现了说"三分"的专家,至迟在元初出现了长篇平话《三分事略》。生活在元代后期的罗贯中,在这个题材上面临着多渠道的丰富遗产。但是,面对过于丰厚的遗产,罗贯中没有守成不足、怯于进取;丰厚的遗产也没有使罗贯中头晕目眩、手足无措。他对陈寿的《三国志》和裴松之注,花了很大的研究功夫;对于口头流传的和见于书画的三国故事,作了广泛的搜集、删汰和改造。作为一部历史小说,罗贯中如此完美地处理了历史真实与艺术真实的关系,充分体现了他那无人能及的学识和功力,和那种耐得寂寞、深入严谨的创作风度。

《三国演义》的结构是宏伟的。在此之前,中国文学史上还没有如此篇幅巨大的作品。前此史书的叙事体例,有编年体、纪传体、纪事本末体。《三国演义》这部艺术性的史诗大致上属于编年纪事,而在大的战争和政治事件的描写上,又多以纪事本末之体。它演述的是三国史事,题材本身决定了三线并行的纵式结构,而作者又从主题表现的需要出发来安排结构的轻重详略。《三国演义》中以刘备与蜀国政权为主线,兼顾曹操与魏国和孙权与吴国这两条辅线。刘蜀政权中又以诸葛亮为重心。对诸葛亮出山至逝世的二十七年间记叙最详。也是全书最精彩的部分,以后的四十六年则是粗线条的勾勒。同时,小说以战争作为高潮来组织情节。官渡之战、赤壁之战、彝陵之战,构成了全书大的起伏态势,决定了全书的叙事节奏,而每一场战争中又包含着若干具有相对独立性的故事情节。如赤壁之战一共写了十六则之多；其中又包括舌战群儒、蒋干中计、草船借箭、借东风、三江纵火、关云长义释曹操等一系列连贯性的故事，各成波澜，环环相扣。结构的连贯性、向心性、整一性，充分显示了作者驾驭鸿篇巨制构思的气魄，而其中又有许多精致的充满诗意的细节描写，更见得作者贯注笔端的充沛生气。

《三国演义》的主题是宏大且深厚的。关于《三国演义》的主题，众说纷纭。其实，对于这部"陈叙百年，赅括万事"的长篇巨著来说，试图用一个单纯的主题来概括它是不可能的。由于三国故事在罗贯中之前已流传了千年之久，历代人的情感理智既使这个题材更加丰满动人，也赋予它很多主观成分。那群雄并起的历史画面，个性鲜明的历史人物，引人入胜的故事情节，以及题材本身具有的历史内涵，对罗贯中来说，都有很大的诱惑力。他在选择这个题材的同时，也就承认和接受了历代人观念和情感的积淀。比如拥刘反曹或说蜀汉正统的观念，最迟在北宋时就已形成了，罗贯中在书中继承了这一观念。在具体的写作过程中，罗贯中不仅对历史和传说中所表述的历史内涵做了协调统一的工作，更有意识地突出强调了某些方面。其中最基本的是作者的人格理想与道德观念。刘备的宽厚，关羽、张飞的忠义，诸葛亮的智慧和他那只手补天、死而后已的精神，是罗贯中人格理想的基本构成要素。而他的道德观念，可以说主要是通过曹操的形象从反面表现出来的。人格理想与道德观念是罗贯中考察和批评社会的支点，也是他的社会理想的奠基石。

如果说罗贯中在描写人物方面取得了成功，那么他在解释历史方面迷失了方向。本来应是"得道者多助，失道者寡助"，可是历史事实是刘蜀政权首先灭亡，曹魏政权统一了天下，这对罗贯中的蜀汉正统观以及他的人格理想、道德观念，都无异于一种潜在的嘲讽。但罗贯中无权更动历史。罗贯中在历史的沧桑变化面前的困惑与迷惘，使《三国演义》后面部分染上了晦暗色调和浓郁的悲剧氛围。

《三国志通俗演义》是我国文学史上长篇小说的开山之作，也是历史小说的奠基之作。洋洋70余万字的《三国志通俗演义》，标志着我国长篇小说的成熟。从历史小说发展的角度来看，它的影响更是巨大的。它为历史小说创作提供了经验和范本，并且开创了历史小说的繁盛局面。逮至近代，从《开辟演义》到《清宫演义》，构成了一个与二十四史平行的小说系列，这是中外小说史上的奇观。在如此众多的历史小说面前，《三国志通俗演义》始终保持着它的地位和光辉。罗贯中对于历史真实与艺术真实的把握，以及《三国演义》一书结构、语言方面的民族特色，至今仍是可供借鉴的典范。

二、其他历史演义小说

《三国演义》自明代嘉靖年间流行以后,先后出现过数十种不同的版本。同时,模仿它的历史演义小说也大量出现,从而成为明中后期小说流派中最重要的一支。可观道人《新列国志叙》说:"自罗贯中氏《三国志》一书,以国史演为通俗演义,汪洋百余回,为世所尚。嗣是效颦日众,因而有《夏书》《商书》《列国》《两汉》《唐书》《残唐》《南北宋》诸刻,其浩瀚几与正史分签并架。"真实地记录了明代历史小说的影响源流与繁荣局面。

此类历史演义在艺术水准上很少有能够与《三国演义》相比的,正如鲁迅所说:它们"大抵效《三国志演义》而不及,虽其上者,亦复拘牵史实,袭用陈言,故既拙于措辞,又颇惮于叙事"(《中国小说史略》)。其中比较好的,是冯梦龙在余邵鱼《列国志传》的基础上改编加工的《新列国志》。

(一)《列国志传》

《列国志传》,全书共 8 卷 226 则,它以时间为经,以国别为纬,其内容起自商朝妲己被魅,终于秦朝统一六国,记述了近 800 年的历史。在写法上,既根据前代史书记载,同时也吸取一些民间传说以及平话内容,其中不少场面写得生动有趣,如秋胡戏妻、卞庄刺虎、临潼斗宝等,都颇为可读。但作者基本上做的是将历史通俗化的工作,其中缺乏艺术想象,不太注意人物形象的刻画,加之历史跨度过长,难以形成集中的情节线索,更由于作者的文笔稚拙,也使作品显得过于简陋。但它却为冯梦龙的《新列国志》做了题材上的准备。

(二)《新列国志》

关于"列国"故事的平话,最早产生在元代。嘉靖、隆庆年间,余邵鱼在平话基础上撰写《列国志传》,以武王伐纣为开端,分节不分回,每节随事立题。该书叙事多有与史无征、详略失宜、身世姓名谬误之处,艺术上亦粗陋简率,因此可观道人说它"铺叙之疏漏,人物之颠倒,制度之失考,词句之恶劣,有不可胜言者矣。"(《新列国志叙》)冯梦龙加以改编、订正,易名为《新列国志》,共一百零八回,从西周末年宣王三十九年(公元前 789 年)写起,到秦始皇统一全国结束,包括春秋、战国五百多年的历史。它的特点,一是"信实",一是宏富。所有的情节、人物都采自于《左传》《国语》《战国策》《史记》等历史著作,国家兴废、人物战事、典章制度,无所不包。因此可观道人赞扬它:"本诸《左》《史》,旁及诸书,考核甚详,搜罗极富,虽敷演不无增添,形容不无润色,而大要不敢尽违其实。凡国家之兴废存亡,行事之是非成毁,人品之好丑贞淫,一一胪列,如指诸掌"(《新列国志叙》)。

在内容上,这部小说主要叙述幽王残暴无道,引起西戎之乱。平王东迁,从此周室衰微,诸侯并起,相互杀伐。在诸侯国内部,大夫的势力也越来越大,有的诸侯国为大夫瓜分。在长期频繁的兼并战争中,逐渐形成七雄并峙的局面,最后秦国统一天下。小说通过上述历史事实的叙述,谴责、揭露了那些昏聩、残暴、荒淫、愚昧的帝王、诸侯,以及贪婪、奸诈、阴险的佞臣,赞扬了从善如流、赏罚分明、信诚仁义的王侯和有勇有智、远见卓识的将相,也歌颂了见义勇为、视死如归的豪侠。该书虽然头绪纷繁,事件错综,但对重大事件的来龙去脉交代清楚,布局亦主次分明。叙事虽然简括,但不少故事描述得引人入胜,如卫懿公好鹤亡国、西门豹乔送河伯妇、伍子胥微服过昭关等。有的人物写得比较生动,如管仲的博学多才、齐桓公的王霸之度、鲍叔牙的苦心荐贤等。他如重耳、伍子胥、介之推、孙膑、庞涓、廉颇、蔺相如等,也都有比较鲜明的个性。

《新列国志》不仅具有广博的历史内容,而且具有一定的艺术性。首先,作者善于把生动的历史故事和奇特的历史人物糅合到历史的叙写中去,使列国历史成为一部血肉丰满、生动形象的历史。作品以历史时期为序,串连着无数生动的故事和人物,比如妲己被魅的故事,假途灭虢的故事,寒食禁烟、优孟衣冠、二桃杀三士的故事,等等,人物如好鹤亡国的卫懿公、礼贤下士的信陵君、蠢猪式迂顽无比的宋襄公、弹铗要鱼车的冯谖等,使读者在步入这一历史进程的时候,如同置身山阴道上,目不暇接。这就避免了一般历史演义记流水账、枯燥乏味的毛病。三百年来,这部历史演义,成为仅次于《三国演义》流传最广、影响最大的一部,正是这个原因。其次,它的语言朴实生动、明白晓畅,细节刻画得好。

(三)《东周列国志》

清代乾隆年间,以蔡元放的名义编印的《东周列国志》是冯梦龙《新列国志》的修订、润色本。蔡元放,号七都梦夫、野云主人,秣陵(今江苏南京市)人。蔡元放修订、润色处并不多,另外,他加了些夹注和评语。全书易名为《东周列国志》,共二十三卷,一百零八回。虽然近二百年来,一直流行的就是蔡元放的评点本,但冯梦龙修订的功绩却远在蔡元放之上。

(四)《西汉演义》

甄伟编《西汉演义》描写的是楚汉相争和汉初消灭诸侯王的故事。作者站在维护刘汉正统的立场,写刘邦招贤纳士、修明政治、严肃军纪,因此深得民心,取得了天下;而项羽残酷暴虐、居咸阳、坑降卒、任性杀伐、狂妄自大,终于自刎乌江。全书把刘邦写成了一个"宽仁厚德","治国安邦真主",宣扬了"仁政"。

第三节 《水浒传》与英雄传奇小说

一、《水浒传》

(一)"讲史"与"小说"的合流现象

《水浒传》同《三国演义》一样,也是取材于历史,因此鲁迅《中国小说史略》将它们皆归入讲史一类。但鲁迅也指出了《三国演义》和《水浒传》所分别代表的两类作品的不同,将后者称为"叙一时故事而特置重于一人或数人者",即前者偏重于历史事件和人物的全面敷演,而后者偏重于少数英雄人物的表现。此外,鲁迅还在《中国小说史略》和《中国小说的历史的变迁》中指出:《三国演义》一类书"多本正史纪传""叙述多有来历""中间所叙的事情,有七分是实的,三分是虚的"。即《三国演义》等书虽有虚构,但所写重要事实皆有历史依据。而《水浒传》一类书,除少数人物外,许多人物和矛盾冲突皆属作者的虚构。因为二者有上述不同,故现在研究古代小说的人多将它们称为历史演义和英雄传奇。

英雄传奇的代表作《水浒传》,明代著述对它的作者说法不一。郎瑛《七修类稿》说:"《三国》《宋江》二书,乃杭人罗本贯中所编……《宋江》又曰钱塘施耐庵的本。"高儒《百川书志》说:"《忠义水浒传》一百卷,钱塘施耐庵的本,罗贯中编次。"李贽《忠义水浒传叙》提到作者时,说是"施、罗二公"。田汝成《西湖游览志余》和王圻《稗史汇编》也都说罗贯中作。胡应麟《少室山房笔丛》则说是"武林施某所编","世传施号耐庵"。现在学术界一般都认为作者为元末明初人施耐庵,其生平事迹不详。

《水浒传》取材于北宋末年宋江起义的故事,亦是在宋元讲史话本、元代杂剧的基础上,广泛汇集民间流传的水浒故事,经过选择加工,再创作而成。全书以杰出的艺术描写,暴露了封建统治阶级的黑暗与腐朽,揭示了封建社会农民起义的根本原因是官逼民反,抒发了作者对封建社会许多不平现象的愤慨之情,表现了对建立理想的封建秩序的幻想以及这幻想的破灭。作者将许多英雄人物,如武松、李逵、鲁智深等,写得光辉动人,可敬可爱;热情

第六章　明代长篇小说研究

歌颂了他们的反抗精神、正义行动、崇高的品格和超群的武艺。全书的故事极富传奇性,波澜起伏,变化莫测。口语的运用非常纯熟,无论是人物语言还是作者语言,是叙事、写人还是摹景、状物,无不明快、洗练、准确、生动。

在现存、现知的《水浒传》版本中,一般认为嘉靖时郭勋刊刻的武定版《水浒传》比较接近于原本,但该刊已无完本。今天所能见到的比较早而又比较完整的版本是天都外臣序本,序文撰于万历己丑(公元1589年),该本出自郭本,但分卷不同,郭本二十卷,该本一百卷,皆为一百回。这个本子于排座次之后接写受招安、征辽、平方腊,而无平田虎、王庆事。万历年间又出现了杨定见的一百二十回本,在上本基础上又增加了平田虎、平王庆的故事。明末金圣叹删去了排座次以后的部分,添了个卢俊义的噩梦作为结尾,梦中一百零八人全部被杀;又把原来的第一回改为楔子,作成七十回本,并加了序文、读法、评点。这个本子,入清以来最为流行。除此之外,还有一个简本系统,今存较早的简本有明刊《新刊京本全像插增田虎王庆忠义水浒全传》和明刊《忠义水浒志传评林》,但都为残本。现存比较齐全的简本是清刊本《忠义水浒传》,共十卷,一百一十五回。

明中叶以后,在《水浒传》影响下产生的英雄传奇小说,影响比较广泛的是《杨家府演义》和《皇明英烈传》两种。《杨家府演义》,全称《新编全像杨家府世代忠勇演义志传》,八卷五十八回。现存最早本子,刊于明万历三十四年(公元1606年),清嘉庆十四年书业堂重刊,有"万历丙午长至日秦淮墨客"序,每卷卷首,则题"秦淮墨客校阅,烟波钓叟参订"。据万历本所刊印章及傅惜华《明代传奇书目》,秦淮墨客为纪振伦,但本书是否为他所作,尚难确定。

本书是在宋代话本和元明杂剧以及民间传说的基础上,敷演北宋时期杨家将的故事。小说从杨业与辽(契丹)作战,身陷重围,撞李陵碑壮烈殉国写起,至十二寡妇征西、克敌凯旋结束。本书弘扬了杨家将前仆后继、世代忠勇、为保卫国家而顽强斗争的精神,塑造了老将杨业、杨业后代杨六郎杨宗保、杨门女将穆桂英以及战将焦赞、孟良等许多英雄形象,也描写了朝廷内部忠与奸的矛盾斗争,鞭挞了潘仁美、王钦等卖国求荣的奸臣。本书语言尚称活泼生动,但人物刻画和情节安排不够细腻妥帖,时有漏洞,组织结构不够严密,艺术描写显得粗糙。

《皇明英烈传》,简称《英烈传》,又名《皇明开运英武传》《云合奇踪》,八十回。明沈德符《野获编》称此书为朱元璋部将郭英裔孙郭勋自撰,以彰扬其先祖郭英之功。鲁迅《中国小说史略》亦谓"武定侯郭勋家所传,记明开国武烈,而弘扬其先祖郭英之功"。然而此书是否确与郭勋有关,尚属疑问。本书主要记述朱元璋及其将领、谋士徐达、常遇春、邓愈、汤和、郭英、刘基、李善长等在元末社会动乱中,东征西伐,扫荡群雄,最后推翻元朝统治者,建立了大明王朝的故事。对战争的描写和人物的刻画,不乏精彩片断,但主要情节大多拘牵史实,偶有民间传说亦间杂迷信思想,如谓朱元璋为玉皇大帝身边的金童玉女下凡人世所生等。综观全书,情节粗疏,人物形象亦不够生动丰满。本书今存明刊本有三种:万历十九年(公元1591年)杨明峰依据"南京齐府"版重印本,余君召刊行本,崇祯年间玉茗堂批点本。三书书名卷数不一,实为一书。

然而,《水浒传》毕竟是经由文人重新加工整理的长篇小说,无论是农民起义的题材特征还是流传中所留下的市民意识,都必须统合在作者新的整体构思中。这种整体构思便是悲剧的眼光与意识,而其悲剧情节又是围绕着所谓"忠义"而展开的。这可从以下三点来认识:(1)揭示了"逼上梁山"与"乱自上作"的造反原因。这是金圣叹在该书的第一回回评中提出的,也很符合作品的实际内容。作品向读者显示,朝廷任用了高俅等一帮大小奸臣,弄得朝廷乃至整个社会一片黑暗,从而使正直之士无处容身,最后不得不纷纷"上山落草"。可以说"官逼民反"乃是封建社会的定律,因而也可以说作品深刻地揭示了农民起义的必然性。但在封建社会,上山做"强盗"毕竟是"灭九族的勾当",这就决定了它的悲剧性质。因此在作者笔下,形象地展现了史进、林冲、杨志、武松等人逼上梁山的具体人生历程,他们都是在有家难奔、有国难投的绝望境遇中,才不得不上山落草的。自身最不情愿走的路而最终又不能不走,这乃是真正的人生悲剧;(2)忠奸贤愚颠倒的悲剧。正由于这些被逼上梁山的都是正直之士,这使得他们有别于一般意义上占山为王的草寇。于是作品在相当的篇幅里,勾画了一副色调复杂的悲喜剧,这便是金圣叹所概括的:"无美不归绿林,无恶不归朝廷"。那些一向被官府称为杀人放火、无恶不作的"盗贼",却能够铲除邪恶、替天行道,而本应该主持公道正义的朝廷官府,却到处弥漫着贿赂贪污的风气,以致残害百姓、欺压良善。这种"盗贼"与官府、忠义与奸邪的位置颠倒,既带有强烈的讽刺色彩,其深层又包含了贤者遭害而奸人得志的人生社会悲剧;(3)忠义者的悲剧命运,正是由于梁山好汉忠义的品质,决定了他们是作为道义力量的代表,同时也决定了他们不会只满足于在山寨里寻求快活的人生状态。以宋江为首的梁山人马要千方百计地促成朝廷的招安,然后为国出力,保境安民,也为自己的人生找一个真正的归宿。但他们在此所努力追求的东西,却又是招致他们走向毁灭的东西。因为以高俅为首的奸贼们不允许他们招安与为国出力,而且就在梁山好汉招安后东征西讨,为国立下大功之时,高、蔡等人依然欺君罔上,百般陷害,并最终毒杀了宋江、卢俊义,从而使这伙好汉走向彻底的毁灭。最后作品在"煞曜罡星今已矣,谗臣贼子尚依然"的悲剧氛围中结束,尽管其中包含了"早知鸩毒埋黄泉,学取鸱夷泛钓船"的些许人生遗憾,但他们毕竟是道义上的胜利者,从而获得了"不须出处求真迹,却喜忠良作话头"的某种人生崇高感。至此,作者基本上完成了他的悲剧情节的构建。

说基本完成是由于本书所形成的悲剧效应与《三国演义》不大相同,如果说《三国演义》的悲剧性质是以蜀汉为代表的正义一方与曹魏为代表的奸邪一方的冲突的话,那么《水浒传》的悲剧除了有梁山忠义与高俅奸邪的外部冲突,同时还有忠义本身的矛盾与冲突,这使该书的悲剧内涵变得更为复杂。袁无涯本《水浒传》第五十五回有诗说:"忠为君王恨贼臣,义连兄弟且藏身。不因忠义心如一,安得团圆百八人。"在本书中,"忠"既指忠于君王,同时也包含替天行道以除奸邪和保境安民以报效国家;"义"的内涵则更为复杂,它既有仗义疏财、扶困济贫的侠义成分,更具有相互救助、四海一家的江湖义气。如果说忠更多体现了儒家伦理成分的话,义则带有更强烈的江湖野性色彩。作者将这两种并不相同的要素统合在水浒人物身上,就不能不形成既相互纠缠又相互矛盾的复杂格调。这在领袖人物宋江身上体现得最为充分。宋江本是郓城县押司,在其人格中既有忠孝的成分,又有义气的追求,这就形成了他的性格矛盾。在上梁山前,他为了江湖义气,担着血海似的干系,私自将官府缉捕生辰纲要犯的消息通报给晁盖诸人;但在杀死阎婆惜后,又因为要尽孝于老父,所以便到处躲藏而不愿上山落草。在上山后,他曾经试图调和忠与义的矛盾,一面用义来牵合李逵、武松等江湖好汉的野性,一面又用忠来满足朝廷降将的心理倾斜,从而使他成为大家都能接受的领袖人物。但在是否招安的问题上,此一矛盾便暴露无遗,于是他就不能不用强制的手段迫使义听从于忠。在招安后,他用征辽国、征方腊充分表现了自己的忠心,但眼见着众弟兄死于征战,却无法挽救他们的不幸命运。在作品的结尾,作者的确是想把宋江推向崇高的境界,当他让宋江说出"宁可朝廷负我,我忠心不负朝廷"时,可以说已接近悲剧的崇高,因为主人公为坚守自我人生信念与道德理想,不惜以生命为代价。但是,当他哄骗李逵也喝下致命的毒酒时,他是否能满足义呢?尽管李逵不曾埋怨他,可他自身是否感到为成就自己的忠心,却拿兄弟的生命做代价时,会有失崇高的感觉?更何况他所一直坚守的"忠",是否真的像他认为的那样具有价值?当他服毒身死之后,换来的却是"谗臣贼子尚依然"的结局,是否又给人一种上当受骗的感觉?所有这一切,都使小说的悲剧效应打了一定的折扣,从而呈现出复杂的色彩。可以说,忠义之间有时会构成一种相互引发的艺术张力,有时又会导致一种相互削弱的不良效果。

（二）真实的传奇英雄塑造与纯粹的白话艺术

《水浒传》人物塑造的成就历来被人们所称道，金圣叹曾说："别一部书看过一遍即休，独有《水浒传》，只是看不厌，无非他把一百八人的性格都写出来。"[1]（《读第五才子书法》）但本书的人物塑造又与《三国演义》有很大不同，如果说《三国演义》更留意人物性格的类型特征的话，《水浒传》则更重视人物的个性刻画，或者说它能够从类型当中显示出个性差别来。容与堂评本将此概括为"同而不同处有辨"，金圣叹则说得更清楚："《水浒传》只是写人粗鲁处，便有许多写法，如鲁达粗鲁是性急，史进粗鲁是少年任气，李逵粗鲁是蛮，武松粗鲁是豪杰不受羁靮，阮小七粗鲁是悲愤无处说，焦挺粗鲁是气质不好。"（《读第五才法》）正是由于对个性的重视，带来了本书人物塑造有别于《三国演义》的一系列新特征。

首先是传奇性与真实性的结合。《三国演义》塑造的大都是理想化英雄人物，《水浒传》也基本上以草莽英雄为主体，它写鲁达拔柳树的超人，写武松徒手打虎的壮举，写石秀跳楼救人的气概，写花荣箭无虚发的神奇等，都给人一种传奇的色彩。但作者在写这些时，又都不给人以虚假之感，都充满了个性的特色。这主要得力于作者将此种传奇行为置于真实的基础之上。这真实包括背景的真实与心理的真实两个方面。所谓背景真实，是说这些豪杰的传奇行为既不是在充满隐逸之气的深山，也不是令人望而生畏的古战场，而就发生在市井街头、酒店村庄，围绕他们的是类似于李小二夫妻、何九叔、潘金莲、西门庆、郓哥、牛二等市井细民。而且即使在写豪杰行为时，也往往是写极骇人之事而用极近人之笔，比如写武松打虎，先写他因酒醉而壮着胆子上岗，又写他得知有虎后因爱面子而硬着头皮上山，再写他发现老虎后慌乱中打折哨棒而不得不仓促徒手与虎相搏，最后写他打死老虎后用尽气力时又遇二虎时失声惊叫等。这些近人之笔使得打虎的传奇行为有了真实之感，并带有武松的打虎方式，从而与李逵的杀虎区别开来。所谓心理的真实是说人物的行为动机合乎人之常情。比如作者写鲁提辖拳打镇关西，的确是一件除恶扶善的侠义之举，但他在痛打郑屠时，又口口声声地说："洒家始投老种经略相公，做到关西五路廉访使，也不枉了叫作镇关西。你是个卖肉操刀的屠户，狗一般的人，也叫作镇关西！"在这愤愤不平的声调里，除了对郑屠欺压弱者的愤怒，也的确包含着冲撞镇关西名号的不平。而有了这不平，便使他的行为动机更加真实而不虚伪，从而也就有了更加真实的个性描绘。

---

[1] 孟美英.《水浒传》两种蒙译本的比较研究[D]. 兰州：西北民族大学，2007.

第六章　明代长篇小说研究

其次,在对个性的追求中,同时也就注意到了性格的矛盾与发展变化。比如宋江被金圣叹称为最难读的性格,正因为他是一个充满矛盾的个体,这已见于上述。但更重要的是作者还注意到人物性格的发展变化,而且这种发展变化又是紧紧与人物所处环境的改变结合在一起的。比如林冲在作品中出现时主要表现为忍气吞声的软弱,便是与他八十万禁军枪棒教头的地位与家有娇妻的环境分不开的,他为了保住这些,所以对高俅的陷害采取忍让的态度,只是到火烧草料场而希望彻底破灭时,才不得不杀仇人上梁山。火烧草料场后,作者在第十回曾写到这样一个情节:林冲一路奔逃,身寒肚饿,适巧碰到一伙看米囤的庄客,对方好意让他向火取暖,他却执意索酒吃,对方不肯,他便立时发作:

林冲怒道:"这厮们好无道理!"把手中枪看着块焰焰着的火柴头,望老庄家脸上只一挑将起来,又把枪去火炉里只一搅,那老庄家的髭须焰焰地烧着。众庄客都跳将起来。林冲把枪杆乱打,老庄家先走了。庄家们都动弹不得,被林冲赶打一顿,都走了。林冲道:"都走了,老爷快活吃酒!"

有家时的软弱忍让与绝望时的寻衅打人造成鲜明的对照,而正是由于这种变化,才有了后来火并王伦的声色俱厉。当然,在这变化的性格里,林冲也并未面目全非,而是原有性格的合理延伸。因为尽管林冲原来在环境的限制下不能不采取忍让的态度,但他毕竟具有豪杰的本色,所以才会时时发出"男子汉空有一身本事,不遇明主,屈沉在小人之下,受这般腌臜的气"的感叹,这正是他后来杀仇人上梁山的内在依据。在他性格转变后,忍让的个性也并未完全消失,只是发展为精细耐心而已,比如他刚上山时,曾受到王伦的种种刁难,却因力量单薄而不得不权且忍耐,而一旦晁盖诸人上山并与王伦产生矛盾时,他才当机立断,手刃王伦,所以金圣叹称赞他"熬得住,把得牢,做得彻"(《读第五才子书法》);在本书中,林冲的性格与任何其他梁山好汉都不重复,他有自身的生活经历、自身的内心世界、自身的个性色彩,而这样的形象在《三国演义》中是找不到的。

再次,由于对人物个性的重视,同时也带来了人物语言的个性化。金圣叹说:"《水浒传》并无之乎者也等字,一样人便还他一样说话。"既指出了本书语言个性化的成就,也揭示出它所采用的白话语体对于语言个性化的重要。像《三国演义》那样半文半白的语言形式,是不太可能在语言个性化方面达到很高水准的,《水浒传》因为来源于说话中的"小说"门类,从而使其语言更贴近日常口语,便于写出人物的不同语言特点。如对李逵初次见宋江的描写便极为精彩:

李逵看着宋江,问戴宗道:"哥哥,这黑汉子是谁?"戴宗对宋江笑道:"押司,你看这厮怎么粗鲁,全不识些体面!"李逵便道:"我问大哥,怎地是粗鲁?"戴宗道:"兄弟,你便请问这位官人是谁,便好,你倒却说'这黑汉子是谁'。这不是粗鲁,却是甚么?我且与你说知,这位仁兄便是闲常你要去投奔他的义士哥哥。"李逵道:"莫不是山东及时雨黑宋江?"戴宗喝道:"咄!你这厮敢如此犯上,直亨叫唤,全不识些高低!兀自不快下拜,等几时?"李逵道:"若真个是宋公明,我便下拜;若是闲人,我却拜甚鸟!节级哥哥不要瞒我拜了,你却笑我。"宋江便道:"我正是山东黑宋江。"李逵拍手叫道:"我那爷,你何不早说些个,也教铁牛欢喜!"扑翻身躯便拜。

这些接近口语而又经过提炼的文学语言,已经具有了很强的表现力。在三人的对话中,李逵之粗直爽快,戴宗之拘礼自高,宋江之虚怀大度,无不形神毕现跃然纸上。在读这些文字时,不用看名字,读者也能识别出是何人话语。

《水浒传》的语言不仅在对话中已取得很高的个性化成就,其叙述语言也已是成熟的白话文学语言。这主要表现在其具备口语化特征的同时,还是经过了锤炼的文学话语。在描绘人物行动时,作者决不随便下笔,而是挑选那些最富表现力的词语,力争取得形象生动、准确传神的效果,如在"鲁提辖拳打镇关西"一节,写作品中三人资助金氏父女时的动作,史进"去包裹里取出一锭十两银子",而"李忠去身边摸出二两来银子",鲁达嫌少,"把这二两银子丢还了李忠。"在此,作者决不随意用"拿"这种一般化的语言,而是分别用"取出""摸出""丢还"等词语,表现各人或豪爽、或小气、或急躁的神情与个性。在写景文字中,作者不仅做到了描绘如画的形象性,而且还具有某种程度的寓意与暗示功能,从而形成其独特的韵味和令人反复品味的厚重感。如"林教头风雪山神庙"一节写雪:"彤云密布,朔风渐起,却早纷纷扬扬卷下一天大雪来""那雪正下得紧","看那雪,到晚越下得紧了",从情节上讲,此处的反复写雪是为了后面林冲因天气寒冷而出去买酒,以及大雪压倒草屋而林冲躲过大火的需要。同时,它又静中寓动,突出了气氛的紧张与林冲心理的压迫感,所以鲁迅才会说:"那雪正下得紧","比大雪纷飞,多两个字,但那神韵却好地远了。"(《花边文学·大雪纷飞》)正是有了上述这些成功的人物形象塑造,千锤百炼的语言艺术,再加上情节的流畅生动,从而使得《水浒传》这部起源于说书场中的作品,最终成了中国古代小说中的经典性杰作。

二、明代的其他英雄传奇

《水浒传》自明代嘉靖年间流行之后,曾出现过数十个刊本,对当时许多题材的小说创作都产生过巨大影响,这也使它的门类归属产生了一些争议。

第六章 明代长篇小说研究

如孙楷第《中国通俗小说书目》从说话门类着眼,将其归入"公案"一门;而鲁迅《中国小说史略》则将其归入讲史,同时又认为它对清代的侠义小说影响巨大。但它对明代小说创作的最大影响,还在于对英雄传奇的创作。英雄传奇与历史演义不同,前者主要按历史顺序展开作品,构成情节,而后者则更关注人物的命运,围绕主要人物的经历与事迹来突出其性情与神采。

在明代中后期的英雄传奇创作中,以说唐、说岳与杨家将系列为最突出。说唐系列的主要作品有署名罗贯中的《隋唐两朝志传》、熊大木的《唐书志传》、褚圣邻的《大唐秦王词话》、袁于令的《隋史遗文》等。

(一)《北宋志传》

《北宋志传》,玉茗堂批点本题《杨家将传》,作者熊大木,字鳌蜂,号钟谷,福建建阳县人,生卒年不详。大约生活在嘉靖,万历年间,他是继罗贯中之后的明代通俗小说家,书坊主人,热心提倡通俗小说,并亲自动手编纂。他编纂刊行的通俗小说有《北宋志传》《唐书志传》《大宋演义中兴英烈传》等。

《北宋志传》写杨家将抗击辽兵的故事。杨家将抗辽是小说史上一个传统的题材,早在宋代就有民间说唱。罗烨《醉翁谈录》载有《杨令公》《五郎为僧》等名目,元代杂剧里有《谢金吾诈诉清风府》《昊天塔孟良盗骨》《杨六郎调兵破天阵》《焦光赞活捉萧天佑》等剧目。熊大木就是在这个基础上综合、加工、创造的,他使杨家将的故事定型化了。

《北宋志传》共五十回,按史书年月编纂。起于宋太祖再下河东,止于宋仁宗时。它通过杨业、杨延昭、杨宗保祖孙三代英勇抗辽的故事,热情赞颂了为国奋战、不怕牺牲的民族英雄,宣扬英雄主义和爱国主义精神。老英雄杨业,骁勇善战,智勇双全,威震四方,被称为"杨无敌"。救援遂城一仗,大败辽兵。陈家谷口一仗,他身负重围。奸臣潘仁美故意不发救兵,使他陷于绝境。他身负重伤,还亲手格杀了数十人,血染征袍。最后不得已头撞李陵碑壮烈牺牲。杨业死后,杨氏一门继承父志,同仇敌忾,不问男女老幼,前仆后继地争上战场。儿子杨延昭原先并无官职,自愿带两个妹妹赴晋阳破敌,后被封为高州节度使。潜入宋廷的奸细王钦对他多方陷害,他抗敌意志坚定,屡败辽兵,威震三关。杨宗保则是个年幼的小英雄,也立志为国建功立业,在桂英协同下,大破天门阵,使敌人全军瓦解。

书中还塑造了杨门巾帼英雄的群像,杨令婆、穆桂英等好武善战,艺盖天下,奋勇杀敌。特别是穆桂英,她"生有勇力,箭艺极精",会使三口飞刀,百发百中,连杨延昭、杨宗保、孟良等威名显赫的男将都不是她的对手。她们是中国古代小说里有数的武勇豪壮的妇女的典型。

书中孟良、焦赞的形象也颇为感人。他们原是占山为王的绿林好汉,被杨延昭收服,以后一心抗辽,建立了许多奇勋。孟良胆大心细、机智果敢。焦赞粗豪勇猛、嫉恶如仇。这两人的性格和事迹具有浓厚的民间传奇色彩,给后世小说以很大影响。书中还写了宋王朝内部的忠与奸的斗争,以八王、寇准为首的忠直之臣,是边关杨家将的坚强后盾,而以潘仁美、王饮为代表的卖国贼是祸国殃民的蛀虫,杨家将的灾星。忠奸斗争为杨家将的忠勇事迹提供了更为复杂的背景。

在艺术上,这本书是用浅近的文言写的,表达简练质朴,心理刻画、细节描写不多,着重用生动的情节和语言表现人物性格。

缺点是全书结构较松弛,有些情节不合情理。

明代还有一种情节与文字与《北宋志传》接近的《杨家府世代忠勇通俗演义》,简称《杨家府演义》,现存最早的本子刊于万历三十四年(公元1606年),题"秦淮墨客校阅,烟波钓叟参订"。据查秦淮墨客为纪振伦,字表华。

书中孟良盗骨一段是很感人的:杨延昭令孟良去幽州望乡台上盗杨令公之骨,焦赞听到了这个消息,也去幽州争功:

却说孟良星夜行到幽州。当日将近申时,扮作番人,竟到台边。只见有五六个守军喝曰:"汝是何人,来此乱走?"良曰:"前日太子归国,我等护送,未曾遣回,故来此各处消洒,何谓乱走?"守军信之,遂不提防。及至一更悄悄上台,果见一香木匣,盛着一副骸骨,孟良遂解下包袱,将木匣裹了,正背起来,不想焦赞躲在背后,一手拖住包袱,厉声曰:"谁在台上勾当!"孟良慌张,只道是捕缉之人,抽出利斧,望空劈去,正中焦赞脑门,嗖然气绝。

孟良背了包袱,走下台来,并未见些动静。自思捕缉,岂止一人?才闻声音,却似焦赞一般。送复上台,拨转尸看,大惊曰:"果是焦赞"。乃仰天叹曰:"今为本官干事,而伤本官干事之人,纵得骸骨归去,亦难赎此罪矣!"道罢,竟背包袱走到城边。时已三更,恰遇巡警军人提铃来到。孟良捉住问曰:"汝是哪里人氏?"巡军大惊,见孟良是南人说话,乃曰:"我非辽人,乃宋之屯戍,因犯军法,逃走过辽,充为巡军。"孟良亦见他是南人声音,遂曰:"汝肯还乡否?"巡军曰:"如何不肯还乡?只因无有盘费,淹留于此。"孟良自思,亦是本官之福,遇着此人。遂解下腰间银包,递与巡军,言曰:"我送汝一场富贵,今先将此几两银,与汝作路费还乡。汝直背此包袱,往汴京送入无佞府中,付与杨郡马,自有重谢。"……言罢,良将包袱交付,再三叮咛毕,忙忙回到望乡台上,背着焦赞尸首,出了城场。乃找出所佩之剑,连叫数声:"焦赞,焦赞,是我害汝性命,不须怨恨。我今相从汝于地下矣!"遂自刎而亡。可惜三关将士,双亡番北城坳。有诗为证:

昔奋雄威莫敢当,今朝为主继相亡。狼烽宁熄回头早,两个英雄梦一场。

有诗单赞孟良云:社稷悲雄剑,肝肠裂铁衣;误伤同伴侣,慷慨刎相随。

只此一斑可见全书艺术描写的全豹。拿它与《水浒传》相比,自然逊色得多。但它通过盗骨、自刎的情节,表现出了孟良的胆大心细和义重如山,焦赞的粗鲁天真也得到了反映。这些还是成功的。

(二)《大宋中兴通俗演义》

《大宋中兴通俗演义》也是熊大木编写,全书八卷八十则,刊行于嘉靖三十一年(公元 1552 年),是以描写岳飞英雄事迹为中心的英雄传奇小说。

南宋以来,岳飞的故事在人民群众中广泛流传,吴自牧《梦梁录》记载,南宋末的咸淳年间讲史艺人王六大夫就曾"敷演复华篇及中兴名将传,听者纷纷"。元明杂剧和传奇也有好多以岳飞事迹为题材的剧目,如《地藏王证东窗事犯》《秦太师东窗事犯》《宋大将岳飞精忠》《精忠记》《精忠旗》等。其中《精忠记》传奇长达三十五出,叙写岳飞大战金兀术、秦桧设计害死岳飞于风波亭、冥间勘问秦桧夫妻的故事。短篇白话小说中也有《游酆都胡母迪吟诗》的岳飞故事。《大宋中兴通俗演义》正是在前代传说故事的基础上,按"本传形状之实迹"编纂而成。

除此以外,余应鳌《大宋中兴岳王传》和邹元标《岳武穆王精忠传》等也是描写岳飞故事的。这些作品为说岳故事的创作提供了丰富的素材,为以后成功的创作奠定了基础。清初出现的钱采、金丰编写的《说岳全传》正是在上述几种说岳书的基础上加工创作的。

(三)《隋史遗文》

明末袁于令根据归本改编的《隋史遗文》刊行于崇祯六年(公元 1633 年),是明朝说唐故事中较好的一部。袁于令字令昭,号箨庵,吴县人,约卒于 1674 年。

说唐故事由来已久。《梦梁录》记载,唐代开国故事,在宋代的勾栏瓦舍里就有艺人在讲述了。元明杂剧剧目则有《徐茂公智降秦叔宝》《长安城四马投唐》《程咬金斧劈老君堂》《尉迟恭鞭打单雄信》《尉迟恭单鞭夺槊》《尉迟恭三夺槊》《介休县敬德降唐》《尉迟恭病立小秦王》《功臣宴敬德不服老》等。明代罗贯中也曾在前人的基础上编写了《隋唐两朝志传》。熊大木也编写过《唐书志传通俗演义》,此外,还有无名氏的《隋炀帝艳史》等。

《隋史遗文》就是在继承前代说唐故事成果的基础上写成,但它还不是说唐故事的终极。清人褚人获的《隋唐演义》和《说唐全传》更在它的基础上,加工创作而成。但是,《隋史遗文》在说唐故事的演变中还是起了极为重要的作用,它不再以隋炀帝、唐太宗等帝王为中心人物,而是以秦琼、程咬金、单雄信、罗士信等"乱世英雄"为中心人物。这标志着说唐故事演变到英雄传奇的新阶段。

本书共12卷60回,其所写重点不在全面演述历史,而在叙写传奇英雄的奇情侠气、遗韵英风,故而书中所写"十之七皆史所未备者"。构成作品主旨的是所谓"义",具体讲也就是侠义与信义。尤其是知恩必报的朋友义气,更是全书叙述的重点。其中贯穿全书的主要是英雄秦琼的一生功业,作者将勇将、义士、侠客、清官与孝子诸要素集于其一身,并围绕着"重义如山"此一性格核心而展开。他路见不平即拔刀相助,在潞州公干途中救助唐公,不留姓名而去;他疾恶如仇,容不得宇文公子抢掠民间女子、妄杀无辜;他是非分明,看不惯麻叔谋残暴贪婪行为,毅然辞职回家等,颇有水浒好汉的豪侠气质。尤其是在劫银杠一事中,充分表现出他为朋友两肋插刀的过人义气。秦琼奉命去缉捕劫银杠的盗贼,可这盗贼恰恰就有他自幼的患难兄弟程咬金。当程咬金闻知秦琼因缉捕不力而受罚时,便主动承认是自己劫了银杠,并让秦琼把自己交给官府。面对此种情形,许多豪杰,个个如痴,并无一言。此刻,只见秦琼将捕批"豁地一声,双手扯得粉碎"。至此,一个顶天立地的大丈夫形象便站立在读者面前。

除秦琼外,其他英雄的形象也颇为动人,如单雄信的任侠好义,尉迟恭的粗鲁直率,程咬金的见义勇为而又颇具喜剧色彩,罗成的武艺超群而又充满孩童稚气等,都能给读者留下较深的印象,并能从他们身上发现水浒好汉的种种特征。尽管本书艺术上还略显粗糙,文学成就远不能与《水浒传》相比,但在民间依然甚为流行。

(四)《英烈传》

《英烈传》和《续英烈传》是家喻户晓、流传甚广的优秀历史演义小说。

《英烈传》的作者过去曾有郭勋、徐渭和空谷道人等多种说法,但据很多学者考证,这些说法难以令人信服,目前尚无资料证明。很有可能因为此书在屡遭禁毁中多有改动,先后有多人参与编次梳序。所以此书的真正作者始终是个谜,今人大多认为是明代无名氏。

《英烈传》是由当时民间流传的故事改编而成的,又名《皇明英烈传》《洪武全传》《皇明开运英武传》等,属章回体小说。其中,《英烈传》中描写的是元顺帝荒淫失政,各地起义兴兵反元。青年朱元璋结交天下英雄,加入义军后在众豪杰的辅佐下,推翻元朝,建立大明,自称太祖皇帝。小说围绕朱元璋的人生经历,用大量夸张虚构的描写,生动地塑造了一批英雄贤士的形象,如常遇春、胡大海、花云、徐达、沐英、刘伯温、郭英、汤和、邓愈、朱亮祖等人物。

　　作者文采斐然,将人物形象刻画得惟妙惟肖、活灵活现、深入人心。至今许多广为流行的鼓书、评话等曲艺作品,以及在舞台上屡演不衰的系列戏剧都是根据《英烈传》加工改编而成的。

　　《英烈传》的情节架构来自演义小说,细节描写来自民间传说和野史。书中为吸引读者夹杂了不少迷信和神怪的内容,但全书的主要情节还是依据历史事实架构而成的。这部书在清代因被视为邪端异说、含有反清复明内容而遭禁,当时凡写明代的史书无论正野稗奇通通严加禁止,一经发现即被销毁。《英烈传》能在这一背景下流传至今实属不易。

　　同时这部小说宣扬了一种天人感应的宿命论思想,诸多神话传说的铺垫,使全书充满了神秘主义色彩。虽然《英烈传》在中国文学史上地位不高,但在民间因迎合了市井平民的口味却颇为流行,尤其是对后世的戏曲、曲艺影响颇大。

　　除以上几个系列外,尚有演义于谦忠心报国事迹的《于少保萃忠演义》,以及与神魔题材相结合的《禅真遗史》,就其主导倾向而言,也均可归之于英雄传奇的范畴。自《水浒传》开始,这类作品形成了一些共同的特征,如在内容上均以领美忠义勇武为核心,在艺术上注重对豪侠英雄形象的刻画,其中许多人物性格还有一定程度的继承沿袭性,如李逵、程咬金、焦赞、牛皋等,都具有粗豪蛮勇且不乏喜剧色彩的性格特征,成为普通百姓十分喜爱的形象。

第四节　《西游记》与神魔小说

一、《西游记》

　　神魔小说元末明初即有罗贯中《三遂平妖传》,但影响不大,成就不高。这类小说成就最高的是创作于嘉靖年间的《西游记》。作者吴承恩(公元约1500—1582年),先世江苏涟水人,后徙淮安。他自幼聪敏,博览群书,阅读过大量的野史稗编,受到民间文学的积极影响。早年曾希望以科举进身,然而屡试不中,中年以后才补为岁贡生。曾任品级很低的长兴县丞和荆府纪善,晚年归居乡里,放浪诗酒,贫老以终。《西游记》创作年代不可确考,一般认为是嘉靖年间。

　　《西游记》敷演唐僧取经故事,是在历史记载、民间传说和宋元讲经话本的基础上创作而成。全书内容可分为三个部分：第一回至第七回，写孙悟空的出身和大闹天宫；第八回至十二回，写唐僧身世、魏征斩龙、唐太宗入冥，交代取经缘由；十三回至一百回，写孙悟空皈依佛门，和猪八戒、沙和尚一起保护唐僧西天取经，一路斩妖除魔，历经八十一难，终于取得真经，自己也成正果。唐僧取经本是一个真实的历史事件，唐贞观三年（公元629年），僧人玄奘为追求佛教真义，不顾朝廷禁令而西行求经，其间经历百余国，费时17载，终于至天竺取回佛经657部，从而成为中外文化交流史上的一个壮举。回国后，曾由玄奘口述、其门徒辨机辑录，撰成《大唐西域记》以记录此次西行的见闻。稍后，其门徒慧立、彦琮又撰《大唐大慈恩寺三藏法师传》一书，来颂扬师父的求佛之功。此二书虽均以记事实为主，但已出现许多异域自然风光及神奇传说。而且随着时间的推移，取经故事的神奇色彩也越来越浓。

到了宋代，取经故事开始发生较大的变异，甘肃安西榆林石窟所保存的六幅西夏壁画（雕刻时间相当于北宋末南宋初），取经成员中已有猴子模样者加入；南宋诗人刘克庄在其《释老六言》一诗中，已有"取经烦猴行者"的说法。这些传说最终被说话艺人所吸收，从而留下了《大唐三藏取经诗话》这样一个话本。该话本共有17节文字（现存缺第一节），行文保留着韵散结合的说唱形式。从章回小说体例的形成看，这是最早的一个分为章节的话本，也可以说是中国最初的章回小说形式。从《西游记》的成书看，它有三方面的意义：一是将历史事实明显地神魔化，二是勾画出取经主要成员猴行者的基本形象，三是安排了取经遇险的基本行程。但其立意仍在于宣扬佛法无边，取经成员也还没有猪八戒与沙和尚。

在元代，取经故事进一步得到发展，其中最明显的一点是取经成员已经完备。在元末明初人杨景贤所作杂剧《西游记》中，已出现了八戒与沙僧的形象，而现存元代磁枕上所绘的四人取经图，则更说明取经故事及其人员构成已深入民间。更可注目的是，在元代极可能已经产生过一部具有相当规模的《西游记平话》。因为在成书于明代永乐年间（公元1403—1424年）的《永乐大典》卷13139"送"韵"梦"字条，便引用了取自《西游记》的"梦斩泾河龙"一段文字，其内容相当于现存世德堂《西游记》的第9回；还有成书于1423年的古代朝鲜汉语读本《朴通事谚解》中，收录了"车迟国斗圣"的文字，也与世德堂本第46回的情节颇为相似。另外，从该书的八条注文中，可以得知其主要情节已与后来的《西游记》基本相同，取经队伍的主要成员孙行者的出身经历也与后来的大致相似。这些情形使我们相信，在元末明初时很可能有某位文人对取经故事进行了全面的整理加工，创作了一部类似于原本《三国志通俗演义》或原本《水浒传》那样的小说作品。

第六章　明代长篇小说研究

《西游记》的再次加工创作是在明代中期,其作者一般认为是吴承恩(约公元1500—1582年),他字汝忠,号射阳山人,淮安山阳(今江苏淮安)人,虽有文名,但屡试不第,40余岁时始补岁贡生。有《射阳先生存稿》四卷。但这种看法目前学术界还存在着较大争议。因为现存的明代百回本《西游记》均不题撰人,直到清初刊刻《西游证道书》时,才说是元代道士丘处机作。至20世纪20年代,经胡适、鲁迅等学者考证,才认定是吴承恩所作,后来几乎成为学术界的定论。但其中仍是存在漏洞的,因为胡、鲁二人所依据的最直接材料是明代天启年间撰修的《淮安府志》,其中在卷十九《艺文志一》说:"吴承恩《射阳集》四册口卷,《春秋列传序》,《西游记》。"后来清代乾隆年间的吴玉搢在《山阳志遗》中,根据天启《淮安府志》的记载与小说中所使用的淮安方言,提出吴承恩为《西游记》作者,并得到其乡人阮葵生、丁晏等人的响应。但其中的疑点是,在封建社会官方所修方志中,历来不收通俗小说,《淮安府志》是否是个例外,这必须加以考明,何况志中并没有直接指出此《西游记》乃是章回小说。在清初黄虞稷所撰的《千顷堂书目》卷八史部地理类中,曾有如下的著录:"唐鹤征《南游记》三卷,吴承恩《西游记》,沈明臣《四明山游籍》一卷。"这显然是将吴氏的《西游记》作为地理类的游记加以著录的。[①] 因此,在当前的国内外学术界,很多学者都对吴承恩的《西游记》著作权提出了质疑。尽管目前在没有更有力材料出现的情况下,权且将吴承恩作为本书的作者,但必须清楚此一说法是有争议的。无论作者是谁,他肯定是明代中期以后的一位文人,他对《西游记》的最大改造是喜剧色彩的增强和对明代社会弊端的讽刺这两个方面。

关于《西游记》的版本,在明代曾有繁本与简本两个系统存世。现存最早的繁本是金陵世德堂刊于万历二十年的《新刻出像官板大字西游记》,共20卷100回,其中没有专叙玄奘出身的一节文字,其他明刊本也都无此文字。直到清初汪象旭、黄周星评刻的《西游证道书》中,才插进了"陈光蕊赴任逢灾江流儿复仇报本"作为第九回,然后将原第九、十、十一回合并为第十、十一两回文字,后来的本子便大都据此而刻。明代的《西游记》简本主要有刻于万历年间的朱鼎臣《唐三藏西游释厄传》与杨致和《西游记传》,其文字较繁本粗糙简略。至于繁本与简本的先后继承关系,目前学术界还存在着争议,但一般认为简本是由繁本删节而成的。

《西游记》作为浪漫主义叙事文学,主要通过神魔英雄孙悟空形象的塑造体现出其浪漫主义精神。他经过一条"美猴王"——"齐天大圣"——"斗战胜佛"的性格发展道路。孙悟空破石而生,"不伏麒麟辖,不伏凤凰管,又

[①] 左东岭.从知识型阅读到研究型阅读[J].读书,2017(05):66-74.

不伏人间王位所约束"。他学会了高超的本领,学会了七十二变,一个跟头十万八千里。收复水帘洞后他勇闯龙宫,大闹地府,三上天宫。作者着力渲染孙悟空出世的奇特和非凡的本领:施法术,从傲来国盗取兵器;闯龙宫,强硬索取金箍棒;闹地府,一笔勾销生死簿上猴属的名字。这个美猴王在花果山上自由自在,无拘无束。作者在某种程度上张扬了自由的个性。孙悟空打乱了三界的秩序,龙王、阎王上告天庭,玉帝兴师讨伐,孙悟空奋力反击,败巨灵,伤哪吒,拒天王,把天兵天将打得落花流水,狼狈不堪。天宫的统治者忧心忡忡,太白金星建议玉帝招他上天封作弼马温,玉帝只好再设骗局,降旨招安。孙悟空第一次上天宫拜见玉帝时,不仅不拜伏参见,还自称为"老孙"。面对天宫中的最高统治者,他桀骜不驯,毫不把封建传统的礼节放在眼中。他如此大胆叛逆的行为,在众神仙看来是极其违背朝纲的,认为他即将大祸临头"该死,该死了"。玉帝请孙悟空上天宫后,仅仅安排他做了个最为末流的弼马温。孙悟空弄清楚弼马温是个微不足道的官衔之后,他不禁勃然大怒:"老孙有无穷的本事,为何教我替他养马",深感玉帝藐视他的存在,自身的"天生圣人"的个人价值并没有得到认可,个人尊严受到了严重的羞辱。于是,打出南天门,愤然离去,回到花果山自封了个"齐天大圣"的称号,打算以此与玉帝分庭抗礼,平起平坐。玉皇大帝派重兵到花果山前去围剿,结果大败而归。玉帝只好依他给了个有官名无俸禄的"齐天大圣"的空头称号,让他代管蟠桃园。王母娘娘在瑶池设办蟠桃盛宴却没有安排他的位置,他认为再次上当受骗,终于忍无可忍,在天宫里闹腾个天昏地暗后,再次回到了花果山上,兴致勃勃、眉飞色舞地向手下讲述自己在天庭中的战绩。

　　孙悟空得知王母娘娘并没打算请他参加蟠桃大会后,再次识破玉帝巧设齐天大圣官衔的诡计,一叛再叛。他先定住了七仙女,戏弄了赤脚大仙,饮尽了玉液琼浆,吃尽了八珍百味,闹得王母娘娘的蟠桃盛宴开办不成;吃完了太上老君的九转金丹,使太上老君为玉帝准备的丹元大会举行不成。这些都反映出他要求个人的权力与地位、人格和尊严得到尊重的强烈愿望。在花果山,孙悟空从没有高人一等、高高在上的感觉,他曾对六弟兄说:"小弟既称齐天大圣,你们亦可以大圣称之。"在天庭封称齐天大圣之后,他无事闲游,广交天上重尉星宿,不论高低,都把他们当成自己的知心朋友。第二次反出天庭后,他遗憾众手下没有尝过天庭的玉液琼浆,不能同享长生不老,不惜冒着危险再次潜入瑶池宫阙,设法偷回琼汁佳酿分与他人共享,在花果山开了个热闹非凡的"仙酒会"。这些都说明,他没有森严的等级观念,向往追求的是公道、平等、自由的生活。玉帝恼羞成怒,再次派兵围剿。孙悟空与他们展开了大决战,十万天兵天将也奈他不得,个个都败下阵来。孙

第六章 明代长篇小说研究

悟空愈战愈勇,所向披靡,直打得那"九曜星闭门闭户,四天王无影无形"。玉帝手足无措,只好请来如来佛救驾。这些平时被称作"神通广大,法力无边"的天界大罗金仙,在齐天大圣面前,人人手忙脚乱,七颠八倒,变成了抱头鼠窜的无能小辈。

孙悟空是作者理想化的英雄形象,他坚强勇敢、刚毅乐观、傲岸不屈,大闹天宫是他性格最光辉的表现。他蔑视一切权威和封建势力,诅咒观音一世无夫,嘲笑佛祖弥勒,讽刺太上老君。他一再要求玉帝让出天宫,敢说"强者为尊该让我,英雄只此敢争先","皇帝轮流做,明年到我家";如果玉帝不让,"定要搅攘,永不清平"。这是何等气魄!他否定了天庭神权统治的合理性和永恒性,实际上这是对"君君臣臣"封建观念及封建君主制所发出的大胆质疑和抨击。从中我们可以得知,孙悟空并不是想篡夺帝位,这也不是一时的愤慨之言,而是他对天庭最高统治者的蔑视和反抗。他一再大闹天宫不是早蓄异志,也不是有意要对以玉皇大帝为代表的封建统治秩序发难,而是一再受到天庭的欺骗所逼迫出来的。他希望凭借个人的能力自由地实现自我价值的强烈愿望,正是整个明代个性解放思潮、人生价值观念转向的生动反映。显然,作者也并不希望用孙悟空这个人物形象,去彻底否定整个宗法等级制度,当孙悟空被认为是"倒行逆施、欺天罔上"的时候,作者让西天如来、东海观音、太上老君和天上宫廷联手对他进行镇压,最终让如来佛祖用计将他压在五行山下。这就反映出维护封建等级社会的思想是根深蒂固的,人身的自由、个人的尊严、个性的解放,都只能在适度范围内进行,在当时现实的环境中不可能彻底实现。这也说明在当时的社会斗争中,弱小的新生力量和强大的旧势力之间斗争的结局必将是悲剧性的。正如恩格斯的一个经典论述所言,是"历史的必然要求和这个要求的实际上不可能实现之间的悲剧性的冲突"。所谓"历史的必然要求",是说悲剧人物的行动和要求在一定程度上是合理的,是符合历史发展方向的,他们的生命是具有积极意义的,是应该给以肯定和得以实现的;但是这种符合历史发展方向的、具有合理性的行动和要求,却不可能实现,因而使人物遭受巨大不幸,甚至毁灭了他们的生命。[①] 这样的冲突就造成了悲剧,也预示着封建社会人民斗争失败的历史悲剧,流露出封建皇权神圣不可侵犯的思想,反映出作者思想观点的局限性。但作者以浪漫主义的艺术手法,塑造出了一个狂放不羁、桀骜不驯、不甘人下的光彩照人的悲剧英雄形象,揭露天庭统治者的腐朽昏庸。孙悟空虽然胆识过人,本领超人,但由于缺乏斗争经验和斗争策略,在强大

---

① 尚子轩.生对于死的悲剧超越——论《一年十三个月》中法斯宾德的审美智慧[J].大众文艺,2010(09):66-67.

的旧势力面前难免失败。然而,决战的失败并不等于整个斗争的失败,统治者不得不重新调整统治策略,做一些"度亡脱苦"的事情,给人民一个休养生息的环境,以保持其统治的稳定。

孙悟空大闹天宫以失败而告终,被如来收服,在五行山下被镇压了五百年;后来经过观音的规劝,拜前去西天取经的唐僧为师傅,皈依佛门,同往西天取经。此时的他已经不再是一个离经叛道者的形象了,而是一个头戴紧箍咒,身穿虎皮裙,专为人间扫除妖魔鬼怪的英雄豪杰。孙悟空与妖魔鬼怪之间的斗争,构成了正义与邪恶、光明与黑暗的斗争,这与他大闹天宫反抗神权统治的斗争相比,在本质上是一致的。他反抗叛逆的个性在新的环境和条件下得到了更为深厚广阔的发展。作者从另一个角度,讴歌他坚强不屈的意志和积极向上的战斗精神。

总之,作者以现实生活为基础,立足于民族文化,汲取外来文化的营养,以丰富奇特的艺术想象,突破时空,突破人、神、物的界限,创造出了一个光怪陆离、神异奇幻的神话世界。作者在塑造人物形象时做到了物性、神性、人性的完整统一。孙悟空本身具有猴子的伶俐、机敏、爱动等习性,长得也是一副毛脸雷公嘴的猴相,但是,他不仅是一只神猴,还是人们心目中理想的人间英雄。他有勇有谋、坚忍不拔、百折不挠,但又心高气傲,争胜好强,容易冲动,喜爱捉弄人,本身又有凡人的缺点。一只石猴经过神化和人化后,达到了幻中有真的典型形象的高度。而此神话又情节离奇曲折,想象丰富奇特,语言生动活泼,文笔幽默诙谐,具有相当高的艺术水准。

(一)追求神圣与留恋世俗

在对《西游记》的理解上,历来存在着深意寄托与游戏谐谑二说的分歧。在明清两代,占主导地位的是深意寄托的观点。最早表达这种观点的是明人陈元之,他在《西游记序》中称"此其书直寓言者哉",并解释说:"彼以为浊世不可以庄语也,故委蛇以浮世。委蛇不可以为教也,故微言以中道理。道之言不可以入俗也,故浪谑笑虐以恣肆。笑谑不可以见世也,故流连比类以明意。"[1]至于所寓之意是什么,同时人谢肇淛曾如此说:"《西游记》曼衍虚诞,而其纵横变化,以猿为心之神,以猪为意之驰,其始之放纵,上天下地,莫能禁制,而归于紧箍一咒,能使心猿驯伏,至死靡他,盖亦求放心之喻,非浪作也。"[2]"求放心"本是孟子的提法,"放心"即放纵之心,"求放心"便是收束自我放纵之心以归于道德良知之意。清代学者继续顺着这条思路来解读该

---

[1] 王平. 论《西游记》的原旨与接受[J]. 东岳论丛,2003(05):89-93.
[2] 房玉柱,马慧娜.《西游记》的心学美学研究[J]. 名作欣赏,2014(03):84-87.

书,或以为劝学,或以为论禅,或以为讲道,总之要从中寻找出微言大义来。但进入20世纪后,对本书的认识有了较大改变,首先提出否定意见的是胡适,他认为明清两代学者寻找微言大义的做法都是胡说,都是该书的"大仇敌",并认定"这部《西游记》至多不过是一部很有趣味的滑稽小说、神话小说;他并没有什么微妙的意思,他至多不过一点爱骂人的玩世主义"。(《西游记考证》)鲁迅大致同意胡适的看法,指出"此书则实出于游戏"(鲁迅《中国小说史略》第十七篇)。但他同时又指出,"假欲勉求大旨",则上述所引谢肇淛的几句话已经足够了。20世纪50年代以来尽管又产生过反映农民起义说、破心中贼说、市民说等几种新说法,但仍然没有超出寻找微言大义的思路,同时大多数学者也都承认本书游戏的喜剧特征。可见,要真正认识本书的主旨,必须在寓意寄托与游戏谐谑这二者之间进行思考。《西游记》所包含的一层重要思想内涵是对神圣事业坚忍不拔的追求精神。明清时许多评点家将本书归之于或儒或道或佛等教义的宣扬,当然是近于胶柱鼓瑟。但如果把书中所写的取经事业视为一种文学的象征,即对于一项神圣事业的不懈追求,那显然是作品客观存在的。要取得神圣事业的成功,除了须克服种种外在的艰难险阻(在书中也就是阻挡西天路途的各种妖魔鬼怪),更重要的是坚定自我的意志(在书中体现为心性的修炼)。而心性修炼正是封建社会后期儒释道三家所共同重视的核心,因而心性修炼也就成为贯穿取经全过程的重要线索。在作品中最常提起的经典便是佛教的《般若心经》,第十九回更将其称为"修真之总经,作佛之会门",而《心经》的要义便在于破除眼、耳、鼻、舌、身、意这"六尘"或者说"六贼",从而达到心无挂碍的"五蕴皆空"境界。这种排除杂念而自悟心性的思想在许多章节都得到过反复的回应,如唐僧在西行首站法门寺,听到众僧谈及西行取经艰难无比时,便闭口不言,"但以手指心,点头儿度",然后说:"心生,种种魔生;心灭,种种魔灭"。第22回所遇到的六位剪径大王,名字竟是眼看喜、耳听怒、鼻嗅香、舌尝思、意见欲和身本忧,其隐喻破除"六贼"的含义非常明显。第24回悟空回答唐僧几时方能到西天时说:"你自小时走到老,老了再小,老小千番也还难。只要你见性志诚,念念回首处,即是灵山。"说的也是明心见性的道理。因此可以说,师徒四人的西天取经,就是一个去除自身六贼的过程。要想求得正果,外在的妖魔固然可怕,而内心的俗念牵挂更可怕,所以必须抛弃尘世的诱惑与欲望的干扰。猪八戒在取经途中之所以最不坚定,就是因为凡心太重而经不起种种物欲的诱惑。从此一角度讲,求经就是识心,克服险阻就是炼性,正如第85回悟空解释《心经》所说:"佛在灵山莫远求,灵山只在汝心头。人人有个灵山塔,好向灵山塔下修。"[1]本书所显示的事业成功不仅是经书的取得,更由于通过艰难的修炼而最终达到了生命的辉煌。

　　如果从心性修炼的角度看,孙悟空从大闹天宫到辅佐唐僧取经便是一个合乎情理的必然转换。从正面意义说,取经需要超凡的勇力与坚定的信念,则大闹天宫正是勇力的充分展现。从负面意义说,大闹天宫又可以被视为野性的表现与生命力的无目的宣泄。关于猴行者的原型,鲁迅认为是出于唐人李公佐《古岳渎经》的淮涡水神无支祁,胡适则认为出于印度史诗《罗摩衍那》中的猴子国大将哈曼奴,但无论如何,这猴子原本是个带有妖气的角色。直到杨景贤《西游记》杂剧中,这猴子还说"金鼎国女子我为妻",甚至还想过要吃掉唐僧这胖和尚,而淫妇女与吃人肉恰是妖魔的两大特征。到明中叶再次改作该书时,由于受到当时思想界松动、文人追求自我个性舒展的风气影响,将孙悟空的妖气统统删去,只让他追求平等自由、超越生死的个性得以充分展开,于是塑造出一位天地不怕的美猴王形象。向往自由当然是值得肯定的,但自由并不是撒野,它应该为实现更高的理想而受到一定的限制。西天取经可以说正是对理想信念百折不挠的追求,它所显示的乃是生命成熟的境界,并寻找到了生命的真正归宿。观音菩萨戴在孙悟空头上的那个紧箍,可以有种种不同的解释,但按照心性修炼的思路,它乃是对于野性的限制,是收束放纵之心的理性控制,有了它便可"心猿归正",由一个翻江倒海的野神转化成追求功果的真神。孙悟空从撒野到终成正果,既是演述取经故事的需要,同时也体现了一个人完整的生命历程。正是在此一层面上,《西游记》拥有了一种追求终极关怀的宗教神圣感。

　　《西游记》所包含的另一层面的思想是对世俗生活的关注。尽管本书蕴含着对神圣事业的追求精神,但它毕竟不是哲学讲义而是具有审美功能的长篇小说,正如陈元之所说:"道之言不可以入俗也,故浪谑笑虐以恣肆。"也就是说作者是采用喜剧的笔调来表现其意旨的。这就牵涉到作者的另一旨趣,即对世俗生活的倾心。如果仅仅为展现孙悟空的英雄出身及勇力,他没有必要用整整7回篇幅来写其大闹天宫。他用生花的妙笔写悟空的寻龙王索兵器、赴阴曹消生死、闹天宫争帝位,是何等的令人开心又令人振奋,那里边分明寄托着作者对于自由的向往与对生命活力宣泄的渴望。尽管后来悟空皈依了佛门而保唐僧西天取经,却并未收敛活泼的个性,他除了逢人便炫耀自己大闹天宫的英雄经历外,对玉皇大帝、如来佛祖、太上老君、观音菩萨等神圣依然没有任何虔诚的表现,顽皮撒泼依然是其性情。除却头上多了一道紧箍之外,他依然充满了野气与灵性。作者对八戒的态度更为微妙。

---

[1] 房玉柱,马慧娜.《西游记》的心学美学研究[J].名作欣赏,2014(03):84-87.

第六章　明代长篇小说研究

他对这位猪长老的俗情难断当然是持揶揄之态的,但同时也在这个人物身上写出了人类的食色之欲是如何地难以去除。贪图口福与垂涎女色是八戒的顽症,在取经途中他为此经历过菩萨的考验,也常常因此而上妖魔的圈套,可尽管吃尽了苦头,他却始终没有太大的改观,直到第九十五回,太阴星君与霓裳仙子为揭露一位假公主而下临凡世,面对这位曾使自己动情而又因之被贬下凡世的霓裳仙子。猪八戒动了欲心,忍不住,跳在空中,把霓裳仙子抱住道:"姐姐,我与你是旧相识,我和你耍子儿去也。"行者上前,揪着八戒,打了两掌,骂道:"你这个村泼呆子!此是甚么去处,敢动淫心!"八戒道:"拉闲撒闷耍子而已!"

取经事业是神圣的,同时又是枯燥沉闷的。唐僧是圣洁的,但又是迂腐而缺乏情趣的。世俗生活是平庸的,同时又是充满诱惑力的。你可以说身陷俗欲是沉沦,可八戒却自甘于沉沦。即使他主观上不甘于沉沦,可骨子里的情欲还是一不留神便要透露出来。直到取经成功时,八戒还是被封了个净坛使者,依然离不开那令他心醉的口福之乐。

在本书中,西天取经的理想追求与世俗层面的野性凡情形成了对立共构的两极,并产生了相互引发的艺术张力。西天取经的理想追求象征着人生的神圣境界,人们必须经过艰苦的意志磨练与坚忍不拔的不懈努力才能达到这理想的境界。从此一角度,作者必须限制悟空的野性并批评八戒陷入情欲而不能自拔的凡庸世俗。但野性俗情又是与生俱来的基本人生需求,它构成了人生的情趣与魅力。从此一角度,作者又批评了宗教生活的沉闷寡味与诸般神圣的迂执刻板、不通情理。这种矛盾的现象其实体现了明代中后期部分文人的心态,五光十色的都市生活与开放活跃的思想领域已经鼓动起他们追求放任自由生活的情趣,从而形成了他们有别于明代前期士人的滑稽放荡、无拘无束的个性。但儒者的身份又使他们保持着固有的认真执着,从而没有失去对理想境界的追求与渴望。这种既重理想又重现实的双重品格,显示出《西游记》从《三国演义》《水浒传》专写理想到《金瓶梅》的转向写实的过渡特征。

(二)人物塑造及其喜剧特征

《西游记》作为一部神魔小说,向读者展现了一个奇丽变幻的艺术世界,具有独特的审美趣味。就其所写取经过程看,具有史诗的崇高与英雄传奇的豪壮;但作者又加入了大量的世俗描写与诙谐笔调,这便又将前者形成的神圣感消解在喜剧的气氛中,从而构成其亦庄亦谐、滑稽幽默的艺术风格。同时,作者又能将奇幻与真实结合起来,"虽述变幻恍惚之事,亦每杂解颐之言,使神魔皆有人情,精魅亦通世故,而玩世不恭之意寓焉"(鲁迅《中国小说史略》第十七篇)。这又使其游戏滑稽不至流于肤浅,而是寄托着作者对世态人情的关注讽喻。这些特征最突出地体现在其人物塑造与喜剧特征上。

本书在人物形象塑造上所体现的神魔小说特点,主要是物性、神性与人性的有机融合。所谓物性是指神魔形象中所表现出的动、植物形貌与习性,他们往往给读者一种滑稽有趣的喜剧特征。但他们又不是一般的动、植物,而是带有各种神奇性的精灵鬼魅,所以往往给人以奇幻的印象。但尽管这些精魅在形体上能够变化出奇,在本领上能够神通广大,却又始终不离人的性情,这又给人一种真实可信、和蔼可亲的感觉。例如猴子身份的孙悟空,他不仅长着一副毛脸雷公嘴,而且还有猴子机敏乖巧、调皮好动的习性。但他又是一个神通广大的神猴,会72番变化,一个筋斗云便是十万八千里。可万变不离其宗,变了庙宇尾巴没处放,不得不竖在庙宇的后面。他又是个人情味十足的形象,既有人的优点,如机智勇敢、坚忍不拔、积极乐观、无私无畏等,也有人的缺点,如心高气傲、争强好胜、喜听好话、善捉弄人等。因此他给人的是奇特、真实与可笑的复杂综合感觉。而八戒在猪外形、天蓬元帅与自私贪婪的组合上,更体现出神、人与物的奇妙组合特征。

本书在人物塑造上作为神魔小说的另一特点是更贴近真实的审美判断。尽管作品在总体上将人物分为神与魔两方,但又不像《三国》与《水浒》那样正反好坏泾渭分明,这大概是由于神魔不是直接面对现实,可以在审美判断上进行远距离的观照,从而使作者采取了更为客观的态度。他写妖魔,固然不放过其吃人肉等为祸一方的劣迹,同时也兼顾其通世故、解人情的可爱可亲之处。写唐僧,既突出其慈悲为怀、仁义为本的品德与坚忍不拔的取经意志,同时又处处表现其对妖魔行慈悲讲仁义的迂腐可笑,以及遇到困难时因手无缚鸡之力而一筹莫展的无能。尤其是对八戒的刻画更为精彩,这位猪长老几乎浑身都是缺点,举凡懒惰贪馋、好利好色、嫉贤妒能、撒谎骗人等。他虽号为"八戒",其实却无一戒,做了和尚还想媳妇,看到年轻俊俏的女子便心生邪念。他干事讲条件,凡对自己没有好处的一律缺乏积极性,悟空要让他去救乌鸡国国王,便只好说是去偷宝贝,他便有言在先:"偷了宝贝,降了妖精,我却不耐烦甚么小家罕气的分宝贝,我就要了。"他还喜欢拨弄是非,挑拨心慈耳软的师父念紧箍咒,去发泄自己对猴子的不满。但作者对八戒的批评只是善意的揶揄,写他虽好偷懒贪睡,却反倒最受辛苦;好使乖弄巧,却反倒总弄巧成拙;好财货女色,却反倒常尴尬被嘲。比如第三十二回师徒四人路过平顶山,八戒被悟空逼着去巡山,便不高兴地一路嘟囔说:"大家取经,都要望成正果,偏是教我来巡甚么山!哈!哈!哈!晓得有妖怪,躲着些儿走。还不毂一半,却教我去寻他,这等晦气哩!我往那里睡觉去,睡一觉回去,含含糊糊地答应他,只说是巡了山,就了其账也!"不料被

第六章 明代长篇小说研究

暗自尾随的悟空听得真真切切,并变作啄木鸟将八戒啄得满嘴流血。八戒觉睡不成,又担心回去难交差,便只好对着三块石头演习编谎:

我这回去,见了师父,若问有妖怪,就说有妖怪。他问甚么山,……我只说是石头山。他问什么洞,也只说是石头洞。它问甚门,却说是钉钉的铁叶门。他问里边有多远,只说入内有三层。……十分再搜寻,问门上钉子多少,只说老猪心忙记不真。此间编造停当,哄那弼马温去!

但那弼马温此刻已变为蟭蟟虫附在八戒耳后,则其说谎结果也就可想而知。在本节文字里,八戒的奸猾却显示出憨拙,撒谎却透露着天真,从而使他成为喜剧的角色而非否定的形象。

除了人物自身所显示的喜剧特征外,作者还注意到从人物的关系设置中来突出喜剧效果。比如唐僧与三位徒弟之间主弱从强的关系设置,就颇具喜剧意味。师父的身份与神佛的支持(观音授予他的紧箍咒),使唐僧成为取经队伍的真正主人。但手无缚鸡之力、胸无过人之智的唐和尚,却要领导三个顽劣不堪的"妖徒",去跋涉千山万水,经历千难万险而求真经,这便构成了趣味无穷的戏剧冲突。从内部关系讲,由于唐僧的迂腐懵懂,经常偏听偏信八戒谗言而误解猴子,遂造成无数的误会场面与矛盾纠纷,从而形成了喜剧的格调;从外部关系讲,由于唐僧的端庄仪表与吃了可以长生不老的肉体,便引来众多妖魔的垂涎,或欲食其肉,或欲得其身。四位徒弟为保护师父,不得不一次又一次去捉妖怪救师父,从而造成无数活泼生动的情节。在悟空与八戒的关系中,更显示出喜剧的色彩,他们分别代表了取经队伍中积极与消极的两种因素,冲突也就在所难免。但悟空虽有正直无私、疾恶如仇、勇敢聪明、神通广大等优点,却又有顽皮好动,喜欢挑逗别人的缺陷。他最开心的莫过于让八戒出乖露丑,比如在"四圣试禅心"时,他明明早已看出是黎山老母考验四人,却一再鼓励色欲迷心的八戒去撞"天婚",结果被吊在树上受了一夜苦。八戒尽管智慧勇力都不如师兄,并由此常常处于被动尴尬的境地,但却常用消极偷懒去对付猴子的捉弄,尤其是利用师父的权威,挑拨他用紧箍咒去治一治那顽皮的"弼马温"。正是悟空与八戒之间相互捉弄、相互挑逗的个性碰撞,为漫长的取经行程增添了无穷的喜剧气氛,使沉闷的山水行程有了趣味,激烈的降妖伏怪化为轻松,从而构成了本书独特的审美品味。

除从人物性格入手来造成喜剧气氛外,作者还采用了其他许多艺术手段来强化喜剧效果,这包括以下几个方面:

(1)以玩世不恭的态度化神圣为滑稽。在本书中,作者对神佛的态度往往混杂着仰视与俯视两种视角。他在总体上承认神佛的法力无边与取经事业的伟大崇高,所以尽管悟空有上天入地的能耐,却依然脱不出如来的手掌。但在具体行文时,他又往往缺乏对神佛的虔诚态度,把任何神圣都拉来作为嘲弄的对象,他让悟空骂观音活该一世无夫,说如来是妖精的外甥,这显然又是俯视的态度。化神圣为笑料是作者最拿手的功夫,如悟空为医治乌鸡国国王而向太上老君讨"九转还魂丹",开口就借一千丸,老君始而不肯,却又怕被一网打尽,无奈只好答应奉送一粒:

那老祖取过葫芦来,倒吊过底子,倾出一粒金丹,递与行者道:"止有此了。拿去。拿去!送你这一粒,医活那皇帝,只算你的功果吧。"行者接了道:"且休忙,等我尝尝看。只怕是假的,莫被他哄了。"扑地往口里一丢,慌得那老祖上前扯住,一把揪着顶瓜皮,揝着拳头,骂道:"这泼猴若要咽下去,就直打杀了!"行者笑道:"嘴脸!小家子样!那个吃你的哩!能值几个钱!虚多实少的。在这里不是?"原来那猴子颏下有嗉袋儿。他把那金丹噙在嗉袋里。被老祖捻着道:"去吧!去吧!再休来此缠绕!"

作者借了猴子的调皮,用一片笑声抹去了老君头上的灵光,将其还原为一位小气且被捉弄的喜剧角色。此种玩神的喜剧效应显然是由作者无视权威的玩世不恭态度所决定的。

(2)在严肃紧张的氛围中伴以戏谑调笑的因素。《西游记》虽然大都写的是妖魔吃人与紧张激烈的打斗场面,但读者却不会因此而感到恐怖危险,而能始终觉得轻松有趣,便与这种化紧张为轻松的技巧有关。如师徒四人途经狮驼国,曾被妖魔捉住蒸了吃,此刻妖魔们打水刷锅,抬笼烧火,四人性命危在旦夕,作者却接着写道:八戒听见,战战兢兢地道:"哥哥,你听。那妖精计较要蒸我们吃哩!"行者道:"不要怕,等我看他是雏儿妖精,是把势妖精。"沙和尚哭道:"哥呀!且不要说宽话,如今已与阎王隔壁哩,且讲甚么'雏儿''把势'!"说不了,又听得二怪说:"猪八戒不好蒸。"八戒欢喜道:"阿弥陀佛,是那个积阴骘的,说我不好蒸?"三怪道:"不好蒸,剥了皮蒸。"八戒慌了,厉声喊道:"不要剥皮!粗自粗,汤响就烂了。"老怪道:"不好蒸的,安在底下一格。"行者笑道:"八戒莫怕,是'雏儿',不是'把势'。"沙僧道:"怎么认得?"行者道:"大凡蒸东西,都从上边起。不好蒸的,安在上头格,多烧把火,圆了气,就好了;若安在底下,一住了气,就烧半年也是不得气上的。他说八戒不好蒸,安在底下,不是雏儿是甚的!"八戒道:"哥啊,依你说,就活活的弄杀人了!他打紧见不上气,抬开了,把我翻转过来,再烧起火,弄得我两边俱熟,中间不夹生了?"

在即将被蒸之际,却让人物讨论"雏儿"还是"把势"(是否内行),显然并非情节的核心,而是为造成化紧张为轻松的喜剧效果,同时也是为了突出悟空的幽默与八戒的自私等个性。

(3)在行文中顺手拈来,涉笔成趣,对某些世态人情进行喜剧性的讽喻。

如第九十三回写师徒四人在金禅寺进斋供：

八戒早是要紧，馒头、素食、粉汤一搅直下，这时方丈却也人多，……都看八戒吃饭。却说沙僧眼溜看见，头低暗把八戒捏了一把，说道："斯文！"八戒着忙，急得叫将走来，说道："斯文！斯文！肚里空空！"沙僧笑道："二哥，你不晓得。天下多少斯文，若论起肚子里来，正替你我一般此处的讥讽是双向的，作者既嘲笑了八戒的贪吃，又顺手一击讽刺了那类冒充斯文而腹中空空的文人。看到如此文字，读者当然大都有会心一笑的感觉。

《西游记》这种喜剧的风格，使它超越了具体的道德判断而走向审美的境界，形成了较为纯粹的审美品格。同时它也显示出自明代中叶以来，文人们的心灵已经从原来的拘谨封闭转向开放活跃。因为幽默谐谑需要具备开放的心灵与自我优越感，不是只凭读经书崇圣贤便能做到的。对神魔的爱好突破了"子不语怪力乱神"的儒家传统，游戏人生的态度显示出张扬个性与追求自我适意的价值新选择，所有这些，都只有在中晚明的开放环境中才有可能出现，并预示着中国小说发展的新方向。

（三）《西游记》的艺术风格

《西游记》是一部驰骋幻想的神话小说，也是一部有着突出艺术风格的作品。《西游记》的艺术风格可用"谐谑"两个字来作简单概括，谐是滑稽诙谐，谑是揶揄讽刺，融汇这两者的则是一种幽默感，使《西游记》的滑稽不仅限于可笑，讽刺不单揭露丑恶。因此，《西游记》的谐谑是一种熔滑稽、讽刺和幽默于一炉的无以伦比的艺术个性。

《西游记》全书保持着"逸趣横生"的喜剧氛围，字里行间到处充满了使人觉得好玩好笑诙谐有趣的滑稽意味。猪八戒就是小说中最突出的滑稽人物，作者常以其莲蓬嘴、蒲扇耳来作文章，如 30 回水帘洞请美猴王，32 回平顶山遇银角大王把嘴巴"揣起来"，76 回被孙悟空诈出坚壁在耳朵眼里的私房银子。玉皇大帝、太上老君、如来佛祖以至于各路神仙、精怪妖魔都经常被作者在脸上涂上一道道白粉。孙悟空大闹天宫时被二郎神抓住，被投进太上老君的八卦炉里，可是七七四十九天，还是没有把他烧死。当老君开炉取丹时，孙悟空纵身而出，蹬倒了八卦炉，把老君摔了个倒栽葱。孙悟空与如来佛打赌，临遭镇压之前，还要在佛祖掌上撒上一点骚臭的猴尿，令人忍俊不禁，浮想联翩。甚至主角孙悟空也不时地被作家吴承恩拿来开玩笑。与二郎神赌变化，孙猴子匆忙中变成了一座庙，尾巴无法变，变成一根旗杆，却树立在庙后，顿时露出破绽。34 回变成妖精的老妈去救师父，也因尾巴和屁股生出波澜，一场生死斗争因之变出无限风趣。《西游记》作者正是这样根据情节的发展和内容的演化，信笔穿插人物的滑稽言行，引出许多诙谐意趣。

　　《游记》并非只是为了戏谑的滑稽诙谐,它还有很多很强的讽刺性。这首先表现在它对宗教的批判上。吴承恩在《西游记》中极聪明、极俏皮、极轻松地描写了妖魔鬼怪与天上诸神道佛的微妙关系。如黑松林的黄袍怪是天上的奎木狼星,小雷音寺的黄眉妖是弥勒佛的司磬童子。神下凡成魔,魔升天作神,神魔原本一体!孙悟空很明白这些个底细,所以常常到天上去追查魔的来历。更有讽刺意味的是,当它们私自逃入人间为非作歹时,诸天神祇都装聋作哑,到孙悟空费了九牛二虎之力把他们将致死命时,什么李老君、弥勒佛、南极仙翁、观音菩萨等,一个个都出来说情,加以保护,索取法宝,收上天廷,各归本位,仍做天神。由此可以看出,后者是前者的后台,前若是后者的基础,两者相依为命。这里,吴承恩实际上把批判的锋芒转向了另一角度:原来宗教是从来与蒙昧主义相依为命的,他们所编造的谎言句句都要人当作真理般信仰,"神"是"正宗","魔"是"异端"。实际情况却大谬不然,全是用来骗人的。吴承恩在这里只是撩起了幕布的一角,让人们看到所谓天国、所谓佛道诸神到底是什么货色。在根本利益一致的基础上,神魔的关系原来就是纠缠不清的,有时简直就是二位一体。《西游记》的讽刺性还表现在它对社会现实的批判上。

　　作家吴承恩在取经路上直接安排了九个人间国度,指明其中好些都是"文也不贤,武也不良,国君也不是有道"的国家。并着重对道教的虚妄可笑和道士的弄权祸国进行了无情的揭露和严厉的鞭挞。比如,比丘国的道士近女色,被封为"国丈",嗣后又献延年益寿秘方,要用 1110 个小儿的心肝,把整个国内弄得乌烟瘴气。灭法国的国王许下罗天大愿,要杀一万个和尚。这些故事和作者生活的嘉靖王朝情况相当切近和相似。明代许多昏君庸王都崇信道教,道士通过祈雨、炼丹、近女色等卑劣手段爬上高位,进而祸国殃民。吴承恩通过对妖魔与国君交相为害的描写,含蓄地揭露了社会现实的腐朽黑暗。他在小说中借猪八戒之手,在车迟国将道教三清神像丢进厕所中,并祝祷道:"你平日家受用无穷,做个清净道士;今日里不免享些秽物,也做个受臭气的天尊!"对当朝昏君可谓极尽揶揄嘲讽之能事。

　　《西游记》的讽刺也并非专门针对天上人间的统治者,作者带着一种嘲谑人生的玩世态度,以游戏笔墨表现他的是非爱憎。如 40 回,作者借一伙穷神被当地一个妖精盘剥得"披一片,裤一片,摊无裆,袖无口",旁敲侧击了现实世界的地方豪强。再如乌鸡国王被青狮怪害死,却在阴司阎王处无法申冤,原因是妖精神通广大,都城隍、海龙王、东岳天齐、十代阎罗等都是他的朋友,这些描写无疑是明代地方豪强势力上下串通一气狼狈为奸,害得百姓无处申冤这一黑暗现实的生动写照。又如比丘国妖精国丈

第六章　明代长篇小说研究

要孙悟空挖出"黑心"作药引,孙悟空"把肚皮剖开,那里头就骨都都的滚出一堆心来",有"红心、白心、黄心、悭贪心、名利心、嫉妒心、计较心、好胜心、望高心、侮慢心、杀害心、狠毒心、恐怖心、谨慎心、邪妄心、无名隐暗之心、种种不善之心"等,这里作者显然是在借题发挥,对人们各种丑恶品性略略敲打了一下。

《西游记》的揶揄讽刺因为它的滑稽诙谐而充满了风趣,而褒贬美丑的讽刺又深化了它滑稽的内涵。更难能可贵的是作者具有中国小说家实不多见的幽默感。吴承恩是一个心胸开阔、热爱生活的封建知识分子,他创作的《西游记》处处洋溢着欢笑,洋溢着他那不可抑止的幽默感。这种幽默感使他的小说滑稽而不至于油滑,讽刺也比较含蓄。如朱紫国的故事,不通医道的孙悟空,用一点马尿合成"乌金丹"给重病在身的朱紫国国王吃,竟然药到病除;再如灭法国故事,解决灭法国王杀僧这一矛盾的办法竟是孙悟空拔毫毛变出无数小猴,手执用金箍棒变的剃头刀,一夜之间将其国君臣以及后妃宫女全部剃成光头,等等。幽默也是作家吴承恩刻画人物的手段,如对孙悟空这样一个寄寓着作家某种理想的人物,吴承恩主要不是靠滑稽和讽刺,而是借助于幽默来进行形象刻画。幽默在孙悟空首先是一种心态,无论对天兵天将,还是妖魔鬼怪,孙悟空总是居高临下地置以轻蔑的哂笑,潇洒自如地给予轻松的调侃;孙悟空聪慧机智的行为也被染上幽默的色彩,他总是主动积极、机智活泼而且极其风趣地战胜敌人。总之,在孙悟空身上充满了幽默色彩和乐观主义精神,这是孙悟空不仅为人钦佩而且使人感到可亲可爱的一个根本原因。

《西游记》是中国家喻户晓的古代小说名著。它问世以后即产生广泛的影响,明清两代就有多种《西游记》续作、补作出现,其中较为著名的有明末董说《西游补》16回、明末无名氏《续西游记》100回、清初无名氏《后西游记》四十回等。《西游记》在清代就被改编为戏曲搬上戏曲舞台,一直到现代,《西游记》故事仍然活跃在戏曲舞台上。《三打白骨精》《闹天宫》《真假美猴王》等都是经常上演并受到观众喜爱的剧目。而电视连续剧《西游记》的播映,更是影响深远,进入了家家户户。

早在吴承恩《西游记》成书以前,唐僧取经故事就已远播国外,如朝鲜古代汉语教材《朴通事谚解》就介绍过《唐三藏西游记》话本中的"闹天宫""黄风怪""蜘蛛精""狮子怪""红孩儿怪""火焰山"等故事情节。至今为止,《西游记》的外文译文有英、法、德、意、俄、捷、罗、世界语、斯瓦希里语、日、朝、蒙、越等语种。英国大百科全书在介绍《西游记》时说:"16世纪中国作家吴承恩的作品《西游记》,即众所周知的被译为《猴》的这部书,是中国一部最珍贵的神奇小说。"德国迈耶大百科全书认为:"吴承恩撰写的幽默小说《西游记》,里面写到儒、释、道三数,包含着深刻的内容,它是一部寓有反抗封建统治意义的神话作品。"总之,吴承恩的《西游记》不仅是中国人民的文化瑰宝,而且也已成为世界文化史长廊中的一朵耀眼奇葩。

二、明代其他神魔小说

受《西游记》的影响,明代小说界出现了一股追求奇幻之美的风气,先后产生了 30 余部以神魔为题材的作品。按所写内容划分,它们大致可分为三类。

(1)《西游记》的续书及其仿作。这些作品主要有无名氏《续西游记》100回,董说《西游补》16 回,方汝浩《东游记》100 回,吴元泰《东游记》56 回,余象斗《南游记》18 回与《北游记》24 回等。这些作品虽模仿《西游记》而作,但因作者的思想境界与艺术功力都难与前者相比,所以文学价值都不甚高。其中较值得一提的是《西游补》,该书自《西游记》孙悟空三调芭蕉扇叉出,写悟空被鲭鱼精所迷而入梦境,历经过去未来之事,最后得虚空主人点醒,乃打杀鲭鱼,还归真我。其立意显然已与《西游记》不同,即主旨在于抒写作者自我人生感慨,而不在神魔之争。作者想象奇特,熔过去、现在与将来于一炉,尽情抒发了对人生社会的感叹与不平。如写悟空看到科举放榜的情形说:"须臾,一簇人儿各自走散,也有呆坐石上的;也有丢碎鸳鸯瓦砚;也有首发如蓬,被父母师长打赶;也有开了亲身匣,取出玉琴焚之,痛哭一场;也有拔床头剑自杀,被一女子夺住;也有低头呆想,把自家廷对文字三回而读;也有大笑,拍案叫命命命!"(《西游补》第四回)实在是明代科场士人失意百态的最佳写照。因此本书乃是一部现实性很强的小说,只是借了神魔的外壳而已。

(2)神佛仙道传记小说。其主要作品有朱鼎臣《南海观音全传》、朱星祚《二十四尊得道罗汉全传》、朱开泰《达摩出身传灯传》、沈孟桦《济颠禅师语录》、邓志谟《唐代吕纯阳得道飞剑记》、无名氏《唐钟道全传》、杨尔曾《韩湘子全传》、朱名世《牛郎织女传》等。此类小说兼有宗教宣传与传奇志异的双重目的,艺术水平虽不高,但在民间的影响却不容忽视。

(3)历史神魔小说。其主要作品有许仲琳的《封神演义》、罗懋登的《三宝太监西洋记》、题名罗贯中的《三遂平妖传》、文光斗的《七曜平妖传》等。其中以《封神演义》写得较为出色。

(一)《西游补》

《西游补》,作者董说(公元 1620—1686 年),字若雨,乌程(今浙江吴兴)

第六章　明代长篇小说研究

人,幼年曾受业于复社领袖张溥,后加入复社。中年出家苏州灵岩寺为僧,法号南潜。一生著述一百余种,除《董若雨诗文集》《南潜日记》少数几种刊行外,余皆不传。行世而影响较大的,是小说《西游补》。所谓"西游补"并不是补《西游记》,续《西游记》,而是借西游人物另外演化一部小说。《西游补》主要叙述孙悟空"三调芭蕉扇"之后,化斋时为鲭鱼精所迷,渐入梦境,所见所闻,变幻莫测,当了半日阎罗天子,曾用酷刑审问秦桧,后在虚空主人的呼唤下,脱离梦境,寻着师父,化斋而去。与《西游记》不同的是,《西游补》以唐僧师徒四人的种种不净根因和内心变幻虚造各类妖魔的生成起灭,以象征寓言的手法揭示人之心路历程中佛魔两性的斗争,以强调信仰意志的力量、去邪归正的道德感和追求完善人格的主体精神。

　　《西游补》是一部具有现实主义精神的神话小说。作者托笔幻想,编造荒诞的情节,使用诙谐的文笔,对晚明社会的腐败政治和浮薄士风进行了猛烈的抨击,刻画了种种社会世相,对权奸的谴责尤烈。小说一开始写孙悟空进入"青青世界"的王宫时,就通过宫女之口,揭露皇帝的荒淫无耻、腐化堕落;在孙悟空担任阎罗王审判秦桧时,又通过判官之口,说:"如今天下有两样待宰相的:一样是吃饭穿衣娱妻弄子的臭人,他待宰相到身,以为华藻自身之地,以为惊耀乡里之地,以为奴仆诈人之地;一样是卖国倾朝,谨具平天冠,奉申白玉玺,他待宰相到身,以为揽政事之地,以为制天子之地,以为恣刑赏之地。秦桧是后边一样。"对于秦桧受刑,竟然叫屈道:"爷爷!后边做秦桧的也多,现今做秦桧的也不少,只管叫秦桧独独受苦怎的?"

　　与主旨相适应,《西游补》大都采用隐喻、象征的手法。过去有人以"鲭鱼""杀青""青青世界"谐"杀清"、反满之意,也有人认为以青见情,以喻处处皆情魔世界,陈玄奘本欲灭情以向西天,而终不能逃脱小月王之牵绊。小月王三字合起来正是个情字,以喻情之难灭。这种索隐的方法不妨聊备一说。

　　《西游补》的语言也多幽默诙谐。孙悟空在"古人世界"变作虞美人,作者对项羽情态的描写令人忍俊不禁:

　　行老登时把身子一摇,仍前变做美人模样,竟上高阁,袖中取出一尺冰罗,不住地掩泪,单单露出半面,望着项羽,似怨似怒。项羽大惊,慌忙跪下。行者背转,项羽又飞趋跪在行者面前,叫:"美人,可怜你枕席之人,聊天笑面!"行者也不做声。项羽无奈,只得陪哭。行者方才红着桃花脸儿,指着项羽道:"顽贼!你为赫赫将军,不能庇一女子,有何颜面坐此高台!"项羽只是哭,也不敢答应。行者微露不忍之态,用手扶起道——常言道:"男儿两膝有黄金,你今后不可乱跪。"项羽道:"美人说哪里话来!我见你愁眉一锁,心肺都已碎了,这个七尺躯还要顾他做甚!"

　　这哪里是"力拔山兮气盖世"的英雄,分明是惧内庸人;这是对项羽的玩笑,也是对世情的调侃。鲁迅说此书:"造事遣辞,则丰赡多姿,恍惚善幻,奇特之处,时足惊人,间以俳谐,亦常俊绝,殊非同时作手所敢望也。"(《中国小说史略》)

(二)《封神演义》

《封神演义》,又名《封神传》《封神榜》,共一百回,大约产生于明代隆庆、成化年间。今存最早刻本是日本内阁文库所藏的《新刻钟敬伯先生批评封神演义》,(明万历金同舒载阳本)。关于作者有两说:一是钟山逸叟许仲琳。舒载阳万历初刻本卷二的首页上题有"钟山逸叟许仲琳编辑"的字样。其他卷无此题,许仲琳生平不详。另一是明代道士陆西星。《曲海总目提要》第五十九卷"顺天时条":"《封神传》系元时陆长庚所作,未知确否?"(按:元时系明时之误,陆长庚即陆西星)。

《封神演义》的前身是元代的《武王伐纣平话》,《武王伐纣平话》又名《吕望兴周》,是一部四万字的宋元讲史话本,它演述的是殷周斗争的故事。妲己迷惑殷纣王,纣王暴虐无道,姜子牙辅佐周武王,联合诸侯伐纣,最后纣王、妲己伏诛。作品宣扬了儒家的仁政思想,表现出强烈的惩暴君、反暴政的思想倾向。《封神演义》的作者在《武王伐纣平话》的基础上,博来民间和宗教的传说故事,并加上自己的虚构,扩充成七十万字的百回大书。在内容方面,作者把原来以历史传说为主的平话改造成仅仅托体于历史因由,主要写神仙魔法和教派之争的神魔小说。

全书前三十回着重写纣王暴虐无道,姜子牙归隐,文王访贤,得姜子牙辅佐,武王登基,西土诸侯归附立业。后七十回主要写殷、周两国的战争,主要是宗教教派之争,阐教帮助周,截教则协助殷,各显道术,互有杀伤,结果截教失败,纣王自焚,武王夺取了天下,分封列国,姜子牙回国封神,使在这次斗争中的人和鬼各有所归。

《封神演义》写于道教的全盛时期,所谓阐教和截教实际上是道教中的两个教派。他们的师长同为鸿钧道人。书中鸿钧道人自己说:"一道传三友(按:三友就是他的三个门徒:元始天尊、老子、通天教主),二教阐截分。玄门都领秀,一气化鸿钧。"书中阐教教主元始天尊即道教中最高的神元始天尊。书中被元始天尊称之为"道兄""师长"的老子,在道教中也是至高无上之神。书中与阐教相对抗的截教,看来也是道教,除了教主是道教教尊之外,鸿钧道人对他们之间的争斗解释道:"只因十二代弟子运逢杀劫,致你两教参商。吾特来与你等解释怨尤,各安宗教,毋得自相背逆。"可见他们是一家人,并非邪魔外道。小说中还写了一个未提及教名的西方宗教,教主是准提道人和接引道人。一些神仙后来都"入释成佛",如文殊广法天尊"后成文殊菩萨",普贤真人"后成普贤菩萨",慈航道人"后成观世音菩萨"。作者有意把这一教门写成是佛教的前身,目的是弘扬道家,给读者造成道教是佛道两教共同源头的印象。这是一本有一定的认识和教育意义、娱乐性很强的小说。在思想内容方面,它的成就在于:

(1)小说发展了《武王伐纣平话》的主题,表现了古代朴素的民主思想,小说中纣王是封建暴君的典型,他建鹿台、制炮烙、造虿盆、兴酒池、起肉林、迷恋女色、纵容妲己、杀死比干、囚禁姬昌、凌辱大臣、残害百姓、断胫剖腹、挖心醢尸,无所不用其极,暴露出封建暴君残忍不仁的狰狞面目。作者集中谴责、鞭挞了这个人物,从中寄托对封建暴政和暴君的抨击,为封建统治者提供了一个反面的镜鉴,这是体现古代朴素民主思想的一个方面。在历史上,殷和周本是两个各自独立的部族,并无从属关系,书中按流行的说法,把它们写成君臣关系,于是武王伐纣则成了"以下伐上""以臣伐君"的犯上行为。伯夷、叔齐扣马而谏就是根据一般的封建君臣伦理来非难的。但是,书中肯定的是周武王一方,它把殷周之争写成暴政与仁政、无道与有道、不义与正义之争,于是,武王伐纣就成了"吊民伐罪""灭独夫"的正义的事业。小说还通过姜子牙的口一再宣扬"天下者,非一人之天下,乃天下人之天下也",君不正"天下之人皆可得而讨之"的道理。书中还赞扬了黄飞虎一家三代终于反纣归周的义举,方弼、方相救出殿下反出朝歌的行为,对于那些死守封建伦理,站在纣王一边的人物,如闻太师,书中也给予一定的批判,并赋予他悲剧的结局。这显然更是民主思想的反映。在局部的情节中,也表现出一些反抗封建礼教和伦理观念的民主精神。这突出地表现在哪吒剔骨还肉的故事里,哪吒打死了龙王三太子,为了不连累父母就自杀而死。李靖把哪吒看成是"欺君罔上"的逆子,对哪吒的魂魄进行无穷无尽的迫害。哪吒莲花化形以后,竟提枪与李靖厮杀,要戳父亲三枪解恨。这个故事塑造了一个具有叛逆精神的小英雄,一定程度上批判了"父要子亡,子不亡是为不孝"的封建伦理。

(2)小说从教派的法术斗争中,反映我国人民神奇的想象力,鼓舞人民发挥创造性,与大自然作斗争。《封神演义》的作者借各路神仙的法术斗争,对我国民间流传的神话传说进行集中、概括和再创造,并提高到一个新的水平。其中的一些幻想,在今天却是现实,说明作者的想象很有道理,给人以启迪。如第五十八回,吕岳把瘟丹洒入西岐城井泉河道之中,使西岐君民都感染上了瘟疫,"卧床不起,呻吟不绝""城中烟火全无,街道上并无人走。"第八十一回,余德将五斗毒痘四方泼洒,使姜子牙军中人人上下长出颗粒,浑身发热,莫能动履,营中烟火断绝。这些神仙进行的是化学战、生物战。在当时还是纸上的幻想,今天却是战场上的现实。又如第六十四回,罗宣用火箭、火鸦攻打西岐城,使城内各处火起,画阁雕梁,即刻崩倒。第八十八回,杨任手心里的"神光射耀眼"能察看地下敌人的行动。这与现代的火焰喷射器、雷达、激光等武器的效果暗相扣合。

《封神演义》通过神仙的法宝斗争,还形象地表达了相生相克、矛盾双方相互转化的辩证法道理。各人的法宝,没有一种是永远无敌的,没有一种阵式是永远破不了的。手执乾坤图、混天绫的哪吒,所向无敌,可旋遇上了石矶娘娘,宝贝就被没收得精光,而石矶娘娘却挡不住太乙真人的神火罩,被神火烧出原形。书中的诛仙阵、瘟癀阵、万仙阵等,开始总厉害非凡,待到遇着了克星,也就一一瓦解了。

《封神演义》的糟粕也十分明显。首先,它宣扬天命和定数,认为一切历史和人物的命运都是天数早就安排好的。由于"成汤气数已定,周室天命当兴",才决定了纣王的无道和武王的仁政,这样颠倒了因果。殷周之战则是由于神仙要开杀戒的劫数才发生的,其中哪个成功,哪个该死,死于何地、何人之手,也是上天早就安排好的。死后,统统"一道灵魂上封神台去了"。在现实世界里虽有是非善恶,而冥冥之中却又不分是非善恶、大家都"在劫难逃",不论是暴君纣王,还是助纣为虐的费仲、飞廉、恶来,最后都和为正义而战的将士一样上封神台受封赐。这种宗教的唯心主义世界观和迷信思想弥漫全书,削弱了主题的积极意义。

其次,《封神演义》也有相当多的封建性糟粕,有些章节宣扬了属于封建思想范畴的忠、孝、节、义,对纣王朝中的愚忠、愚孝的人物比如比干、箕子、微子等大唱赞歌。书中把纣王的一切恶行恶德写成出于妲己的蛊惑,这本不确当,而向"女色祸水""女色亡国"的结论上引,还说什么"青竹蛇儿口,黄蜂尾上针。两般犹自可,最毒妇人心"就更是错误的了。

在艺术上,《封神演义》的突出成就在于:想象丰富,创造了一系列很有诱惑力的人物和故事。第十六回,姜子牙压星收妖的故事,至今流传,农民选择吉日盖屋上梁,总要贴一张"姜太公在此百无禁忌"的红纸条。民间流行的周文王、妲己、姜太公、申公豹等故事大都出于此书。这些故事情节离奇、想象丰富、很有情趣。比如,周文王有九十九个儿子,收了雷震子凑成整百,不想他命中只应有九十九,结果就引出了伯邑考的死难。妲己要吃比干的玲珑七窍心,纣王发扎六道要取比干的心。比干服了姜子牙的符水本来剖腹挖心后可以不死,不料——且说比干走马如飞,只闻得风响之声。约五七里之遥,只听得,路旁有一妇人,手、筐篮,叫卖无心菜。比干忽听得,勒马问道:"怎么是无心菜?"妇人曰:"民妇卖的是无心菜。"比干曰:"人若是无心,如何?"妇人曰:"人若无心,即死。"比干大叫一声,撞下马来,一腔热血溅尘埃。有诗为证:御扎飞来实可伤,妲己设计害忠良。比干倚杖昆仑术,卜兆焉知在路旁。

比干之死出乎意料之外,很有传奇色彩。在人物方面,哪吒、杨戬等最为吸引人,他们的形象已经成为年画的传统题材。其他人物如一扭身子入地行走的土行孙、生就一副肉翅能在空中飞行的雷震子、吐两股白气一个哼一个哈的哼哈二将、千里眼顺风耳的高明、高觉,等等,都是民间津津乐道的人物。书中的这些神奇故事,决定了它的娱乐价值。

在性格描写方面,《封神演义》无甚高明之处,写人物往往由于渲染其神奇本领而冲淡其性格刻画。什么云霄娘娘、龟灵圣母、燃灯道人、玉鼎真人,除了法术、宝贝不同,看不出个性的差异。主要人物如纣王、妲己、姜子牙、申公豹、闻太师、黄天化、土行孙等,由于情节的反复渲染,性格特征还是显现出来了。纣王的暴虐无道、妲己的狡诈残忍、姜子牙的忠厚朴实、坚忍顽强,申公豹的背信弃义、倒行逆施给读者以较深的印象。细节描写少,是这本书人物刻画不很成功的主要原因。语言流畅、表达生动,也是这部书在艺术上的成功之处。试看第二十三回,姜子牙在磻溪垂钓,樵者武吉见他直钩钓鱼,笑话他:

"似这等钩,莫说三年,便百年也无一鱼到手。可见你生性愚拙,安得妄号飞熊!"子牙曰:"你只知其一,不知其二。老夫在此,名为垂钓,我自意不在鱼。吾在此不过守着青云而得路,拨尘翳而腾霄,岂可曲中而取鱼乎!非丈夫之所为也。吾宁在直中取,不向曲中求,不为锦鳞设,只钓王与侯。"

这就是姜太公钓鱼,愿者上钩的故事。姜子牙的话说得文采斐然,耐人寻味。

第五节 《金瓶梅》与才子佳人小说

一、《金瓶梅》

正当许多作家沿着《三国演义》《水浒传》《西游记》开辟的道路,争相描摹着古往英雄、神魔世界的时候,大约万历年间,却出现了一本与拟话本小说相呼应、取材于现实生活的长篇小说《金瓶梅》。作者兰陵笑笑生,大约是山东人,其真实姓名尚无确考。

《金瓶梅》是明代世情小说的代表作品。鲁迅《中国小说史略》第十九篇中说:"当神魔小说盛行时,记人事者亦突起,其取材犹宋市人小说之'银字儿',大率为离合悲欢及发迹变态之事,间杂因果报应,而不甚言灵怪,又缘描摹世态,见其炎凉,故或亦谓之'世情书'也。"①所谓"世情"其实就是世态人情,即以描写普通人物的日常生活、恋爱婚姻、家庭关系、家族兴衰为基本内容,主要与神魔的非现实化相对而言。同时也因题材的改变而带来了一系列审美形态及表现方式的改变。尽管世情小说的萌芽可以追溯得很远,但其直接源头却是宋代说话中的"银字儿",也就是小说门类。

《金瓶梅》是中国第一部长篇世情小说,同时也是第一部文人独创型小说。所谓文人独创型是与前此的累积型相对而言的,如果总结一下累积型小说的特征,可知其主要人物都是经过几个朝代演化累积而成的,其主要情节都有世代相传的因素,其中所包含的思想内容及审美意识都比较复杂等。尽管目前依然有人根据《金瓶梅》早期版本中"词话"这种说书体例的遗留,从而认为它仍是累积型小说,但如果拿上述累积型小说的主要特征来衡量,却明确地显示出其非累积型特征。本书内容是从《水浒传》第23至第26回中潘金莲与西门庆的故事生发出来的,但其中的主要情节与主要人物却在以前的其他宋元话本及小说作品中难以找到;书中所写内容名义上虽是宋代,其实则是专写明代的历史事实,因而从内容上也并非累积而成;从作品结构看,它是文心细密的网状形态,这只能是一位作家精心结撰的结果而不可能是累积联缀旧作而成。由一个文人按照自我的生活体验、思想观念、审美理想及艺术设想而独立创造小说作品,这在以前的长篇小说中是并不存在的,可以说《金瓶梅》的出现,开创了中国古代小说创作的一种新型类别。

但是这部文人独创型小说的作者却一直是个争议很大的学术问题。明人沈德符在《万历野获编》中说是"嘉靖间大名士"所作,而本书早期版本上的欣欣子序则称作者为"兰陵笑笑生"。可知在万历时本书的作者是谁就成了一本糊涂账,后来人们也主要是围绕"大名士"与"兰陵"来追踪溯源。由于"兰陵"在古代所指有山东峄县与江苏武进两地,所以清代学者就在明代嘉靖、万历两朝峄县、武进的有名文人中寻找,先后提出了李渔、王世贞、赵南星、卢楠、薛应旗、李贽等。在现代学术史上,又先后提出过徐渭、李开先、汤显祖、冯惟敏、沈德符、贾三近、屠隆、刘守、冯梦龙、谢榛、李先芳、王稚登等人,可以说将当时的有名文人几乎全找遍了。其中影响较大的说法有王世贞、李开先、屠隆、贾三近与冯梦龙等,但如果没有更为直接的证据材料发现,要想确定本书的作者是不大可能的。

与作者问题相联系,关于本书的成书时间目前也存在嘉靖与万历两朝的争议。据现有材料来看,最早提到本书的是袁宏道,他在万历二十四年致董其昌的信中说:"《金瓶梅》从何得来?伏枕略观,云霞满纸,胜于枚生《七发》多

---

① 张宁.论《金瓶梅词话》中宴饮描写的市井气质[J].沈阳大学学报,2011,23(03):105-107.

矣。后段在何处？抄竟当于何处倒换？幸一的示。"可见当时该书尚处于传抄阶段，则其成书时间必在万历二十四年之前。现在能够见到的《金瓶梅》刻本，主要有两个系统三个重要版本：一是《新刻金瓶梅词话》本系统。共100回，刻于万历四十五年。书前有欣欣子、东吴弄珠客的序以及廿公的跋文。另一系统是《新刻绣像金瓶梅》。共100回，刻于崇祯年间，卷首有东吴弄珠客序，但无欣欣子序。这两个版本系统的主要不同在于：(1)万历本始于武松打虎，而崇祯本则始于"西门庆热结十兄弟"。(2)万历本称"词话"，题目后有"诗曰"或"词曰"，回末有"且听下回分解"；而崇祯本无"词话"之称，并删去大量诗词及"且听下回分解"等文字。(3)万历本无插图，而崇祯本有200幅插图。(4)万历本回目粗劣不整齐，崇祯本回目对仗工整。从这些区别可知，崇祯本乃是万历本的修改本，在艺术上有很大提高；但万历本更接近于本书的原貌。另外，还有张竹坡批点本《皋鹤堂第一奇书金瓶梅》，共100回，刻于清康熙三十四年，无欣欣子与东吴弄珠客序，而增加了谢颐序。其版本属崇祯本系统，但加上了张竹坡本人的大量评点，对阅读本书及研究中国古代小说理论批评具有重要价值，至近代，自"五四"以来，尽管出版影印过一些供研究用的参考本和大量的节本，但都没有超出以上三种版本。

（一）世俗题材与警世意识

作为中国第一部文人独创的长篇世情小说，《金瓶梅》在内容上最突出的两点是：题材从理想世界转向写实世界；创作倾向上从歌颂转向暴露。

欣欣子《金瓶梅序》说本书的特点在于"寄意于时俗"，也就是说将关注的焦点转向当时的世俗社会。的确，它不像《三国演义》那样钟情于历史英雄的争霸天下，也不像《水浒传》那样醉心于草莽英雄的除恶扶善，更不像《西游记》那样迷恋于神魔世界的比宝斗法，而是将笔墨落在明代的现实生活之中。而且主要不去关注帝王将相与英雄豪杰的重大题材，而是将其主要人物定位在如西门庆、应伯爵、潘金莲、韩道国等市井之辈。书中所写也不再是轰轰烈烈的大事业，而是行商赚钱、喝酒吃饭、妻妾争风、养汉偷情等日常琐碎生活。读这样的书，不再会有惊心动魄的心理体验，而是在平实中去细细体味世态的冷暖与人情关系的复杂。比如崇祯本将原来的"景阳岗武松打虎"改为"西门庆热结十兄弟"，便是将对英雄的歌颂转向世态人情的描写。此处的结拜兄弟令人想起《三国演义》中的桃园结义，而且西门庆等人的结义疏文中也果然写着"伏为桃园义重，众心仰慕而敢效其风"的话，可这种结义已没有任何崇高的感觉，而只是一场戏剧性的模仿。因为在结盟之前已有应伯爵等人在集资酬神银子的分量成色上弄手脚，结盟之后更有西门庆对花子虚的占妻谋财，有应伯爵对兴头儿上的西门大官人的趋炎附势和败落后的落井下石等,哪里有丝毫《三国演义》《水浒传》的侠肝义胆?人们看到的只是一群市井之徒的蝇营狗苟与卑鄙琐屑,正如张竹坡所言:"读之,似有一人亲曾执笔在清河县前西门家,大大小小,前前后后,碟儿碗儿,一一记之,似真有其事,不敢谓为操笔伸纸做出来的。"题材的日常性与效果的逼真性正是这部作品最突出的特点,这体现了中国小说从理想向写实的转变。

  在《金瓶梅》之前,尽管小说中也曾写过许多像曹操、高保之类的反面角色,但基本上是作为陪衬出现的,作者所着力刻画的还是像刘备、孔明、宋江、武松等正面英雄形象,他们的价值在于道德的崇高、意志的坚定与勇力的超人,从而被作为美的对象而歌颂。本书却不同,其主要人物都是丑的角色,作者所留意的也都是社会黑暗的一面。作为本书第一重要角色的西门庆,便是个产生于晚明商业发达、政治腐败环境中,集奸商、贪官、恶棍为一身的形象。他在作品中出现时本是生药铺的老板,但通过勾结官府、坑蒙拐骗等手段,聚集起越来越多的钱财;然后又靠金钱行贿官府,攀附权贵,谋得刑所副千户的官职。于是他更官商一体,左右逢源,在地方上称霸一方,淫人妻女,贪赃枉法,杀人害命,欺压善良,甚至清河县的几家皇亲国戚都得让他几分,连招宣府的遗孀林太太也被他奸占。他之所以敢于如此胆大妄为,无恶不作,是因为朝廷中有蔡太师这样的靠山,地方上有府台巡按庇护,左右又有地痞流氓等狐群狗党协助。因此,通过西门庆这个人物,牵动了整个明末社会,诸如腐败的官僚体制、混乱的讼狱制度、畸形的商业活动以及复杂的市井生活,从而揭示了在金钱冲击下社会的黑暗与腐烂。从这一角度看,说本书是明代社会的一面镜子是并不过分的。

  另外,通过这一形象,还寄托着作者对人性层面的思考。西门庆一生对金钱、权势与女色有着贪婪的欲望,尤其是对女色,简直达到了病态的地步。他家中本已有继妻吴月娘与李娇儿、孙雪娥二妾,却与潘金莲勾搭成奸,又娶了寡妇孟玉楼。刚刚娶进潘金莲,便又去妓院梳栊李娇儿的亲侄女李桂姐,连基本人伦也不顾及。不久又勾搭上结义兄弟花子虚的妻子李瓶儿,气死了花子虚,全无朋友之念。他已有妻妾6人,却仍不满足,还霸占着春梅等十几个丫鬟仆人。据张竹坡统计,书中被他淫过的女子共有20人之多。更有甚者,为了满足其酒色淫欲,他还贪恋男色,奸淫书僮。以致最后纵欲过度,油枯灯尽,在39岁便一命呜呼。通过西门庆,又联结着一群贪淫堕落的女子,其中潘金莲、李瓶儿与庞春梅是其主要代表,她们与西门庆通奸都是自觉自愿甚至是欢天喜地的,没有丝毫的羞耻感与道德约束。潘金莲被作者写成了邪恶的典型,她出身于裁缝之家,九岁被卖到王招宣府中,后又被卖给张大户,被这个60多岁的老色鬼占有。后因家主婆吵闹,又被许配给丑陋的武大郎为妻。但在那样一个畸形的社会里,她无法通过正常的途径来改变自己不幸的命运,而是靠与西门庆私通与毒死丈夫来报复命运的捉弄。在进了西门庆家之后,她用满足西门庆的兽欲来求得宠爱,用打击其他女子来巩固地位,于是,她害死官哥儿,气死李瓶儿,逼死宋惠莲,彻底堕落成一个自私狠毒、嫉妒淫纵的恶女人,从而也不可避免地得到了悲惨的结局。这种人性的堕落来源于晚明社会风气的败坏,而面对如此局面,作者陷入了矛盾的境地。一方面他痛心于人性扭曲与性欲泛滥所导致的生命危机,并想借书中人物的不幸告诫世人,欲壑难填,贪欲无尽,如果没有理性与道德的约束,欲望便会像脱缰的野马而狂奔,最后必然堕入罪恶的深渊。所以他才会将整个小说装入一个因果报应的大框架中。但另一方面,身处污秽环境中的作者不免也受到一些影响,这使他在描写性场面的时候往往陷入不能自拔的境地,从而在一定程度上采取了欣赏的态度。全书中露骨的性描写尽管只有两万余字,而且对于人物的刻画也有重要作用,但毕竟是佛头着粪,使本书背上了淫书的恶名。

但从总体上说,《金瓶梅》依然有深刻的思想意蕴与巨大的认识作用,通过它人们不仅能够形象地认识晚明社会,而且对复杂的人性问题也能引起深入的思考。

(二)文人独创型小说的特征

《金瓶梅》在艺术上所体现的文人独创型特征之一,是对人物性格的重视。这从其书名构成上便可看出,它是潘金莲、李瓶儿与春梅三位女性角色的名字缩写而成的,从中透露出立志写人的创作动机。而产生于宋元说书场中的话本却最重视小说的故事性,因为只有靠故事情节的曲折动人,才能牢牢抓住听众的注意力。作为深受话本影响的累积型小说,继承了其讲述型的特征,将主要精力也用于情节的编织、悬念的设置与传奇的效果。《金瓶梅》则已大大降低了故事在作品中的地位,而将人物塑造上升为创作的主要目的,它的许多章节并没有太强的故事性,而是司空见惯的普通生活场面,但却对人物性格特征与心理世界的描写起着重要作用。如李瓶儿之死这件事,从故事的层面并无多少引人之处,累积型小说也许会一略而过,但本书却用了两回半近三万字的篇幅去细细描写其从病危到死亡的过程,将西门庆、李瓶儿、潘金莲等众角色的心理情感世界刻画得细致入微。

对人物性格重视的结果,使作者笔下的人物都是个性丰满、性格复杂的形象。尽管本书写的全是丑的、俗的角色,但却丑得真实,俗得可信,是立体动态的活人。比如主角之一李瓶儿,便是个既善良懦弱而又时显泼辣凶狠的复杂人物,而且她的不同个性表现是随着环境的改变而呈现的。她本是花子虚的妻子,由于丈夫在外嫖妓,"整三五夜不归",她"气了一身病痛",无奈只好求西门庆劝花子虚回家。不料这西门庆一面让狐群狗党缠着花子虚在妓院过夜,一面乘虚而入勾引李瓶儿——这个正处于精神空虚痛苦的女人,也就轻而易举地上了西门庆的圈套并一发而不可收拾。当花子虚为财产纠纷吃官司时,她一面求西门庆打点使其少受些苦,一面又与西门庆打得火热,并将花家财产转移到西门庆家,可谓对丈夫的同情与背叛丈夫的奸情在其身上同时具备。等到花子虚被气死后,西门庆又未能及时娶其进门,她又被蒋竹山的花言巧语所打动而嫁给了他,但蒋是个猥琐无能之人,在精神与性欲上都不能满足李瓶儿,于是她便渐生厌恶,最后将其赶出家门了事。经过几番折腾后,她认定西门庆才是自己理想的主儿,便死心塌地地要嫁给他。尽管一进门便吃了西门庆一顿马鞭子,却再也离不开他。此时的李瓶儿,显得痴情而幼稚,善良而软弱,只知一味满足西门庆的兽欲,又设法讨好家中其他妻妾,希望能在此安稳度日。然而,在这个充满残酷争斗的市侩家庭中,她只能成为被人欺辱的对象,面对潘金莲这个出身市井、有着丰富经验而又狠毒泼辣的女人,等待她的只有灭亡的命运。李瓶儿复杂个性的核心是其痴情,当她不满意花子虚与蒋竹山时,便不顾一切地去追求西门庆,表现得相当凶狠泼辣;当她得到西门庆时,便表现得温柔软弱,百依百顺。她临死前,曾梦见前夫花子虚带着官哥儿来找她,说明她内心深处始终存在着愧疚与负罪感;但她又对西门庆一片痴情,牵肠挂肚,叮嘱西门庆简单操办自己的后事,为的是他今后还要过日子。这个温柔善良而又因情欲堕落的女人,一生都被痴情所左右,在死亡时又被痴情所折磨,所以张竹坡便称她是个"痴人"。此外,作者写西门庆,既指出其凶狠自私的一面,又写其豪爽大方的一面;写潘金莲,既突出其泼辣刁蛮的一面,又不忘显示其可悲可怜的一面。这种既复杂又真实的人物,在《水浒传》中已初露端倪,到《金瓶梅》中已成群出现。

《金瓶梅》在艺术上所体现的文人独创型特征之二,是它的网状结构。在以前的累积型小说中,其结构无论是像《三国演义》的板块形式,还是像《水浒传》与《西游记》的线性形式,无不分成许多故事单元。如赤壁之战连续九回,写战役的起因、过程与结局;林冲的故事,也连续六回写他从娘子遭调戏到杀人上梁山。这些故事单元一般都保持着完整性而不允许间断。即使有其他情节插入,也必须是板块式的,待插入情节叙完时,再"书归正传",接上原来的故事线索。《金瓶梅》则打破了这种讲述体的线性结构,而采用了立体网状形式。它以西门庆及其家庭为中心,然后向整个社会辐射。在主要情节线索上同时兼顾到多条次要线索,在主要人物经历中兼写其他人物,在多条线索的齐头并进中,串联起大大小小的生活场面,从而组成一个

第六章 明代长篇小说研究

意脉相连、情节相通、互为因果的立体之网。张竹坡将这种网状式的写法称之为"趁窝和泥",他在《金瓶梅》第十九回总评中说:

上文自十四回至此,总是瓶儿文字内穿插他人,如敬济等,皆是趁窝和泥,此回乃是正经写瓶儿归西门氏也。乃先于卷首将花园等项题明盖完,此犹瓶儿传内事,却接叙金莲、敬济一事,妙绝。金瓶文字其穿插处篇篇如是。(见《皋鹤堂本金瓶梅》)

所谓"趁窝和泥",就是主干情节中穿插他人他事。比如评语中所言从第十四回到十九回这段文字,主干情节是关于西门庆与李瓶儿的描写,大致可分为偷情、停娶与续娶三个段落。在这一主要情节的纵向推进中,又穿插进许多其他人物事件。在偷情段落中,插入了李瓶儿为潘金莲拜寿与吴月娘为李瓶儿过生日等情节;在停娶段落中,则插入了杨戬被参、陈洪充军、陈敬济带西门大姐来家避祸、西门庆派来旺去东京行贿等情节,同时又插入李瓶儿病危、问医与招赘蒋竹山的情节。在续娶段落中,则又插入了潘金莲与陈敬济打情骂俏等情节。这种在"正经"文字中插入他人他事,实际上就是以纵向推进的主要情节为基本框架,而借人物关系朝横向展开,不断穿插进与主要情节相关而又相对独立的他人他事,从而形成一种纵横交错的网状格局。这种"趁窝和泥"手法的作用之一是能够拖住时间,放慢叙事节奏,同时使情节尽量向空间展开,形成一种立体的感觉,有利于将生活的纵向流程与横向剖面同时呈现在读者面前,从而极大拓展了小说艺术的空间。后来的《红楼梦》正是采用的这种叙述方式与结构形态,正说明了《金瓶梅》的开拓之功。

《金瓶梅》在艺术上所体现的文人独创型特征之三,是在叙事形态上从讲述型到呈现型的转变。由于中国古代的长篇小说深受"说话"艺术的影响,所以小说中的叙述者往往模仿说书人的口气进行讲述,这主要表现在两方面:一是叙述多于描写,二是采取全知全能的视角。而这两个特点又共同构成了带有浓厚主观情感倾向的叙事风格,也就是叙述者对小说中的人物事件常常作出情感、道德、思想、政治的种种评价,从而成为作品与读者之间的中介。《金瓶梅》处于从累积型到独创型的转折时期,所以它在形式上还保留着不少讲述型的痕迹,比如"词话"的名称、"看官听说""有诗为证"的套语、引用别人的大量诗词小曲、对情节的诠释与议论等,都与以前的小说非常接近。但是如果抛开这些附加成分而观察其情节叙述与场面描写,就会发现叙述者正在淡化其主观色彩,试对比下面两段介绍西门庆的文字:

原来是阳谷县一个破落户财主,就县前开着个生药铺,从小也是一个奸诈的人,使得些好拳棒;近来暴发迹,专在县里管些公事,与人放刁把滥,说事过钱,排陷官吏,因此满县人都饶让他些个。(《水浒传》第二十四回)

原来是清河县一个破落户财主,就县门前开着个生药铺。从小也是个

181

好浮浪子弟,使得些好拳棒,又会赌博、双陆、象棋,拆牌道字,无不通晓。近来发迹有钱,与人把览说事过钱,交通官吏。因此满县人都惧怕他。(皋鹤堂本《金瓶梅》第二回)

前者在人物刚出场时已为他定下"奸诈"的品行,并指出其"排陷官吏"的劣迹。后者将"奸诈的人"改为"浮浪子弟",将"放刁把滥,说事过钱,排陷官吏"改为"说事过钱,交通官吏"。尽管所改文字不多,但明显地将叙述着主观上的贬意淡化,从而更接近于客观性的叙述。当然,叙述者并非没有自己的倾向性,而是采取了戏剧化手法,化评论为描写,改叙述为场面。如第五十四回应伯爵在与西门庆等人饮酒时,即席讲了两个笑话:

一秀才上京,泊船在扬子江,到晚叫艄公:"泊别处罢,这里有贼。"艄公道:"怎见得有贼?"秀才道:"兀那碑上写的,不是'江心贼'?"艄公笑道:"莫不是'江心赋',怎便识差了?"秀才道:"赋便赋,有些贼形。"

孔夫子西狩得麟不能够见,在家里日夜啼哭。弟子恐怕哭坏了,弄个牯牛,满身挂了铜钱哄他。那孔子一见,便识破道:"这分明是有钱的牛,却怎的做得麟?"

此二则笑话都是对西门庆的评论,言其虽然富有,却有贼形,是由贼而富,而且也不是世代相传的富贵之家,乃是暴发户,是有钱的公牛。这样写,既评价了西门庆,同时又不使情节场面中断,增加了生动直观的戏剧化效果,还恰当地表现了应伯爵心灵嘴巧的帮闲个性,可谓一举多得。呈现的叙事形态是文人独创型小说的重要特征,后来的《儒林外史》与《红楼梦》都是如此,而开其端者则是《金瓶梅》。

《金瓶梅》在艺术上所体现的文人独创型的重要特征之四,是小说语言更向世俗生活的贴近。《三国演义》的语言是半文半白的,《水浒传》与《西游记》已经是纯粹的白话,但基本上还是书面化的说话体。《金瓶梅》由于从理想转向写实,其市井的题材与人物也就必然要求语言的市井化,即"市井之常谈,闺房之琐语"(欣欣子《金瓶梅序》)。如第六十回李瓶儿的儿子官哥死了,潘金莲甚是幸灾乐祸:

每日抖擞精神,百般称快,指着丫头骂道:"贼淫妇!我只说你日头正响午,却怎的今日也有错了的时节?你斑鸠跌了弹——也嘴答谷了!春凳折了靠背——没得倚了!王婆子卖了磨——推不得了!老鸨死了粉头——没指望了!却怎得也和我一般?"

一连串的比喻和歇后语,不仅将其狠毒的个性与得意的神态逼真描绘如画,而且也是地道的"一篇市井的文字"。这样的语言优点是活泼丰富,但有时也表现出粗俗琐细的不足,这说明它还需进一步提炼,才能达到像《红楼梦》那样既生动流畅又含蓄丰富的地步。其实在《金瓶梅》的不少地方已显示出丰富深刻而富于弹性的语言特色,达到了像张竹坡所说的那样:"只是家常口语,说来偏妙。"(《金瓶梅》第二十八回评语)。如第十六回西门庆与潘金莲商量要把李瓶儿娶进来:

> 西门庆道:"……他要和你一处住,与你做个姐妹,恐怕你不肯。"妇人道:"我也不多着个影儿在这里,巴不的来才好。我这里也空落落的,得他来与老娘作伴儿。自古船多不碍港,车多不碍路。我不肯招他,当初那个怎么招我来!搀奴甚么分儿也怎的?倒只怕人心不似奴心,你还问声大姐姐去。"

从表面看潘金莲所言全是通情达理的贤惠话,尤其是将李瓶儿自己当初进门的情况相比,可以说非常真实,容不得西门庆不相信她的诚意。但她又是个嫉妒心最强的女人,决不会心甘情愿让李瓶儿进门,只不过她知道要拦是拦不住的,于是只好言不由衷地表示同意。可最后一句"倒只怕人心不似奴心,你还问声大姐姐去",将她的心机与阴险表露无遗,因为她知道吴月娘也反对李瓶儿进门,如今正可用她来达到自己的目的;即使达不到阻拦李瓶儿的目的,也可使西门庆与吴月娘之间产生矛盾,而自己便可从中得利。因此在语言表层之下其实隐藏着非常丰富的内涵,必须联系当时的环境情势方可品出其中滋味。张竹坡认为作者能够写出这样的语言在于他把握住了"情理",也就是人物自身的性格逻辑以及和其他人物之间的各种复杂关系,所谓"于一个人心中,讨出一个人的情理,则一个人的传得矣。虽前后夹杂众人的话,而此一人开口,是此一人的情理"。

从上面的论述中可知,《金瓶梅》在中国小说史上带有明显的转折标志。在题材上它从历史与神魔转向了现实中的家庭生活,在人物塑造上从对理想英雄的歌颂转向平凡的市井细民,在结构上从线性结构转向网状结构,在艺术手法上从传奇夸张转向描摹写实。而所有这一切,又都显示了从传统累积型向文人独创型新模式的转折。

(三)《金瓶梅》的续书及影响

《金瓶梅》的续书今见于著录者共有《玉娇丽》《续金瓶梅》《隔帘花影》《金屋梦》及《三续金瓶梅》五种。谢肇淛《金瓶梅跋》称:"仿此者有《玉娇丽》,然则乖彝败度,君子无取焉。"这是最早提及《玉娇丽》者。本书内容据沈德符《野获编》记载,是写《金瓶梅》中人物转世后的因果报应,所谓"武大后世化为淫夫,上蒸下报;潘金莲亦作河间妇,终于极刑;西门庆则一呆憨男子,坐视妻妾外遇,以见轮回不爽"。至于其具体情况,因该书早已亡佚而难以知晓。明末遗民丁耀亢的《续金瓶梅》共12卷64回,作者借吴月娘与孝哥的悲欢离合及其他人物转世后的故事,寄托了自身的亡国之思,所以作者曾因此而下狱。但本书又多写因果报应与淫秽场面,严重削弱了它的价值。

后来的《隔帘花影》与《金屋梦》其实都是《续金瓶梅》的改编本,故应被视为一书。至于道光年间的《三续金瓶梅》,则是写西门庆、春梅等人又还阳返生之事,非但乱编情节,且又多淫秽描写,故而没有多大价值。

《金瓶梅》对当时及后来小说创作的影响可分为三个方面:一是才子佳人小说,如《玉娇梨》《平山冷燕》《好逑传》等。这类小说虽也多写男女之事,但与《金瓶梅》已有所不同,它们所反映社会背景的广度与深度已难与前者相比,但文笔却较为干净。小说的主人公虽意在追求理想的爱情,但又要以不违背传统道德为前提,所以最终大都以中状元、大团圆为结局。二是以家庭生活为题材来描绘世态炎凉的,如《醒世姻缘传》《林兰香》《红楼梦》等。这类小说继承了《金瓶梅》以家庭生活辐射社会整体的艺术构思,通过日常生活来表现人物性格与寄托作者情思。在表现方法上也继承了前者的网状结构、白描技法与口语化语言诸要素,甚至在因果报应及色空思想等方面,也都能够在《金瓶梅》里找到源头。当然,其中做得最好的是《红楼梦》,脂砚斋曾说它"深得《金瓶》壸奥",但又有很大改观,所以清人诸联说:"本书脱胎于《金瓶梅》,而亵漫之词,淘汰至尽。中间写情写景,无些黠牙后慧。非特青出于蓝,直是蝉蜕于秽。"(《红楼梦评》)三是猥亵小说。猥亵小说又称艳情或淫秽小说,它主要以表现性欲为目的,书中充满细致的淫秽猥亵场面。描写明代的猥亵小说并非始于《金瓶梅》,在正德年间出现的《如意君传》便已开其端,略早于《金瓶梅》的还有《痴婆子传》,描写上官阿娜的乱伦淫荡已相当露骨。《金瓶梅》中出现的大量性描写,更助长了这股淫风,先后出现过一大批猥亵小说,如《浪史》《绣榻野史》《闲情别传》《昭阳趣史》《肉蒲团》《宜春史》《绣榻野史》《闲情别传》《宜春香质》《弁而钗》等。《金瓶梅》中虽有性的描写,但其立意则大要在于反映世情;此类小说虽大都声明戒淫而实在于宣淫,篇中除了大量赤裸裸的性描写之外,其他则所剩无几,其精神命意已与《金瓶梅》大不相同,所以尽管这些作品有些在描写技法上尚有独到之处,却仍然不宜为一般读者所阅读。

二、明代其他才子佳人小说

(一)《好逑传》

《好逑传》,又名《侠义风月传》《义侠好逑传》《第二才子好逑传》,十八回,题"名教中人编次,游方外客批评"。作者、评者的真实姓名俱不可考。鲁迅《中国小说史略》将其列为"明代人情小说"。该书叙述御史铁英之子铁中玉为大名府秀才,年方二十,"既美且才,美而又侠"。他得知穷秀才韦佩的未婚妻、韩愿之女被当朝势豪大央侯沙利抢去,允为营救,只身打入沙利养闲堂,救出了韩愿妻女。又有历城县兵部侍郎水居一之女水冰心,聪慧美貌、有胆有识。本乡恶霸、过学士之子过其祖仗势抢婚,被铁中玉路遇所救。中玉因此遭害致疾,冰心不避嫌疑,迎至家中护视,二人光明同室,五夜无欺。几经曲折,中玉中了翰林,奉旨与冰心成婚。本书对铁中玉、水冰心有胆有识、不畏强暴而又光明磊落的性格特点刻画得比较鲜明,一些反面人物的描绘也较生动。在国外影响广泛,译本已在十五种以上。

(二)《平山冷燕》

《平山冷燕》,二十回。原刻本不题撰人,后出刊本有题"荻秋散人""夷狄散人""荻岸散人"者。据盛百二《柚堂续笔谈》,此书为嘉兴人张劲十四五岁时所作,鲁迅《中国小说史略》认为"文意陈腐,殊不类童子所为"。书前有"天花藏主人"序,现在一般认为,此书作者即为天花藏主人。小说叙述大学士山显仁之女山黛才华出众,因赋白燕诗为皇帝所知,四方之士皆来求诗,与之考校诗文者,皆败。同时有扬州江都县冷新之女冷绛雪亦有才华,被小人构陷,串通官府,将其荐往山显仁府为女记室。冷绛雪正欲至京显名,欣然前往。与山黛相见,相互倾慕,彼此敬爱。又有书生平如衡、燕白颔,同慕二才女之名,化名钱横、赵纵,悄行入京,与之较量诗文。虽二生终不敌二女,但二女亦颇赏二生。后来二生会试得中,皇帝为媒,平与冷、燕与山结为夫妻。

(三)《玉娇梨》

《玉娇梨》,又名《双美奇缘》,二十回,荑荻散人编次。后出刊本又有题"荑荻散人""荻岸散人"者。现一般认为,它的作者亦为天花藏主人。该书叙述太常卿白玄之女白红玉,姿色秀美,且有诗才。白玄以红玉新柳诗求和,以诗择婿。秀才苏友白见诗惊服,和诗二首,而被财主之子张轨如窃换。真相大白后,红玉嘱友白求吴翰林为媒说亲,又有苏友德先骗取吴翰林书札,到白府骗婚,但被红玉识破。苏友白进京途中,又结识女着男装的红玉之中表姐妹卢梦梨。后经无数曲折,苏友白终与白红玉、卢梦梨结为双美姻缘。

上述二作,皆摘取书中人名作为书名,显然受了《金瓶梅》的影响。二书皆肯定女子才华,描写了男女青年在才、情基础上建立起来的爱情,具有进步意义。情节也都曲折引人。但二书虽极推崇诗词才华,而所写才女之诗,多平庸浅陋,是作者虽重才情而实欠缺才情。这是明末清初才子佳人小说的通病。其反映生活的广度、深度,人物形象的塑造,更不可与《金瓶梅》同日而语。又凡求偶必经考试,成婚待于诏旨,几成才子佳人小说的公式,也使作品显得迂执陈腐。

第七章 清代短篇小说研究

在"三言""二拍"的影响下,明末清初白话短篇小说的创作出现了繁盛的局面,一时作者纷起,专集频出。这种局面一直持续到清中叶才渐趋衰歇。据胡士莹先生《话本小说概论》一书统计,除"三言""二拍"和李渔小说外,明清其他白话短篇小说专集亦在五十种上下,实际可能还不止这些。本章主要对清代白话短篇小说专集的基本情况作一些简单的介绍。

第一节 清代短篇小说概述

清代前期的短篇通俗小说仍然是广为流行的创作流派,无论是数量或者是质量,都可以与明末相颉颃,其余波一直延续到清代中叶。但是,与明末直接受"三言""二拍"的刺激问世的大批作品不同,无论是形式或者是内容,清代前期的短篇通俗小说都发生了较大变化,大约体现在三个方面:一是多数作品已没有了得胜头回。二是引用诗词的数量大为减少,有的还略去了篇头、篇末曾经必不可少的诗词。这时的短篇通俗小说,已不再是说书人稍作改动就可以开讲的"话本"了,而是直接诉诸视觉的阅读作品。第三是篇幅加长,许多短篇小说已有了两三回甚至四五回的长度,越来越接近中篇小说。就内容而言,与明末短篇通俗小说杂讲史、神魔、公案、人情、侠义等各种题材不同,清代短篇通俗小说的题材基本上属于人情类,一如杜濬在评价李渔的作品时所说:"《无声戏》之妙,妙在回回都在说人,再不肯说神说鬼;更妙在忽而说神忽而说鬼,看到后来,依旧说的是人,并不肯说神说鬼。幻而能真,无而能有,真从来仅见之书也。"清代前期其他短篇通俗小说大多是这样,这是作家把视野转向现实生活的结果,是小说创作方式的进步。与之相应,与宋元以来的小说创作大多属于改编类不同,清代前期的短篇通俗小说大都是作家的独立创作。

清代前期的短篇通俗小说代表作家是李渔,其短篇通俗小说创作的成就与明代冯梦龙、凌濛初相仿,代表作是《无声戏》与《十二楼》。除此,还有

第七章 清代短篇小说研究

不少其他作家的作品,结成专集的有《清夜钟》《醉醒石》《豆棚闲话》《照世杯》《西湖佳话》《二刻醒世恒言》《娱目醒心编》《雨花香》《珍珠舶》《通天乐》《八洞天》《五色石》《警悟钟》《跻春台》等。

第二节 《聊斋志异》及其他文言小说

《聊斋志异》现存的版本主要有:(1)手稿本。1948 年在辽宁西丰县发现,二百三十七篇,只是书的上半部。字迹与朱湘麟画像上的作者自题字相似,说明它是作者的手稿。(2)铸雪斋抄本。《聊斋志异》在有刻本以前,曾经以抄本的形式流传。乾隆十六年(公元 1751 年)历城张希杰的铸雪斋抄本比较完整,共四百八十四篇。据记载它是从济南朱氏的一个据原稿抄录的本子中转抄过来的,较接近原稿。(3)青柯亭刻本。这是乾隆三十一年(公元 1766 年)莱阳赵起杲刊刻的本子,共四百四十一篇,通称此本是最佳本。(4)吕湛恩本。道光年间《聊斋志异》的刻本较多,大都是评注本,其中以道光五年(公元 1825 年)吕湛恩评注本较有影响。(5)图咏本。光绪间,铁城广百宋斋主人爰请名手,将每篇故事都配绘插图和七言绝句一首,名为《详注聊斋志异图咏》。为其别开生面,上海同文书局据以拓印发行。(6)三会本。1962 年中华书局出版了张友鹤的《聊斋志异》会校、会注、会评本,共收四百九十一篇,是目前最完备的一个本子。

我国古代文言小说,无论是魏晋志怪,还是唐传奇,或是以后的文言小说,迄《聊斋志异》问世,一直缺乏与现实生活的紧密联系,只偏重于士大夫的遣兴娱情、逐异猎奇。蒲松龄的《聊斋志异》则大大增强了与现实生活的联系,表现了对现实生活的积极干预意识和批判意识,从而使我国古代文言小说的艺术功能发生了革命性的变化。

《聊斋志异》题材广泛,内容丰富,它是当时的一部民间传说和神话的总集,又是一部清初现实社会的百科全书。四百九十多个故事大体上可分为五类:读书人的故事——抨击了科举制度的腐败——八股取士是明清两代用以选拔人才的制度。到了清代这个制度已经日渐腐朽,弊端丛生,几乎完全丧失了它的本意。蒲松龄首先用文艺的形式进行了全面的批判,其深刻程度是前人未曾达到的。可以说,他是文艺领域里集中向封建科举制度开火的第一人,比吴敬梓还要早半个世纪。

又因为蒲松龄自己就是一个科举的受害者,在这条路上挣扎了五十年,感受特别深切,所以他对科举弊端的揭露、鞭挞也就特别深刻、生动、酣畅淋漓。他通过谈狐说鬼,反映了读书人抑郁不得志的苦衷,辛辣地嘲讽了考官们的有眼无珠、昏聩糊涂，还无情地嘲笑了在科举的毒害下，举业迷们精神的空虚、无聊。

反映读书人的痛苦和悲愤，是聊斋故事中较为突出的主题。封建社会放在广大青年面前的是一个金字塔形的阶梯，通过读书应考爬到上层的只是极少数幸运儿，多数有才华的读书人却一辈子蹭蹬于这阶梯的各个不同层次上，欲进无路，欲退不能。再加上考官糊涂、考弊丛生，这就出现了文章做得好的反而考不取，做得不好的却连战皆捷的情况，这种怪现象使广大读书人愤恨不平。《叶生》一篇就典型地反映了读书人的这种怨愤，揭露了科举制度扼杀人才的罪恶。主人公叶生文章词赋冠绝当时，而他却屡试不中，一辈子困于场屋，以至于抑郁而死。叶生死后，其鬼魂追随赏识他才学的丁乘鹤而去，悉心教育丁的儿子，使丁之子中了举人、进士，一雪平生不酬之憾。这个故事概括地写出了读书人一生蹉跎、含冤负屈的悲惨命运，吐出了他们胸中的不平。正如叶生所说："借福泽为文章吐气，使天下人知半生沦落，非战之罪也。"①

《司文郎》篇中宋生的命运比叶生更悲惨。

宋生身材魁伟，谈吐不俗，才学高而无意于功名。他与进京赶考的王平子结识，并帮助王应考。一晃几个月过去了，王平子大有长进，满怀希望进入考场。没想到刚进场就被取消了资格，王平子自己还能控制住，宋生倒忍不住放声痛哭了。他说："仆为造物所忌，今又累及良友。其命也夫！其命也夫！"王平子不明究理，宋生擦着眼泪回答，我早就想对你直说了，就怕你听了惊怪：我实际不是一个活人，而是漂泊游荡的鬼魂。年轻时很有才名，但在考场中却一直不得意。不幸后来死于战乱，从此我便年复一年地游荡着。近来承蒙你相知相爱，我才找到寄托，竭力帮助你，实指望我平生没有达到的愿望，能借好朋友得以实现，又谁知我们的命运竟坏到这步田地，你想，我还能无动于衷吗？宋生的故事虽然不是现实的，却宣扬了具有现实意义的东西，达到了现实主义描绘所难以达到的深度。才学超群的宋生困顿终生，死了变成鬼魂还咽不下这口怨气，想借朋友来再拼一下，而这样一个可怜的愿望也同样落空了。宋生的遭遇表达了广大读书人内心的辛酸和愤懑，向不公平的世道作了鲜血淋漓的控诉。与此同时，作者很自然地把矛头指向了糊涂试官。在作者笔下，试官们是一群昏聩糊涂、不学无术，只知徇私舞弊的家伙。《三生》篇中落第士子愤死千万，鬼魂在阴司聚众告状，要挖掉试官的双眼，"以为不识文之报"。《于去恶》篇中，试官竟是乐正师旷（晋

---

① 赵青.《聊斋志异》在题材内容上对唐传奇的继承与发展[J]. 淮阴师范学院学报（哲学社会科学版），2003(05)：682-687.

第七章 清代短篇小说研究

国盲乐官)、司库和峤(晋朝有"钱癖"的官),他们"黜佳士而进凡庸"。在另外一些篇章里,作者甚至揭露试官自己的文章狗屁不通,连瞎子都不如。

再有,作者还把讽刺的矛头指向读书人自己,描写读书人在科举的毒害下精神境界的空虚无聊。这是批判科举的深层主题,蒲松龄在吴敬梓、曹雪芹、鲁迅之前就接触到了这一问题,并作了具体形象的反映。《续黄粱》揭示了科举对读书人心灵的腐蚀和读书人锐意干进的丑态。主人公曾孝廉在高捷南宫之后,又听到星者预言他有宰相的福分,便得意忘形大做升官发财、胡作非为的美梦:"某为宰相时,推张年丈做南抚,家中表为参、游,我家老苍头亦得小千,把,于愿尼矣。"后来,他在睡梦中果然做了宰相,并变成一个无恶不作的权奸。作品充分暴露出封建文人的肮脏灵魂。《王子安》是一篇以喜剧的形式反映读书人悲剧的短篇小说。士子王子安久困场屋,一日醉后,梦见自己中了进士、点了翰林,他当然高兴得了不得,又是喊又是跳,又是嚷着赏钱又是嚷着赏饭。功成名遂,富贵到手,首先便想到在本乡邻里面前炫耀一番,于是吆五喝六地招呼长班侍候,长班来迟了,开口就骂,举手就打……醉梦醒来才知道这一切都是假的,是狐狸捉弄了他。这个故事典型地揭示了庸俗、酸腐的举业迷,热中举业,并为之而发疯发狂的原因。

小说后面的"异史氏曰",用散文的笔法,把穷秀才应考前后的种种情态、心理描摹得惟妙惟肖,揭示得入木三分,简直可以说是举业迷的脸谱、读书人的镜子。

爱情故事——表现了反封建礼教的精神,《聊斋志异》中描写爱情主题的作品,数量最多,也最生动感人。它们通过人与神仙鬼怪、花妖狐魅相恋的故事,反映了封建婚姻的不合理,男女青年的受摧残,以及他们打破桎梏而自由结合的愿望和行动。

《青凤》是一个人狐相恋的故事,耿生是一个勇敢狂放的豪士,他对狐女青凤的感情真挚而执着,清明扫墓,归途中无意中救了青凤,也未因"异类见憎"。青凤虽是狐魅,但美丽温柔,富有人情,爱恋耿生。最后通过耿生对青凤叔父的急难相助,两家和好,两人得偿夙愿。耿生和青凤的人狐相恋的故事中反封建意义是很明显的。

《婴宁》中作家为我们刻画了一个敢于反抗封建礼教、蔑视传统闺范的狐女形象。婴宁是一个憨态可掬的少女,她聪明,美丽,多情,针黹女红,精美绝伦,而且爱花成癖。她性格中最突出的特征是憨笑。小说中她一出场,就笑声不断。她爱笑,无拘无束地笑,无法无天地笑。连结婚拜堂时她都"笑极,不能俯仰"。婴宁是中国古代小说中笑得最开心、最恣肆的姑娘,她几乎把封建时代少女不敢笑、不能笑、不愿笑的一切条条框框全打破了。那些少女只能够"向帘儿底下,听人笑语",只能行不露趾、笑不露齿,否则就有悖纲常、有失检点、不正经,而婴宁呢?她面对陌生男子,毫无羞涩地、自由自在地笑;"笑不可遏""忍笑而重""复笑,不可仰视""大笑""笑声始纵""狂笑欲""笑又作,倚树不能行"。她毫不掩饰她狐女的出身,在婆婆面前也毫不掩饰自己乐观爱笑的天性,她走到哪里就把笑声带到哪里。她是人间真性情的化身,一切封建礼教的繁文缛节对她均无约束力。但是,在讲究三从四德的封建社会中,婴宁是不可能存在的。蒲松龄通过婴宁的形象,从正面讴歌了人的个性解放,赞颂了摆脱封建礼教的束缚之后人性所具有的美。

《小翠》与婴宁一样,是个无拘无束、不守礼教闺范的狐女。她天真活泼,聪明过人,敢于游乐和嬉戏,故意作弄呆痴的丈夫;遭到公婆的斥责,也不畏惧,始终保持自己活泼的个性。她有着过人的智慧,不仅把一个痴呆的丈夫逗引得活泼可爱,而且多次打击企图陷害其公公的坏人,拯救了家庭。她的大胆、泼辣和斗争的巧妙、机智使须眉男子也为之折服。最后,她还采用蒸浴法治愈了丈夫的痴呆症。通过小翠的形象,蒲松龄不仅歌颂了中国女性在破除封建礼教束缚之后所焕发出来的才智,而且表达了对生活的理想。

以婚姻爱情为描写内容的作品,在《聊斋志异》中占有相当大的比重。如《鸦头》《青凤》《娇娜》《阿绣》《青梅》《莲香》《红玉》《婴宁》《小翠》等写的是人狐之恋;《聂小倩》《连琐》《连城》《公孙九娘》《小谢》《梅女》《宦娘》等写的是人鬼之恋;《香玉》《黄英》《葛巾》写的是人与花妖之恋;《绿蜂》写的是蜂精与人之恋;《阿纤》写的是鼠精与人之恋;《神女》《张鸿渐》《蕙芳》《翩翩》等写的是人仙之恋;等等。这里,无论是狐女还是女鬼,无论是花妖还是神怪,她们都具有社会人的思想和品格。她们出身经历不同,个性迥异,但她们有共同的特点,都是美丽、多情、诚挚,敢于背叛传统、反抗封建礼教,与恶势力作斗争,主动追求个人爱情的自由与婚姻的幸福。这是一群多姿多彩的、闪耀着人性理想光辉的女性形象。在这些作品中,蒲松龄倾注了极大的热情,刻画了花妖狐魅们的高尚情操和坚强意志,揭露了封建礼教的不合理,歌颂了青年男女为争取爱情自由、婚姻幸福而作的斗争。《青凤》是《聊斋志异》中典型的写人狐之恋的作品。

小说写狂放不羁的耿生,深夜闯入胡氏家中,并以"粉饰多词,妙绪泉涌"赢得了胡叟的好感。胡叟叫出儿子、妻子与侄女青凤相见。耿生立即为青凤的美貌所倾倒。胡叟看出了耿生的心思,化厉鬼进行恐吓,但耿生不为所动。次夜,青凤经过耿生的住所,在耿生的深情恳求下,终于克服了心理上的懦怯,勇敢地接受了耿生的爱抚和拥抱,结果被胡叟撞见,羞惧而去。胡叟责备青凤,耿生表示所有的罪过都应由他来承担,从此音讯断绝。清明时节,耿生扫墓归家,路遇二小狐为犬追逐,就抱回一只,置床上,发现正是

第七章　清代短篇小说研究

青凤。耿生不以非类见憎，二人相亲相爱。两年后，胡叟遇横祸，又多亏耿生设法救出，从此"如家人父子，无复猜忌矣"。这个故事虽说荒唐离奇，但出现在我们面前的青凤，根本不像狐女，分明是一位多情又拘谨的少女。最初耿生"隐蹑莲钩"时，她只是"急敛足，亦无愠怒"。"急敛足"写出她的羞怯和拘谨，"无愠怒"则暗示她的有情。以后深夜相遇时，她禁不住耿生的一再恳求，半推半就中接受了耿生的感情。胡叟的突然闯入，又使她"羞惧无以自容，俯首倚床，拈带不语"。小说通过这些逼真的情态描摹，把一个想爱而不敢爱，既多情而又极其羞怯的少女，刻画得宛在眼前。

《连琐》是一篇写鬼人之恋的作品。连琐是陇西人，随父流寓，十七岁时得急病死去。二十年来，飘身旷野，孤寂无依，满怀幽恨，吟诗叹怨。有书生杨于畏明知她为鬼，还是"心向慕之"，续诗表达了她难以表达的心情。从此两人产生了交往，俩人以诗、琴、棋、画相切磋，甚为相得。连琐忽然遇到一男鬼通婚，杨生拼死相救。最后，杨生以自己鲜血滴入连琐肚脐中，连琐得以复活，两人结为夫妇。小说歌颂了建立在相互了解之上的有共同情趣的爱情，因而从侧面对"父母之命，媒妁之言"的封建包办婚姻进行了批判。

与花妖狐魅的多情痴情相对应，《聊斋志异》也为我们塑造了一系列痴情男子的形象。如《连城》中的乔生，为了心爱的女子，可以割掉自己身上的肉，可以去死。《阿宝》中的孙子楚，只因为心爱女子的一句话，便拿起斧子砍去自己的枝指，表现了对所爱者的一片痴情。《葛巾》中的常大用"癖好牡丹"，只要听说哪里有好牡丹，一定千里必从。他听说"曹州牡丹甲齐鲁"，便赶去观赏，流连忘返。他的诚心感动了牡丹仙子葛巾，现身与他相恋。《黄英》中的马子才，世代好菊，至马子才"尤甚"，他的诚挚感动了菊精黄英姐弟，现身与他相聚。后来黄英并与他结为夫妇。总之，蒲松龄在《聊斋志异》中，围绕着爱情、婚姻、家庭的主题，编织了无数对青年男女的悲欢离合的故事。通过他们的不同遭遇，深刻揭示了社会关系的各个方面，反映了当时的社会现实。

《小谢》一篇里男女主人公的恋爱，则具有现代恋爱的规模。开头女鬼小谢、秋容捉弄穷书生陶望三。陶生不惧，双方在打闹中相识、和好，以师友相处。陶生因事入狱，小谢、秋容奔走相救；秋容被城隍祠的黑判抢去，也得到陶生的搭救，他们在与黑暗势力的斗争中彼此帮助，发展了爱情，结为夫妻。《聊斋志异》中的一些篇章里，女鬼、仙子、妖精都很有个性，她们违抗父母之命、媒妁之言，不顾门第、财势的差别，主动追求男子，求得幸福的结合。一旦男子变心了，还能主动脱离，另觅知音。这在封建社会几乎是不可思议的事，蒲松龄让它在狐鬼身上实现了。这是突破封建道德规范，具有民主色彩的进步。《聊斋志异》中许多相爱的男女，往往一见钟情，立刻结合，甚至钻穴、逾墙去偷情、幽会。对于这一点我们不必苛求，封建礼教不让青年男女有任何接触的机会，迫使他们不得不采取这种方法来挣脱束缚。

爱情故事中的另外一些作品，着重批判了玩弄妇女的丑恶行为。《窦氏》写晋阳地主南三复引诱农家少女窦氏，始乱而终弃的故事。南初时信誓旦旦允以媒娶，后来竟背弃盟约与大户人家结亲。窦氏怀孕临产，被父亲挞责，饱受磨难。南家又不承认，窦氏终于抱着婴儿僵死在南家门口。死后她变为厉鬼进行报复，使南三复几次娶亲不成，最后犯案被处死。这个故事在玩弄妇女习以为常的封建时代无疑是有振聋发聩的意义的，它代表下层妇女发出反对欺骗与玩弄的最强音。

反对封建礼教，表现青年男女对爱情的渴望和追求，本是古代小说中的一个传统主题，但《聊斋志异》在表现这一故事的时候，却有许多突破和发展。首先，爱情故事的主人公更加中下层化。那些主人公，除了少数是名门望族的公子小姐以外，多数是中下阶层的青年男女。有供人役使的奴婢，有渔户农家的女孩，有卖身献艺的贫女，有被人践踏的妓女，有画匠、牛医、清寒读书人的女儿，等等。就男子而言，有商贾、小贩、农夫、工匠、艺人以及各种类型的读书人，如倜傥书生、清贫塾师、寒微士子、穷困秀才，等等。过去的爱情故事大都有一见倾心、诗简酬唱、偷期密约、金榜题名、奉旨完婚的老套，《聊斋志异》的爱情故事虽然也有少数与此老套相类似的，但大多数作品却突破了这个老套，悲剧的、喜剧的、正剧的各种形式都有。男、女主人公所追求的目标也多不是贵官和诰封，而是婚后的衣食丰足、家业兴旺、子孙绵延。其次，有些作品向爱情的共同的思想基础方面开掘。《吕无病》《连城》《乔女》《黄英》等篇从不同角度表现了某种超越于色爱以上的恋爱观点。这些作品提出了德爱高于色爱的恋爱观。认为知心知德才是最可宝贵的爱情的胶合剂。再次，有些作品向婚后的家庭生活方面开掘，以婚后家庭生活的美满赞美爱情的美好，如《嫦娥》《翩翩》等。再次，有些作品向男女社交公开化方面进行开掘。最为典型的是《娇娜》，孔雪笠与皇甫公子交谊深厚，孔生疽时，皇甫叫其妹娇娜亲为孔治病。孔生见娇娜"娇波流慧，细柳生姿"，非常爱慕，因而"频伸顿忘，精神为之一爽"娇娜动手术时，他更因贪近娇姿，"不惟不觉其苦，且恐速竣割事，偎傍不久。而娇娜敛羞容，揄长袖"，从容为孔生治病，手术完毕，则趋步而出。以后，孔生与皇甫的姨妹松娘结婚，娇娜则嫁与吴郎为妻。再后，当雷霆之劫降临娇娜全家时，孔生不避危难，挺身独当，以自己的生命换得了娇娜全家的安全。娇娜见孔生为她全家而死，痛苦异常，立即与松娘为之治病，"自乃撮其颐，以舌度红丸入，又接吻而呵之"，终于救活了孔生。作者就这样描写了孔生和娇娜之间的友爱，置"男女授受不亲"的清规戒律于不顾，也一反过去男女一有情就应占有的老套，试图描绘出一种高于男女情爱之上的友情。这是具有进步意义的探索,是清代男女社交向公开化方面发展的反映。

公案故事——暴露贪官污吏、豪绅恶霸的罪恶。《聊斋志异》里有不少涉及官府的公案故事,在这些故事里,作者集中暴露了贪官污吏、豪绅恶霸的罪恶,展示当时吏治的腐败和人民的痛苦。

首先,作者把矛头指向官府衙门,指出官贪而吏虐是这些衙门腐败的标志。《梦狼》一篇最为典型。"官虎而吏狼"本是人民群众对封建官府欺压百姓的形象化的比喻,蒲松龄抓住了这一比喻,假托梦境,真的描绘出了一个虎狼世界。主人公白翁梦中来到儿子白甲的官署,在那里"堂上堂下,坐者卧者,皆狼也。又见墀中白骨如山","忽一巨狼衔死人入……曰:'聊充庖厨'"。堂上的官老爷则是"牙齿巉巉"的老虎。这就是白翁之子白甲。白甲是个贪官,"蠹役满堂,纳贿关税者,中夜不绝"。他向其弟介绍"仕途之关窍"说:"黜陟之权,在上台不在百姓。上台喜,便是好官;爱百姓,何术能令上台喜也?"后来他被怨愤的百姓杀死,神人为他"赎头",但是接反了,"目能自顾其背,不复齿人数矣。"最后,作者评论道:"窃叹天下之官虎而吏狼者,比比也。即官不为虎,而吏且将为狼,况有猛于虎者耶!"可见作者鞭挞、告诫的意味是很强烈的。他认识到官虎吏狼在封建社会中决不是个别现象,而是普遍存在,他形象地告诫:当官为吏者要看看身后,别再干丧天良的事。

其次,作者还写了豪绅恶霸鱼肉乡里、巧取豪夺的罪恶。《石清虚》是一个关于玩石的小故事。顺天人邢云飞,喜爱石头,一天网得一块美石,"四面玲珑,峰峦叠秀","每值天欲雨,则孔孔生云,遥望如塞新絮"。这块玩石,径尺大小,名叫"石清虚",原是道家神仙世界的供石。主人公极喜,雕紫檀为座,供之案头。可是就这么一块顽石,却三次被乡里的权豪夺去,两次受到小偷的光顾。主人公矢志如一地寻找它,守护它,直到去世。玩石不幸地碎为数十片陪伴主人公安息在土地里。作者通过邢云飞与玩石的不平常的遭遇,揭露封建社会的一个普遍现象,但凡美好的东西,社会上的豪强势力就要像苍蝇一样纷然麇集,掠夺而去,否则就给主人造成无穷的灾难。有趣的是,在这篇里,作者把豪绅恶霸与贼相间起来写,轮番光顾。这不仅说明豪绅恶霸和贼是一路货色,而且表现势豪为了夺人所好,不惜构陷无辜,草菅人命,比贼凶恶、卑劣得多。篇末作者甚至写到官吏也垂涎这块奇石,一面审贼,一面就想出寄库的花招,据为己有,揭示官吏与豪绅恶霸也是一路货色。

再次,作者写出了封建社会一整套官僚机构的黑暗和腐败。《红玉》一篇写狐女红玉与贫士冯相如恋爱的故事,但篇中的多数笔墨却集中在冯相如因飞来横祸而家破人亡的遭遇。冯相如家贫丧偶,狐女红玉逾墙相从,但不久便被鲠直的冯翁发现,把他们俩训斥了一顿,红玉只好离去。红玉安排冯相如娶得邻村艳丽的卫氏为妻。夫妻恩爱,两年后便生了个儿子。不料飞来横祸,罢官居家的宋御史看中了卫氏,抢走了卫氏,打伤了冯家父子。冯翁气恼身亡。后来,卫氏也不屈而死。冯相如抱子告状,"上至督抚,讼几遍,卒不得直","冤塞胸吭,无路可伸"。在冯相如走投无路之际,来了一位侠士,杀死了宋御史,为他报了杀父夺妻之仇。但冯相如却因此被收入狱中,只是由于县官受到侠士的警告,冯相如才被释放回家。冯相如遭此惨祸后,悲痛欲绝,忽见红玉携带被衙役丢弃在山中的儿子来到,为冯相如重整了家业。这篇小说中的权势者欺凌平民百姓却受到官府包庇的现象,真实地反映出了土豪劣绅与封建官僚的依存关系。

在《聊斋志异》中,蒲松龄的"孤愤"首先表现在对吏治的腐败、官吏的贪腐的揭露上。《促织》以蟋蟀作为贯穿全文的线索,通过变形手法,反映了横征暴敛给老百姓带来的深重灾难。作者把故事的背景放在明代宣德年间。皇帝爱斗蟋蟀,每年在民间征收。成名因买不起应征的蟋蟀,受到官府的杖责,奄奄待毙。后来历尽艰辛,捕得一头,却不幸被儿子不小心弄死。儿子怕父母责怨,投井自杀。后来成名的儿子复活,而灵魂却化为一只轻捷善斗的蟋蟀,应付了官差,挽救了一家的厄运。这个故事反映的是历史的真实,历史上的宣德皇帝既爱好斗蟋蟀,也曾使得人为此倾家荡产,家破人亡。然而,人的灵魂变成蟋蟀,以应官差,却是闻所未闻。作家通过人化为异物,深刻揭示了老百姓受苛捐杂税的侵害,在肉体和精神上所受摧残到了何等程度:人们已经走投无路,不得不化为异物,以充当寄生者的消遣工具。无名捐税,横征暴敛,在清代社会莫不如此。在《促织》中,作者以"异史氏"的名义对事件作出评论,将矛头指向了最高统治者——皇帝:"天子偶用一物,未必不过此已忘;而奉行者即为定例。加以官贪吏虐,民日贴妇卖儿,更无休止。故天子一跬步,皆关民命,不可忽也。"他认为皇帝的荒淫昏庸是造成百姓灾难的因由,从而把批判的矛头直指最高统治者。

《席方平》说的是席方平的父亲得罪了富豪羊某,羊某死后,在阴间买通官吏,将其棒打至死,死后囚于阴狱。席方平为父伸冤,潜入冥府告状,可是,在阴间,从城隍到郡司乃至冥王,都接受了羊某的贿赂,不仅冤屈莫伸,反而遭受种种毒刑。最后告到二郎神处,冤案才得了结。显然,作品写的是阴世,实际上是影射人世。在这里,从狱吏、城隍到郡司、冥府最高统治的冥王,都是一丘之貉,各级官府没有任何是非曲直,有钱即有理。作品通过这桩发生在阴间的冤案,形象而深刻地描写了劳动人民在封建社会里惨遭压迫、有冤无处伸的悲惨处境,剖析了封建社会整个官僚机构的丑恶本质,揭露了封建官府的暗无天日,讴歌了席方平这位敢于斗争、百折不挠的平民英

第七章 清代短篇小说研究

雄,充分表现了劳动人民不堪压迫、要求惩治贪官污吏的愿望和坚决斗争到底的顽强精神。另外在《梦狼》中,作家通过梦境与幻觉的形式,对官吏的贪馋狠毒作了概括性的认识;在《续黄粱》中,作家为我们刻画了一个巧取豪夺、睚眦必报、骄奢淫逸的官僚形象;等等。通过这些作品,蒲松龄暴露了政治的黑暗,吏治的腐败,揭露了社会的不公,民众的痛苦与愤懑。

《聊斋志异》就是这样闪烁着批判现实的光辉。

寓言故事——很有生活哲理。《聊斋志异》中有一部分故事,富有寓言意味,大到人生哲理,小到为人处世的具体方式,都能给人以启迪。《画皮》通过王生被魔鬼迷惑的故事,告诉人们要警惕化妆成美女的魔鬼,切勿为美丽的外表所迷惑。《劳山道士》通过王生劳山学道的遭遇,说明不肯下苦功夫勤学苦练,只想投机取巧者,结果只能碰壁。《武技》说明本领越大越应谦诚自守,而锋芒毕露,骄傲自满,就要吃大亏。《大鼠》一篇很像一则寓言散文:

万历间,宫中有鼠,大与猫等,为害甚剧。遍求民间佳猫捕制之,辄被啖食。

适异国来贡狮猫,毛白如雪。抱投鼠屋,阖其扉,潜窥之。猫蹲良久,鼠逡巡自穴中出。见猫,怒奔之。猫避登几上,鼠亦登,猫则跃下,如此往复,不啻百次。众威谓猫怯,以为是无能为者。既而鼠跳掷渐迟,硕腹似喘,蹲地作少休。猫则疾下,爪掬项毛,口龁首领,辗转争持,猫声呜呜,鼠声啾啾。启扉急视,则鼠首已嚼碎矣。

然后知猫之避,非怯也,待其惰也。彼出则归,彼归则复,用此智耳。噫!匹夫按剑,何异鼠乎!

这则寓言生动地说明:在遇到强大对手的时候,不应硬拼强斗,而应先避其锋芒,采取拖疲战术。敌疲我打,后发制人,是克敌制胜的重要策略。再有,就具体战术而言,应以己之长,拼彼之短,这样就能使敌迅速陷入疲惫的境地。这则故事给我们的启示是相当深刻的。

单纯述异志怪有了解情况的作用,或有宣扬迷信的消极意义。《地震》完全是一篇记实散文,年、月、日、时无一不与《淄川县志》所载的康熙七年六月十七日大地震相契合,但它的记述要比信史具体形象得多:

忽闻有声如雷,自东南来,向西北去。众骇异,不解其故。俄而几案摆簸,酒杯倾覆;屋梁椽柱,错折有声,相顾失色。久之,方知地震,各疾趋出。见楼阁房舍,仆而复起;墙倾屋塌之声,与儿啼女号,喧如鼎沸。人眩晕不能立,坐地上,随地转侧。河水倾泼丈余,鸡鸣犬吠满城中。逾一时许,始稍定。视街上,则男女裸聚,竞相告语,并忘其未衣也。后闻某处井倾仄,不可汲;某家楼台南北易向;栖霞山裂;沂水陷穴,广数亩。此真非常之奇变也。

犹如一组电影镜头,把地震发生、发展的全过程,包括地声、初震、大震、震后传闻等的种种情状,非常具体明晰地呈现在读者的面前。

除了这样一些可以让读者了解具体情况的篇章外,还有一些只是述异志怪,并无多大意义,或有宣扬迷信的消极意义。试看《快刀》一则:

明末,济属多盗。邑各置兵,捕得辄杀之。章丘盗尤多。有一兵佩刀甚利,杀则导窾。一日,捕盗十余名,押赴市曹。内一盗识兵,逡巡告曰:"闻君刀最快,斩首无二割。求杀我!"兵曰:"诺。其谨依我,无离也。"盗从之刑处,出刀挥之,豁然刀落。数步之外,犹圆转而大赞曰:"好快刀!"

这就是落地人头赞快刀的故事,除了有点表明"识兵"之盗的癖好深外,只是述异记怪,却无他意。而《四十千》《尸变》等,虽也述异记怪,却有宣扬迷信和因果轮回思想的消极意义了。

《四十千》一则则是宣扬迷信和宿命论:

新城王大司马,有主计仆,家称素封。忽梦一人奔入:"汝欠四十千,今宜还矣。"问之,不答,径入内去。既醒,妻产男。知为冤孽,遂以四十千捆置一室,凡儿衣食病药,皆取给焉。过三四岁,视室中钱,仅存七百。适乳姥抱儿至,调笑于侧。因呼之:"四十千取尽,汝宜行矣"。言已,儿忽颜色蹙变,项折目张。再抚之,气已绝矣。乃以余资治葬具而瘗之。此可为负欠者戒也。……

消极思想是很明显的。

当然,《聊斋志异》里消极落后的东西,还远不止这些。

有些篇章露骨地宣扬封建道德,赞美男子纳妾、一夫多妻制;有些篇章不能忘怀于科举,流露出对荣华富贵的艳羡,有些篇章敌视农民起义,鼓吹封建剥削;有些篇章则完全是迷信思想、因果报应的图解,等等。在具有积极意义主题思想的篇章里,有时还夹杂着一些消极思想。

《聊斋志异》是一部积极浪漫主义的文言短篇小说集,其艺术成就是巨大的、不朽的。鲁迅说:"描写委曲,叙次井然,用传奇法,而以志怪,变幻之状,如在目前;又或易调改弦,别叙畸人异行,出于幻域,顿入人间,偶述所闻,亦多简洁,故读者耳目,为之一新。"(《中国小说史略》)

造奇设幻的巧妙——《聊斋志异》的艺术成就首先就表现在造奇设幻的巧妙上。作者构想故事情节的巧妙与奇幻,简直令人拍案叫绝,不单单是曲折离奇等字眼所能概括。《聊斋志异》所写的故事有的发生在人世,有的发生在阴曹地府、狐妖世界、精魅王国。鬼怪会变成人,人也会变成鬼怪;蠢笨如驴的县官竟真是驴子变来的,骂王公大人不是人就果真让他变成犬、马、蛇。这就需要作者有丰富的想象力,描绘出一个光怪陆离的神话世界,把现实生活中并不存在的事件、情景呈现在读者面前,满足读者这方面的美感

第七章　清代短篇小说研究

要求。

作者善于把奇幻的非现实的情境组织到现实世界中来，造成一个人鬼相杂、幽明相间的特殊境界。聊斋故事里有不少是写人狐之恋、人鬼之恋、人仙之恋的，其中的人，往往是男方，生活在现实世界的，其中的狐、鬼、仙，往往是女方，来自幻化世界的。作品通过两方的相恋，把现实世界和幻化世界结合起来。许多描写，既有真实的又有虚幻的，既有实际的又有想象的，两者错杂相间，互相渗透，水乳交融。也有的篇章写主人公突然死去变成了鬼，笔触也就跟着他描写起鬼域来，而鬼域对于现实或是正面的陪衬，或是反面的对照。例如，《王十》一篇，写王十贩盐被鬼卒带入冥府，那里与现实相反，贪官奸商充苦役，良民则作监工。王十只是小贩，阎罗体察他的苦楚，授予他蒺藜骨朵，去监督河工，而河工中就有当地阔富的肆商。作品就是这样把现实和幻化结合起来，巧妙地表达了鞭挞垄断食盐的奸商的主题。

作者还善于把狐鬼人格化、狐鬼世界世俗化，从而造成亦真亦幻、扑朔迷离的奇幻世界。把狐鬼人格化，其情形正如鲁迅所说："明末志怪群书，大抵简略，又多荒怪，诞而不情，《聊斋志异》独于详尽之外，示以平常，使花妖狐魅，多具人情，和易可亲，忘为异类，而又偶见鹘突，知复非人。"（《中国小说史略》）《小翠》里的小翠，聪明美丽，活泼天真，顽皮而善谑。她把自己的别院，变成了一个游戏场，终日和丈夫、丫头们一起嬉戏，踢布球、涂鬼面、扮王妃，玩的名目既多，花样也新奇别致，整天奔逐笑闹，弹琴跳舞，与一般调皮爱玩的女孩子一样。假如不是小说后来交代她实际是一个狐女，嬉戏中有奇谋时，我们无法断定她是一个异类。聊斋故事还善于把幻化世界世俗化。《考弊司》《席方平》等篇所描绘的冥府的种种黑暗正是世俗世界黑暗的写照。《聂小倩》里的聂小倩本是一个害人的女鬼，可她给读者的印象却是一个非常可怜、令人同情的青年女子。这是因在鬼魅世界里，聂小倩生活在最底层，她"历役贱务""实非所乐""被妖物威胁"，不得不"觍颜向人"。她的迷人、害人是为了"摄血以供妖饮"。她多么像现实世界的、在黑暗势力压迫下的被侮辱、被损害者。后来，聂小倩决心摆脱老妖的束缚，向人的方向转化。而老妖也如现实世界的黑暗势力一样，决不允许被控制、被奴役者逃窜。宁生在剑侠的帮助下，战胜了老妖，才使聂小倩完全摆脱了被奴役的命运。篇中鬼魅世界的人际关系、生活逻辑与世俗一样。作品通过聂小倩的遭遇把鬼魅天地与现实人生连接起来，构成了一个极浪漫又极富现实感的奇妙艺术世界。其实，狐鬼人格化、狐鬼世界世俗化，是一切造奇设幻的基础，没有这个基础，再古怪的海外奇谈，也不会有感动人、吸引人的力量。

作者还特别善于在故事中穿插一些别出心裁的情节和细节，取得出乎意料之外、意味又十分隽永的艺术效果。《白秋练》一篇是写慕生与洞庭鱼精恋爱的故事，其中的朗诵古诗相互治病的情节，奇幻而风雅，令人叹服。《嘉平公子》里的嘉平公子是一个金玉其外、败絮其中的人物，他错别字连篇竟驱走了任何符术驱赶不走的狐妓，何等绝妙而有趣。《司文郎》一篇里穿插了一则瞽僧评文的片断，其奇情幻笔，真匪夷所思。瞎眼和尚品评文章不用耳朵听，而用鼻子闻，而且评得十分准确。这次，考场上的结果竟与瞎眼和尚的估计相反，好的落榜，文章使他作呕的竟高中。和尚叹息道："我虽然双目失明，可鼻子还有嗅觉，那帮考官们不仅两眼一抹黑，就连鼻子也不通了。"文章使他作呕的士子来找他算账，他说：我所品论的是文章的好丑，不是给你们算命，猜运气。这样吧，你们不妨把诸位考官的文章收拢来，每人烧一篇我闻闻，我从味儿就知道谁是推荐录取你的考官。这样，又烧起考官的文章来。闻到第六篇，和尚猛然转身冲着墙壁呕吐起来，同时还放出一串响屁，引得大家哈哈大笑。和尚擦着眼泪说。这才是阁下的尊师。酸臭味儿可冲啦，开始我没提防，猛一口吸下去，鼻子受不了，肚子受不了，连膀胱都不能容纳，它就一直从肛门冲出来了。后来，事实竟如和尚所言。这段穿插把浪漫主义的奇思幻想和对现实的讽刺巧妙地结合起来，从而收到庄谐相济、妙趣天成的艺术效果。试想，不用这个方法怎么能讽刺考官、挖苦科举考试到如此辛辣、如此淋漓尽致的地步。

《聊斋志异》的传奇性、怪诞性为讽刺艺术另辟了蹊径。

不仅故事情节充满了奇幻的想象，就连一些细节也充满了奇幻的想象，直令读者赞叹、叫绝。试看《席方平》中席方平遭冥王锯解之刑时的情景：

锯隆隆然寻至胸下，又闻一鬼云："此人大孝无辜，锯令梢偏，勿损其心"。遂觉锯锋曲折而下，其痛倍苦。

这里的鬼卒之言和锯锋曲折两个细节都是作者具有奇妙想象力的表现。冥王属下也并非漆黑一团，居然还有个有良心的鬼卒，而鬼卒的好心却又增添了席方平的痛苦，作者悬想得何等深细而具体，仿佛理所固然、事所必然的一样。这是文心，是作者根据想象去推知的非现实情况。这两个细节很好，前者反衬了冥王的贪酷，后者突出了席方平的正直无畏。

作者的造奇设幻达到了得心应手、变幻无穷的地步。单是人狐相恋、人鬼相恋的故事就多达数十种，种种不同。讽刺科举、鞭挞贪官，也是花样翻新、千奇百怪。例如，写冥府就有好些不同，《席方平》中写的是一种冥府：冥王贪赃枉法，制造冤狱，与阳间的贪官污吏一样。《李伯言》中所写则又是一种冥府："一念之私不可容"，倘若阎罗一动偏私之念，殿上就有大火示意。同是冥府，两种面目，作者根据艺术表达的需要，信手拈来，就能涉笔成趣。所以，郭沫若在"蒲松龄纪念馆"题词云："写鬼写妖高人一等，刺贪刺虐入骨三分"。

第七章　清代短篇小说研究

　　从造奇设幻、表现丰富的想象力方面来衡量全书，聊斋故事大体可分为奇闻传说的简单记录和奇闻传说的深加工两大类，后者是聊斋故事的主要部分，也是最有艺术光彩的部分。作者通过造奇设幻的艺术加工，大大丰富了神话小说的思想内容，大大提高了神话小说反映生活、表现人生理想的艺术技巧。

　　塑造了许多生动可爱、性格鲜明的狐鬼形象——《聊斋志异》塑造了许多生动可爱、性格鲜明的狐鬼形象，数量之多，质量之高，在志怪、传奇、文言短篇小说集中首屈一指。这些狐妖、鬼怪，性情各异、栩栩如生，例如天真无邪的婴宁、玩皮爱笑的小翠、拘谨温顺的青凤、粗豪爽直的苗生，等等，他们活跃在各自的故事里，构成聊斋故事艺术形象的画廊。作者不仅能从不同环境、情境中塑造不同的人物形象，而且能从几乎是相同的处境中，塑造不同的人物形象。鸦头和瑞云同是渴望自由的妓女，但两人的性格迥不相同，前者桀骜不训、至死靡他，后者柔弱深情、蕴藉斯文。同是痴情男子，《阿宝》中的孙子楚与《连城》中的乔生，由于身份不同，性格各异，痴情的方式就迥然不同。孙子楚是迂纳的名士，他爱阿宝，常凝神随往，以得依香泽为快；乔生是豪爽困顿的读书人，他爱连城披肝沥胆，为报连城的一笑，竟一痛而绝。

　　《聊斋志异》塑造人物，注意突出人物性格的主要方面，务使之鲜明、强烈。《狐谐》一篇主要是突出狐女的诙谐幽默、聪明机智，经过不同情节的反复描绘，这种性格给读者以强烈的印象。《黄英》中的黄英突出的是她豁达大度、沉稳细心、善于理家的方面。《水莽草》中的祝生和女鬼寇三娘突出的是他们心地善良、不忍心找替身而害人的方面。

　　《聊斋志异》塑造人物，注意把现实社会人的性格和精魅物的属性结合起来，做到两者和谐统一。《花姑子》里的花姑子是獐精，她"气息肌肤，无处不香"，给情郎治病时，使情郎"觉脑麝奇香，穿鼻沁骨"，这个特征与她那憨而慧、深于情的性格结合起来，构成了一个美丽可爱的得道仙女的形象。同篇的蛇妖，满身臊腥，抱情郎时，"舌舐鼻孔，彻脑如刺"这个物性与其欺诈、淫荡的性格相配合，构成了一个美女蛇、害人精的形象。《阿纤》里的古家一家是鼠精，"堂上迄无几榻"，家中储粟甚丰，饮食"品味杂陈，似所宿具"，招待来客"拔来报往，蹀躞甚劳"。阿纤"窈窕柔弱"，出嫁后"昼夜绩织无停晷"——这些隐约暗示出老鼠的习性。

　　《聊斋志异》塑造人物，还能在轻轻点染中露慧心，见微妙。在这方面，作者的手段很高明，他往往以一两个细节、一两句话，传神地写出了人物的精神面貌。《农妇》以两百字的篇幅，描写出了一个强悍、勇健、眼里揉不得沙子的农妇形象。她分娩当晚，"负重百里"，毫不在意；与尼姑交好，订为姊妹，一旦知其"有秽行"，即不能忍，"忿然操杖""拳石交施"。情态跃然纸上，真是以一目尽传精神。《青凤》中的男主人公耿生是一个不拘礼法的轻脱之士,他玩世不恭,佻达豪纵。青凤一家正团坐笑语,他不是扣见,而是"突入";"入门并不先致问候,而是"笑呼曰:'有不速之容一人来!',"以后,看见青凤非常漂亮,就举止轻浮,忘乎所以,"拍案曰:'得妇如此,南面王不易也!'"青凤的叔父化为厉鬼,想把他吓走,而他一点也不在乎,反"染指研墨自涂,灼灼然相与对视"。这些细节生动地表现出了一个狂放不羁、胆识包天的青年形象。

《聊斋志异》塑造人物,善于运用衬托和对照的方法。为了突显主人公,作者总爱同时描绘一个相映或相对的人物,让作品在彼此的衬托和对照之中,完成人物的刻画。上面提到的《青凤》篇中狂放的耿生,实际是处于陪衬地位的一个人物,他是狐女青凤的一个反衬。青凤美丽温柔,拘守于礼法,她虽然对耿生也产生了爱慕之情,但谨守闺训,不敢越出雷池一步。初次见面,耿生就停睇不转地看青凤,青凤"辄俯其首",耿生暗地碰她的脚,她"急敛足,亦无愠怒",以后,他俩的恋情被青凤叔父发现而对青凤"诃诟万端",青凤只一味"嘤嘤啜泣"。耿生按捺不住大呼"罪在小生,于青凤何与"?这一喊,青凤连哭声也没有了。耿生的无所畏惧虽是人而似狐,青凤的拘谨胆怯虽是狐而似人。作品越是着意刻画耿生的狂放,就越衬托出青凤恪遵礼法的拘谨。这就从人物性格的对照中加强了读者的印象,深化了主题。《香玉》篇里的香玉和绛雪是两个起着相互对照作用的人物,一个是牡丹仙子,一个是耐冬仙子。她们美丽温柔,情同姐妹地生活在劳山下清宫。一天,胶州黄生闯入了她们的生活,一个表现为热情风流,一个表现为性冷持重,一个成为黄生的眷属,一个却始终是黄生的无邪良友。两人在相互映照中发展故事,展开情节。

《聊斋志异》塑造人物,注意赋予人物以诗意的美感,从而给读者以强烈的印象。书中写得较好的人物,往往具有这个特点。《绿衣女》中的绿衣女是只绿蜂的精灵,她对书生于璟主动热情,一见倾心。她容貌美、体型美:"绿衣长裙,婉妙无比""腰细殆不盈掬",她能诗会曲,"妙解音律",唱歌时"声细如蝇","而静听之,宛转滑烈,动耳摇心。"这些描写已经塑造出了一个具有诗意情怀的少女。后来,作品还有更为动人的一笔:绿衣女遭到了大蜘蛛的捕捉,现了绿蜂的原形,奄然将毙,被于璟救回室中,置于案头,她"停苏移时,始能行步。徐登砚池,自以身投墨汁,出伏几上走作'谢'字。频展双翼,已乃穿窗而去。自此遂绝"。——这种诗情洋溢的情境,给人以余音袅袅、回味不尽的感受。其中有被救的感激、爱恋的亲昵、惜别的痛苦和不尽的思念。这个动作非常符合绿蜂的特征,更洋溢着人情诗美。可以说,这是作品的神来之笔。蒲松龄善于捕捉、提炼人物具有诗意的形象、动作、话语、

200

加以美化,塑造出感人的狐鬼形象。

"用传奇法,而以志怪"——这是鲁迅对《聊斋志异》创作方法、记叙方法的简明概括,也是我国文言短篇小说反映现实的独特艺术方法。六朝志怪多记神鬼怪异之事,荒诞不经,现实基础薄弱,记叙也很简单。唐代传奇转而对现实生活进行真实细致的描写,故事情节曲折而完整。《聊斋志异》按其性质看,似乎属于志怪一类,但它又吸取了唐人传奇的写作方法,使志怪创作别开了生面。具体地说,《聊斋志异》所创造的文体,有两方面的特点:一是主人公虽然花妖狐魅,有如六朝志怪,故事情节却又极尽委婉曲折之能事,比于或者胜于传奇;二悬"以传纪体叙小说之事"(冯镇峦《读聊斋杂说》),传奇的主要代表作多写现实人事,为人立传,《聊斋志异》则大多写幻化之事,为狐鬼立传。所以,《聊斋志异》的写法是融合传奇、志怪和史传各体之长的艺术创造。

《聊斋志异》的记叙形式多采取记传体的方法,开头:某人,某处人,性情如何;结尾交代结果;中间叙述事件。结构上常以一个中心人物为主。故事随着这个人物的活动逐步展开,并且通过他串连起其他次要人物。这样写,故事完整,人物集中,情节发展也绝少枝蔓、拖沓的情况。这是这种写法的优点。但是,从短篇小说最好是生活的一个场景、一个片断,应是人生、社会生活的横断面的要求看,这种写法又有其不足之处:有的不够集中,有的缺少变化。

纵观全书,也有些篇章安排得十分巧妙,可以看出,作者进行了一番匠心经营。例如《叶生》一篇,篇中叶生魂随知己时,作品并未交代这时叶生已死,而是说:"逾数日,门者忽通叶生至。"这样,结尾的戏才显得惊心动魄:

(叶生衣锦荣归)归见门户萧条,意甚悲恻,逡巡至庭中。妻携簸具以出,见生,掷具骇走。生凄然曰:"我今贵矣!三四年不觌,何运顿不相识?"妻遥谓曰:"君死已久,何复言贵!所以久淹君柩者,以家贫子幼耳。今阿大亦已成立,行将卜窀穸,勿作怪异吓生人!"生闻之,怃然惆怅。逡巡入室,见灵柩俨然,扑地而灭。

这是令人惊叹、发人深思的结尾。如果只是写叶生活着跟随丁乘鹤,使丁之子成名,自己也中了举,衣锦荣归。故事就平淡无味、死气沉沉。如果先交代叶生病中死去,魂灵跟随了丁乘鹤,故事也显得平铺直叙,泛不起波澜。只有这样先藏匿叶生已死一节,让读者在结尾和他的妻子一样在惊吓不已之中,领略叶生魂随知己以至于忘死的悲愤、沉痛。这才是画龙点睛、深化主题的结尾。《王子安》的结尾也很巧妙,王子安醉梦醒来,发现一切都不是真的,是不是作了梦?结尾作者不动声色地补上一笔:

然犹记长班帽落;寻至门后,得一缨帽如盏大,共疑之。自笑曰:"昔人为鬼揶揄,吾今为狐奚落矣。"

小说直到最后一句才突然摊开底牌——中举、点翰林不是梦,而是狐狸的作弄。全篇也就立即蒙上了一层奇幻色彩。小说到此戛然而止,它让读者从回味中清理情节的线索,从想象中丰富人物的性格、情态。可以说,这是一篇严谨精炼、意味隽永的笔记小说。其他如《商三官》《宦娘》等情节生动,结构上也很有特色。

《聊斋志异》写法上的另一个特点就是,篇末往往附有"异史氏曰"的评赞。这是蒲松龄取法《史记》的"太史公曰"的模式,把它运用到笔记小说中来。就是在故事的后面,作者还附带发一些议论、感叹,或者再记上一点类似的事件,从而形成小说配散文的格局。

"三会本"所收的491篇中,计有"异史氏曰"194则,约占全书篇数的五分之二。

《聊斋志异》里的"异史氏曰",议论精辟,形式多样,行文活泼,很有艺术魅力。上文列举的《王子安》篇里的"异史氏曰"即是很好的例证。《罗刹海市》一篇写主人公马骥先后在罗刹国和海市龙宫的遭遇。在罗刹国,做官以相貌为标准,面目愈丑,居官愈高,到了宰相,相貌就丑得不堪入目了。马骥是漂亮的小伙子,在这样的国度里简直没法生活,不得不把面目涂丑才能做官。篇末的"异史氏曰"这样写:

花面逢迎,世情如鬼。嗜痂之癖,举世一辙。'小惭小好,大惭大好。'若公然带须眉以游都市,其不骇而走者,盖几希矣。彼陵阳痴子,将抱连城玉向何处哭也?呜呼!显荣富贵,当于蜃楼海市中求之耳!

从中点出了小说的主题。这种辛辣的讽刺和大胆的谴责,表现出作者对现实社会批判的思想锋芒,在当时的历史条件下是难能可贵的,这段文章感情强烈,论述深刻,是作者内心郁积的直接倾诉,仿佛一首激越的散文诗。

《金和尚》中金和尚以投机取巧发家,勾结官府,欺压农民,骄横奢侈,可以说是一个佛门的败类。篇中用特写的手法报道了金和尚生活起居和葬礼的奢豪,篇末"异史氏曰"云:

此一派也:两宗未有,六祖无传,可谓独辟法门者矣。抑闻之:五蕴皆空,六尘不染,是为和祥;口中说法,座上参禅,是为和祥;鞋香楚地,笠重吴天,是为和撞;鼓钲喤聒,笙管敖曹,是为和唱;狗苟钻缘,蝇营淫赌,是为和障。金也者,"尚"耶?"样"耶?"撞"耶?"唱"耶?抑地狱之"障"耶?

作者只是引述了关于和尚种种的滑稽说法,对主人公未下一句评断,而评断则是不言而喻的。全文字不满百,妙趣横生,真所谓嬉笑怒骂皆成文章。

第七章　清代短篇小说研究

语言古朴简雅而又具体形象、具有文言美。用文言写小说比白话困难，写得不好，就只能粗陈梗概，行文呆板、滞涩，失去了说故事的生动丰富性。《聊斋志异》则不然，它吸取了史传文学、志怪小说和唐人传奇的优点而加以发展，语言既古朴简雅，又具体形象，具有文言的丰富和优美。

因为是用文言写的，《聊斋志异》的语言首先就具有古朴简雅的特点。《王者》篇中写瞽者带领官府寻找饷银的情况只有这样几个字："瞽曰：'东。'东之。瞽曰：'北。'北之。"极其简练地交代了寻找的过程。《红玉》篇的开头，写贫士冯相如与狐女红玉初会的情景：

一夜，相如坐月下，忽见东邻女从墙上来窥。视之，美。近之，微笑。招以手，不来亦不去。固请之，乃梯而过。

寥寥几笔就活画出了一幅青年男女初次会面的图景。"视之""近之""招以手""固请之"都是文言句式，把冯相如那种喜悦爱慕的心情和他一连串由浅入深的试探性动作，表现得层次清晰、明白如话。红玉的情态也表现得十分逼真："自墙上来窥""美""微笑""不来亦不去""乃梯而过"，传神地写出了她既对冯相如含情脉脉又有少女羞涩之态的情状。整段用字精炼、表达含蓄。

《聊斋志异》语言的古朴简雅，还表现在典故的运用上，据统计，它所用的典故有二千余条，范围之广，涉及文、史、哲和天文地理各个方面。其中用得较多的是：《左传》152个，《史记》151个，《前汉书》150个，《诗经》106个。由于运用了大量的典故，行文就典雅宏丽，精炼含蓄，笔墨容量大。

另外，作者还注意发挥文言含义隽永、句式整齐、节奏感强、修辞手法特殊的特点，使小说的语言具有艺术魅力。《香玉》一篇男女主人公以五言绝句赠答，表达情愫。《司文郎》一篇，宋生借做八股文来嘲讽余杭生的浅薄无知。《狐谐》一篇中聪明的狐娘子借做对子、谐音、拆字等和别人开玩笑，语句精炼、意蕴深长。

其次，《聊斋志异》的语言，还有具体形象、新鲜活泼的特点。《胡四娘》里描写胡四娘在贫困时受尽了兄嫂、姐姐的歧视、嘲讽，可是她的丈夫一朝中举，情况就立即改观：

申贺者，捉坐者，寒暄者，喧杂满屋。耳有听，听四娘；目有视，视四娘；口有道，道四娘也。

仿佛是一幅新鲜生动的写意图，既简约概括，又活泼跳脱、不落俗套，寥寥几笔就活画出了人情浅薄、世态炎凉的画面。相反，具体地实写嫂嫂说什么，姐姐说什么，如何趋炎附势，就显得死板而一般化。

《聊斋志异》中有许多景色描写，虽是文言，但也写得绘声绘色、具体形象。这是它比志怪小说、唐人传奇更加高明的地方。《聂小倩》的开头写宁

203

采臣寓金华郊区的情况：

　　适赴金华，至北部，解装兰若。寺中殿塔壮丽；然蓬蒿没人，似绝行踪。东西僧舍，双扉虚掩；惟南一小舍，扃键如新。又顾殿东隅，修竹拱把；阶下有巨池，野藕已花。

　　写得具体细致，形象地描绘出了一个幽杳荒废的僧寺。语句简短整齐而富于变化，有诗画的韵味。

　　再次，《聊斋志异》的人物语言，很有特色，它是文言，又包含了一些生动的口语成分，创造了一种简洁生动、口吻逼真的文言对话体式。它与《三国演义》的人物语言相比较：《三国演义》以政治家的雄才大略、纵横捭阖的辩难色彩见长，而《聊斋志异》则以村俗妇女的口吻酷肖取胜。试看《阎王》中，凶悍的嫂子与李久常的一段对答：

　　李遽劝曰："嫂无复尔！今日恶苦，皆平日忌嫉所致。"嫂怒曰："小郎若个好男儿，又房中娘子贤似孟姑姑（按：指孟光），任郎君，东家眠，西家宿，不敢一作声。自当是小郎大好乾纲，到不得代哥子降伏老媪！"李微哂曰："嫂勿怒。若言其情，恐欲哭不暇矣。"曰："便曾不盗得王母筝中钱，又未与玉皇香案史一眨眼，中怀坦坦，何处可用哭者！"

　　对话中采用的是文言的词汇、句式。一个家庭妇女用文言吵架，还用上了典故（如孟光的故事、"东家眠、西家宿"等），在生活中是不可思议的事，但她那捻酸吃醋的口吻、强词夺理的气势和俗语、谚语一大堆的说法，活脱地表现出了一个泼妇的嘴脸。

　　虽是文言，却有人物的独特神韵，这是充分个性化的语言。

　　蒲松龄是第一个将大量口语引入文言中写小说的作家。书中有大量的口语语汇，如"长舌妇""恶作剧""胭脂虎""穷措大""醋葫芦"等。可贵的是，作者能将俚语俗词融于文言之中，形成一种精炼、生动、丰富的文学语言。如《翩翩》一篇内，翩翩和花城娘子的一段对答就十分典型：

　　一日，有少妇笑入，曰："翩翩小鬼头快活死！薛姑子好梦，几时做得？"女迎笑曰："花城娘子，贵趾久弗涉，今日西南风紧，吹送来也！小哥子抱得未？"曰："又一小婢子。"女笑曰："花娘子瓦窑哉！那弗将来？"曰："方鸣之，睡却矣。"

　　这里，作者用了"小鬼头""小哥子""快活死""西南风吹送来"等口语，使对话通俗生动，同时也用了《霍小玉传》里"苏姑子好梦"的典故和褚人获《坚瓠集》里"瓦窑"（即生孩子）的典故，使对话既通俗生动、口吻逼真，又含义丰富。

第三节　李渔的白话短篇小说

李渔(公元1611—1680年),字笠鸿,号笠翁、随庵主人、新亭樵客等。原籍浙江兰溪,但他自幼随父辈在江苏如皋,长于江南。李渔的父亲、伯父都是医药商人,家境富裕,使李渔受到良好教育。19岁时父亲逝世,他才回到家乡兰溪,读书作文,准备应试。27岁中秀才,以后参加过几次乡试,均未成功。

其间,如皋方面生意不振,加之明清易代的战乱,家道日渐中落。在顺治八年(公元1651年)前后,举家移往杭州,以卖文卖画为生,同时开始了通俗小说和戏曲创作。《无声戏》《十二楼》中的部分作品如《怜香伴》《风筝误》《蜃中楼》《意中缘》等写于这个时期。顺治十五年(公元1658年)左右,移家南京,刻文卖书度日,在这里大约过了20年。他将在南京的住所称之为芥子园,著名的《芥子园画谱》就是在这里刻印的。

李渔后来在南京组织了家庭剧团,自编自导自演,足迹遍及苏、皖、浙、赣、闽、粤、鄂、豫、陕、甘、晋等地。他这样四处奔波,固然是为了谋生,同时也因为他对戏曲的志趣。康熙十六年(公元1677年),他又从南京迁回杭州,隐居湖山,两年后在杭州逝世,享年69岁。

李渔在文学史上的成就是突出的,不仅创作甚丰,而且涉及面广,留下了诗文杂著合集《李笠翁一家言全集》,包括《笠翁文集》《笠翁诗集》《笠翁诗余》《笠翁别集》《闲情偶记》。创作的戏曲16种左右,被确认的有《笠翁十种曲》。长篇通俗小说二种:《合锦回文传》《肉蒲团》,短篇通俗小说集二种:《无声戏》《十二楼》等。

一、李渔小说的基本内容

李渔既是小说家,也是戏曲家,他的小说和戏曲的特点是相通的。他把自己的话本集命名为《无声戏》,形象地反映出了他独特的小说观念,即把小说当作无声的戏剧。有的学者说:"在中国文学史上,像李渔这样,小说创作与戏剧创作并驾齐驱,均达到上乘水平的作家极为罕见;像李渔这样,小说创作与戏剧交叉渗透、血脉相通的作家可谓绝无仅有。"李渔的戏曲,都是轻松诙谐的喜剧,甚至是令人捧腹大笑的闹剧。他的话本小说同样具有这种特点,无论描写哪一类故事,都带有浓厚的喜剧色彩。

李渔从事话本小说创作的时代,正是《金瓶梅》发挥巨大影响的时候。

丁耀亢正在创作《续金瓶梅》,西周生正在创作《醒世姻缘传》。各类小说都深受世情小说的熏染,纷纷腾出一些眼光关注人情世故。李渔的《无声戏》和《十二楼》也不例外,书中最主要的故事是反映家庭生活的。如《无声戏》第五回"美妇同遭花烛冤,村郎偏享温柔福",写一个财主相貌丑陋,五官四肢都有毛病,浑身恶臭,绰号"阙不全",却依赖钱财陆续娶了三位容貌美艳的妻子。他的这些妻子宁可躲进静室念佛参禅,同性相恋,也不肯接近阙不全。然而,这个倒霉的财主却因祸得福,由于少近女色,反而能够长寿到八十岁才死。作品反映了钱财势力的神通,也宣扬了节制情欲的观念。再如第八回"妻妾败纲常,梅香完节操",写江西建昌府秀才马麟如外出不归,由于误传他已经死了,妻罗氏和妾莫氏都相继改嫁他人,其中莫氏还丢下了年幼的儿子。丫头碧莲则忠心尽职,将莫氏幼子抚养成人。马麟如中举后归来,娶碧莲为妻。罗氏和莫氏改嫁后生活都很悲惨,加上心中愧悔羞愤,不久都死于非命。小说讽刺了那些心口不一的女性,赞颂了忠诚善良的女仆,强调妇女在任何情况下都应当为丈夫守节,反映了李渔的正统思想。又如《十二楼》中的《生我楼》,写乡间财主尹小楼的独生儿子被虎叼走,家产无人继承。他想立嗣子,又怕被同族人哄骗,便身插草标,"卖身作父"。有位叫姚继的年轻人看他可怜,便把他买来作了父亲。时逢战乱,兵匪将抢掠来的妇女装入麻袋,廉价贩卖。尹小楼买得一位美貌少女,正是姚继失散了的未婚妻;姚继则买到一位老太婆,恰是尹小楼失散了的老妻庞氏。后来又得知,姚继正是尹小楼当年被老虎叼走的独生儿子,一家人竟得以在乱世中团圆。小说通过描写一家人悲欢分合的曲折离奇过程,反映了明末清初动荡不安的社会现实。其中用布袋装妇女贩卖,看似离奇,实是明末清初的实情,见于《香艳丛书》。这篇"生我楼"小说,显然表达了李渔的民族情绪。这类作品,拓展了话本小说的题材领域,一般说来生活气息比较浓郁,有一定社会历史的认识价值。

　　男女爱情、婚姻故事是李渔短篇通俗小说的主要内容,这类传统的创作题材,李渔难能可贵地做到了推陈出新,对青年男女的爱情追求持赞赏态度,体现了一定程度的民主意识。写得最好的是《谭楚玉戏里传情》和《合影楼》。《谭楚玉戏里传情》演绎了江湖戏班女伶刘藐姑与落魄书生谭楚玉的爱情故事。戏班女伶刘藐姑美貌纯情,被书生谭楚玉看中。为了接近刘藐姑,谭楚玉不惜投身戏班,借同台扮演夫妻的机会,向对方表达挚爱之情,得到了对方真诚的回应,产生了炽烈的爱情。某富翁想娶刘藐姑为妾,贪财的刘母满口答应。刘藐姑先是反抗母命,声称已自许谭生,宁死不嫁他人。后又利用迎亲的当晚搬演《荆钗记》时,借题发挥,痛斥富翁的为富不仁。最后与谭生假戏真做,同时跳下台下溪水中,以死殉情。作者对此寄予全部的同

第七章　清代短篇小说研究

情,赞颂了为爱情献身的悲壮之举。后半部描写二人被渔翁所救,结为夫妻,相守终生。谭生后来金榜题名,让爱情得到了幸福美满的结局,用喜剧的形式体现了作者"愿有情人终成眷属"的善良愿望,渗透了鼓励青年人大胆追求美好爱情的良苦用心。《合影楼》写少女管玉娟与书生屠珍生两家为邻,却有一水相隔。无意中窥见对方的水中倒影,心生爱慕,在各自的水阁上以各种手段倾吐相思之情。无奈好事多磨,玉娟之父"古板执拗""家法森严",极力反对他们的结合,幸有思想灵活的路公相助,成就了这份美满姻缘。通过这个故事,我们看到了作者肯定人欲、反对禁欲主义、尽量满足青年男女自主择配的良好愿望。

摆脱旧套、推陈出新是李渔这类爱情小说的重要特色。孙楷第说:"此篇情节,虽不出才子佳人窠臼,但关目甚属好看,文章亦干净。本来,以一男一女的才子佳人为主的小说,内容既甚,只以作短篇为宜。明清之际的人却偏偏要凑成二三十回的小说,结果,节外生枝,令人讨厌。像笠翁这篇小说,在才子佳人一派小说中,算是出类拔萃的。"可算对《合影楼》等小说的准确而扼要的肯定。

暴露封建统治者的荒淫无道、揭露官场黑暗是李渔小说的第二大内容。如《鹤归楼》,描写了宋徽宗在国家危亡之际,仍然下诏选妃,追求淫乐。后来因故罢选。当他听说两位预选的绝色佳人竟为两个新进士所娶,竟然滥用皇权,多次迫害两个无辜的进士。把宋徽宗这个无道昏君荒淫无耻的本质特色暴露无遗。《萃雅楼》讽刺批判的是严世蕃。身为朝廷高官,他酷爱男色,为了长期霸占美貌少年权汝修,竟然串通太监阉割了他。作者揭露了这种无耻行径,表达了强烈的愤慨与谴责。《老星家戏改八字》则撕下了官场吏治的遮羞布,通过一个曾经非常老实的刑厅皂吏蜕变为一个家资巨万的贪官的过程描写,暴露了官场的黑暗和吏治的腐败。作者借衙役之口生动地揭露了官场的本质:"要进衙门,先要吃一副洗心汤,把良心洗去。要烧一份告天纸,把天理告辞。然后吃得这碗饭。"在《清官不受扒灰谤》中,又对严刑逼供做了形象的概括:"夹棍上逼出来的总非实据,从古来这两块无情之木,不知屈死了多少良民!"于此可见李渔对官场认识的深刻,对官场黑暗的深恶痛绝。

李渔短篇通俗小说的第三大内容是对市民生活的生动描绘,对小民百姓中的义士给予了热情的歌颂。如《乞丐行好事》中的乞丐"穷不怕",常把乞讨来的东西周济穷人。高阳县一个寡妇受人欺侮,无钱赎女,独有他肯解囊相助。并代寡妇向全县富人求助,"一县财主,抵不得一个叫花子",无一人捐出分文。以为富不仁对照穷苦百姓的侠义心肠,传递给读者的是非与爱憎是异常鲜明而又清楚的。《妻妾败纲常》中的丫鬟碧莲、《重义奔丧奴仆好》中的仆人百顺、《生我楼》中的小商人姚继等,都是作者高度赞扬的下层市民,体现了作者对世态人情的洞察和下层市民的关注。

李渔短篇通俗小说总体上的进步意义是显而易见的。但是,作为一个封建伦理道德培养出来的传统文人、风流才子,作品中混杂一些落后意识与庸俗的审美趣味又是断难避免的。如对一夫多妻的肯定,对封建伦理道德的张扬,把功名成功与嫖妓、拥有多位佳人作为理想的人生选择。有如他在《慎鸾交》中所宣扬的:"名教之中,不无乐地;闲情之内,也尽有天机。毕竟要使道学、风流合而为一,方才算得个学士文人。"体现了作者落后的思想意识和放任的生活情趣。

二、李渔短篇通俗小说的艺术成就

如果我们用最简洁的语言概括李渔短篇通俗小说创作的艺术风格,最合适的只有四个字:幽默风趣。李渔是一位擅长于戏曲的作家,对戏曲艺术尤其是喜剧艺术特别精通。体现在他的创作上,大胆且较为完美地实践了两者的兼容:戏曲是有声的小说,小说是无声的戏曲。他之所以把自己的第一个小说集命名为《无声戏》,正是出于这样的考虑。就因为这样,他的小说创作中合理地吸收了许多戏曲艺术的特点,形成了自己独有的艺术特色,在中国短篇通俗小说的园地里独树一帜。具体表现在三个方面:

第一,故事的新鲜奇特。无论小说还是戏曲,"非奇不传"是李渔的创作追求。"有奇事方有奇文""新,即奇之别名也。"只有内容及表现手法"新",写前人所没有写的东西,才能达到"奇"的效果。从李渔的创作实践看,他确实出色地实现了自己的审美追求。在题材上,他写家庭中的丑夫、妒妻,社会上的乞丐、赌棍,妓院里让人神魂颠倒的嫖客,朝廷中使人切齿痛恨的奸臣等,可以说无奇不有。李渔对作品的构思,更为奇特,如《无声戏》第一回写戏中戏,第三回将乞丐和皇帝牵扯在一起,第九回写五位少女共同追求一位英俊的书生;《连城璧》外编卷一写男子竟有女人的作为,卷六写女子竟会变成男人;《十二楼》中的《夺锦楼》写一家的两个女儿许配给了四家,《夏宜楼》写才子寻觅佳人全凭一架望远镜,《归正楼》写燕子衔泥竟能使妓女和骗子改邪归正。这些故事,真是件件新鲜,闻所未闻。恰如张俊所说:"他的小说创作同戏曲一样,几乎篇篇都有新奇的关目,别出心裁,不落旧套。"李渔是编写故事的能手,他的话本情节曲折,波澜起伏,摇曳多姿。他还特别善于设置悬念,几乎是一个悬念接着一个悬念,环环相扣,把艺术张力一直绷紧到最后才猛然一松,能够收到相当强烈的艺术效果。如《无声戏》第四回

第七章 清代短篇小说研究

"清官不受扒灰谤,义士难申窃妇冤",写衣料商赵玉吾发现儿媳何氏的扇坠不知怎么到了隔壁书生蒋瑜手中,怀疑何氏与蒋瑜有奸情,便上告到官府。成都知府认为不可能,反而判赵玉吾与儿媳有暧昧关系。后来,知府儿媳的绣鞋不知怎么到了知府床头,引起妻子大吵大闹,骂知府是与儿媳偷情的"扒灰"头。知府这才醒悟冤枉了赵玉吾,仔细调查,原来都是老鼠在作怪,便平反了冤案。故事一波三折,奇中见奇,却又合情合理,十分引人入胜。不到最后,不能真相大白。再如第七回"妒妻守有夫之寡,懦夫还不死之魂",写一个制服妒妇的故事。情节波澜起伏,设想一次比一次奇特,妙趣横生,令人捧腹不止。李渔的话本小说,都有这样的特点,使读者一旦读起来,就难以罢手,确实能够使人废寝忘食。

第二,借鉴戏曲结构"立主脑,减头绪,密针线"的创作经验,其小说做到了结构单纯、主线明确、前后照应、浑然一体。如《谭楚玉戏里传情》,紧紧围绕谭、刘爱情的发展安排情节,突出了主要人物和主要事件,给人的印象特别深刻。《闻过楼》围绕呆叟移家后的种种遭遇推动故事的发展,绝无"旁见侧出之情"。《无声戏》第十回"吃新醋正室蒙冤,续旧欢家堂和事",写南京富豪韩一卿的正妻杨氏由美变丑,再由丑变美,由泼悍善妒变得善良忠厚。小说紧紧围绕杨氏命运及性情的变化来编撰故事,首尾完整,层次分明,主干十分突出。有的故事篇幅稍长,便采用双线并进的方式,但仍然头绪清晰,有条不紊。如《十二楼》中的《鹤归楼》写宋朝段玉初和郁自昌二人出使辽国,羁留难回。段玉初心理上早有准备,断绝了妻子思念之心,几年后回来,夫妻健康团圆。郁自昌夫妻则彼此苦苦思念,归来时夫老妻死,十分凄凉。两对夫妻的不同命运,形成了鲜明对比,给人的印象都很深刻。另如《合影楼》双线交叉发展,仍是结构精干,绝不滥生枝蔓,布局相当合理。这说明,李渔话本的结构既有突出特点,也是不拘一格的。此外,在故事伏线的设置,线索的穿插,情节的前后呼应等方面,李渔话本也都达到了"密针线"的要求,布局相当精巧。

第三,小说语言的喜剧性特色。李渔有多方面的艺术素养,兴趣广泛,审美情趣比较独特。他喜欢造园林,追求精雅的情调;喜欢听音乐,最欣赏风格婉转的丝竹乐;喜欢赏花,爱看"善媚"的水仙;喜欢赏鸟,爱听"纤婉"的画眉。这是典型的江南名士审美趣味,追求的神韵就是精巧淡雅。李渔的话本,也具有这种审美风格,"笔触绮丽轻巧,婉转自无论是描摹人物神态,还是刻画世事人情,大多文笔纤巧,富有神韵"。尤其是描写爱情的故事,文辞优美婉转,细腻传神,非常精彩。李渔特别喜欢在小说中发议论,但迥然不同于其他话本中那些枯燥乏味的说教,而是机智风趣,角度新颖别致,使人能够很自然地沉浸于他的奇思妙想之中,基本感觉不到冗长迂腐的味道。在情节进程中,一般也是夹叙夹议,体现出独特的机锋和性灵。所谓"重机趣",往往也体现在这些方面。

第四,小说艺术上的明显缺点。李渔小说艺术上的明显缺点也是显而易见的,譬如刻意求新,有时显得矫揉造作,出现过分巧合与牵强的弊端;追求风趣,有时也会把握不当,失之油滑与轻佻;个别情节有些荒唐庸俗,偶尔也见低级趣味。

第四节　清代其他白话短篇小说

清代是短篇文言小说大发展的时代,数量之多(据统计超过五百五十种),为历代所不及。它的发展大体可分为三个阶段:

(1)《聊斋志异》问世前的沉寂阶段,这是明末清初的一段时期。这时期的文言小说不很多,大抵继承明代遗风,志人志怪、掌故考证、嘉言懿行,又往往真伪杂处,形成一辑大杂烩。较好的是张潮辑《虞初新志》、王士祯作《池北偶谈》等。

(2)《聊斋志异》问世后的"聊斋热"。这是清初到清中叶的一段时期。《聊斋志异》出现后,影响很大,模仿之作竞相出笼。如沈起凤《谐铎》、邦额《夜谭随录》、长白浩歌子《萤窗夜草》、管世灏《影谈》、袁枚《新齐谐》等,思想性和艺术性都赶不上《聊斋志异》。其中《谐铎》和《新齐谐》两书较好。特别是袁枚的《新齐谐》,有人认为此书可与《聊斋志异》《阅微草堂笔记》鼎足而三,平分清代文言小说之秋色,实际上并未能臻至《聊斋志异》境界。

(3)《阅微草堂笔记》问世后的新高潮,即清中叶到晚清的一段时期。纪昀反对《聊斋志异》的写法,主张要以写史的眼光和笔法来写文言短篇小说。他写成《阅微草堂笔记》,对后世也有较大影响。因此,文言小说领域形成学《聊斋志异》和学《阅微草堂笔记》,即学蒲和学纪两大潮流。学蒲的有邹弢《浇愁集》、黍余裔孔《六合内外琐言》、王韬《遁窟谰言》《淞隐漫录》、宣鼎《夜雨秋灯录》等。学纪的有许秋垞《闻记异辞》、俞鸿渐《印雪轩随记》、俞樾《右台仙馆笔记》《耳邮》等书。作品虽然很多,但都未臻上乘,无法与《聊斋志异》或《阅微草堂笔记》并驾齐驱。正如鲁迅所说,蒲派末流"狐鬼渐稀,而烟花粉黛之事盛",纪派末流"亦记异事,貌如志怪者流,而盛陈祸福,专主劝惩,已不足以称小说"。(《中国小说史略》)

第七章　清代短篇小说研究

一、《谐铎》

《谐铎》作者沈起凤(公元1741—1794年)吴县人,二十八岁中举,以后屡试不第,曾一度在安徽祁门县做过教官。一生贫困潦倒,主要以卖文和做幕僚为生。著有《谐铎》和《报恩缘》《文星榜》等传奇。

《谐铎》作于乾隆五十六年(公元1791年)左右。共十二卷,一百二十二则。内容是记述奇闻异事、狐妖鬼怪,曲折地反映出了当时社会、官场和科举士子的思想风貌。写法上效法《聊斋志异》,描写具体形象,结尾有"铎曰"作出议论和归结。其文字也较流畅。标题考究,相邻两篇的题目两两成对。

《谐铎》的特色在于,作者在谈狐说鬼,记述海外奇闻中,追求一种诙谐幽默的意趣。书名的意思就是寓教化于诙谐言谈中的意思。(《周礼·天官·小宰》中有"徇以木铎"之语,郑玄注曰:"古者将有新令,必奋木铎以警众,使明听也。")有些篇章,如《棺中鬼手》《森罗殿点鬼》《犬婢》《贫儿学谄》等,联系巧妙,讽刺深刻,颇为吸引人。试看《棺中鬼手》一篇,萧山陈景初从天津回乡,路过正在闹饥荒的山东:

投止一寺院,见东厢积棺三十余口,西厢一棺,岿然独存。三更后,棺中尽出一手,皆焦瘦黄瘠者;惟西厢一手,稍觉肥白。陈素负胆力,左右顾盼,笑曰:"汝等穷鬼,想手头窘矣。尽向我乞钱耶?"遂解囊橐,各选一大钱予之。东厢鬼手尽缩。西厢一手伸出如故。陈曰:"一文钱恐不满君意,吾当益之。"增至百数,兀然不动。陈怒曰:"是鬼太作乔,可谓贪得而无厌者矣!"竟提两贯钱置其掌,鬼手顿缩。陈讶之,移灯四照,见东厢之棺,皆书饥民某字样;而西厢一棺,上书某县典史某公之柩。因叹曰:"饥民无大志,一钱便能满愿,而四公惯受书仪,不到其数不收也。"

已而钱声戛响。盖因棺缝颇窄,鬼手在内强拽,若不得入,绷然一声,钱索尽断,青蚨抛散满地。鬼手又出,四面空捞,而无一钱入手……

从中嘲讽了"坐私衙打屈棒,替豪门作犬马"的典史,他们平日搜刮钱财、敲诈勒索的丑态从这奇异故事中得到反映。寓意深刻,讽刺入骨。

《森罗殿点鬼》则是:阎王发现饿鬼都跑了,胥吏回禀:"他们大都逃到阳间做了县令。"阎王大吃一惊,说:"若辈埋头地狱,枵腹已垂千百年,今一得志,必至狼餐虎噬,生灵无噍类矣。"——出奇制胜,讽刺极其辛辣。

这本书的缺点在于,有些篇章牵事就理,联系生硬,流于概念化。

二、《新齐谐》

《新齐谐》原名《子不语》，作者袁枚（公元1716—1797年）字子才，号简斋，又号随园老人。钱塘（今杭州市）人。从小聪明颖悟，于书无不研读，二十四岁中进士，入翰林。历任溧水、江宁等县知县。三十多岁就辞官家居，在江宁的小仓山下筑随园，优游近五十年。著有《小仓山房诗文集》《随园诗话》《新齐谐》等。

《新齐谐》二十四卷，成书于清乾隆末年，是袁枚在诗文、史学之余的游戏笔墨。他说："余生平寡嗜好，……文史外无以自娱，乃广采游心骇耳之事，妄言妄听，记而存之，非有所惑也。"（《新齐谐自序》）书中所记多系民间传说、自身经历、亲朋见闻、杂书记述以及公文、邸抄，较为广泛地反映了当时的社会生活。又因为它是作者聊以自娱的随手所记，所以又有内容较芜杂的毛病。封建的伦理说教、因果轮回报应思想、荒诞的无聊传说，在书中都有反映。正如鲁迅所说："然过于率意，亦多芜秽。"（《中国小说史略》）

虽然如此，这本书的积极意义还是主要的。它的不少篇章揭露了封建官场的黑暗。《土地受饿》篇中土地神衣衫褴褛，面有菜色："因官职小，地方清苦，我又素讲操守，不肯擅受鬼词，滥作威福，故终年无香火。虽作土地，往往受饿。""解应酬者，可望格外超升，做清官者，只好大计卓荐。"小说通过阴间小小土地神的控诉，揭露了现实社会吏治腐败、贿赂公行的情况。《江都某令》写江都县令不放过任何一个敲诈勒索的机会，为了给儿子捐官筹款，竟然在死人身上打主意。富商汪某的家奴因口角自缢，县令拒不验尸，拖延到死尸发臭，富户拿出三千两银子，他才前往。又故意寻衅，再敲诈四千两。他的儿子就用这七千两银子捐了个知县。官吏的豪横不法、敲诈勒索达到如此地步。其他如《悬头竿子》《三姑娘》《奇骗》等在这一方面也有精彩的记述，增强了读者对封建官场腐败的认识。

《新齐谐》中一些篇章表现了作者直抒性灵、反对封建礼教的思想。《狐道学》讽刺世上的"口谈理学而身作巧宦"的道学家连狐狸精都不如。狐狸精还知道动真格的，那些善于钻营、不顾廉耻的巧宦只有嘴上的一套。《妓仙》谴责一个为逢迎讲理学的巡抚而杖责妓女的太守。这个妓女后来成为仙子，她斥责那些假道学，说："惜玉怜香而心动者，人也；不知玉，不知香者，禽兽也。"她还提出了"淫媟虽非礼，然男女相爱，不过天地生物之心"的反对礼教、主张个性解放的思想。《沙弥思老虎》一篇更是集中地批判了禁锢天性的禁欲主义：

五台某禅师收一沙弥，年甫三岁。五台山最高，师徒在山顶修行，从不下山。

后十余年,禅师同弟子下山。沙弥见牛、马、鸡、犬,皆不识也。师因指而告之曰:"此牛也,可以耕田;此马也,可以骑,此鸡、犬也。可以报晓,可以守户。"沙弥唯唯。少顷,一少年女子走过,沙弥惊问:"此又是何物?"师虑其动心,正色告之曰:"此名老虎,人近之者,必遭咬死,尸骨无存。"沙弥唯唯。

晚间上山,师问:"汝今日在山下所见之物,可有心思想他的否?"曰:"一切物我都不想,只想那吃人的老虎,心上总觉舍他不得。"

笑话中反映出作者的批判精神。

《新齐谐》虽是一部记述鬼神怪异的书,但也有不少篇章是反对唯心主义、否定鬼神的。最有名的一篇是《鬼有三技过此鬼道乃穷》,写嵇达先生了解鬼只"一迷二遮三吓"三技,见鬼则对着干,毫不畏退,终于为地方消弭了鬼患。其他如《鬼畏人拼命》《陈清恪公吹气退鬼》《丁大哥》等都宣扬了不怕鬼的思想。

《新齐谐》中还有一些篇章嘲讽了浇薄炎凉的世风,如《鬼借官衔嫁女》《鬼宝塔》《骗人参》等。

在艺术表现方面,《新齐谐》的重要特色在于,在记述奇异故事中,常夹杂着诙谐和幽默,收到庄谐相济、妙趣横生的艺术效果。例如,《李半仙》一篇,写甘肃参将李璇,自称李半仙,能桃人一物,预言此人品性、祸福。云南某同知(府的辅佐官)也来占卜:

取烟管问之,曰:"管有三截,镶合而成,居官亦三起三倒,然否?"曰:"然。"曰:"君此后为人,亦须改过,不可再同烟管"。问:"何故?"曰:"烟管是最势利之物,用得着他,浑身火热;用不着他,顷刻冰冷。"

一语中的地嘲讽了那些势利官僚。

在艺术表现方面,另一个重要特色是文笔清新生动。袁枚是当时文坛领袖、性灵派大师,从事笔记小说的写作,自是游刃有余。纵观全书,简朴而流畅,并无掉文雕饰之处,给人以清新生动的感受。也如同鲁迅所说:"其文屏去雕饰,反近自然"。(《中国小说史略》)

三、《阅微草堂笔记》

《阅微草堂笔记》作者是清代乾嘉时期著名学者纪昀。纪昀(公元1724—1805年)字晓岚,直隶献县(今河北献县)人。三十岁时考中进士,由编修、侍读学士累迁至礼部尚书、协办大学士。乾隆三十七年被任命为敕修《四库全书》的总纂官。历时十年,《四库全书》编成。撰有《四库全书总目提要》《四库全书简明目录》等,在古籍整理工作方面作出了很大贡献。《阅微草堂笔记》是纪昀晚年,即从乾隆五十四年到嘉庆三年陆续写成。全书共二十四卷,包括《滦阳消夏录》六卷、《如是我闻》四卷、《槐西杂志》四卷、《姑妄听之》四卷、《滦阳续录》六卷。由纪昀门人盛时彦合刊行世,定名为《阅微草堂笔记五种》。

这二十四卷笔记,共计一千一百九十六则。内容丰富、题材广泛,有故乡河北沧州河间地区、南运河和子牙河上的见闻,有京师的见闻,有到新疆、福建等地的见闻。作品所写大多是狐鬼故事,也有关于官场世态和风土人情实际生活的记述,还有一些考据文字和对物理药性的阐释,包罗十分宏富。

纪昀宣称写此书并不是"追录旧闻,姑以消遣岁月",而是更有其"不乖于风教""有益于劝惩"(《姑妄言之序》《滦阳消夏序》)的写作目的。所以,这部书存在着较多封建道德的说教和迷信思想的宣传。有几则故事宣扬奴婢要无条件地忠于主人,甚至胡诌奴仆不如狗忠于职守,有的表现佣人前世欠了主人的钱,来世则变作骡马鸡犬服役偿还;有的歌颂守节殉夫的贞女烈妇,等等。这些是剥削阶级思想的反映,起着维护封建秩序、麻醉人民的作用。

尽管如此,《阅微草堂笔记》还不失为一部可读性强的书,一部精华与糟粕并存的书。其中有一些思想内容很好的篇章,很有认识作用和参考价值。

首先,《阅微草堂笔记》里对道学家有深刻的揭露和讽刺。这是当时反理学的社会思潮的反映,纪昀作了极其生动、形象的阐述。试看卷四中的一条,佛寺经阁闹鬼,某公以道学自任,不信鬼怪,酒酣耳热之际,在经阁下,盛谈道学"万物一体之理"至深夜:

忽阁上厉声叱曰:"时方饥疫,百姓颇有死亡。汝为乡宦,既不思早倡义举,施粥舍药,即应趁此良夜,闭户安眠,尚不失为自了汉。乃虚谈高论,在此讲民胞物与(理学家张载的爱一切人与物的抽象命题)。不知讲至天明,还可作饭餐,可作药服否?且击汝一砖,听汝再讲邪不胜正。"忽一城砖飞下,声若霹雳,杯盘几案俱碎。某公仓皇走出,曰:"不信程朱之学,此妖之所以为妖欤!"徐步太息而去。

鬼怪是最荒诞不经的东西,尚且务实,想到饥荒、百姓,道学家虚谈高论,全无心肝,连鬼怪都不如。鬼怪这一城砖击得有理、击得痛快之极。可笑的是,某公在仓皇逃避之际,还执迷不悟,说什么"不信程朱之学,此妖之所以为妖欤!"迂腐、无聊之态溢于言表,讽刺的笔触力透纸背。

纪昀还用了不少篇章揭露道学家表面道貌岸然,内心却肮脏卑鄙,满口仁义道德,一肚子的男盗女娼。卷四中的一条写两全道学先生,当着学生的面"辩论性天,剖析理欲","严词正色",可是背地里却合谋密商夺取一寡妇的田产。卷二中的一则某讲程朱之学的塾师,以圣贤之徒自居,用棍棒赶走了游方僧人,却密谋私分游僧化募来的钱财,如此等等。

其次,书中还写了一些不怕鬼的故事,表现不信鬼神的无所畏惧的战斗精神。较有名的如《曹竹虚言》《鬼避姜三莽》《南皮许南金》等。试看《曹竹虚言》一条,曹氏族兄不畏鬼魅,居鬼屋:

夜半,有物自门隙蠕蠕而入,薄如夹纸。入室后,渐开展作人形,乃女子也。曹殊不畏。忽披发吐舌,作缢鬼状。曹笑曰:"犹是发,但稍乱,犹是舌,但稍长。亦何足畏!"忽自摘其首置案之。曹又笑曰:"有首尚不足畏,况无首耶!"鬼技穷,倏然灭。及归途再宿,夜半门隙又蠕动。甫露其首,辄唾曰:"又此败兴物耶!"竟不入。

生动有趣地说明了人与鬼,我长彼消的道理,对于这类虚妄之物,只要自己不乱、无畏以待,鬼神则无隙可乘。

再次,书中也有不少篇章是反映当时社会、官场黑暗的。有的故事揭露了统治者排挤倾轧、明争暗斗的内幕,有的篇章鞭挞了乖胥猾吏为虎作伥、敲诈百姓的罪恶,有的条目描述了坑蒙拐骗的社会弊端,等等。这些有助于我们了解当时的社会现实。例如,卷七中一则,写州县官的长随往往无一定姓名、籍贯。某长随在陈公处自称山东朱文,到梁公处则自称河南李定。后来他得了从足趾溃烂起的病,渐而上,穿漏胸膈而死。死后人们发现他有小册子,秘记各官阴事,共十七官,用以挟制这些州县长官。这里可以窥见封建官场的黑暗,长官与长随相互利用狼狈为奸,又各有戒心勾心斗角。

再次,书中还有许多关于以学问、考据、科学常识为内容的篇章。例如,卷九中的一条考证小说《西游记》中有许多明代词语,应为明代作品,而不是元初丘处机的作品。卷十六中有一条记二石兽沉入河中多年,既不在原地,又不在下流,老河工根据水、沙、石的物理属性推出石兽已潜在河的上流。这些有趣的知识、学问可以长人智慧,给人启迪。

在艺术表现方面,《阅微草堂笔记》与《聊斋志异》有显著的不同,蒲松龄"用传奇法,而以志怪",驰骋想象,铺陈描绘,具体、细致地描写出了狐鬼故事。纪昀觉得蒲的写法不妥,他说:"小说既述见闻,不比戏场关目,即属叙事,随意装点;……今燕昵之词,媟狎之态,细微曲折,摹绘如生,使出自言,似无此理,使出作者代言,则何从而闻见之,又所未解也。"(盛时彦《姑妄听之跋》转述纪昀语)他写《阅微草堂笔记》则力避唐人传奇的手法,模仿六朝志怪,叙述简古,尚质黜华,并且即事论理,做到叙议结合,相得益彰。俞樾说:纪昀的笔记"叙事简,说理透,不屑于描头画角"(《春在堂随笔》),正是从推崇这种写法的角度来阐述它的写作特点的。

《阅微草堂笔记》中的狐鬼故事,大多是借狐鬼以言人事、托精魅而喻世情。在这些故事里,或则借狐鬼之口,言人之所难言;或则以幽冥之神通,独世情之隐曲;或则鬼情即人情、阴间即阳世,或则人鬼往还,以鬼话讽刺人情,等等,运用狐鬼的手段极其高明。如卷一中的一则,写一位老学究夜行遇到一个判官,那判官有一种本领,能看到读书人睡觉时所发出的光芒,并能从光芒的大小判断学问的高低。最高的像屈原、司马迁,光芒上烛霄汉,与日月争辉,次者数丈,又次者数尺,以渐而差,极下者亦荧荧如一灯。老学究问:"我谈书一生,睡中光芒当几许?"那判官迟疑半天,回答:"昨过君塾,君方昼寝,见君胸中高头讲章一部,墨卷六百篇,经文七八十篇,策略三四十篇,字字化为黑烟,笼罩屋上。诸生诵读之声,如在浓云密雾之中,实未见光芒,不敢妄语。""学究怒斥之,鬼大笑而去。"这则故事借鬼话嘲笑了胸中并无实学的学究,方式别致,讽刺一针见血。鲁迅说:"故凡测鬼神之情状,发人间之幽微,托狐鬼以抒己见者,隽思妙语,时足解颐。"(《中国小说史略》)正是对这种方法的很好评价。

《阅微草堂笔记》的叙描简明质朴、清新淡雅,达到形虚神实、自然成趣的地步。如卷五中的一则:

有老儒设帐废圃中,一夜,闻垣外吟哦声,俄又闻辩论声,又闻嚣争声,又闻诟詈声,久之,遂闻殴击声。圃后旷无人居,心知是鬼。方战栗间,已斗至窗外。其一盛气大呼曰:"渠评驳吾文,实为冤愤!今同就正于先生。"因朗吟数百言,句句手目击节。其一呻吟呼痛,且微哂之。老儒惕息不敢言。其一厉声曰:"先生究以为如何?"老儒嗫嚅久之,以额叩枕曰:"鸡肋不足以当尊拳。"其一大笑去。其一往来窗外,气咻咻然,至鸡鸣乃寂。

全篇只闻其声,不见其"鬼",以声绘形,以声传神。作者通过六个"闻"字句,就形象生动地描绘出了两个书生鬼由争论文章优劣而争吵、打架的情况,语句简捷流畅,过程清晰如画。老儒的神情也描绘得十分清楚,他"惕息"审听的过程,也写出了他静听其变、不敢少动的恐怖神情。他答非所问的话:"鸡肋不足以当尊拳",更暗写了他战战兢兢、不知所措的样子。作者对他的幽默讽刺是很明显的。同时,作者还嘲讽了两个书生鬼的迂腐、固执的嘴脸,这副嘴脸实际上是迂腐、固执读书人的一面镜子。笔墨经济而且新鲜活泼。《阅微草堂笔记》的叙描,大多以简淡自然、不事雕饰见长,它很少用典,语言简捷流利,显得质朴而自然。正如鲁迅所说:"叙述雍容淡雅,天趣盎然,故后来无人能夺其席。"(《中国小说史略》)

另外,《阅微草堂笔记》还善于将叙事和议论巧妙地结合起来,即事论理,富有理趣。例如卷十三中的一则,写某个在京候选的官员,夜晚遇到一个"羞涩低眉"的女子,他以为是妓女,就留宿并给予数金。不料,此女子不受,说我是鬼,乃某人故妻,请君念今宵之爱,携我丈夫去作长随。此候选官

员悚然而出。因感其意,就真的带了她丈夫去作长随。在这则故事中,作者议论道:

求一长随,至鬼亦荐枕,长随之多财可知。则自何来,其蠹官病民可知矣!

秉事而发,议论极为警策,发人深思。博辩宏通的议论也是这本书的一个特色。正如邱炜菱所说:"《阅微五种》,体例精严,略于叙事,而议论之宏拓平实,自成一家,亦小说之魁矣。"(《客云庐小说话》)

四、《醉醒石》

《醉醒石》十五回,每回讲一个故事,题作"东鲁古狂生编辑",写于明末清初,刊于清初。作者以醉醒之石为书名,劝诫色彩颇浓。作者题词中明确指出,醉人依在这种石上,"其醉态立失"。意在通过此书为世人起到消除朦胧醉态、促人清醒明白的作用。书中故事,多取材于当时的现实生活,反映了当时的人情世态,暴露了明末的社会弊病,对于官吏的贪污腐败、旁门左道的虚伪狡诈、科举的弊端揭露得较为深刻。生动地刻画了流氓地痞的恶行、社会治安的混乱等,对妇女的悲惨处境倾注了满腔的同情。该书文笔简洁流畅,人物描写细致生动。不足之处是情节简单,好发议论,影响了艺术感染力。

五、《鸳鸯针》

《鸳鸯针》四卷十六回,"华阳散人编辑","蚓天居士批阅"。有人认为,作者其实就是明末吴拱宸。每卷四回一个故事,其中三个是科场之事,对知识分子的种种言行,作了生动逼真的描写,揭露了科举考试的弊端,讽刺了儒生沉溺于科场的种种丑行丑态,可说是《儒林外史》的先声。对于该书的艺术水平,孙楷第说得比较中肯:"文皆流利,其事或虚或实,要皆寄其不平之思,虽伤蕴藉,较之清代诸腐庸小说犹为胜之。"

六、《豆棚闲话》

《豆棚闲话》十二则,"圣水艾衲居士编",有人说是清初范希哲,无实据,难定论。有一点可以肯定,作者生活于明末清初,对社会黑暗有深刻认识,诉诸于笔端,便是鞭辟入里的揭露:吏治腐败、人情冷漠、世风日下。刻画了无赖帮闲庸俗无聊、趋炎附势的丑恶面目,嘲讽了明末士大夫、文人投靠清王朝的变节行为。全书以豆棚下的闲话为线索，与西方《十日谈》的写法相近，是中国古代短篇通俗小说写作方法的创新。

七、《照世杯》

　　《照世杯》四卷，四个故事。署名"酌元亭主人"，真实姓名不详。卷一"七松园弄假成真"写的是才子佳人的恋爱；卷二"百和坊将无作有"写的是老童生骗人反被骗；卷三题为"走南安玉马换猩绒"，写广西商人杜景山在南安（今越南）经商致富。作品展示了南安的风土人情，让我们看到了当时的异国情调。卷四是"掘新坑悭鬼成财主"，题材上以"奇"取胜：土财主开厕所致富。故事新鲜，幽默风趣。该书文笔清新流畅，描写真切感人，篇幅虽短，对后世讽刺小说的影响颇大。

　　清代短篇通俗小说到康熙年间（公元 1662—1723 年）呈衰落之势，60 余年间出版的结集不到 20 种，艺术水平亦大为下降。稍好的有署名"笔炼阁主人"的《五色石》与《八洞天》，可能是扬州徐述夔所写。《五色石》写了八个故事，都是大团圆结局，布局巧妙，结构严密，体现了较高的艺术水平。《八洞天》上承前书，要补人间缺憾，有浓厚的伦理说教，语言也比较板滞，艺术性相对较差。其间值得一提的还有《生绡剪》等，反映了当时的社会现实生活；有《西湖佳话》《雨花香》等，描写了杭州、扬州的地方故事。

　　进入雍正（公元 1723—1735 年）、乾隆（公元 1736—1795 年）年间以后，短篇通俗小说创作已完全衰落，在 70 年多年的时间里，只有《二刻醒世恒言》《娱目醒心编》两部短篇小说集，劝诫说教的色彩很浓，无论思想性或者艺术性都低，说明中国古代短篇通俗小说已经没有发展的余地。最后一部短篇通俗小说集是问世于光绪年间（公元 1875—1908 年）的《跻春台》，它是短篇通俗小说沉寂了近百年之后的微弱回响。

　　短篇通俗小说没有像长篇通俗小说那样越来越兴盛，完全是因为这类作品的内在原因。它没有处理好继承与创新的关系，习惯于沿袭宋元短篇通俗小说的格局，没有大胆的突破，慢慢地失去了新鲜感、失去了活力。也没有处理好文学作品寓教于乐的功用，有太多喋喋不休的说教，越来越让人讨厌。还因为过分追求拍案惊奇的表面效果，对现实生活的反映显得浮泛，不能体现生活的本质。与之相反，长篇通俗小说却能在平淡的故事叙述中反映生活的本质，在篇幅上又能最大限度地满足读者的阅读需要，吸引了读者的注意力，夺取了短篇通俗小说的读者市场。短篇通俗小说的衰竭就不可避免地出现了。

第八章 清代长篇小说研究

清代最突出的文学成就表现在小说方面。在明代小说大繁荣的基础上,清代小说有了进一步发展,产生了《聊斋志异》《儒林外史》等非常优秀的艺术精品。尤其是《红楼梦》,登上了中国小说艺术的最高峰。这些情况表明,中国小说进入了它的发展高峰期。

第一节 清代长篇小说概述

清代,是我国古代长篇小说进一步繁荣发展的时代。这一时期,不仅作品数量众多,风格流派多样,而且还有下面两个鲜明的特点。第一,它的主流是描写现实生活,一些最有才华的作家不再只是热衷于逝去的历史和神魔世界。明代长篇小说从讲史话本发展而来,由主干而分流为历史演义、英雄传奇和神魔小说,它们都和现实生活相距甚远。只是到了明中叶的《金瓶梅》,才同这个时期着重描写市井生活的拟话本小说相呼应,以现实生活为题材。入清以后,虽有不少作家仍然走着《三国演义》《水浒传》《西游记》的老路,但那些思想最锐敏、才华最出众的作家,则继承了《金瓶梅》的传统,将审视的目光从古往英雄、神话世界移向了世俗社会,芸芸众生。第二,明代长篇小说除《金瓶梅》等少数作品外,大多是在历史记载、民间传说、话本、杂剧的基础上加工而成。清代虽然仍有一些作品按照此种方式写出,但多数小说随着题材的转换都是作家个人的独创,其思想内蕴、艺术风格都有作家个人的特点。

清代长篇小说的发展,大体可分为三个阶段。

从清初至乾隆末年(公元 1644—1795 年),这是清代长篇小说也是整个古代长篇小说创作的黄金时期,作品的数量和质量,风格和流派,都在明代长篇小说的基础上,有了明显发展。这个时期最引人注目的作品,是继承《金瓶梅》写实主义的传统,描写现实人生的世情小说。明末出现的才子佳人小说入清以后仍风行不衰,著名的长篇小说《醒世姻缘传》《儒林外史》《歧路灯》以及古代长篇小说的巅峰之作、辉煌的现实主义巨著《红楼梦》,也都产生于这一时期。这个时期历史演义和英雄传奇的创作也格外突出,主要作品有《水浒后传》《隋唐演义》《说岳全传》《女仙外史》等。也有一些受神魔小说影响的作品,如《斩鬼传》《绿野仙踪》;也有少量以小说显示才学者,如《野叟曝言》。

从嘉庆至中日甲午战争(公元1796—1894年),是长篇小说创作比较平庸的一个时期。这个时期,又可以鸦片战争分为前后两段。前段,历史演义和英雄传奇日见衰微,较为可观的是《万花楼杨包狄演义》,但思想性、艺术性都不及前期同类作品。这个阶段,一个引人注目的现象是续《红楼梦》之作大量涌现。这类续作可分为两类:一类接在《红楼梦》第一百二十回之后,如《后红楼梦》(逍遥子)、《续红楼梦》(秦子忱)、《绮楼重梦》(兰皋居士)、《红楼复梦》(陈少海)、《续红楼梦》(海圃主人)、《红楼圆梦》(梦梦先生)、《补红楼梦》和《增补红楼梦》(嫏嬛山樵)等;一类接第九十七回,如《红楼梦补》(归锄子)、《红楼幻梦》(花月痴人)等。其共同特点是给予宝、黛以大团圆的结局,改变原作的悲剧精神,在艺术上是一种倒退。这一阶段较有新意的作品是以小说显示才学并有讽世意味的《镜花缘》。

鸦片战争以后,我国历史进入近代,但直至甲午战争,长篇小说创作没有反映出新的思想风貌。这一阶段占主导地位的是写"伎家故事"的狭邪小说和侠义公案小说。前者主要有《品花宝鉴》《花月痕》《青楼梦》《海上花列传》等,后者主要有《儿女英雄传》《三侠五义》《彭公案》等。

从甲午战争到辛亥革命(公元1895—1911年),是接受了资产阶级改良派和革命派的影响,社会、政治小说空前繁荣的时期。这一时期,资产阶级改良运动和革命运动先后兴起,改良派和革命派都很重视小说的作用,严复、梁启超、陈天华等人都宣传通过小说改造政治和社会。同时,这一时期也翻译了大批外国小说,在改良派和革命派的共同推动下,在翻译小说影响下,这一时期长篇小说数量很多,而且多数都对现实的社会政治问题表现出积极的干预意识。影响最大的是改良派的谴责小说,代表作有《官场现形记》《二十年目睹之怪现状》《孽海花》《老残游记》等。除此之外,本时期众多的长篇小说涉及晚清社会的各个方面。写社会概貌的,有《文明小史》《负曝闲谈》等;写反帝战争的,有《罂粟花》《中东大战演义》等;写官场的,有《活地狱》《官场维新记》等;写商人和商业活动的,有《市声》《胡雪岩外传》等,写华工和留学生生活的,有《劫余灰》《苦社会》《苦学生》等;写妇女解放的,有《黄绣球》《中国女豪杰》等。同时,资产阶级革命派作家也进行小说创作,著名作品有《洪秀全演义》《狮子吼》《自由结婚》等。

上面,我们按照历史时期介绍了清代长篇小说的特点和发展。如果按照作品的内容和风格,则大抵可以分为世情小说、讽刺小说、历史演义和英雄传奇小说、侠义公案小说四大类别。

第二节 《儒林外史》等社会讽刺小说

一、《儒林外史》

吴敬梓的《儒林外史》是中国古代最优秀的长篇讽刺小说,鲁迅在《中国小说史略》中说,自《儒林外史》问世,"说部中乃始有足称讽刺之书",且"是后亦鲜有以公心讽世之书如《儒林外史》者"(第二十三篇)。这一评价是十分公允的。

吴敬梓(公元 1701—1754 年),字敏轩,一字文木,号粒民,移家南京后自号秦淮寓客,晚号文木老人,安徽全椒人。吴敬梓出身于一个世代书香门第,祖上多显达。为全椒望族,"明季以来,累叶科甲,族姓子弟声势之盛,俨然王谢"(金和《儒林外史序》)。然至其父辈时,家道已渐衰蔽。吴敬梓经历了家族由盛至衰的变化过程。

(一)"以功名富贵为一篇之骨"

《儒林外史》所叙故事、人物,假托为明代成化、万历时期,实则反映的是清代的社会生活。与全椒吴氏有姻亲关系的金和,在《儒林外史跋》中曾指认书中所写人物多是以清代雍正、乾隆时期的人物为原型的:"书中之庄征君者程绵庄,马纯上者冯粹中,迟衡山者樊南仲,武正书者程文也。……全书载笔,言皆有物,绝无凿空而谈者。若以雍乾诸家文集细绎而参稽之,往往十得八九。"①

将清代雍正、乾隆间的士人行为,移到明代成化、万历年间,其中并不仅仅是为了避免文字狱的迫害,还包含有作者创作意图上的更深寓意。顾炎武《日知录》云:"经义之文,流俗谓之八股,盖始于成化以后。"②也就是说,八股文的程式化是明朝成化以后的事。吴敬梓选取八股文定型化过程中这个极有界碑意义的年份,作为其小说叙事主体的时间开端,实欲借此考察成形于明代、沿袭于清代的八股取士制度,是如何驱使一代士人在前有功名利

---

① 杨义.《儒林外史》的时空操作与叙事谋略[J]. 江淮论坛,1995(02):75-81.
② 同上。

禄的诱饵、后有穷愁落魄的压力下,为了这毫无文化积累价值的八股制艺耗费生命的。而这种将清事移置到明后期的大幅度的历史时空错接,也使作者能在超越自身不幸的个人感伤主义的基础上,对明清时代的八股取士制度进行总体的把握和反思,对奔聚、徘徊乃至游离于这一制度的种种士人的灵魂进行理性的分析和透视。作为这种反思和透视的基点,闲斋老人在《儒林外史序》中概括为"功名富贵"四个字:

其书以功名富贵为一篇之骨:有心艳功名富贵,而媚人下人者;有倚仗功名富贵,而骄人傲人者;有假托无意功名富贵,自以为高,被人看破耻笑者;终乃以辞却功名富贵,品地最上一层,为中流砥柱。

全书正是通过这几类上人面对功名富贵的态度的穷形尽相的描写,寄寓着作者对科举制度的深沉反思和对理想士人人格的追求与向往。

首先,《儒林外史》通过对一些"心艳功名富贵,而媚人下人者"形象的描绘,揭示了科举制度对一代士人灵魂的残害与折磨,对整个社会世风的恶性熏染。

年过六旬却连个秀才也未考中的周进,其遭遇颇具典型意义。长期的科举失意带给他的是来自社会各个方面的歧视乃至侮辱。承管百十户赋税劳役的身穿油篓一般衣服、手拿驴鞭的夏总甲,对他可以任意驱使,左右着他的社会位置,还要从他每年12两银子的馆金中掠取"承谢"。科举途中的捷足先登者更是不把他放在眼里。应该居于他的学生辈的梅玖,在为他接光的宴席上奚落他未中秀才:"你众位是不知道我们学校规矩,老友是从来不同小友序齿的。"就像做妾的即使头发白了,也不能称"太太"而只能称"新娘"一样,周进虽胡子花白,未中秀才也只得当"小友"。从而"把周先生脸上羞得红一块白一块"。新科举人王惠更是盛气凌人,大模大样地饮酒吃肉,"也不让周进",却让只用老菜叶进饭的周进昏头昏脑地打扫他"撒了一地的鸡骨头、鸭翅膀、鱼刺、瓜子壳"。周进的地位已在妾小和奴仆之间。甚至连薛家集的乡民也对他随意编排。王惠说梦见和七岁的荀玫是同科进士,人们反说这是周进捏造出来奉承有几个钱的荀老爹,"图他个逢时遇节,他家多送两个盒子"。这就把一个老实的士人编排成了一个阿谀奉承的小人了。这种种的人格屈辱,涉及经济、身份和道德各个方面,所以当周进随姐夫金有余到省城贡院,"见两块号板,摆得齐齐整整,不觉眼睛里一阵酸酸的,长叹一声,一头撞在号板上,直僵僵不省人事"。待众人将他救醒后:

周进看着号板,又是一头撞将去,这回不死了,放声大哭起来。众人劝着不住。金有余道:"你看这不是疯么?好好到贡院来耍,你家又不死了人,为甚么这样嚎啕痛哭是的?"周进也不听见,只管伏着嚎啕哭个不住。一号哭过,又哭到二号、三号,满地打滚,哭了又哭,哭得众人心里都凄惨起来。

金有余见不是事,同行主人一左一右架着他的膀子。他哪里肯起来,哭了一阵,又是一阵,直哭到口里吐出鲜血来。

累年蹭蹬名场的种种不幸和屈辱,在文中连用10个"哭"字宣泄得淋漓尽致。这是八股取士制度下一代士人用生命来申诉冤抑的,小说在辛辣的讽刺背后灌注了作者对一代文人厄运的深挚的悲悯和同情。

连考20余次,从20岁考到54岁仍是老童生的范进,不独要承受来自社会上的种种侮辱和贬抑,就连自己的岳丈、"上不得台盘"的胡屠户也从未把他放在眼里:"你不看见城里张府上那些老爷,都是万贯家私,一个个方面大耳?像你这尖嘴猴腮,也该撒泡尿自己照照!不三不四,就想天鹅屁吃!"以至于颇为懊悔自己"把个女儿嫁与你这现世宝穷鬼"。这种种的人生屈辱,都是由于自己没能真的吃上那"天鹅屁",所以当真的看到自己高中举人的报帖时:

范进不看便罢,看过一遍,又念一遍,自己把两手拍了一下,笑了一声,道:"噫!好了!我中了!"说着,往后一跤跌倒,牙关咬紧,不省人事。

行文用四个"一"字,将范进由不信到相信到高兴乃至由喜而疯的心态描摹得何其逼真。而"噫!好了!我中了!"这六个字中,展示的不仅是"中了"的极度喜悦,还有几十年科场磨难的精神创伤。

《儒林外史》不仅通过周进、范进落榜时的不幸遭遇揭示科举制度带给一代士人的心灵创伤,还通过他们得意名场后的种种辉煌展示了一代士人醉心举业的心理内驱力。周进中了进士,任国子监司业后,他当年设帐的观音庵被村人供奉起长生禄位,梅玖自认为门生不算,还教把周进写的旧对联当作珍贵的手泽裱糊保存。范进中举后,不仅在胡屠户眼里由"尖嘴猴腮"的"现世宝穷鬼"变成了"才学又高,品貌又好"的"贤婿老爷",即使"一向有失亲近"的乡绅张静斋也成了"世谊同好",而且"到两三个月,范进家奴仆、丫鬟都有了,钱、米是不消说了"。社会位置的变化,把人的辈分、脸孔和价值尺码都改变了。正是这种社会地位变换的巨大反差,不仅使我们得以理解周进以花白头颅去撞号板哭号板,范进觍着黄瘦的老脸为中举而狂呼乱窜的荒唐行为,也使我们得以明了一代士人为何孜孜于举业虽死而不悔的心理动机,而于这一反差背后以科举得中与否衡人的炎凉世态,展露的又何尝不是八股举业对民间心理的恶性熏染?

这种恶性熏染不仅及于寒士文人及民间心理,它甚至渗透进社会的各个角落乃至闺阁绣房。前代文人"苏小妹三难新郎"的诗词雅致在《儒林外史》的科举世界中演变成了"鲁小姐制义难新郎"的新风流佳话。鲁编修之女鲁小姐把东坡诗话、《千家诗》之类在其父眼中是"野狐禅"的玩意儿让给侍女,日暇教她们读几句诗以为笑话,自己却把一部部八股文章摆在梳妆台和刺绣床上,逐日蝇头细批,记熟了三千余篇。因此当她与蓬骁夫成婚"才子佳人,一双两好"之日,她用来为难新郎的不是苏小妹式的诗谜和对句,而是八股制艺,从而导致新郎说小姐"俗气",小姐怨新郎"岂不误我终身"?这篇其时文坛的新风流佳话,令人触目惊心地窥见八股文化如何无孔不入地渗入家庭、闺门、夫妻、母子之间,把人从社会到家庭的里里外外的生活趣味、包括才子佳人的精神人格通通异化了,以至于连人间最富有温柔情感的地方也变得冰冷和僵硬。

更为可怕的是,八股取士制度的恶性熏染导致了士人精神人格的堕落。匡超人本是一憨厚朴实的农家子弟,只因马二先生"人生在世上""总以文章举业为主"的一番劝说,从此逐渐热衷举业。知县李本瑛的抬举,斗方名士的引导,使他逐渐成了一个靠行骗而成名、抛弃结发之妻而获富贵的衣冠禽兽。小说通过这一人物逐渐堕落的过程描写,揭示了导致一代士人精神人格走向堕落的总根源在于八股举业背后的功名富贵。

其次,《儒林外史》还通过一批科场得意者"倚仗功名富贵"而"骄人傲人"以及他们精神世界的荒芜描写,从更为深广的意义上批判了八股取士制度。

汤奉、王惠、张静斋、严贡生们都是曾在科场中"发过的",然而,他们居官则为贪残虐民之徒,在野则为鱼肉百姓之辈。范进的房师广东高要县知县汤奉,"一岁之中,钱粮耗羡,花、布、牛、驴、渔、船、田、房税不下万金",但为了"升迁就在指日",竟借细故将一回教老师父活活枷死,连上司都觉得"你汤老爷也忒猛浪了些!"南昌府太守王惠莅任之日,首先关心的是:"地方人情,可还有甚么出产?词讼里,可也略有些甚么通融?"故其衙门里,整日都是"戥子声、算盘声、板子声",尤其是那"板子声","这些衙役、百姓,一个个被他打得魂飞魄散。合城的人无一个不知道太爷的利害,睡梦里也是怕的"。居官者如此,致仕闲居乡里者也贪狠不减当年。退仕的乡绅张静斋是本乡有名的恶棍。严贡生强圈别人的猪,未借人钱却逼要利息,讹诈船家,霸占胞弟产业,更是个十足的劣绅。

这些科场得意者的精神世界却是极为荒芜的。举人出身的张静斋竟然信口雌黄地争论着本朝开国元勋刘基在洪武三年开科取士时考了第三名还是第五名,胡诌出他由于受贿而贬为青田知县赐死的天方夜谭,而据《明史·选举制》,明朝八股取士制度"盖太祖与刘基所定"。八股举人不知道八股取士制度从何而来,甚而对这一制度的祖师爷作人格上的贬损,这颇具反讽意味。中了举人、钦点山东学道的范进居然弄不清明代四川学差"不见苏轼来考,想是临场规避"的常识性笑话,反而神色庄重地说:"苏轼既文章不好,查不着也罢了。"在秀才岁考中取了一等第一、贡入太学肄业的匡超人,吹嘘自己名扬四海,连北方五省读书人都礼拜"先儒匡子之神位",被当场揭破不懂得"先儒乃已经去世之儒者"。应是饱学的清贵高翰林连周文王、周公之事都不清楚,被当场揭穿后,自我辩解说:"小弟专经是《毛诗》,不是《周易》,所以不曾考核得清。"仿佛《周易》讲的是文王、周公的史实。八股取士带来的士人精神世界的荒芜,遍及经学、史学以及包括苏轼这类诗文大家在内的诗文之学。

精神世界的荒芜与浅薄,使士人人格扭曲而偏向了对物质世界功名富贵的艳羡,而对功名富贵的追逐也就必然导致士人居官为贪枭,致仕为饿狼的残酷现实。

第三,"假托无意功名富贵,自以为高,被人看破耻笑者",如二娄公子、权勿用、杨执中、张铁臂、景兰江、支剑锋、杜慎卿之流,多是科名失意的读书人,遂以风流名士自居,招摇撞骗。在他们身上,体现了另一类型封建文士们的生活真实,说明八股举业制度的恶性熏染,不仅遍及举业之中的人,且及于举业之外的芸芸众生。

娄三、娄四公子身出名门,只因"科名蹭蹬,不得早年中鼎甲、入翰林",于是自命为少年名士,仿古史礼贤好士之风,招揽权勿用、张铁臂等所谓高士、义侠。结果张铁臂虚设人头会,骗走五百金;权勿用四处行骗奸霸尼姑,在莺脰湖名士宴会上被"一条链子锁去"。二娄公子"半世豪举,落得一场扫兴"。借礼贤下士的豪举以沽名钓誉,豪门公子表面上对八股举业的游离掩饰的是骨子里对功名富贵的倾心向往,而靠诗酒风流生活招摇撞骗的所谓山间高人、侠士,更见出八股举业对社会上在野文人的恶性熏染。这种熏染对社会影响之大,以至于连医生赵雪斋、开头巾店的景兰江、盐务巡商支剑锋之流,也吟诗作赋,自称名士,趋炎附势。至于杜慎卿之流表面清高绝俗而灵魂卑鄙龌龊,言若清磬而行同狗彘,更是八股举业酿出的恶果,表现出封建没落文人精神道德的虚伪与腐朽。

第四,八股举业导致士人精神人格的扭曲与异化,不仅培养了如上述种种的儒林群丑,还酿成了美感麻木的马二先生和人性、人情被蔽塞了的王玉辉之流。

作为八股文著名选家的马二先生,"总以文章举业为主"自是无可厚非,对匡超人贫寒境遇的同情和支持,对蓬公孙遭小人诬陷的暗中排解,甚而颇有豪侠之风。然而当他来到"天下第一个真山真水的景致"西湖,他眼中所见却只有酒店里的鱼肉馒头和来来往往的女客,把西湖上的打鱼船看成是"小鸭子浮在水面",望见钱塘江,搜索枯肠才搜出《中庸》里的一句话:"真乃'载华岳而不重,振河海而不泄,万物载焉'。"自六朝以来中国文人对山水自然的诗意感觉在马二先生满是八股文的胸腔里被完全蔽塞了。

八股文化不仅蔽塞了士人的审美感知,而且蔽塞了士人的人性、人情。当了30年秀才未中举人的王玉辉,立志要写三部"嘉惠来学"的道德之书。他不同于官僚名士们在道德伦理上的口是心非,而是身体力行,把八股文化中的道德信条生活化。当女婿亡故,年轻的女儿要绝食殉夫时,他竟大加鼓励:"我儿,你既如此,这是青史上留名的事,我难道反阻拦你?你竟是这样做罢。我今日就回家去,叫你母亲来和你作别。"得知女儿死耗时,他心满意足地安慰妻子说:"她这死得好,只怕我将来,不能像她这一个好题目死哩!"不是死于法律的尊严,不是死于坏人、恶势力的摧残,而是死于那一纸空文的道德信条,而葬送这一年轻生命的直接帮凶却是为八股文化深深浸染的亲生父亲。从马二先生的美感麻木,到王玉辉的人情、人性麻木,八股文化对士人精神的摧残,可说是让人触目惊心了。

第五,《儒林外史》不仅以其犀利之笔,揭露讽刺了种种儒林群丑,还以满腔热情与赤诚,描写了一批"辞却功名富贵"的理想人物,表达了作者的理想。如杜少卿、庄绍光、虞育德、迟衡山以及篇末的市井四奇人。

作为作者本人在小说中投影的杜少卿,"品行文章是当今第一人",且轻财好士,鄙视功名富贵,从而被代表八股文化价值体系的高翰林指责为"杜家第一个败类",并在书桌上贴着"不可学天长杜仪"字条以为子侄戒。这些与作者本人生活中的遭遇颇多相通之处,而杜少卿乘醉携娘子之手笑游清凉山以及其反对纳妾、妙解《诗经》的通达,则又有六朝名士的风流了。因此,杜少卿不仅只是作者的夫子自况,其中还隐寓有作者以之作为艳羡功名富贵之假名士的反照和对六朝风流的追慕。

对六朝风流的追慕,只能促人皈依山水、陶情冶性,要拯挽衰颓世风,还需具积极入世之儒者心态。因而,庄绍光、虞育德、迟衡山等不仅讲究文行出处轻视举业,而且"要约些朋友,各捐几何,盖一所泰伯祠,春秋两仲用古礼古乐致祭,借此大家习学礼乐,成就出些人才,也可助一助政教"。以礼乐抗衡八股,以习学礼乐之真儒抗衡沉湎八股之伪儒,这就使得作者之人格理想系真儒名贤和六朝风流之混合,追求一种道德和才华互补兼济的人生境界。

然而,杜少卿的风流雅趣不仅不为世人理解,且由陈木南之流演化成向妓女谈论科场和名士风流了,而"虞博士那一辈子也有老了的,也有死了的,也有四散去了的,也有闭门不问世事的",对理想的追求到头来仍是空幻,使作者不得不将眼光投向那置身儒者以外的市井细民。以琴棋诗画自娱的季退年、王太、盖宽、荆元这市井四奇人,不贪财、不慕势,自食其力,成为作者笔下之理想人格象征。然而,理想不在儒林反在市井这一叙事设计之中,流露的正是作者对整个儒林的无奈和绝望心情。"江左烟霞,淮南耆旧,写入残编总断肠!从今后,伴药炉经传,自礼空王"。作者于书末的词中,真切地透露了这种理想幻灭的悲哀。

(二)文学才华与史家笔墨

《儒林外史》所叙人物,多为"儒林"中人,即以其时文人阶层为描写之重心。而所谓"外史",即有别于"正史"之意。但这并不意味着作者对史家笔法的摒弃,恰恰相反,吴敬梓在《儒林外史》中,不仅力求真实,且能"秉持公心"(鲁迅《中国小说史略》第二十三篇),于史家笔法多所借鉴。正是作者卓绝的文学才华与史家笔墨的高度契合,使得是书成为中国古代讽刺小说的典范之作。

"讽刺的生命是真实""非写实决不能成为所谓讽刺"(鲁迅《什么是"讽刺"》),《儒林外史》的讽刺艺术体现的正是这种精神。作者把社会上司空见惯的可笑可鄙之事,加以艺术集中和概括,使之具有典型性。如第二回写胡屠户对范进的前倨后恭,妙笔连篇,令人叫绝,穷形尽相地写出了八股文化所造成的势利心理对市井人伦的渗透。卧闲草堂本回末评道:"慎勿读《儒林外史》,读竟乃觉日用酬酢之间,无往而非《儒林外史》。"正是作者遵循了真实性这一讽刺艺术原则,才使读者感受到这种强烈的艺术效果。其他如二类公子访名士、马二先生游西湖,无不让人在觉其真实的同时,体悟到其内在的讽刺意蕴。

讽刺以真实为基础,但并不排斥适度的夸张。《儒林外史》常将冷静的白描和人物瞬间行为的适度夸张结合起来,让读者在会心的微笑之后去领略隐于这一夸张性情节之后的文化内涵。周进撞号板、范进喜极而疯,都是以当事人瞬间行为的夸张描写展示其数十年科场磨难的精神创伤。对这类包含巨大文化容量和生命代价的瞬间行为的略带夸张却又不动声色的描写,堪称《儒林外史》讽刺手法之"一绝"。严监生临死时伸着两个指头不咽气,作者并不立即点破,而是和书中人一道猜谜:是两个亲人不曾见面?是两笔银子没有交代?是两处旧产没有处理?至此还要来一个截断叙事:"且听下回分解。"这里有意使瞬间时间凝固化,目的在于制造悬念,从而积蓄瞬间行为文化含义的爆发力。最后才写:

赵氏分开众人走上前道:"爷,只有我能知道你的心事,你是为那灯盏里点的是两茎灯草不放心,恐费了油。我如今挑掉一茎就是了。"说罢忙走去挑掉一茎。众人看严监生时,点一点头把手垂下,登时就没了气。

只需写这一瞬,就写到了人的生命深处。严监生是一个"日逐夫妻四口在家里度日,猪肉也舍不得买一斤,每常小儿子要吃时,在熟切店内买四个钱的哄他就是了",因此积攒到"家有十多万银子"的乡绅。但如果将他四五十年间的种种吝啬行为铺展开来写,远不及抓住这临危瞬间的行为进行适度合理的夸张描写,更能展示人物的个性,也更能让读者领略到隐于这一瞬间行为之后的作者的讽世婆心。

通过人物言行的自我悖谬以获得讽刺效果,是《儒林外史》讽刺艺术的又一特色。最典型的例子莫过于第4回写严贡生赖猪一事了。正当严贡生唾沫横飞地向范进、张静斋吹嘘自己"实不相瞒,小弟只是一个为人率真,在乡里之间从不晓得占人寸丝半粟的便宜……"这时,一个蓬头赤足的小厮走了进来,望着他道:"老爷,家里请你回去!"严贡生道:"回去做甚么?"小厮道:"早上关的那口猪,那人来讨了,在家里吵哩。"

让人物自己打自己的嘴巴,而作者却不动声色,不作任何褒贬,这种讽刺笔法是书中用得极为普遍的,如范进丁忧守制的虚伪,季苇萧、杜少卿用才子佳人的风流自赏装点纳妾嫖妓的好色荒淫,等等。

《儒林外史》的讽刺又能"秉持公心",对不同人物作不同程度的讽刺。对汤知县、王惠之徒,讽刺中含有鞭挞,毫不留情;对范进、周进,讽刺其热衷功名的同时,又痛心其不幸的遭遇;对马二先生、王玉辉,行文中又流露出作者不忍讽刺的讽刺,不胜悲悯的悲悯。

《儒林外史》在结构上"虽云长篇,颇同短制",全书没有贯穿始终的主要人物和中心事件,而是由许多关系不甚密切的独立性很强的故事连缀成篇,"事与其来俱起,亦与其去俱迄"(鲁迅《中国小说史略》第二十三篇)。但这并不意味着作者没有统率全篇的整体艺术构思。书中卷首词"百代兴亡朝复暮,江风吹倒前朝树"及卷末词"共百年易过,底须愁闷"之语,都透露出作者之创作意图是要对八股取士的科举制度进行百年反思。因此,作者于第一回通过元末王冕徜徉于山明水秀的自由境界的描写,借以敷陈大义和隐括全书,指出八股取士"这个法却定得不好!将来读书人既有此一条荣身之路,把那文行出处,都看得轻了"。继之以53回的篇幅,描写了从明朝成化末年(公元1487年)到嘉靖末年(公元1566年)这80年间的四代儒林士人。第一代是生活在八股取士制度成型化的成化末年的周进、范进,以及年岁略小的严贡生、严监生等人,这多是八股取士制度的热衷者,而居官则贪,居乡则虐,表现了八股制度下士人灵魂的卑鄙与龌龊。第二代是活动于正德末年和嘉靖前期的二娄公子、制艺选家马纯上以及比他们年轻的匡超人、牛蒲郎,这些人或借名士头衔招摇撞骗,或歪解孔子以阐明文统,宣告了八股举业道德的破产和文统的崩溃。第三代是生活在嘉靖后期的杜少卿、杜慎卿以及比他们略大的虞育德、庄绍光和略小的余特、余持兄弟,这是这几代士人中最有声有色的一代,他们或抒发名士风流,或追求礼乐理想,但最终又大都因抗衡不了世俗的恶浊而别井离乡了,表现了作者拯救士林幻想的破灭。第四代是生活在嘉靖末年的陈木南和比他略大的汤由、汤实,他们则多是混迹青楼之辈,借向妓女谈论科场来装点名士风流。小说最后以市井四奇人作结,以隐喻礼失之于衣冠而不得不求之于草野的象征意蕴。开头、结尾一起一结的生活横切面的象征意蕴,中间纵向时间推移的波诡云谲,以体现作者百年反思的总体构思。这充分说明作者是有其清晰的文理脉络的,而不是如胡适所指斥的"《儒林外史》的坏处在于体裁结构太不紧严,全篇是杂凑起来的"(《五十年来中国之文学》)。

《儒林外史》的语言明净、精练,准确生动,且富于机趣。其写人,常以三言两语之白描,而使人物穷形尽相。如第二回写夏总甲:

正说着,外边走进一个人来,两只红眼边,一副锅铁脸,几根黄胡子,歪戴着瓦楞帽,身上青布衣服,就如油篓一般,手里拿着一根赶驴的鞭子,走进门来和众人拱一拱手,一屁股就坐在上席。

寥数语,人物之状貌、穿着及自高自大之村豪作态,跃然纸上。其叙事,也于明净精练中透出隽妙的机趣。如第四十七回写丘河县风俗:

五河的风俗,说起那人有品行,他就歪着嘴笑;说起前几十年的世家大族,他就鼻子里笑;说那个人会做诗赋古文,他就眉毛都会笑。问五河县有甚么山川风景,是有个彭乡绅;问五河县有甚么出产稀奇之物,是有个彭乡绅。问五河县哪个有品望,是奉承彭乡绅;问哪个有德行,是奉承彭乡绅;问哪个有才情,是专会奉承彭乡绅。

运用排比句式,在重复中推进,语气如行云流水。先是一"说"一"笑",对奉承暴发户而不讲文化品行的五河风俗,勾勒出其傲慢嘴脸;继之以一"问"一"答",在答和问的荒谬错位中,嘲讽了对暴发户变傲为谀的媚态。用语平易却富蕴机趣,堪称妙文。

《儒林外史》在思想和艺术上的巨大成就,不仅使其卓立于中国古代讽刺小说之顶峰,且对后世文学产生了巨大而深远的影响。清末民初以《官场现形记》为代表的谴责小说,无论在结构安排、主题设计还是行文用语上,都有模仿《儒林外史》的痕迹。即便新文化运动的伟大旗手鲁迅,在其直刺封建帷幕的杂文、小说中,我们也不难看到《儒林外史》的影响。

二、其他讽刺小说

(一)《老残游记》

《老残游记》是一部游记体小说,在清末谴责小说中是一部有影响力的作品。作者刘鹗。晚清时期,中国社会已是千疮百孔,穷途末路。清朝统治阶级到嘉庆、道光时期已经完全腐化败坏。1840年,外国侵略者用鸦片和坚船利炮强行攻破我国国门,中国社会出现了数千年未有的危机,整个社会处于腐朽动荡的时期,军民因吸食鸦片而无力作战,白银大量流入外国。

此时的王朝统治已摇摇欲坠。虽然百姓生活已水深火热,但与此形成巨大反差的却是当时皇宫"一日之餐,费至十余万",而"三年清知府,十万雪花银"则是官场的真实写照。当时卖官鬻爵司空见惯,贪污贿赂成风。政府的统治已经连维持基本秩序的能力也没有了,中国已处于内忧外患的夹击之中,整个社会已是风雨飘摇,动荡不安。作为晚清四大谴责小说之一的《老残游记》正是在这种社会背景下创作出来的。作品通过摇串铃的江湖医生老残在山东行医时的所见所闻,披露了当时官场的丑闻。作者从批判现实入手,揭露清政府的丑行,试图劝谕朝廷,整肃政风,救民于水火,以挽救垂死的封建专制制度。这种努力在当时的历史条件下显然是徒劳的。整部小说在揭露"清官"的丑恶本质时,不蹈袭前人文风而尝试创新之处,是《老残游记》的最大特色。

刘鹗(公元1857—1909年),字铁云,别号老残,清末著名作家,江苏丹徒(今江苏镇江)人。他出身官僚家庭,少年发愤读书,以求经世报国。年轻时做过医生和商人。随着年纪的增长和屡试不中,加上对现实社会的不满,他对通过科举博取功名已失去兴趣,转而研究数学、医学、水利等,他还是甲骨文的最早收集者。1888年,河南、山东发生水灾,他先后到这两个省的巡抚处做幕僚,帮助治理黄河,因治河有功,被保荐到总办各国事务衙门,以知府任用。此后,他曾向清政府建议借外债修路和让西人开矿,因不合时宜遭到攻击。刘鹗因做官不得志,弃官经商,创办实业,但全都失败了。后被清政府以私开太仓之罪发配到新疆,第二年病死。刘鹗生前根据自己的所见所闻写成了《老残游记》初集20回、二集9回,流传至今。

《老残游记》作为清代一部著名的世情小说和谴责小说,在中国近代文学史上占有一定的地位。小说以江湖医生铁英在游历中的见闻和作为为线索,刻画了当时的众生百态和真实的社会生活。

《老残游记》的最大特色是揭露所谓"清官"的罪恶。作者在小说中借主人公老残之口,痛斥道:"赃官可恨,人人知之。清官尤可恨,人多不知。盖赃官自知有病,不敢公然为非;清官则自以为不要钱,何所不可?刚愎自用,小则杀人,大则误国,吾人亲目所见,不知凡几矣。"这种创作思想和观察角度,在以往小说中是没有的,所以,"揭'清官'之恶者,自《老残游记》始"。

小说在揭露酷吏的同时对人民的苦难也有所描写,如黄河决口后人民流离失所,甚至卖身为妓等,表现了对人民的同情。但是《老残游记》在思想内容上也存在着问题,如称太平天国为"粤匪",且多方攻击;咒骂义和团是"疫鼠""害马""装妖作怪,蛊惑乡愚""几乎送了国家的性命";诬蔑资产阶级革命党是"乱党",是只管自己敛钱,叫别人流血的"英雄"。《老残游记》继承了中国古典小说的优秀艺术传统,又有所创造。语言清新简练,富有表现力。写景叙事生动细腻,如王小玉美妙的歌声、桃花山的月夜、黄河冰岸上雪月交辉的景致,尤其是大明湖、千佛山明媚如画的景色,都写得很有吸引力,作品中还出现了大段的心理描写,这在以往的小说中是最少见的。《老残游记》的另一大特色是真实,小说客观地反映了晚清时期的真实生活场景。小说中所写的人物和事件有些是实有其人、实有其事的。如玉贤指毓贤,刚弼指刚毅,黑妞、白妞为当时实有的艺人。白妞一名小玉,于明湖居奏艺,倾动一时,有"红妆柳敬亭"之称。正如作者所自言:"野史者,补正史之缺也。名可托诸子虚,事虚证诸实在。"(第13回原评)

《老残游记》在语言艺术方面特别有亮点。如在写景方面能做到自然逼真,有鲜明的色彩。书中千佛山的景致、桃花山的月夜,都明净清新。在写王小玉唱大鼓时,作者更是运用烘托手法和一连串生动而贴切的比喻,绘声绘色地描摹出来,给人以身临其境的感觉。所以,鲁迅称赞它"叙景状物,时有可观"(《中国小说史略》)。总体来说,《老残游记》的艺术成就在晚清小说里是比较突出的,不愧为中国近代史上著名的谴责小说之一。

(二)《孽海花》

《孽海花》是晚清四大谴责小说之一,由金天羽、曾朴合著。金天羽(公元1874—1947年),初名懋基,又名天翮,字松岑,号鹤望,别署有麒麟、爱自由者、金一等,诗人、小说家,吴江(今属江苏苏州)人。金天羽出身富家,自幼即重视经世之学,肄业于江阴南菁书院,早年著《长江赋》《西北舆地图表》等,颇负时誉。20世纪20年代,在上海与章太炎、邹容、蔡元培、吴稚晖等交往甚密,参加革命团体爱国学社,在《江苏》上发表长篇小说《孽海花》第1、2两回,表现出民主革命倾向。

曾朴(公元1872—1935年),初字太朴,改字孟朴,又字小木,籀斋,号铭珊,笔名东亚病夫,小说家、出版家,江苏常熟人。曾朴生于官僚地主家庭。曾朴自幼聪慧好学,表面上受着科举应试的教育,实际上常常背着他人沉浸在文艺书籍中,他文学的基石在无形中得以奠定。曾朴撰写了《孽海花》前6回之后的内容。曾朴交游广阔,阅历丰富,对当时社会各阶层的人物有过直接的观察与认识,并对中国的传统学问和各种文体都比较熟悉,有深厚的文学素养,这使得《孽海花》一书在选材、结构、语言方面都独具特色。

《孽海花》以中法战争(1884年)到中日战争(1894年)期间的晚清社会为背景,以金雯青、傅彩云的故事为线索,广泛描写了宫廷内部的混乱,官吏的贪赃枉法和对外来侵略者的恐惧,以及封建知识分子的醉生梦死,资产阶级旧民主主义革命的兴起等。它揭露了晚清封建统治的腐朽,反对列强蚕食中国,同情孙中山的革命主张,表现了一定的进步倾向。

和其他谴责小说相比,《孽海花》的不同之处在于对帝国主义的入侵提出了直截了当的抗议。作品指责英、俄、法、德是"世界魔王",把中国"看得眼红了,都想鲸吞蚕食"。这反映了作者对帝国主义有一定的认识。小说从第2回到第27回,以大量的篇幅揭露和批判了封建统治阶级。它的笔锋甚至直指最高封建统治者,形象地勾勒出宫廷内部尔虞我诈的丑恶内幕,暴露了晚清统治的腐朽。小说在揭露的同时还表达了作者的思想见解。作品里还出现了史坚如等革命党人的形象,第29回里写:"眉宇轩爽精神活泼的伟大人物孙中山,轰轰烈烈革命军之勇少年史坚如,沉着坚毅老谋深算革命军之军事家杨云衢",并说"有如许英雄崛起,中国何愁不雄飞廿世纪"。虽然有些概念化,但表明了他对革命的同情和向往,这在当时是十分大胆的。

《孽海花》这部小说具有历史小说的厚重内涵,它写中法、中日之战,清流党的锋锐,公羊学的勃起,到皇帝与太后的失和,改良派与革命派的活跃,还有柏林、圣彼得堡的风云,历史洪波巨流都留下了投影。小说着重表现的是中国文化心态的冲突。故事开篇苏州雅聚园茶话,显示了咸丰、同治年间人们对于科名的沉醉,留下了文化封闭心态的印迹。而在繁华总汇的上海,冯桂芬对新科状元金雯青的一席话,却透露了物换星移的信息。

《孽海花》是一部瑰伟缛丽的作品,文笔娟好,辞采华丽,写景状物,明丽如画。作家于小说结构尤为惨淡经营,提出"珠花"式的结构艺术。从苏州阊门外彩灯船上雯青与彩云邂逅,至水逝云飞的最后结局,围绕男女主人公命运这一中心,把许多本是散漫的故事结成枝叶扶疏的整体布局,并以盘曲回旋之笔,精心设计了几次高潮。当然,《孽海花》中也有一些杂芜枝蔓的笔墨,失之纵逸。

就政治演变而言,《孽海花》所表现的30年历史内容,即同治中期至光绪后期这一特定历史阶段政治和文化的变迁史。本书注重表现诸多政治事件的内在联系及其发展趋势。诚如作者自云:"这书写政治,写到清室的亡,全注重德宗和太后的失和,所以写皇家的婚姻史,写鱼阳伯、余敏的买官,东西宫争权的事,都是后来戊戌政变、庚子拳乱的根源。"不过,戊戌政变及以后的事件都在拟写计划之内,而并未付诸实施。

对于《孽海花》的写作艺术,鲁迅早有评论,说它"结构工巧,文采斐然"。

从结构方面看,全书有贯串的中心人物,故事也前后联系,主题思想也比较统一,比流行的《儒林外史》式的结构提高了一步。小说的语言也很清新,对话叙事都较生动。所以,鲁迅的评论是中肯的。在人物刻画方面能从不同角度、用各种手法来描写人物、刻画性格。如把傅彩云放在她生活的环境中,着意写她的美丽、聪明但感情不专一,又习惯于浪荡生活,真实地反映了这个名妓的精神面貌。

(三)《官场现形记》

《官场现形记》是晚清小说家李伯元所著的一部专门暴露官场黑暗的力作。李伯元(公元1867—1906年),字宝嘉,别号南亭亭长,晚清著名小说家,江苏常州人。李宝嘉一生著述甚丰,先后写成《庚子国变弹词》《官场现形记》《文明小史》《中国现在记》《活地狱》《李莲英》《海上繁华梦》《南亭笔记》《醒世缘弹词》等著作。其构思之敏,写作之快是极为少见的。他所写的《官场现形记》是晚清谴责小说的代表作。

《官场现形记》是清末谴责小说的代表作之一。它由许多相对独立的短篇联系而成,在结构上与《儒林外史》有类似之处,全书60回,以谴责晚清的官场黑暗为主题,塑造了清末官场的百丑图。从中央到地方,从文官到武将,从最高统治集团到低级衙门的佐杂人员,举凡军机大臣、总督、巡抚、提督、道台、知县、典史,等等,无不在作者的揭露之下现出原形。在小说中作者大胆地撕去了封建统治阶级的种种遮羞布,揭露了封建官场的丑恶内幕和封建道德的虚伪。所以,阿英先生称《官场现形记》是"一篇讨伐当时官场的檄文"。

白描传神是《官场现形记》所长。如胡统领严州剿匪数回,布局精巧,错落有致,人物映带成趣;胡统领涎色贪财,昏聩颠顶,而又乔装张致,擅作威福;周老爷阴险势利,工于心计;文七爷纨绔阔少,风流自喜;赵不了寒酸猥琐,人穷志短;庄大老爷老奸巨猾,八面玲珑。人物形象都栩栩如生。衬以浙东水乡风光,江山船上的莺莺燕燕,构成相当生动逼真的社会风俗画卷。作家尤擅长渲染细节,运以颊上添毫之笔,有入木三分之妙。

《官场现形记》总体上还是有自己的艺术特色的。作者善于描写场面,善于运用夸张的手法,通过人物自己的语言和行动去揭露丑恶的灵魂,这些都是比较成功的。《官场现形记》艺术上的缺陷是冗长、拖沓,情节间有雷同。全书缺乏中心人物和情节,有些描写流于庸俗。此外,小说在思想上也有改良主义倾向,说明它有一定的历史局限性。

(四)《二十年目睹之怪现状》

《二十年目睹之怪现状》是一部著名的揭露封建专制制度末期政治和社会黑暗的小说。

作者把一切黑暗和丑恶的现象统称为"怪现状",表明他已经很难理解这个世界。但这"怪现状"也并不奇怪,它是当时社会的必然产物。

《二十年目睹之怪现状》所反映的生活内容十分广泛,总括起来有以下几方面:其一,描写官场贪财受贿、营私舞弊的"怪现状"。书中人物卜士仁开导他侄孙的一番话概括了当时的官场哲学:"至于官,是拿钱捐来的,钱多,官就大点;钱少,官就小点。"大大小小的文武官僚,无人不贪,无人不贿,毫无廉耻,不择手段。其二,封建官僚虚伪无耻的"怪现状"。"九死一生"的伯父身为官宦,对待子侄不是斥责就是教训,他乘经手"九死一生"父亲丧事的机会吞没了弟弟的家产,置孤侄寡嫂于不顾,自己却去养女人,生私生子。其三,官僚畏敌如虎、卖国投降的"怪现状"。小说第14回写中法战争时,南洋水师驭远舰管带看见海平线上一缕黑烟升起,疑心是法国军舰,竟然开放水门将舰自沉,舰上官兵乘了舢板逃命,事后谎报"仓卒遇敌,致被击沉"。上海制造局总办一味迷信外国人,明明造船的图样错了,也不认账,他的理由是"外国人打的样子还有错的吗"。其四,商场的"怪现状"。这方面的内容主要写官商勾结,或合伙舞弊,或经商入官,甚至商场势力已经左右官场。

另外,遍地是赌局和妓院的十里洋场,所谓诗人才子、斗方名士以及赌棍、买办、讼师、道士、江湖庸医、人口贩子等社会寄生虫,也是书中暴露的"怪现状"。

《二十年目睹之怪现状》描写了众多人物,其中反面人物居多,也写到一些正面人物。正面人物有吴继之、"九死一生"的堂姊等,他们既是"怪现状"的批判者,也是作者理想的体现者。"九死一生"是作者理想人格的集中体现。他不嫖妓,不吸鸦片,以经商自傲,蔑视科举,蔑视一切假名士和滥文人。作者极力把他描写成一个有侠义心肠、正人君子作风的人物。"九死一生"的堂姊是作者最推崇的青年女子形象。

《二十年目睹之怪现状》在艺术方面有以下特色:其一,它以"九死一生"这个人物的所遇、所见、所闻为主干,连缀众多小故事而成,结构严谨。其二,作者善于创造富有戏剧性的场面,把谴责对象置于极其可笑的境地。其三,语言生动,描写人物叙述故事绘影绘神,使人如临其境,如见其人。总之,这本书是谴责小说中的杰出代表。

第三节 《红楼梦》等世情小说

一、《红楼梦》

《红楼梦》是中国古代小说史上成就最高的小说,其作者是生活在清代乾隆年间的曹雪芹,续作者为高鹗。

曹雪芹(公元1715—1762年),名霑,字梦阮,号芹圃、芹溪,雪芹亦为其号。祖籍东北辽阳。先世原为汉人、约于明末入满洲籍,属汉军正白旗。远祖曹锡远曾任明朝沈阳中卫的地方官,后为清太祖努尔哈赤所俘,沦为奴隶,其子曹振彦编入旗籍,后任"教官"。清军入关时,曹振彦因屡立军功,成为内务府的"包衣",即皇室的"家奴"。这就确定了曹家特殊的社会地位:一方面是"家奴",表面上地位不高;另一方面,又因是皇室的"家奴",得以"呼吸通帝座"。清军入关后,曹家因从龙入关,护驾有功,与皇室关系更为密切。曹雪芹曾祖父曹玺的夫人孙氏曾为康熙乳母,祖父曹寅为康熙侍读,因此康熙登基后,即对曹家恩宠有加。康熙二年(公元1663年)置江宁织造,这是一个为皇室监制织染品和采办物资的衙门,实际上还兼有为皇室提供江南民情、吏治及民心所向的情报等重任,康熙特将此重任委予曹玺,曹玺到任后,"积弊一消",深得康熙赞许(参阅《关于江宁织造曹家档案史料》)。特别是他在康熙十六年和十七年两次进京汇报江南情况,"备极详剀",得到破格提拔,"赐蟒服,加正一品",成为"内司空",即具有内务府包衣身份的工部尚书(见《康熙上元县志·曹玺传》)。曹玺死后,玺子曹寅、寅子曹颙、曹𫖯(即雪芹之父,一说雪芹系曹颙之子),相继袭职。

雪芹祖父曹寅任江宁织造时间最长,也最受康熙信任。曹寅"七岁能辨四声,长,偕弟子猷讲性命之学,尤工于诗,伯仲相济美"(《康熙上元县志·曹玺传》),著名的《全唐诗》和《佩文韵府》就是其主持纂辑的。曹寅为人宽平和气,文化素养高,富收藏,擅词曲,喜交游,在江南文人中有很高声望,曾为康熙做了许多安抚文人的工作。康熙六次南巡,有四次驻跸于江宁织造府,使曹家门庭生辉,炙手可热。这一切说明,南京时代的曹家,不仅繁华显赫,且具有浓郁的文化氛围,而后者对曹雪芹文人气质的形成具有极大影响。

康熙死后,雍正继位。由于曹家不可避免地参与过统治集团内部乃至皇室内部的矛盾斗争,加之江宁织造出现的大量亏空,雍正五年(公元1727

年),曹𫖯被撤职查办,南京家产全被抄没,仅将北京房产"酌量拨给""以资养赡"。曹家从此迁居北京,家势一落千丈。乾隆年间,又遭打击,彻底败落。

曹𫖯被查封家产时,雪芹年仅13岁。幼年的曹雪芹,曾在温柔富贵乡中度过一段锦衣玉食的生活。加之雪芹早慧,博闻强记,家中丰富的藏书使他从小就能从传统文化中吸取养料,这为他后来从事文学创作打下了良好的基础。随家人移居北京后,雪芹已渐成人,然由于家势的败落,生活日益贫困,晚年迁居北京西山,家计益艰,以至于"举家食粥酒常赊"(敦诚《赠曹雪芹》)。从烈火烹油的繁华显赫到"举家食粥"的穷途潦倒,这一盛衰巨变不仅使曹雪芹备尝了人世炎凉,也使其对封建社会的种种积弊和丑恶有了深刻而清醒的认识。雪芹居京期间是否参加过科考无史可稽,然从其《红楼梦》中宝玉对仕途经济的指斥描写来看,雪芹本人也是蔑视仕途的。据考证,曹雪芹寓居京华时,虽生活贫困,然为人放浪,逐日吟诗作画,饮酒听曲,甚至"杂优伶中,以串戏为乐"(参见周汝昌《红楼梦新证》)。雪芹挚友敦诚在《题芹圃画石》诗中说:

傲骨如君世已奇,岣更见此支离。醉余愤扫如椽笔,写出胸中块垒时。

可见,雪芹之为人,不仅"素性放达",且"傲骨嶙峋"。正是坎坷不平的人生经历,形成了曹雪芹这种与乾隆盛世之调颇不相侔的精神人格,促使其以如椽之笔"写出胸中块垒",创造出对封建社会和文化进行整体思考和批判的不朽名著《红楼梦》。可惜这部巨著尚未完稿,雪芹因爱子夭折,"泪尽而逝"。"四十年华付杳冥,哀旌一片阿谁铭。孤儿渺漠魂应逐,新妇漂零目岂瞑。牛鬼遗文悲李贺,鹿车荷锸葬刘伶。故人唯有青山泪,絮酒生刍上旧坰。"从雪芹友人敦诚的这首挽诗可以看出,雪芹的死是很寂寞的。一代天才作家就这样在寂寞与贫困中了却终生!

(一)主题

《红楼梦》共120回,前80回系曹雪芹所著,后40回系程伟元、高鹗所续。程伟元、高鹗根据原著的暗示,追踪前80回的情节,完成了贾宝玉、林黛玉、薛宝钗的恋爱婚姻悲剧,安排了其他一系列人物的命运结局,使《红楼梦》成为一部完整的书,从而推动了《红楼梦》在社会的传播,扩大了《红楼梦》的影响。可是,后40回写了宝玉中举和家业复兴,违背曹雪芹的原旨;在人物描写和情节构思方面有一些歪曲和庸俗的笔墨,和曹雪芹的原著有很大距离。

《红楼梦》写了一个恋爱不能自由、婚姻不能自主的悲剧,即贾宝玉和林黛玉、薛宝钗的恋爱、婚姻悲剧。青年男女之间的恋爱与婚姻是一种古老的题材,《红楼梦》的伟大在于,它以如实的描写,写出了造成这一悲剧的深刻社会根源,写出了悲剧主人公的思想性格与悲剧之间的内在联系。作品以这一悲剧的发生、发展作为全书的中心事件,但作品又并不局限于这一悲剧本身的描写,而是开拓出去,写出广阔的社会环境;写出那个崩溃中的贵族社会。贾宝玉和林黛玉对自由爱情的热烈执着的追求、贾宝玉主张平等待人、尊重个性、各人按自己意志生活的思想,反映了那个时代对个性解放和人权平等的要求,闪烁着初步的民主主义精神。

(二)人物

1. 贾宝玉和林黛玉

贾宝玉是悲剧的中心人物。他锦衣美食、珠翠环绕,生活在温柔富贵乡里。但是,他并不满意这种生活,讨厌家庭加给他的种种精神上的枷锁、渴望无拘无束的生活。一群纯洁无邪、聪明伶俐的女孩子生活在他的周围,她们的诚挚热情、自由不羁的品格感染着他,她们的不幸和痛苦启发着他。酷爱自由的性格使他对一系列的封建教条产生了怀疑和否定的思想。他否定读书做官的科举道路,鄙弃功名富贵。宁可读《西厢记》《牡丹亭》,而不肯读四书五经,不讲八股文,不愿与贾雨村一流的名利之徒交往,不爱听"仕途经济"之类的"混账话"。他毁僧谤道、褒贬忠孝,与封建教育的一套格格不入。元春封为贵妃,贾府里上上下下欢天喜地,只有宝玉置若罔闻、毫不介意。他大胆地否定男尊女卑的封建观念,同情被侮辱、被损害的女子。贾宝玉开始时也沾染了一些贵族公子的坏习气。有一次他回到怡红院,袭人开门迟了一点,竟被他踢了一脚。后来经过秦可卿之死、林黛玉孤苦的身世、贵妃姐姐元春内心的痛苦、金钏之死、父亲对他的毒打、晴雯之死等一系列事件的教育,使他逐渐地清醒和成熟。他对爱情的态度越来越严肃和专一。他对林黛玉的理解和爱情也日趋加深。贾府的全部希望寄托在他这个"命根子"的身上,他却坚决不走封建家长给他规定的人生道路,这就成为这个贵族大家庭的最大恐惧和悲哀。这就意味着这个贵族大家庭已经后继无人、毫无希望。贾宝玉违背家长的意愿,爱上了"自幼不曾劝他去立身扬名"的林黛玉。贾宝玉完全不去考虑家族的利益、贾府的前途。他的内心深处对于薛宝钗始终是疏远的、隔膜的。林黛玉的身世和品格使贾宝玉十分爱慕。这种带有叛逆色彩的爱情成为贾宝玉克服自身弱点的一种精神力量。可是,贾宝玉是以个人去反抗家族、反抗社会,他的力量是渺小的,他的反抗是软弱的。贾宝玉的内心充满了矛盾。他热爱生活而又悲观厌世,努力反抗却又找不到出路。他的一生都染上了浓郁的悲剧色彩。

林黛玉的形象带有比贾宝玉更加浓郁的悲剧色彩。她出身书香门第，小时候极受父母的钟爱。母亲的早逝使她自小就失去母爱。父亲请了私塾先生教她读书，又因为她身体怯弱，课读也便不甚严格。这种家庭环境使林黛玉养成了孤傲清高、我行我素的品格。以后父亲也相继下世，林黛玉小小年纪便寓居在外祖母家里，过着寄人篱下的生活。学识渊博、富有才华的林黛玉不像薛宝钗那样随分从时，世故圆滑，处处看家长的脸色行事。迎风洒泪、对月伤神，她是那么多愁善感、忧郁而又敏感。她的自尊心很强，用她的直率与纯真抵御着外界的轻贱和冒犯。林黛玉博览群书，爱看《西厢记》《牡丹亭》，内心深处向往着真挚热烈的爱情。可是，她毕竟是一位贵族出身的千金小姐，封建礼教和传统的观念无形中束缚着她。当爱情叩响她的心扉的时候，她没有足够的勇气去承认它。每当贾宝玉直接向她坦露情怀的时候，她总是感到"气愤"和"悲伤"，使痴心的贾宝玉不知所措。林黛玉和贾宝玉一样厌恶读书做官的"仕途经济"，鄙视那些庸庸碌碌的名利之徒。所以，她被贾宝玉引为同调和知音。林黛玉把爱情作为自己在贾府生活下去的精神支柱。最初是青梅竹马、两小无猜，后来年龄渐长，发展成朦胧的初恋。中间经过数不清的怄气、误会和争执，经过反复的彼此试探，双方加深了相互的理解。林黛玉孤苦的身世和孤傲自尊的品格要求贾宝玉在知心和专一的前提下发展彼此之间的感情。在确信了宝玉对自己的真实感情以后，林黛玉的内心趋于平静。她和宝玉的爱情进入了成熟的阶段。可是，这种爱情从一开始就注定是一个悲剧。无论是孤苦的身世还是林黛玉我行我素的性格，都使其不能为这个正在滑坡的贵族大家庭所接受。林黛玉嫁给贾宝玉，只会助长和加强贾宝玉离经叛道的倾向，使贾宝玉变得更加难以驾驭，这是封建家长决不能允许的。唯一的选择是牺牲林黛玉、聘娶家境富饶、处世精明、思想正统的薛宝钗来作贾宝玉的配偶，以此来纠正贾宝玉的非正统倾向，以挽救家族的没落。

2. 薛宝钗

薛宝钗出身皇商家庭，母亲是金陵王家的小姐，舅舅王子腾是九省都检点，又有钱又有势。注重实利、圆滑机敏的商人习气，崇奉礼教的官僚习气，给了薛宝钗双重的熏染。和林黛玉一样，薛宝钗具有美丽的容貌、出众的才华、良好的文化修养。与林黛玉不同的是，薛宝钗深谙世故、善于处世。她八面玲珑、左右逢源，在贾府里周旋敷衍、如鱼得水。这位有"冷美人"之称的贵族小姐努力适应贾府的生活环境，装愚守拙，表现出一种冷静的理智。薛宝钗平时罕言寡语，也不爱修饰打扮。她豁达随和，别人说她什么，不太计较。平时好施小惠，曲体人情，深得下人之心。尤其善于揣摩家长的爱好

第八章　清代长篇小说研究

和旨意。贾母让她点戏,她就点贾母喜欢的戏。金钏儿自杀以后,王夫人受到良心的谴责,薛宝钗不惜歪曲事实,违心地宽慰王夫人,说金钏儿是自己不慎、失足坠井,不是负气投井。她将自己的新衣服送给王夫人,以充作金钏儿的殓衣,一点也不忌讳,解决了王夫人的难题。她工于心计而又不露声色,是封建社会中完美无缺的少女典型,是封建家长为贾宝玉选择的最理想的配偶。

3. 王熙凤

王熙凤是《红楼梦》中给人印象最深的人物之一。王熙凤的娘家有钱有势,非同一般。她的爷爷"专管各国进贡朝贺的事"。叔父王子腾当过京营节度使、九省统制、九省都检点。她的大姑母王夫人是贾母偏爱的儿媳妇。二姑母薛姨妈是体面的皇商之家。王熙凤凭借这些背景,凭借自己的聪明才干,十八九岁便在贾府掌理起家务来。王熙凤"模样又极标致,言谈又爽利,心机又极深细",目光四射、手腕灵活、日理万机、指挥若定。宁国府秦可卿的丧事,特意邀请她去主持操办。她一去就看出宁国府的五大弊端,并提出一整套治理整顿的措施。王熙凤威重令行、旁若无人,形成"脂粉须眉齐却步,更无一个是能人"的局面。这位王夫人的内侄女争强好胜、追慕虚荣,具有很强的权势欲。贾芸求贾琏安排差使,凤姐嫌他不走自己的门路,故意把位置派给了贾芹。后来贾芸悟出门道,给凤姐进贡送礼,凤姐便嘲笑贾芸道:"你们要拣远道儿走么!早告诉我一声儿,多大点子事,还值得耽误到这会子!"她给节度使云光一封信,就打消了张金哥的婚约。她硬给作主,让彩霞嫁给来旺的儿子。贾府这位年轻俊俏,素有"凤辣子"之称的女当家伶牙俐齿,处处讨贾母、王夫人的欢喜,曲意奉承、插科打诨、无所不至。凡涉贾母的衣食住行、吃喝玩乐,她都亲自过问、特别用心,一点也不敢疏忽。她善于处理四面八方的关系。对平儿,她软硬兼施;对鸳鸯,她竭力拉拢。因为鸳鸯深得贾母的信任和宠爱;对袭人,她也是尽力地讨好,因为袭人被王夫人看中、内定为贾宝玉未来的妾。王熙凤嗜财如命而又挥霍成性,她居然克扣丫鬟们的月例钱去放高利贷;包揽词讼、从中渔利,仅从张金哥的婚姻中,她一插手就得了3000两银子的贿赂。鸳鸯替她从贾母房里偷了一箱子"金银家伙",王熙凤拿去当了一千两银子。她压缩奴婢的开支,却不敢减省贾母、王夫人的支出。王熙凤是一个集漂亮、聪明、能干、贪婪、狠毒于一身的复杂形象。

4. 探春

宝玉的兄弟姐妹之中,探春与宝玉的关系最为亲近融洽。其实,在思想

239

的正统上,探春与宝钗并无二致。探春固然没有对宝玉讲过仕途经济,但她自己就说:"我但凡是个男人,可以出得去,我早走了,立出一番事业来,那时自有一番道理。"探春所谓"事业",也就是仕途经济。她的生母赵姨娘来为赵国基(探春的亲舅)多要一点丧葬费,探春则一丝不苟地按照宗法制度办事,当场驳斥她的生母,并表示对自己庶出身份的伤心:"谁是我舅舅?我舅舅早升了九省的检点了!那里又跑出一个舅舅来?我倒素昔按礼尊敬,怎么敬出这些亲戚来了!——既这么说,每日环儿出去,为什么赵国基又站起来?又跟他上学?为什么不拿出舅舅的款来?何苦来!谁不知道我是姨娘养的,必要过两三个月寻出由头来,彻底来翻腾一阵,怕人不知道,故意表白表白!也不知道是谁给谁没脸!"她不认生母赵姨娘,不认亲舅赵国基,只认老爷(贾政)、太太(王夫人),只认升了"九省检点"的"舅舅"王子腾,严格划清主子和奴才的界限。探春理家一节,我们看到探春精明果断,威重令行,连凤辣子也怕她三分。抄检大观园一节,她命令"众丫鬟秉烛开门而待",并自认"窝主","命丫鬟们把箱一齐打开",任其抄阅。她尖锐地讥讽说:"你们别忙,自然你们抄的日子有呢!你们今日早起不是议论甄家,自己盼着好好的抄家,果然今日真抄了!咱们也渐渐的来了!可知这样大族人家,若从外头杀来,一时是杀不死的。这可是古人说的,'百足之虫,死而不僵',必须先从家里自杀自灭起来,才能一败涂地呢!"探春又给"狗仗人势"的王善保家一记耳光,维护了自己的尊严。探春的形象,曲折地反映了作者对百年望族的无限留恋和不胜惋惜,反映了作者"补天"的幻想。惟其如此,作者才能将探春塑造成一个思想正统而又"才自精明志自高"的复杂形象。

(三)结构艺术与描写技巧

《红楼梦》的艺术成就,用"天然浑成"四个字概括也许最为精切。这尤为突出地表现在其细致、精妙的艺术架构上。它有若一幅风景画,有远景的大笔勾勒,也有近景的精细描摹。又若一条大河,既有四野涓涓细流的汇入,也有主干的波澜壮阔;既有波峰迭起的动荡,也有波谷舒缓的平静。这种自然圆融的艺术结构,使人难以对其作诸如"叶子式""一线串珠式""碎锦式"之类的理论概括。虽有所谓"四时气象说""一树万枝说"等,但都只道出其结构特色的某一方面,而不能概括其全部。倘从作品实际出发,倒是可以看出其对《金瓶梅》网状结构的继承和发展。

如前所述,《红楼梦》的立体之网大致由"空、色、情"三个世界构成。三个世界的建构,使《红楼梦》充溢着源于空幻又归于空幻的浓厚悲剧气息,但这种对人生的终极追问,较之《金瓶梅》隐于因果报应框架后的暴露警醒意识,显然不可同日而语。更重要的,是作者于三个世界的具体建构中,均能

第八章　清代长篇小说研究

细针密线、互相勾连,如贾宝玉来源于"空的世界",是大荒山无稽崖青埂峰下的一块顽石,被茫茫大士、渺渺真人携入"花柳繁华地,温柔富贵乡"的贾府("色的世界"),且在降生贾府之前在太虚幻境作过神瑛侍者,并在灵河岸边与绛珠仙草结成"木石前盟"。他在衔玉而降之后,在大观园("情的世界")了却情缘,最后对人生失去信心,先出家,后死去,经太虚幻境"消号"之后再回到大荒山无稽崖青埂峰下,从而完成了源于空幻而归于空幻的悲剧循环。书中其他人物几乎也都与"三界"互有因缘,"一击空谷,八方皆应"。较之《金瓶梅》只是于篇末西门庆和孝哥儿的死生相继中展露其因果框架的描写,《红楼梦》的哲理网络结构自然要精致、巧妙得多了。

《红楼梦》写的是一个贵族家庭的生活琐事,但却不像《金瓶梅》为了还原生活原生态而事无巨细,不加选择,缺乏提炼。《红楼梦》的艺术追求,恰如第四十二回作者借宝钗论画所说:

你若照样儿往纸上一画,是必不能讨好的。这要看纸的地步远近,该多该少,分主分宾,该深的要深,该裁该减的要裁要减,该露的要露。

即对生活琐事要有所选择和提炼,从而在生活真实基础上达到艺术的真实。正是遵循这一艺术创作原则,《红楼梦》所写之事就像生活本身一样丰富复杂、自然和谐,却又不露斧凿痕迹,达到了生活真实与艺术真实的高度融合。

《红楼梦》所写之事,既有场面壮观、波及上下的大事,也有至微至细、无关紧要的小事。大事中,有的是以场面和声势取胜,如可卿之死、元妃省亲;有的是以冲突集中见长,如宝玉挨打、抄检大观园等。其写大事,往往前有伏线后有余波,顺理成章,起伏有致,前因后果,脉络分明。作者不同于前此小说家惯以"无巧不成书"的方式设计情节冲突,而是以还原出生活原生态的平凡性为其基本叙事特征,追求一种非情节的情节。如第三十三回写宝玉挨打,先有金钏儿投井自杀、宝玉会雨村时的不挥洒,又有忠顺王府追索琪官、贾环借金钏儿事在贾政前的添油加醋,至此"千头万绪合笋贯连"(脂砚斋评语),贾政已是震怒之极,一叠连声:"拿宝玉!拿大棍!……"但作者却于此又偏写宝玉让两聋婆子往里头捎信,结果"要紧"误听成了"跳井","叫我的小厮"误听成"有什么不了的事?老早的完了。太太又赏了衣服,又赏了银子,怎么不了事的!"王梦阮、沈瓶庵《红楼梦索隐》于此评曰:"紧急中加此一段闲散文字,是作者文章能处。亦借此妪口中形容官家赏银了事,儿戏人命的景况;并可逗紧下文,蓄势有力。"将此"闲散文字"插入故事高潮到来之前,既凸现了宝玉畏打心急之状,又为下文挨打以蓄势,还表现了生活本身的平凡与细琐。脂砚斋第十四回批语所云"惯能忙中写闲,曲笔错综"亦可移用此处,它道出了《红楼梦》化解情节、重在呈现的叙事妙处。

写大事,不避细琐以显其真实,而写大事力避细琐,且能于大事之间的相互映衬中以隐蕴深层的文化思考,则非大手笔不能为之。开卷以两个浩大场面,写贾府繁华着锦、烈火烹油的贵族气派:一为秦可卿的出殡,一为贾元春的归省,生死荣华并陈,构成悖谬性的双峰并峙。作者又以宝玉视角点染这两个场面:秦可卿的死讯,令这位痴情公子急火攻心而吐血,但元妃晋封贤德贵妃,宝玉竟置若罔闻:贾母等如何谢恩,如何回家,亲友如何来庆贺,宁、荣两府近日如何热闹,众人如何得意,独他一个皆视有如无,毫不介意。

行文一连五个"如何",省却多少细琐之事。甲戌本第十六回夹批云:"大奇至妙之。……故只借宝玉一人如此一写,省却多少闲文,却有无限烟波。"而宝玉之性格于这生死荣枯的对比中鲜明凸现出来。更令人深思的是,这两个场合的主角都是宁、荣二府败落的警告者。秦可卿以"树倒猢狲散"梦警凤姐,贾元春于第八十六回也托梦劝诫贾母:"荣华易尽,须要退步抽身。"生死荣华并峙、宝玉的独特视角、主角的两度梦警,行文分三个层面将这两个大场面的内在文化含量,释放得非常充分了。

《红楼梦》写日常生活琐事,更是异彩纷呈。人物的一段对话、一颦一笑,两块手帕、三首小诗,三两人的生日小聚,四五人的观花赏月,无不写得含蓄隽永,清幽别致。即使同一事体,也能写出其不同之风韵,且又能于内在勾连中发掘其文化含蕴。如写生日,宝钗、凤姐、宝玉、贾母四人的生日(见第二十二、四十三、六十三、七十一回),不仅"各有妙文,各有妙景",而"起用宝钗,盛用阿凤,终用贾母"(均为脂砚斋评语),又恰恰标示出贾府由盛至衰的不同阶段。

《红楼梦》的艺术成就还突出地表现在人物塑造上。全书共写了四百多个人物,其中有很多是具有鲜明个性、呼之欲出的典型人物。

不同于以往小说人物好坏分明的简单化描写,《红楼梦》则写出了人物的丰富性、多侧面,换言之,《红楼梦》中的人物多具有立体感,达到了如西人福斯特《小说面面观》中所提出的"圆型人物"的高度。如写黛玉,既写其孤高自傲、敏感真纯,也写其尖酸刻薄、多病多疑,而这两者又极为和谐地统一于她一人身上。宝钗的贤淑大方、美丽端庄与她的冷酷无情、处世圆滑并不矛盾。凤姐的干练与狠毒成了不可分割的两个方面。贾宝玉既是贵族阶级的叛逆者又是贵族生活的依赖者,合二而一。即使是晴雯、袭人、鸳鸯、司棋等次要人物,也都很难用"好"与"坏"来做简单化的概括。

《红楼梦》还善于通过侧面烘托与正面渲染相结合来凸现人物性格。如第三回写王熙凤出场,先从黛玉视角写:

一语未了,只听后院中有笑语声,说:"我来迟了,没得迎接远客!"黛玉

第八章 清代长篇小说研究

思忖道:"这些人皆个个敛声屏气如此,这来者是谁,这样放诞无礼?"……①

未见其人,先闻其声,别人"敛声屏气",独此人"放诞无礼",其在贾府中之特殊地位,非同寻常。接着转入正面描写其穿着打扮与众不同,并借贾母戏称其为"凤辣子",言其泼辣的同时,又暗示出其在贾母心目中的地位。继而写她的动作与语言。

这熙凤携着黛玉的手,上下细细打量了一回,仍送至贾母身边坐下,因笑道:"天下真有这样标致的人物,我今儿才算见了!况且这通身的气派,竟不像老祖宗的外孙女儿,竟是个嫡亲的孙女,怨不得老祖宗天天口头心头一时不忘。只可怜我这妹妹这样命苦,怎么姑妈偏就去世了!"说着,便用帕拭泪。贾母笑道:"我才好了,你倒来招我。你妹妹远路才来,身子又弱,也才劝住了,快再休提前话。"这熙凤听了,忙转悲为喜道:"正是呢!我一见了妹妹,一心都在他身上了,又是喜欢,又是伤心,竟忘记了老祖宗。该打,该打!"②

夸黛玉的容貌而恰如其分,博贾母的欢心而不露形迹,其乖巧、机变的性格,在贾府中的特殊地位,通过这种侧面烘托、正面渲染的描写,惟妙惟肖地呈现出来。

通过对比描写展示人物个性,是《红楼梦》人物描写的又一重要特色。《红楼梦》的对比思维是丰富而精微的,隐显浓淡恰到好处,显示了生活本身的立体感和鲜活感。它不仅比得自然,比出了差异,而且比出了韵味。有人物姓名谐音的启人玄思的对比,如甄士隐(真事隐)和贾雨村(假语存)、贾家和甄家。有姓名与性格的隐喻性对比,如元春、迎春、探春、惜春,既呼应三春时序,又与"原应叹息"谐音。而且"元"为长为始,状其华贵;"迎"为接为受,隐其懦弱;"探"为求为取,显其果断;"惜"为吝为哀,形其孤寂。还有连环性对比,如探春既有与其姊妹的对比,又以女强人特点构成与凤姐的对比;而凤姐又以家庭中的位置,与李纨、秦可卿组成妯娌婶侄的对比,与平儿、尤二姐组成妻妾主婢的对比,与贾琏组成妻强夫弱的对比,等等。

对比原则的延伸,施于不同社会层次和人物品位时,又构成影影对应的对比。金陵十二钗有正册、副册、又副册的幻设,实际上就是写各种人物类型在另一个品位层次的影子,以及影子的影子。宝钗的影子是袭人,黛玉的影子是晴雯,已为众所共认,于是又构成钗黛对比之外的宝钗与袭人、黛玉与晴雯、袭人与晴雯的三组对比,袭人与晴雯在精神气质上与钗、黛都有互相对应的地方,但钗、黛作为大家闺秀需要拿腔作态的事情,作为奴才的袭

---

① 李希凡,李萌."都知爱慕此生才"——王熙凤论[J]. 红楼梦学刊,2011.
② 李韦唯. 语文教材中经典人物形象解读的误区浅探[J]. 江苏教育研究,2011(11):59-60.

人和晴雯则以礼不责庶人的方式直接而充分地表现。晴雯心高命薄,慧舌尖利,近于黛玉,但病补孔雀裘、撕扇子千金买笑、与酒后的宝玉同浴,不仅是黛玉不能,即便是同为奴婢的袭人也不能如此放肆。袭人有宝钗式的温柔和顺、体贴周到和顺世阿俗,但她特殊的作用是除了制约同房丫头的胡闹之外,还满足宝玉的情欲,在宝玉出走之后,又配给优伶而"嫁鸡随鸡,嫁狗随狗"了,这则是宝钗不能做到的,而其与宝钗命运的歧异,也反映了贞节观念在不同社会阶层之悬殊。引镜窥影、变幻参差的种种对比,使《红楼梦》的人物描写五彩斑斓、绚丽多姿。

通过人物环境的描写以展示人物的风姿神韵,在《红楼梦》中也多处运用。如大观园中各人居室的描绘,便充分显示了人物的气质、个性。探春爽朗豪放,有须眉之风,故其秋爽斋里,大理石案上"笔如树林""宝砚数方",墙上是"大"幅字画,案上是"大"鼎,架上是"大"盘,盘里是数十个"大"佛手。黛玉孤高傲世,故其潇湘馆"几竿竹子隐着一道曲栏,比别处更觉幽静","只见凤尾森森、龙吟细细","一进院门,只见满地下竹影参差,苔痕淡淡"。其他如怡红院、栊翠庵、蘅芜院等环境描写,也都分别与宝玉、妙玉、宝钗性格相一致。

《红楼梦》还十分注重人物心理空间的描写。作者往往以写意式的点染,通过一句话,一个动作,写出人物丰富复杂的心理过程。如第三十回,宝、黛拌嘴后,宝玉登门赔情,对黛玉说"你死了,我做和尚",这话引起黛玉极大震动:

黛玉直瞪瞪地瞅了他半天,气得一声儿也说不出来。见宝玉憋得脸上紫胀,便咬着牙用指头狠命地在他额颅上戳了一下,哼了一声,咬牙说道:"你这——"刚说了两个字,便又叹了一口气,仍拿起手帕子来擦眼泪。

宝玉曲折的爱情表达,是黛玉希望听到却又一时承受不起的,这种矛盾心情通过黛玉的几个动作,一句"你这"充分地体现出来。其他如第三十二回黛玉听到宝玉背地里引她为知己的议论时,第三十四回宝玉送黛玉两块旧手帕时,作品都真切而细致地描写了黛玉的内心活动,写得十分感人。

《红楼梦》还是一部精妙绝伦的语言艺术精品。它不仅成功地继承了我国古代优秀文学作品的语言成就,又大量地吸收和提炼了民间口语、俗语,形成其既典雅又通俗的语言风格。作品中无论叙述语言、写景语言,还是人物对话的角色语言,都具有"追魂摄魄"之魅力。如宝玉挨打、宝钗扑蝶、黛玉葬花、晴雯补装等场面描写,均极为鲜明地体现了这些特色。

(四)影响与研究

还在《红楼梦》以抄本形式流传时,即在社会上引起了极大反响,"当时

第八章 清代长篇小说研究

好事者每传抄一部,置庙市中,昂其价,得金数十,可谓不胫而走矣!"(程高本《红楼梦》程伟元序)当用活字印刷的程高本问世后,影响更大,嘉庆年间已有"开谈不说《红楼梦》,纵读诗书也枉然"的谚语流传,甚至有因谈论《红楼梦》而"遂相龃龉,几挥老拳"之事发生。但由于《红楼梦》强烈的反封建思想,统治阶级曾多次以"淫书""邪说"之名而予以禁毁,结果适得其反,《红楼梦》的版本却越刻越多。这充分说明广大人民群众对《红楼梦》的由衷喜爱。

《红楼梦》对后世文学的影响极为深远。仅续书而言,据一粟《红楼梦书录》所收,便多达30余种,如《后红楼梦》《红楼补梦》《红楼复梦》《红楼圆梦》等,这类作品大多是才子佳人大团圆的旧套,文笔也甚平庸,但也从另一方面说明了《红楼梦》的巨大成功和深远影响。至于各种模仿《红楼梦》之作以及据原作改编的民间戏曲、弹词,更是不胜枚举,直至今天,仍不难发现受《红楼梦》影响的各类文学体裁,如据《红楼梦》改编的电影、电视剧等。

随着《红楼梦》的广泛流传,对《红楼梦》的研究和评论也在不断发展,并逐渐形成一门专门的学问——"红学"。

追溯红学发展的历史,可以说在《红楼梦》创作未成之日就有了红学。一边抄录《红楼梦》一边加批并提出修改意见的脂砚斋、畸笏叟等人,就是最早的红学家。尽管他们的身份问题至今未有定论,他们对《红楼梦》的评论也甚为零散,于《红楼梦》之美学价值的体认也多所隔膜,但其发轫之功却不可没,尤其是有关《红楼梦》创作的许多情形,特别是作者的创作意图和生活依据,从这些早期评语里多能寻找到其中消息。

清末民初以降,《红楼梦》研究逐渐系统化,并相继有"旧红学""新红学"以及新中国成立后的一些派别。

"旧红学"的代表是索隐派,代表人物是清末民初人王梦阮、沈瓶庵、蔡元培等,他们把《红楼梦》同清初历史等同起来,提出清圣祖与董鄂妃故事说、康熙朝政治状态说等,将《红楼梦》的人物和内容去坐实清初历史,虽然在强调《红楼梦》的政治寓意和历史价值这点上不无一定的合理性,但其指导思想和方法却是错误的。

"新红学"出现于20世纪20年代,又被称为考证派,代表人物是胡适、俞平伯等。尤其是胡适对《红楼梦》的版本、作者曹雪芹家世生平的详细考实,不仅使红学从牵强比附的索隐圈囿中超拔出来,也为未来的红学发展开辟出一片富蕴生机的绿地。但由于他们用实用主义的观点和方法,否定文学的典型性,因而得出了《红楼梦》是曹雪芹的自叙传的结论,把贾政和曹頫、贾宝玉和曹雪芹完全等同起来,贬低《红楼梦》的典型概括意义。这些错误观点对《红楼梦》的研究又带来了不良影响。

五六十年代,在马克思主义文艺思想指导下,《红楼梦》研究获得了发展。其中 1954 年关于《红楼梦》问题的大讨论、1962 年关于曹雪芹卒年问题的大论战于其时影响甚巨。前者对"新红学"派的错误观点进行了批判,对《红楼梦》的反封建主题给予了高度的肯定与强调;后者经由双方的大辩论,有关曹氏家族生平的种种材料得到了重新审视和深入辨析,从而使曹氏家族生平中的不少疑团得到了澄清。

1976 年"文化大革命"结束后,《红楼梦》研究逐渐步入正轨并再次成为学界关注的热点。尤其是 80 年代后,红学可谓达到了炽热化。不仅研究论文、论著数量繁多,而且诸多西方新批评思维的介入,与国外学术交流活动的日益加强,对《红楼梦》的阐释观念和研究方法也日趋多样化,红学的发展趋向多极化、多元化和国际化。一个崭新的方兴未艾的红学发展前景正展现于我们面前。

作为中华民族珍贵的文化瑰宝《红楼梦》,也得到了国外读者的广泛喜爱,目前已被译成多种文字,传播到了世界各地,成为世界人民共同的文化财富。

二、其他世情小说

(一)《续金瓶梅》和《隔帘花影》

清代小说理论家刘廷玑曾于《在园杂志》中指出,中国章回小说的创作有续书的传统。《三国演义》《水浒传》《西游记》都有续书,并且还不只一两种。《金瓶梅》也有续书,现存的作品中最有价值的就是《续金瓶梅》。

其实,早在《续金瓶梅》之前,《金瓶梅》的第一部续书《玉娇丽》(又名《玉娇李》)就在明末问世了。据袁中道说,《玉娇丽》的作者也是写《金瓶梅》的那位"名士";故事内容则是"与前书各设因果报应",潘金莲还是淫妇,武大郎却变成了淫夫,西门庆则变成了一个呆憨男子,"坐视妻妾外遇,以见轮回不爽"。也就是说,武大郎和西门庆转世之后调换了位置,表明恶有恶报、因果轮回是一点儿也不错的。沈德符则说,《玉娇丽》有明显的"指斥时事"的特点,并且有一些风月笔墨,"秽黩百端,背伦灭理,几不忍读……然笔锋恣横酣畅,似尤胜《金瓶梅》。"这就是说,尽管《玉娇丽》有一些不堪入目的色情描写,但是有较强的艺术表现力,似乎比《金瓶梅》还要胜过一筹。

至于张无咎两次为《北宋三遂平妖传》作序,对《金瓶梅》和《玉娇丽》的评价前后出现很大变化,不过总是将两书相提并论的。先是说它们"如慧婢作夫人,只会记日用账簿,全不曾学得处分家政";后又说它们"另辟幽蹊,曲终奏雅,然一方之言,一家之政,可谓奇书,无当巨览"。可见,《玉娇丽》和

第八章 清代长篇小说研究

《金瓶梅》的特点极为相似。"一家之政"一句表明,《玉娇丽》也是以家庭生活为题材的世情小说;"只会记日用账簿"一句,透露出《玉娇丽》也有细致琐碎地展现日常生活流程的特点。它对《金瓶梅》的发展,似乎是作者的爱憎表现得更鲜明直露了,对政治腐败和社会黑暗的暴露更直接,谴责也更激烈了。这种特点对《续金瓶梅》显然是有启发的。遗憾的是,这样一部重要的"世情书"早已失传了。

在《玉娇丽》之后,产生了一部初步摆脱续书形式的世情小说《玉闺红》。据刘辉、薛亮《明清稀见小说经眼录》介绍,《玉闺红》六卷三十回,作者署名"东鲁落落平生",真实姓名不详。书前有序,尾署"崇祯四年辛末湘阴白眉老人序于金陵抱简斋,时年六十有五"。由此可知,《玉闺红》成书于崇祯四年(公元1631年)前。这部小说的创作,明显是受了《金瓶梅》的影响。它的命名方式,就是模仿《金瓶梅》,取书中三个重要人物(金文玉、李闺贞、红玉)名字中的一个字组成的。小说写监察御史李世年被大太监魏忠贤迫害致死,他的女儿闺贞带着丫头红玉外出逃难,不幸被骗,成了下等妓女,受尽了苦难。后来,红玉到了金尚书府中,闺贞则被舅父救出火坑,与尚书府公子金文玉私订终身。作品直接表现明末的故事,涉及朝廷政务,具有时事小说的特点。金文玉和李闺贞出身于高贵门第,郎才女貌,私订终身,这些特点又有才子佳人小说的色彩。不过,《玉闺红》的主要内容是反映现实人生的,对下层市井平民的生活,作了生动细致的描绘。白眉老人序说它"文字之瑰奇,用语之绮丽,亘古所未之见。其描写朝廷名器,至于市井小人,口吻无不毕肖,曲尽其致"。[①] 这表明,《玉闺红》有相当高的艺术水平,是比较典型的"世情书"。它的重要贡献是,正面人物成了小说的主角,富于理想色彩,在《金瓶梅》《玉娇丽》所描绘的一团漆黑的艺术世界里,增添了一些光亮。

《玉娇丽》和《玉闺红》都产生于明末,继承了《金瓶梅》"描摹世情,见其炎凉"的传统,使"世情书"初步具有了小说流派的规模,扩大了世情小说的影响。这些,对于清初世情小说的发展具有直接的推动作用。如果没有它们,特别是没有《玉娇丽》,《续金瓶梅》大概是不会产生的。

《续金瓶梅》六十四回,是现存《金瓶梅》续书中成就最高的一种。作者丁耀亢(公元1599—1670年),字西生,号野鹤,山东诸城人。他生性洒脱,有奇才,喜欢结交名士,但郁郁不得志,入清后曾任榕城教谕和惠安知县。他著作丰富,除《续金瓶梅》外,还有《丁野鹤遗稿》《天史》及传奇《西湖扇》《化人游》等。丁耀亢生活在明清之间改朝换代的时候,亲身经历了战争和动乱的痛苦,对清朝统治者有不满情绪。这些,在《续金瓶梅》中都有所

---

① 沈治钧.《金瓶梅》和《红楼梦》之间的三段"链环"[J]. 红楼梦学刊,1999(01):15.

反映。

　　这部小说创作完成于顺治十八年（公元1661年），是清代产生较早的一部重要的世情书。黄霖认为，《续金瓶梅》的创作是直接受了《玉娇丽》的启发。这是因为，曾经收藏有《玉娇丽》的丘志充与丁耀亢是同乡，而且"丁耀亢与志充子丘石常又一生友善，意气相投，齐名当日"，所以，丁耀亢即使没看过，至少也会听说过《玉娇丽》，对它宣扬因果报应和反映政事这两大特点有所了解。这个推测是非常合乎情理的。

　　从《金瓶梅》到《续金瓶梅》，《玉娇丽》是其间直接相连的一环。作品的故事与《金瓶梅》第一百回相接，有三条线索。主线写原书中的吴月娘、孝哥等未死者的离散聚合：金兵向北宋大举进攻，吴月娘带领儿子孝哥及仆人玳安等逃难，受尽折磨，后返回清河，重振家业。副线写西门庆、潘金莲、李瓶儿、庞春梅等已死者轮回报应：他们分别托生为富家子金哥、富家女金桂、常姐、梅玉，在乱世中倍受生活的折磨，或痛苦地死去，或出家当了尼姑。另有一条游离的线索，描写宋金战争的情形，实际是全书故事的背景。它的思想和艺术，都不能与《金瓶梅》相提并论，但也有一定意义和独到之处。

　　从思想上看，它有两个特点最突出。一是宣扬因果报应，劝告人们改恶行善，特别是要戒除色欲。正如四十三回所说："一部《金瓶梅》说了个色字，一部《续金瓶梅》说了个空字。从色还空，即空是色，乃因果报转入佛法，是做书的本意。"二是痛悼明朝的灭亡，讥刺清朝的统治，有比较浓重的政治色彩和民族情绪。作品揭露出君王的荒淫昏庸，抨击了奸臣的媚君误国，痛斥了汉奸的卖国求荣，也歌颂了爱国将领的英勇抵抗斗争。这些，都是明末政治军事情况的曲折反映。小说还揭露了金兵屠城掳掠的残暴罪行，如攻陷汴京，血洗扬州，"杀的百姓尸山血海，倒街卧巷"，"家破人亡，妻子流离"。这些描写，显然又是清兵入关后种种暴行的形象写照。作品是在借宋金战争的历史影射明清改朝换代的现实。这是《续金瓶梅》与《金瓶梅》最大的不同。至于写李师师唯利是图，郑玉卿贪财好色，苗青投敌求荣，梅玉和金桂苟且偷生等，表现了动乱岁月各种人物的精神面貌，描绘出了一幅广阔而生动的乱世风景画卷，是很有些《金瓶梅》的意味的。在艺术上，《续金瓶梅》善于在战乱背景中刻画人物性格，比较有特色。有些人物，如李师师、郑玉卿、翟四官人、蒋竹山、李银瓶等，都比较生动。缺点是议论太多太滥，主题先行使多数人物变成了缺乏个性特征的概念化身。由于作品有鲜明的民族情绪，所以出版后不久就遭到了禁毁。丁耀亢也因此书被抓进了监狱，吃尽了苦头。虽然后来被放了出来，但双目失明，身体受到了严重摧残。到了康熙年间（公元1662—1723年），又出现了一部名叫《隔帘花影》的小说，四十八回，为此书写序的四桥居士当即作者，真实姓名不详。实际上，它是《续金瓶梅》的删节改编本。为了逃避官方的禁毁，书中删去了斥责金兵暴行的内容，并把原来的人名做了改动。这样一来，《续金瓶梅》那种较高的思想价值，就有所降低了。但是，《隔帘花影》也自有其优点。针对《续金瓶梅》布局分散的缺点，《隔帘花影》除了删去那些政治历史情节外，还归并了一些故事，使情节相对比较集中，人物形象更为鲜明，减少了原书破碎拉杂的感觉。另外，还删去了那些大段的说教及有关因果轮回的冗长描述，提高了作品的可读性和艺术性。总之，《隔帘花影》是部更纯粹的"世情书"，使《续金瓶梅》得以继续流传，仍然发挥着较大的艺术影响。因此，在世情小说发展史上，《隔帘花影》也做出了独特贡献。

《续金瓶梅》继承了《金瓶梅》《玉娇丽》和《玉闺红》批判现实的传统，加强了抨击现实政治黑暗的力量。作者在三十四回说："善阅《金瓶梅》的，要看到天下士大夫都有了西门大官人的心，天下妇女都要学金、瓶、梅这样的，人心那得不坏，天下那得不亡？"作品的描写，确实是将人心的善恶、家庭的荣枯与国家的兴亡紧密地联系在了一起，这就进一步强化了"世情书"的"载道"作用、政治意义及作家的个性色彩，为世情小说表达正面理想做出了有益尝试。这些，对后世作家都是有借鉴价值的。单独来看，《续金瓶梅》也不愧是一部容量丰富的力作。《隔帘花影》则更讲究艺术表现，同样值得重视。一部《续金瓶梅》，上接《金瓶梅》《玉娇丽》，下联《隔帘花影》，在世情小说史上发挥着持续不断的作用。这种贡献是十分独特的。

说理过多并杂以猥亵描写是此书的缺点。

此书一出，即被列为禁书，作者也因之下狱一百二十天。以后康熙年间出现的《隔帘花影》和民国初年出现的《金屋梦》实是此书的删改本和删节本。

（二）西周生的《醒世姻缘传》

《醒世姻缘传》是在《金瓶梅》影响下产生的成就较高的世情小说。全书约一百万字、一百回。原书题"西周生辑著，然藜子校定"。西周生系何人化名，人们有不同的猜测。其中以西周生即蒲松龄说呼声较高。清人杨复吉在《梦阑琐笔》中说："鲍以文云：留仙尚有《醒世姻缘》小说，盖实有所指。书成，为其家所讦，至褫其衿"。虽然，蒲松龄因写书而"褫其衿"一事为乌有，但它明确提出了著《醒世姻缘》者为蒲松龄。以后，胡适和孙楷第等罗列证据证明确系蒲氏所著。因为蒲氏不仅写了《邵女》《马介甫》等谴责悍妇的篇章，而且还有《江城》这样内容与《醒世姻缘传》基本相同的篇章。蒲氏曾把《江城》扩大改写为俚曲《禳妒咒》，再扩大而成小说也是顺理成章的，等等。他们的考证也遭到一些人的反驳。

西周生在小说"引起"中说,人生有三乐,其中"妻贤"一乐是必不可少的。这就点明了《醒世姻缘传》的基本内容。作品叙述了一个冤仇相报的两世姻缘故事。前三十二回是"前世姻缘",写山东武城县乡绅之子晁源射死一只仙狐,娶妓女珍哥为妾,逼迫嫡妻计氏自缢而亡,后来晁源也因奸情被杀了。二十三回后是"今世姻缘",写晁源托生为明水镇秀才狄希陈,娶妻薛素姐和妾童寄姐,倍受虐待。原来他的妻妾分别是仙狐和计氏转生的。珍哥死后转生为贫家女小珍珠,卖身为童寄姐的丫头,被摧残致死。前世冤仇,今生相报。后经高僧点明因果,狄希陈持诵万卷《金刚经》,才消灾解恨,实现了夫妻关系的正常化。作品用因果报应观念阐释非正常的婚姻关系,带有浓重的宿命论色彩,思想上比较平庸。但是,作者对现实生活的复杂多样性有细致的观察和真切的体会,对苦难的人生也有冷静的思考。小说真实地反映了明末以来的一些家庭问题,涉及许多重要的社会现象,有比较高的认识价值和审美价值。

　　夫妻关系是家庭问题的核心,直接影响家庭其他成员的生活。前世晁家,丈夫晁源凶横放荡,纵容小妾珍哥虐待嫡妻,致使家破人亡。今世狄家则阴阳颠倒,丈夫狄希陈懦弱无能,是个怕老婆的典型。妻子薛素姐泼辣凶悍,顶撞公婆,气死生父,百般折磨丈夫,闹得鸡犬不宁,是个泼妇的典型。这还不算,狄希陈的妾童寄姐更为凶横,虐待丈夫的手段更为残忍。两个女人折磨狄希陈的方法包括,把他绑在床脚上,用针刺、用棒子打、用炭火从他衣领中倒进去,烧得他皮焦肉烂,种种酷刑,古怪而残酷。童寄姐还虐待丫头,害死人命,并把愤怒发泄在动物身上,被猴子抓得眼瞎唇裂。《金瓶梅》反映的是宗法社会家庭中男人压迫女人的现象,《醒世姻缘传》则相反,反映了妻子虐待丈夫的情况,集中表现了女性凶悍暴戾的一面。这种事实说明,尽管儒家伦理强调男尊女卑,要求妇女遵守三从四德的道德要求,但在实际生活中,由于婚姻牵涉到家族间的关系和社会的安定,丈夫要休弃妻子并不是件简单的事情,男人在家庭中也并不是总处于支配地位。这使读者对婚姻家庭问题的复杂性有了更深入的了解,对宗法社会的道德危机有了更形象的认识。西周生用因果报应的宿命论观点解释这种现象,固然荒唐浅薄,但他通过大量的事实表明,父母包办、一夫多妻等不合理的婚姻制度是造成家庭灾难和个人不幸的罪魁祸首。另外,像薛素姐因担心丈夫再有兄弟会影响财产分配,所以竟企图阉割公爹,表明了经济因素在婚姻家庭中所起的重要作用。尽管作品的描写未免夸张失实,但不可否认具有一定的认识价值。

　　《醒世姻缘传》借写晁、狄两家的婚姻生活,还描绘了周围五十多个家庭的生活情景,广泛反映了中下层社会各色各样人物的普通生活。这些丰富

第八章 清代长篇小说研究

的内容,不仅暴露了政治的黑暗腐败,抨击了官吏的贪赃枉法,讽刺了文人士子的势利品行,而且揭示了城镇生活的混乱、农村经济的凋敝以及平民百姓的愚昧无知,组成了一幅纷繁驳杂的社会风俗画。就反映现实生活的广阔程度而言,《醒世姻缘传》超过了以往所有的小说,大大丰富了"世情书"的题材内容。徐志摩说它的"画幅几乎和人生的面目有同等的宽广",胡适则称赞它是"一部最丰富又最详细的文化史料",认为研究17世纪中国社会风俗史、教育史、经济史和政治腐败、民生苦痛、宗教生活的学者,"必定要研究这部书"。这表明,《金瓶梅》的写实传统在《醒世姻缘传》中得到了充分继承,并有所发展了。

另外,《醒世姻缘传》的理想色彩比起以往的"世情书"来说,增加了浓度。除那些心理扭曲变态的人物之外,也刻画了一些正面人物形象。其中晁源之母晁夫人在书中断断续续地出现,基本贯穿始终,是个为作者所称赞的慈善妇人形象。特别是在两世姻缘轮回转世的中间,作者描绘了一个世外桃源一样的小社会,正面表达了"轻徭薄赋,功令舒宽"的政治主张和清心寡欲的人生理想。二十三至二十四回集中描写的绣江县明水村,风调雨顺,景色宜人,民风古朴,政治清明,百姓安居乐业,一片太平景象。这完全是儒家理想所向往的西周社会太平盛世的写照,也是老子的小国寡民和陶渊明的世外桃源思想的翻版。这个理想中的小环境,与书中重点展示的肮脏混乱的现实社会大环境形成了对比。这在所有古代长篇小说中是绝无仅有的篇章。尽管这种描写并未构成故事的重要情节,但毕竟初步显露了现实世界与理想世界彼此对照描写的端倪,对于《红楼梦》应当有所启发。

就艺术成就而言,《醒世姻缘传》有四方面特点值得注意。一是结构艺术。作品采用的是前后两世对照并使两条线索交织在一起的结构,在这个主干上,又派生出许多枝蔓头绪,似乎穿插组织得比较随意,往往使读者摸不着头脑。但所有的故事情节,都由劝善戒恶的思想统一起来,也能够达到"天衣无缝"的要求。这种看似散漫实则有内在联系的长篇小说结构,尽管不能算特别成功,毕竟是有益的尝试,对《儒林外史》似乎有一定启示。二是讽刺手法。作品在情节设计上采用了许多笑话和闹剧的方式,在形象塑造上则运用了漫画式夸张的手法,在喜剧性人物和场面的描绘中显露出调侃嘲讽的态度。在刻画文人和官僚形象时,这种手法使用得尤其频繁,可以说是《儒林外史》的先声。三是形象塑造。小说中人物众多,身份各式各样,作者善于以灵活的笔墨刻画出他们的音容笑貌,具有一定的个性。对于泼妇和懦夫等心理变态人物的描绘,尤其能给人留下深刻印象。虽然不免夸张失实之处,却也自有其生活依据,富于幽默色彩。四是语言运用。作品采用山东中部地区的口语,俚俗活泼,很有地方色彩,被孙楷第称赞为"灵动活跃最富有地方性之漂亮文字"。作者有比较高超的驾驭语言的能力，行文不讲究含蓄蕴藉，而是任意挥洒，显得淋漓痛快，恣肆酣畅，确如凫道人《旧学庵笔记》所说，"有长江大河浑浩流转之观"。

《醒世姻缘传》曾受《金瓶梅》直接影响，这是有明确证据的。小说第三回表现珍哥的泼悍，写她说道："这可是西门庆家潘金莲说的，'三条腿的蟾稀罕，两条腿的骚老婆要千取万'，倒仗赖他过日子哩！"珍哥引语见《金瓶梅》八十七回，话并非潘金莲所说，只是事件与她有重要关联，应当是西周生误记。然而，这恰恰说明西周生相当熟悉《金瓶梅》的故事，无须查对原文便信手拈来用于自己的小说创作。作品七十九回"寄姐大闹葡萄架"，是对《金瓶梅》二十七回"潘金莲醉闹葡萄架"的刻意模仿。因此，可以说，《醒世姻缘传》的成就与缺陷，都有受《金瓶梅》影响的明显因素存在。① 另外，西周生与丁耀亢同是山东人，《续金瓶梅》作品被查禁，作者被关押，闹得沸沸扬扬，西周生必曾有所耳闻。即使没读过《续金瓶梅》，对它的内容也会有所了解，并会由此而得知《玉娇丽》的情况。从《金瓶梅》到《醒世姻缘传》，"世情书"的发展演变线索基本上是清楚的。

在世情小说史上，《醒世姻缘传》的贡献与《续金瓶梅》类似。两书共同将《金瓶梅》的传统接引到了清代，对世情小说流派的形成并后来居上为章回小说创作的主流，对"世情书"创作高潮的到来及《红楼梦》的出现，无疑都起到了重要的作用。

（三）《林兰香》和《姑妄言》

在《金瓶梅》和《红楼梦》两部小说巨著之间，《林兰香》承前启后的作用最为明显。长期以来，这部小说的独特价值没有被人们所认识，只是最近十几年来情况才有所改观。

《林兰香》六十四回，是清代前期优秀的世情小说。作者随缘下士，真实姓名不详。从化名的意思看，他可能是位生活态度比较超脱的下层文士；从小说的情况看，他对贵族家庭的生活比较熟悉，文化修养也比较高。作品具体的成书年代，现在难以确考。在小说的正文、序文及评点中，都提到了《金瓶梅》，而没有一句话涉及《红楼梦》，可知成书是在《红楼梦》之前。有的学者根据书中地名等线索进行考证，认为"此书成于康熙中期的可能性很大，至迟亦不会至雍乾"。也就是说，《林兰香》很可能成书于康熙三十年（公元1692年）前后，早《红楼梦》大约半个世纪。

《林兰香》的故事，发生在明朝都城北京，时间从洪熙元年（公元1425

---

① 沈治钧.《金瓶梅》和《红楼梦》之间的三段"链环"[J]. 红楼梦学刊,1999(01):15.

年)至嘉靖八年(公元 1529 年),历经一百余年。作品主要写明代初年贵族后裔耿朗一家的兴衰荣枯和矛盾纠葛。耿朗有一妻五妾,即林云屏、燕梦卿、任香儿、宣爱娘、平彩云及田春畹。其中燕梦卿才貌皆美,品德高尚,因为敢于直言规劝耿朗,加上任香儿挑拨离间,致使耿朗对她冷落疏远,忧郁而死。不久,耿朗也中年病逝。田春畹把燕梦卿的幼子耿顺抚养成人。耿顺为国立功,袭爵泗国公,家道中兴。他建楼珍藏母亲遗物,不料被一场大火焚烧干净。于是耿家事迹,渐渐被人们遗忘了。小说的结尾,风格凄凉,颇有韵味。《林兰香》书名仿效《金瓶梅》,取女主人公姓名捏合而成。"林"指林云屏;"兰"指燕梦卿,取《左传》中郑文公妾燕氏梦天赐兰的典故;"香"则指任香儿。小说中有总评及夹批,署名寄旅散人,一般认为即随缘下士的化名。它的五十八回总评说:"看春畹在东一所一段,比'春梅游旧家池馆'何如,一贞一淫,既不足以相拟,而凄怆悲凉亦复过之。"六十三回夹批说:"此可见当日大家规矩。看者以此书为《金瓶梅》之对,然彼书外而男子可至闺房,内而妇女可至大门,且娼优杂处,酒肉为生,令人不堪之至。"这些都充分说明,《林兰香》受了《金瓶梅》的直接影响。尤其是"此书为《金瓶梅》之对"一语,比较准确地说明了《林兰香》在某些方面向《金瓶梅》的对立方向发展的特点,颇有见识。

《林兰香》和《金瓶梅》,首先是继承的关系。《林兰香》是一部典型的"世情书",同样取材于现实生活,展现了一个贵族大家庭的兴衰史。作品对于耿府日常生活的描写,同样是真实而丰富的,包括谈笑、宴饮、赏雪、品花、听曲、看戏游园及妻妾间的明争暗斗等。书中耿朗有一妻五妾,几乎可以和《金瓶梅》的人物——对应。如耿朗刚愎好色,类似西门庆;林云屏雍容大度,类似吴月娘;燕梦卿庄重罕言,类似孟玉楼;田春畹端庄流丽,类似庞春梅;任香儿机敏狡诈,类似潘金莲;平彩云多情善媚,类似李瓶儿。可以设想,随缘下士构思《林兰香》时,必是以《金瓶梅》为参照对象的。书中人物众多,上自皇帝、贵族、官僚、将军、太监,下至文人、商人、侠客、妓女、地痞等,包括三教九流,总数超过三百,颇有气势。其中人物最多的是贵族府第中的女婢男仆,家庭规模超过了西门庆家。小说的情节主线,是耿府由盛而衰的过程。副线是耿朗与六妻妾之间的欢笑纠葛以及妻妾之间的明争暗斗。这些,与《金瓶梅》都是十分类似的。

除极个别章节外,《林兰香》的创作手法都是写实的。书中的故事,平淡无奇,琐琐碎碎,就像日常的生活流程。作者对于世态人情的表现,也比较深刻真切。在这方面,它与《金瓶梅》稍有不同。一是随缘下士对人性恶的认识不及笑笑生,表现的深度似有欠缺。但是,随缘下士对人性善的表现则比较充分一些,不像笑笑生那样热衷于暴露人类的恶德。对人性善良一面的兴趣,使《林兰香》的理想色彩大大增强,基本上完全改变了《金瓶梅》里到处是黑暗与丑恶的局面。二是《林兰香》的故事增添了一些奇趣。《金瓶梅》号称"第一奇书",《林兰香》则别称"第二奇书",显然,奇趣是随缘下士有意识的艺术追求。《金瓶梅》的奇趣主要表现在对现实黑暗的无情暴露和人性丑恶的大胆展览上,《林兰香》则试图另辟蹊径,即把明代"四大奇书"的特点集中在一起。书中有战争场面,也有侠客行侠仗义的故事,还有少量荒诞的神怪情节。卷首《林兰香序》称赞它是"集四家之奇以自成一家之奇"的作品,明确指出了作者的创作用心。其实《林兰香》学《三国演义》《水浒传》《西游记》,只学到了些皮毛,只有学《金瓶梅》才是比较到家的。

　　随缘下士显然是位颇有正义感的文士,对社会的腐败有所暴露,对政治的黑暗也有所抨击。他的思想比较正统,这突出表现在对夫妻关系的看法上面。他基本肯定儒家伦理道德,拥护三纲五常,特别强调夫为妻纲,赞赏那些德言工容四行兼备的贤淑女子。为此,他饱含感情地塑造了燕梦卿和田春畹形象,树立了两个理想妇女的典范。燕梦卿在即将成亲的时候,父亲突然被人诬陷而入狱。出于孝心,她自愿进宫做苦役,以便为父亲赎罪,因此不得不解除与耿朗的婚约。父亲平反后,她恪守一女不嫁二夫的伦理,宁肯嫁耿朗为妾,也不愿嫁给别人做正妻。她诚心诚意对待丈夫,平时不轻易说话,只在关键时刻才提醒规劝耿朗。当耿朗对她冷淡乃至厌弃时,她也不怨天尤人,决不议论丈夫的是非。她认为:"夫者妇之天,万有不齐之物,皆仰庇于天。妇人一生苦乐,皆仰承于夫。"也就是说,在她心目中,丈夫就像天一样重要,妻子要像万物依赖上天一样对丈夫一心一意。至于田春畹,在燕梦卿死后尽心抚养梦卿幼子耿顺长大成人,可以说是燕梦卿的影子和替身。寄旅散人说:"春畹为侍女是贤侍女,为妾是贤妾,为母是贤母。"正因为作者十分推崇燕梦卿、田春畹这样的淑女贤妇,所以,当她们受到不公平待遇时,作者便会十分愤怒。从客观效果上说,《林兰香》展示了耿朗六妻妾之间的矛盾,表现了燕梦卿的悲剧性格和悲剧命运,事实上也就暴露了一夫多妻制的不合理性。作者借林夫人之口说:"自古及今,有多少郎才女貌,被那愚父愚母执固不通,做坏事体,大则生死攸关,小则淫私纷起。"可见,随缘下士对宗法社会的伦理道德及婚姻制度,是有某种怀疑的。当他愤慨地吟咏出"屈身都只为纲常,薄命红颜谁见伤"的诗句时,也就表明,燕梦卿的悲剧命运唤起了他的深深同情,从而使他在人类幸福和礼法纲常之间做出了新的选择,控诉了夫权的罪恶。

　　《林兰香》在艺术上是比较成功的。作为"世情书",它描绘的生活场景范围相当广泛,主要内容集中在儿女闲情和家庭琐事上,真实感人,有浓郁的生活气息。它的结构布局类似《金瓶梅》,也是绵密谨严的网状结构,改掉

第八章 清代长篇小说研究

了一些《续金瓶梅》《醒世姻缘传》那种头绪杂乱、情节分散的毛病。至于人物形象塑造,尤其值得称道。《林兰香》能够表现出人物思想的复杂性,使艺术形象真实可信。如耿朗平庸无才,贪图食色享受,胸无大志,不知好歹,但这是贵族公子的通病。作者并没有进一步丑化他,而是写他最终悔悟了以往的错误,表明他并不是西门庆那种大奸大恶的人。再如任香儿,是作者否定较多的女性,但她机灵聪明,活泼任性,作者也写出了她可爱的一面。《林兰香》也能表现出人物的个性特征及发展变化,使艺术形象鲜明生动。如燕梦卿持身端正,不苟言笑,待人和善,处事周详,显示出大家闺秀的精神风貌。再如平彩云,原是多情女子,性格有些轻浮,由于听信任香儿挑拨而疏远了燕梦卿。及至看到燕梦卿许多好处后,逐渐醒悟,终于变成了有高尚品格的人。尤其是宣爱娘,热情爽朗,豪放洒脱,有名士风度,类似于《红楼梦》中的史湘云,是以往的"世情书"中从来没有的一种女性形象。另外,《林兰香》还注意写出了人物思想性格的根据。如耿朗有纨绔习气,是因为他出身贵族之家;燕梦卿有淑女气,是因为她出身刚正不阿的官宦家庭;田春畹勤劳稳重,是因为当惯了侍女;任香儿机巧圆滑,有市井习气,是由于她出身于商人家庭;平彩云有书呆子气,是由于她出身于书香门第。最后,《林兰香》的语言也很有特色。它绘景状物,吸收采用了一些骈文的句式,风格典雅,兼有音韵之美。叙述语言,则基本上使用口语,形成了一种朴素生动而又活泼流畅的风格。人物对话,带有人物自己特有的口吻和方式,具有比较鲜明的个性色彩。

总之,《林兰香》在思想和艺术上都有不俗的表现,体现出了世情小说发展的新趋势。正如张俊所说:"《林兰香》上承《金瓶梅》,下启《红楼梦》,在明清小说发展史上占有重要地位。它的出现,把世情小说的创作,拓向新境界,而成为清中叶一个新的世情小说创作高潮的前奏。"[①]我们还应注意到,先于《林兰香》的"世情书"《续金瓶梅》和《醒世姻缘传》,在当时都不是默默无闻的作品,必然对《林兰香》产生过一定影响。从《金瓶梅》到《林兰香》,正面形象越来越突出,理想色彩越来越浓重,发展演变的痕迹也相当清晰。从《金瓶梅》到《红楼梦》,中间有一条环环相扣的艺术之链,《林兰香》是其中很重要的一个链环。可以说,一旦《林兰香》问世,《红楼梦》便呼之欲出了。

然而,小说艺术的发展历程往往是曲折的,并不会一帆风顺。一些偶然性因素间或发挥作用,有时也不一定是坏事。至少,它会使小说史的内容更为丰富,艺术色调也更富于层次感了。在《金瓶梅》和《红楼梦》之间,《姑妄言》比较突出地表现了世情小说发展过程的复杂性。

---

① 沈治钧.《金瓶梅》和《红楼梦》之间的三段"链环"[J].红楼梦学刊,1999(01):15.

第四节 《三侠五义》等侠义公案小说

石玉昆创作的《三侠五义》被誉为中国武侠小说鼻祖,在中国文学史上产生了重大影响。石玉昆(约公元 1810—1871 年),字振之,号问竹主人,人称"石先生",是晚清著名的讲唱艺术家,擅长讲《忠烈侠义传》,原稿有 3000 余篇。其后经人编为小说,成《三侠五义》120 回,《小五义》124 回,《续小五义传》124 回,先后问世。

《三侠五义》是在弹词的基础上先由"耳录",又由石玉昆润色整理,改名《忠烈侠义传》,最后才是俞樾的订正本。光绪十五年(公元 1889 年)其名为《七侠五义》,另行出版。

《三侠五义》是古典长篇侠义公案小说中的经典之作。"三侠"是指北侠欧阳春,南侠展昭,丁氏双侠丁兆兰、丁兆蕙;"五义"是指钻天鼠卢方、彻地鼠韩彰、穿山鼠徐庆、翻江鼠蒋平、锦毛鼠白玉堂这五鼠弟兄。

《三侠五义》全书把忠与奸、善与恶、正与邪作为故事的基本冲突,展现了上至皇室宫廷、下至穷乡僻壤的种种社会矛盾。里面有贪官污吏的结党营私、诬陷忠良、铸造冤狱;也有土豪恶霸的荼毒百姓、鱼肉乡里;更有皇亲国戚的广结党羽、图谋叛变。他们的倒行逆施、胡作非为,激起了民愤,也为清官与侠义之士提供了施展自己抱负的阵地。清官与侠义之士相互支持,洞幽烛微、翦除奸恶、扶危济困、行侠仗义、为民除害,表现了作者所代表的人民群众的殷切希望与崇高理想。全书情节曲折离奇,语言风趣流畅,人物性格鲜明,形象丰满完整。正因为这样,它一直极受群众的喜爱。

《三侠五义》在人物形象的塑造上取得了很大的成就。对作为中心人物的包拯,作者在民间传说艺术创造的基础上使他更加理想化,并且通过一些细节的描写与刻画使之更为丰满鲜明。包拯执法严正,刚正不阿,铁面无私,不畏权贵,机智灵活,料事如神。审理案件,从不冤枉一个好人,也不放过一个坏人。为了搞清陈州粜粮的事,他明察暗访,在搞清事情真相后,毫不犹豫地用御制龙头铡处决了当朝国舅、太师的儿子,既伸张了正义,又为国为民除了一大害。在其他一系列要案、大案与疑案的审处过程中,如伽蓝僧人被杀案、书生买猪头案、乌盆案、郭槐陷害李后案、屈申被害案等,都能明断是非,惩恶扬善,在他身上体现了人民群众的意愿与理想。

白玉堂、展昭等侠士的形象也熠熠闪光,光彩照人。白玉堂疾恶如仇,见义勇为,逞强好胜,武艺高强,但又思想狭隘,好冒险;展昭英爽大方,机智干练;蒋平善于随机应变,等等,都刻画得栩栩如生。

第八章 清代长篇小说研究

在故事情节的安排处理上,几个线索交互发展,使人感到一波未平,一波又起,曲折紧张,有条不紊,接缝斗榫,巧妙无痕,具有强烈的艺术感染力。

《三侠五义》不但能在惊险曲折的故事中刻画人物,还能通过富有情趣的市井生活来塑造人物,使小说富有生活气息,真实可信。在"真名士初交白玉堂,美英雄三试颜查散"这一回里,颜查散与化名金相公的白玉堂交上朋友,白玉堂每到一处,故意挥霍颜查散的银子,摆阔气,闹排场,考验颜查散。通过小书童雨墨的眼睛,极有风趣地把白玉堂的豪气、颜查散的质朴、雨墨的机灵都活脱脱地表现出来。《三侠五义》这一类作品中的人物"大半粗豪",容易写得性格雷同,而《三侠五义》人物虽有"行侠仗义"和"致君泽民"的共性,但又写得个性分明。白玉堂的心高气傲,锋芒毕露;蒋平心机深细,谨慎而又灵活;展昭谦逊平和,谨小慎微;欧阳春深沉老练,质朴豪放;艾虎则粗中有细,活泼可爱;沈中元忍辱负重,随机应变;丁氏双侠,富贵气象,风流倜傥。这中间最成功的要算白玉堂。作者把他的英雄豪气和心高气傲的个性统一在一起。白玉堂说:"我既到东京,何不到皇宫内走走。倘有机缘,略略施展施展,一来使当今知道我白玉堂,二来也显示我们陷空岛的人物,三来我做的事,圣上知道,必交开封府,既交开封府,再没有不叫南侠出头的。那时我再设个计策,将他诓入陷空岛奚落他一场。是猫儿捕了耗子,还是耗子咬了猫?纵然罪犯天条,斧钺加身,也不枉我白玉堂虚生一世。哪怕从此顷身,也可以名传天下。"为此,他出入深宫内院,杀人题诗;在相府里闯荡奔跃,盗走"三宝";又把"御猫"展昭困在通天窟内,尽情嘲讽,表现了他根本不把官府皇宫看在眼里的豪气,又表现他心胸狭窄的毛病。最后,因为"争强好胜不服气",惨死在铜网阵里,"血渍淋漓,慢说面目,连四肢俱各不分了"。写英雄人物的缺点和悲惨下场,打破了"平话"小说描写英雄高大完美的模式,使人物形象更加真实感人。

市井细民口语的熟练应用,是这部小说的重要特色。第三十九回众人在猜测白玉堂为何要与展昭作对时,有这样一段描写:

展爷道……他若真个为此事而来,劣兄甘拜下风,从此后不称'御猫',也未为不可。惟赵虎正在豪饮之间,听见展爷说出此话,他却有些不服气,拿着酒杯,立起身来道:"大哥,你老素昔胆量过人,今日何自馁如此?……倘若那个甚么白糖咧,黑糖咧——他不来便罢。他若来时,我烧一壶开开的水把他冲着喝了,也去去我的滞气。"展爷连忙摆手,说:"四弟悄言。岂不闻窗外有耳?……"刚说至此,只听啪的一声,从外面飞进一物,不偏不歪,正打在赵虎擎的那个酒杯上,只听铛啷一声,将酒杯打个粉碎。

情节之惊险、语言之谐趣都表现出来了。

《三侠五义》的续书很多，比较有名的是《小五义》和《续小五义》。《小五义》，一百二十四回，光绪十六年（公元 1890 年）五月刊出。《续小五义》，一百二十四回，同年十月问世。这两部续书都题石玉昆撰，但是，正如鲁迅所说，"序虽云二书皆石玉昆旧本"，实际上"疑草创或出一人，润色则由众手"。

　　《小五义》从颜查散奉旨，上任，得知襄阳王谋反开始，写众侠客为朝廷除害，竞相去探襄阳王所布铜网阵的故事。这时，白玉堂因探铜网阵已经牺牲，老一辈义侠大都衰老，而他们的子侄继承了他们的事业。卢方之子卢珍，韩彰义子韩天锦，徐庆儿子徐良，白玉堂侄子白芸生，欧阳春义子艾虎，合称"小五义"。他们在投奔颜查散途中，一路铲除地方豪强，扶弱济贫，最后集中武昌，同老一辈义侠一起，准备共破铜网阵。

　　《续小五义》，叙众英雄共破铜网阵，又会同官军围攻王府，襄阳王由暗道逃遁，后至宁夏国。诸破铜网阵之人，皆得封赏。一日，大内更衣殿天子冠袍带履被盗，留下印记粉漏的白菊花。于是众侠客又去捕捉白菊花晏飞。南阳府东方亮助襄阳王谋反，设机关密布之"藏珍楼"，将天子冠袍带履及至宝"鱼肠剑"藏于楼中。众侠巧破机关，活捉东方亮。一波未平，一波又起，东方亮妹东方玉清武艺出众，为救其兄，夜闯开封府，刺杀包拯，不成，又盗走包公相印，逃往朝天岭。众侠客得君山寨主钟雄水军相助，攻陷朝天岭。正在高兴之际，忽报陷空岛为白菊花晏飞攻破，卢方身负重伤。群雄又赶赴陷空岛，杀死晏飞。此时，襄阳王发宁夏国兵攻潼关，群雄又急赴潼关，生擒襄阳王，"从此国家安定，军民乐业"。[1]

　　《小五义》和《续小五义》保持了《三侠五义》的优点，情节曲折惊险，能吸引人，虽头绪纷纭，但主干清晰，枝叶扶疏。蒋平、艾虎、徐良等人亦颇生动。但二书文字都不如《三侠五义》，艺术水准是不高的。

第五节　清代其他长篇小说

　　清代是小说创作的高峰阶段，除了名著《聊斋志异》《儒林外史》《红楼梦》以外，还有一些较有影响的作品，至今流传。按门类说，有历史演义、英雄传奇、才子佳人、人情世态、神话怪异、公案和炫耀才学等，类别多，数量大，可以说，这是中国古代小说空前繁盛的时期。

---

[1]　许静．清官与侠客关系演变研究[D]．扬州：扬州大学，2006．

第八章 清代长篇小说研究

一、《水浒后传》《说岳》等英雄传奇

清代初年出现了不少富有英雄传奇色彩的长篇历史小说,这些小说往往借古喻今,曲折地表达反对民族压迫,反对专制统治的思想。它们在演述历史中,特别注意塑造有传奇色彩的英雄形象。这些英雄形象给读者留下了深刻的印象,在人民群众中广为传颂。所以,我们把这类小说,叫作英雄传奇。代表作有《水浒后传》《说岳全传》《隋唐演义》等。

(一)《水浒后传》

《水浒后传》,四十回,题为"古宋遗民著,雁宕山樵评"。作者陈忱,字遐心,浙江乌程(今吴兴县)人。"古宋遗民""雁宕山樵"都是他的化名,他大约生活在明代末年至清康熙初年,是一个具有强烈民族意识的文学家。入清后,"以故国遗民,绝意仕进",并与顾炎武、归庄等组织反清秘密社团"惊隐诗社"。晚年卖卜自给,穷饿以终。据《水浒后传》开篇诗句"千秋万世恨无极,白发孤灯续旧编"来推测,这部小说当写于晚年。此外,他还著有《雁宕诗集》二卷、《痴世界乐府》《廿一史弹词》等,今佚。

《水浒后传》是《水浒传》的一部续书,它描写梁山好汉在征方腊以后,死亡大半,剩下了李俊、阮小七、燕青等三十二人。他们流散四方,大都重操渔樵旧业,过隐居生活。但是,当政的蔡京、童贯等奸党继续迫害他们,务要将他们赶尽杀绝。英雄们忍无可忍,只得重新聚合,再度走上反抗道路。不久,金兵入侵,中原沦陷,南宋小朝廷偏安江南,主和派把持了朝政。他们眼见大势已去,报国无望,只得到海外的暹罗诸岛另开基业,李俊做了暹罗国主。

作者认为《水浒传》是"愤书",即感愤于北宋政治腐败以至灭亡;而《水浒后传》是"泄愤之书",目的在于表彰英雄、抨击权奸。实际上,他怀着亡国孤臣的沉痛心情,反映明清易代时期人民群众强烈的民族情感。

全书积极的思想倾向表现在下列两个方面:一是歌颂了水浒英雄继续反抗黑暗的政治统治、反抗迫害的斗争。故事由阮小七凭吊梁山泊、杀死张干办和李俊隐居太湖捕鱼、反抗恶霸巴山蛇这两件事情开始。把持朝政的蔡京、童贯一伙,本来就要斩尽杀绝梁山"余党",便以这两件事为由,行文各州县:"凡系梁山泊招安的,不论居官罢职,尽要收管甘结。"这样散处于各地的梁山泊头领又聚集拢来,占山据水,反抗官府。参加到起义的行列中来的,除了幸存的梁山好汉外,还有好汉的后代花逢春、呼延钰以及《水浒传》中出现过的王进、扈成、栾廷玉等。他们建立了登云山、饮马川和太湖的反

抗据点,惩贪官、诛恶霸、倒贪囊、济佃户。进行了"比前番在梁山泊上更觉轰轰烈烈,做出惊天动地的事业来"。虽然末尾李俊等立国海外,仍尊南宋朝廷为正统,称臣纳贡,但毕竟比《水浒传》中的宋江的投降行为前进了一步,反抗昏庸朝廷的决心也比以前坚决。《水浒后传》所反映的社会生活,虽然缺少深度和广度,但对起义军反抗的必然性和正义性却描写得相当充分,对贪官污吏、豪绅恶霸鱼肉人民的罪恶揭露得十分深刻。活跃在京剧舞台上的著名剧目《打渔杀家》,就是根据第九、十两回李俊等杀巴山蛇的故事改编的。

二是抒发了亡国的悲痛。正当李俊、阮小七、李应等重新聚义的时候、金人入侵,中原沦陷。金兵到处杀人放火、奸淫掳掠,致使中原地区"鸡犬无声人迹断,桑麻砍尽火场余",呈现出"四野萧条,万民涂炭"的景象。在这国家危亡的关头,统治者却一味朝欢暮乐、昏庸误国。高居九重的徽钦二帝只知宴乐、昏聩无能,当金兵临城的时候,竟罢主战派李纲、种师道的兵权,而让江湖骗子郭京演"六甲遁法"以退金兵,结果汴京陷落,双双被俘。朝廷重臣蔡京、童贯等,平日受了大俸大禄,却把持朝政,一味"排摈正人,朘削百姓",使"忠臣良将俱已销亡";一旦金兵来犯,却"畏敌如虎,不敢一矢相加"而临阵脱逃;有的干脆"一缀转身子变了心肠",做了内奸。南宋开国皇帝宋高宗也无一点中兴之主的味道,他专任"和议之臣",招致了金兵的长驱直入。这样一些窝囊孱弱的君臣,自然导致了社稷倾圮,万民涂炭。作者写出了这样一些惨痛的历史,自然就寄寓了他深沉的慨叹。作者还热烈赞颂了呼延灼、朱同、关胜等义军和一些爱国抗敌的将领,他们往往孤军奋战,建立了卓越的功勋。

全书虽然写的是宋代的水浒故事,描绘的是金人的入侵,实际却是针对清代的社会现实。作者在序言中说:"嗟乎!我知古宋遗民之心矣。穷愁潦倒,满腹牢骚,胸中块垒,无酒可浇,故借此残局而著成之。"显然,作者是借宋朝的历史总结明朝亡国的教训,抒发国破家亡的悲痛的。关于李俊在古暹罗国称王,根据小说的描写,其地域应在福建、广东附近,它的方位和古暹罗国并不相应。所以,有些研究者认为,所谓李俊暹罗国称王,实际上反映了民族英雄郑成功收复台湾、坚持抗清的事迹。这种推测与全书的思想倾向是一致的。

《水浒后传》在艺术描写上延续了《水浒传》的创作特色,作者凭借丰富的想象力把人物刻画得真切感人,个个性格鲜明,语言生动传神。老英雄李俊、李应在起义斗争中变得沉着老练了,不仅能征惯战,而且能团结兄弟,运筹帷幄,指挥若定,成为能孚众望的领袖;铁叫子乐和在《水浒传》里只显示出聪明伶俐的特点,在《水浒后传》里却更显示出足智多谋的特征,营救花蓬春母子姑侄和李俊、黄保等人时所施的计谋,令人叹服。后来李俊创业海外,他一直是吴用式的智囊人物。浪子燕青在《水浒后传》里也有很大发展,他原本的"百伶百俐",成熟到"忠肝义胆,妙计入神",在起义军中成了另一个重要的决策人物。本书是身为亡国之人抒发悲情遗恨的寄兴之作,其艺术构思和故事结局都代表着当时的文人不满时政、不满外族统治的民族情感和理想追求。鲁迅先生对此书曾做过专门评述。

《水浒后传》也有明显的缺点,书中有些部分宣扬了封建迷信思想。后十回李俊在海外的活动现实性不强,还夹杂着迷信怪弃的成分。末尾以"金銮殿四美结良缘",君臣们"赋诗演唱大团圆"结束,落入了才子佳人的俗套。艺术上,多数人物性格不甚鲜明,结构也较松散。

(二)《说岳全传》

《说岳全传》全称《精忠演义说本岳王全传》。它是在明朝的《大宋中兴通俗演义》等描写岳飞抗金的故事小说的基础上,加工创作而成的。

此书原题"仁和钱采锦文氏编次""永福金丰大有氏增订"。钱采和金丰,两人生平都不详,从上面的题署可知,钱采字锦文,仁和(今浙江杭州)人;金丰字大有,永福(今福建永泰)人。他们大约生活在清朝康熙、雍正、乾隆年间。据清《禁书总目》记载,此书在乾隆年间曾被查禁。书首的金丰的序言写于"甲子孟春",可知此书的写作不迟于甲子年,即乾隆九年。《说岳全传》共八十回,第一到第六十一回写岳飞出生、成长、为国战斗到被冤害,详细地描绘了他壮烈的一生;后十九回写岳飞死后后代继续抗金,奸贼终于得到惩罚。

全书着力塑造了宋朝著名的抗战派领袖岳飞,表现了他英勇悲壮、精忠报国的一生。他出生三天,黄河决口,母亲怀抱他坐在缸里飘流到外乡。少年时期家境贫寒,但他却十分勤奋好学,从名师周侗那里学得了满腹韬略、一身武艺。曾去京城考武状元,不想反惹下了大祸。以后金人入侵,民族、国家危亡。岳飞应征为张所元帅的先锋,在八盘山迎战金兵,消灭金兵一万,首建奇功。第二仗则在青龙山杀败金兵十万,终于当上了抗金的统帅,还收编了太行山的义军。以后又与金兵大战爱华山、牛头山,都取得了胜利。宋高宗贪图安乐,偏安江南,先把岳飞解职还乡,接着又起用他去平定九龙山、洞庭湖的农民起义军。战事还未结束,金兀术又卷土重来。岳飞立即领兵迎敌,在朱仙镇进行了决战。最后大败金兀术,金人六十万只剩五、六千,金兀术几次要自杀。正当金人败局已定,收复中原在望之时,宋高宗听信秦桧的逸言,诏令岳飞班师,接着又连下十二道金牌,限令他只身回京。岳飞明知皇上昏庸,奸臣当朝,此去凶多吉少,却不愿违抗皇帝旨意。果然,岳飞在回京路上就被秦桧假传圣旨抓入狱中。秦桧进一步指使爪牙诬陷岳飞,对岳飞严刑拷打。岳飞临死不屈,被害死在风波亭。

《说岳全传》的作者不受史传所限制,大胆地进行虚构,写出了岳飞的动人心魄的故事,目的在于表现"岳武穆之忠,秦桧之奸、兀术之横"(金丰《序》)。也就是说,作者着意表现的是岳飞精忠报国的业绩,鞭挞的是秦桧等的残害忠良、奸佞卖国的行径,谴责的是金兀术野蛮侵略的暴行。

岳飞则是中心人物,他在与金兀术、秦桧等的斗争中愈益焕发出耀眼的光彩。岳飞的精忠报国,在下列两方面表现得特别突出:一是对于侵略者英勇战斗,表现出强烈的民族精神和爱国主义思想。岳飞怀着对于侵略者的深仇大恨,以身许国,勇敢坚定,而且智勇双全,善于用兵,屡战屡胜。他善于团结部下,治军严明。岳家军成了英勇抗金的中坚,成了恢复中华民族的希望,岳飞所写的《满江红》词正表现出了这种义愤填膺的壮烈情怀和与入侵者拼死战斗、光复河山再造社稷的壮志。二是强调岳飞所谓的赤胆忠心,唯君命是听,达到了愚忠地步。岳飞没有完成抗金事业,到头来自身被害而死,除主和派秦桧等陷害以外,主要的还是他自己完全匍匐在皇帝面前,任皇帝宰割的愚忠思想所造成的。作者宣扬了岳飞的这种愚忠行为,并大唱高耸入云的赞歌。今天看来这是封建思想观念和唯心史观,不仅不值得赞扬,而且要进行批判。但是,我们也要历史地看待这一问题,在封建时代,特别在封建社会初、中期,皇帝被看作是"至圣至明"的,是国家和民族的象征,忠君就是忠于国家和民族。

所以,在当时的历史条件下,岳飞的行动也是可以理解的。环绕岳飞这个中心人物,作者还塑造了宗泽、韩世忠、牛皋、施全、杨再兴等抗金英雄,其中以牛皋最为突出。牛皋的形象在明代说岳书中没有,是作者的创造。牛皋爽直、鲁莽、善良、勇敢、具有强烈的反抗精神。他曾在太行山称孤道寡,为"公道大王"。归附岳飞后,作战非常勇敢,独闯番营,投递战书,连金兀术都表示钦佩。他骂宋高宗:"那个瘟皇帝,太平无事,不用我们;动起刀兵来,就来寻我们去替他厮杀,他却在宫里快活。"岳飞遇害后,他起兵复仇未成,重上太行山落草。宋高宗死后,朝廷派人去招安,他说:"我牛皋不受皇帝的骗,不受招安。""待我前去杀退了兀术,再回太行山便了。"他和李逵、程咬金等草泽英雄一样,有吹牛爱逗、滑稽诙谐的脾性,是个喜剧人物。最后众小英雄直捣黄龙府,牛皋活捉兀术,气死兀术,笑死牛皋,表现出人民群众强烈的抗战决胜的愿望,和对这个人物喜剧结局的畅想。

书中还描绘了秦桧、张邦昌、刘豫、曹荣等一伙奸佞人物。作者把他们放在民族斗争的中心来刻画,他们不仅专权枉法,残害异己,更恶劣的是,与金方勾结,破坏抗战,卖国求荣。秦桧就是他们的代表。他以极其卑鄙恶毒的手段,残害岳飞等抗金人士,处心积虑地破坏抗战事业,丧心病狂地与金兀术勾结,出卖国家、民族。他是一个典型的奸贼、卖国贼的形象,这个形象既符合历史真实,又具有深刻的教育意义。

《说岳全传》是我国古代的一部比较优秀的英雄传奇小说,成功地塑造了民族英雄、爱国将领岳飞的形象,宣扬了爱国主义思想和民族斗争精神,其主要思想倾向是积极、健康的。但在思想上也有缺陷,主要的一点就是,把宋与金、岳飞和秦桧的斗争以迷信来解释,说他们是前世有因,后世有果,冤冤相报。这样,就给严肃的民族斗争蒙上了一层宿命的迷信色彩,大大削弱了作品的积极意义。

《说岳全传》克服了明代《大宋中兴演义》等说岳题材的作品照搬历史事实、创造很少的毛病,本着"不宜尽出于虚,而亦不必尽由于实"(金丰《说岳全传序》)的态度,大量吸收了戏曲、民间说唱、传说中的故事情节,进行了再创造,形成了一部生动形象,"娓娓乎有令人听之而忘倦矣"(同上)的长篇小说。

总的来说,《说岳全传》在清代英雄传奇小说中是艺术上最为成熟的一部,它结构完整、人物形象鲜明生动、语言准确流畅、传奇色彩强烈。书中的陆登死难、岳母刺字、王佐断臂、泥马渡康王、高宠挑滑车、岳飞枪挑小梁王、梁红玉击鼓战金山、东窗下秦桧夫妇设计、风波亭岳飞父子死难等精彩片段已经成为家喻户晓的了,可见其艺术描写的吸引人。书中描写战场拼斗细致而有神采。

(三)《隋唐演义》

清代初年还有几部比较流行的写隋唐历史和英雄人物的长篇小说,其中以《隋唐演义》《说唐演义全传》较有价值。

《隋唐演义》,康熙年间褚人获著。褚人获字稼轩,号石农,长洲(今江苏苏州)人。他未做过官,但在吴中颇有文名,诗文以外,尤为熟悉明朝稗史。著有《坚瓠集》《读史随笔》等书。

《隋唐演义》,一百回。它是在《隋唐志传》《隋史遗文》《隋炀帝艳史》等有关小说故事的基础上,参阅史料、吸取民间传说的精华写成的。它叙述隋、唐两朝的故事,起自隋文帝灭陈,止于安史之乱后唐玄宗返回长安。全书着重写了三方面的故事:一是关于单雄信、秦琼、尉迟敬德、罗成等英雄的故事,二是关于隋炀帝和朱贵儿的故事;三是关于唐明皇和杨贵妃的故事。全书以隋炀帝和朱贵儿、唐明皇和杨贵妃两世姻缘为线索,写隋唐两朝历史、宫廷艳史逸事和草泽英雄的活动。书的积极意义在于:它暴露了封建帝王的荒淫无耻,谴责了统治阶级内部斗争的肮脏龌龊,歌颂了草泽英雄的侠义勇敢。草泽英雄传奇色彩强烈、个性鲜明是这部书吸引读者的地方,单雄信、秦琼、尉迟恭、罗成等都有独特的个性和坎坷的历史。作者善于通过典型情节和深刻的细节描写刻画人物,像描写秦琼潞州落魄的片段就非常细致、生动,店小二那种"转面起炎凉"的势利小人心态,秦琼困窘、矛盾、不得已而委曲求全的神情都惟妙惟肖地表达出来了。

《隋唐演义》也存在宣传因果报应的迷信思想和结构松散等缺点。所谓两世姻缘就是宣扬轮回报应,是迷信。作者还把隋朝的衰败、政治的黑暗,归咎于女人,显然又是封建思想作祟。在艺术上,前半部,特别是秦琼等反隋大起义,写得虎虎有生气;后半部记事粗略,缺乏情致。

(四)《说唐演义全传》

清代乾隆年间又出现了《说唐演义全传》的书,作者不详,书首有姑苏如莲居士的序文。

《说唐演义全传》又称《说唐全传》,它分前传和后传两种,前传叫《说唐前传》,后传则有《说唐小英雄传》(又名《罗通扫北》)、《说唐薛家府传》(又名《薛仁贵征东全传》)两个名目。后来,说唐系统还出现了两本续书:《说唐征西传》(又名《异说后唐传薛丁山征西樊梨花全传》)、《反唐演义全传》(又名《薛刚反唐》)。后传和续书大多描写唐王朝的武功和武将的所谓英雄业绩,反对奸佞,宣扬功名富贵和大汉族主义思想,艺术上雷同、格式化,缺乏创造性。

《说唐全传》中最有影响、最为著名的是《说唐前传》,简称《说唐》,现今通行本是陈汝衡修订的六十六回本。书从秦彝托孤、隋文帝平陈写起,直到唐太宗削平群雄登基为止。标题上看似为讲史,实际上是一部英雄传奇小说,它以瓦岗寨诸将为中心,吸取了大量的并非史实的民间传闻,敷演了隋末"十八路反王、六十四路烟尘"反隋大起义中的一批英雄的传奇故事,塑造了秦琼、程咬金、罗成、尉迟恭、伍云召等人物形象,还穿插了雄阔海、裴元庆、王伯当、单雄信、李元霸、徐茂功等人的故事。除秦琼外,其他许多英雄的故事,都是前此几部写隋唐历史的小说言之不详或没有的。这些人物组成了隋唐易代时期乱世英雄的画廊,表现出了声势壮阔的隋末大起义。与此同时,小说还揭露了统治者,特别是隋炀帝的荒淫腐朽和压迫人民的罪恶。《说唐》艺术上的成功之处在于人物形象传奇色彩强烈,虎虎有生气,因而为群众所喜闻乐见。它所塑造的人物既闪耀着英雄的光彩,又着民间粗野拙朴的气息,比如单雄信仗义疏财,肝胆照人,就是因为与唐王有杀兄之仇,誓死抗唐,结义兄弟秦琼等怎么劝也不回头,最后宁愿引颈受刑也不改变初衷。他的为人,使人崇敬;他的执拗,使人惋惜。程咬金则更是一个

第八章 清代长篇小说研究

深受群众喜爱的形象,他直率、勇敢,天不怕、地不怕、劫王杠、反山东,当上了"混世魔王"。以后,他觉得做皇帝太辛苦、不自在,干脆除下金冠,脱下龙袍,叫道:"哪个愿意做的上去,我让他吧!"表现出了下层人民憨直单纯的坦荡胸怀。他和兄弟们归顺唐王后,驰骋疆场,屡建奇功。遇有不平之事,敢于直言,不怕犯上。作者对这一形象的塑造是成功的,特别是他那天真纯朴并带有滑稽神采的性格,赢得读者的喜爱。至今人们口头上还有"半路上杀出个程咬金""程咬金的三斧头"等俗语。《说唐》写好汉们武艺的高下是按已排好的名次来区分的,如第一条好汉是李元霸,其他任何人在任何情况下都不是他的对手,这样,战场的拼斗就变成了毫无生气的过场,唯独程咬金出场常常有所谓福将的奇遇,令读者兴味盎然。

《说唐》无论在思想内容还是艺术表现方面都有一些缺点。它宣扬了唯心主义思想,特别是神化了李世民。李世民因为是"真龙天子",虽然遭际坎坷,多方遇难,但总能绝处逢生、化险为夷,并说这是天命攸归的缘故。全书结构不严谨,套语较多,有的地方夸张过分。

二、《镜花缘》等炫耀学问的小说

清代中叶以后,考据风盛行,文坛上出现了一批借小说以炫耀学问的作品。其内容除了炫耀学问、铺陈辞章以外,大抵宣扬封建道德伦理和因果报应。鲁迅在《中国小说史略》中有一篇"清之以小说见才学者",说的正是这一类作品。"以小说为庋学问文章之具,与寓劝惩同意而异用者,在清盖莫先于《野叟曝言》。"(《中国小说史略》)如同鲁迅所说最早的作品是《野叟曝言》,以后则有《蟫史》和《镜花缘》等,以《镜花缘》成就最高。

(一)《野叟曝言》

《野叟曝言》作者夏敬渠(公元 1705—1787 年),江苏江阴人,仕宦很不得志。诸子百家、礼乐兵刑、天文算数无所不通。此书是他晚年的作品,"自谓野老无事,曝日闲谈耳"。(《凡例》)

《野叟曝言》。一百五十四回,写文素臣崇尚理学,力辟佛老,因反对权奸和阉宦而被贬充军,后因权奸和阉党谋反,他救驾平叛,立了大功,因而拜相封爵,位极人臣。全书一百数十万言,多数篇幅拼凑考书知识和敷演道学。还有一些污秽的色情描写。鲁迅在《中国小说史略》中评道:"炫学寄慨,实其主因,圣而尊荣,则为抱负,与明人之神魔及佳人才子小说面目似异,根柢实同,唯以异端易魔,以圣人易才子而已。意既夸诞,文复无味,殊不足以称艺文,但欲知当时所谓'理学家'之心理,则于中颇可考见。"

(二)《镜花缘》

《镜花缘》北京大学藏原刊初印本,作者李汝珍(约公元1763—1830年),字松石,直隶大兴(今属北京市)人。他是个秀才,长期住江苏海州,1810年曾在河南做县丞。他博学多才,医药、星相都懂,特别有研究的是音韵学。晚年穷愁潦倒,死于海州。著作除《镜花缘》外,还有《李氏音鉴》六卷和棋谱《受子谱》二卷等。

《镜花缘》是一部带有浓厚神话色彩和浪漫幻想色彩的中国古典长篇小说,作者以其神幻诙谐的创作手法,奇妙地勾画出了一幅绚丽的文艺画卷。

《镜花缘》继承了《山海经》中《海外西经》《大荒西经》的一些材料,经过作者的再创造,凭借丰富的想象、幽默的笔调,运用夸张、隐喻、反衬等手法,创造出了结构独特、思想新颖的长篇小说。但是小说刻画人物性格方面较差,众才女的个性不够鲜明。尤其是后半部分,偏重于知识的炫耀,人物形象性不足。所以,鲁迅说"则论学说艺,数典谈经,连篇累牍而不能自已矣"。

《镜花缘》是李汝珍花费10年的心力才完稿的,书中精彩之处甚多,但需要提醒广大青少年朋友的是,其书后半部分主要是炫耀学问,缺乏文学气味,没有着重刻画人物性格;许多生活场面写得不够精彩;作者说教太多,学究气太重,这些是受"朴学"风气影响所致。但炫耀学问的内容却反映了作者知识丰富,据《冷庐杂识》一书云:"《镜花缘》一书征引浩博,所载单方,以之治病辄效。"学问涉及书、画、琴、棋、医、卜、星相、音韵、算法、灯谜、酒令、双陆、马吊、射鹄、蹴鞠、斗草、投壶等知识与游艺,以致内容驳杂,淹没了主题,篇幅约占全书十分之七,成为严重败笔,阅读时应该充分认识这些。

《镜花缘》全书共100回,前50回以叙述唐敖等人海外游历的见闻为主;后半部分主要讲武则天开科考才女,花神转世的女子皆中才女的事。李汝珍借助对海外诸国的幻想描写,讽刺批判了封建社会风俗的败坏、道德的堕落,以及思想制度等方面的各种不合理现象。"君子国"商人收低价讨好货是反衬当时商业的欺诈行为;国王严令禁止臣民献珠宝,否则烧毁珠宝并治罪,是反衬当时的贿赂公行。"大人国"的人脚下有云彩,转好念头的脚下是彩云,打坏主意的脚下现黑云,大官因脚下的云见不得人而以红绫遮住,这是讽刺恶人当道的黑暗官场。"两面国"的人正面一张笑脸,后面浩然巾里藏着一张恶脸,这是讽刺两面三刀的阴谋家。"毛民国"讽刺吝啬,"结胸国"讽刺懒惰,"女儿国"的细致描写则是对封建社会男尊女卑思想的否定。作品中材料多以《山海经》为依据,加以作者的想象而成。

三、《绿野仙踪》《济公传》等神怪小说

明代《西游记》《封神演义》等神仙怪异小说争秀竞艳以后，经过了一段时间的沉寂，在清代乾隆中叶以后，又陆续出现了《绿野仙踪》《济公传》等作品，神仙怪异小说再度昌盛。这些作品特别适合中下层群众的胃口，影响颇深。

（一）《绿野仙踪》

《绿野仙踪》问世于乾隆中叶，作者李百川。抄本一百回，刻本八十回，内容相同，文字有些差异。李百川，大约生于康熙年间，卒于乾隆年间，是一个落魄的下层知识分子，曾游宦苏、陕、晋、豫等省做幕僚。据书的自序说，他一向有谈鬼和广觅稗官野史的兴趣，曾打算写一本《百鬼记》，他写《绿野仙踪》是"著书自娱"。据书中评语可知，他修道出家以终，没有子嗣。

《绿野仙踪》是一部神怪小说，通过明代嘉靖年间冷于冰求仙得道的故事，表达作者对现实人生的看法。冷于冰原是知县的儿子，幼年热衷功名，九岁拜师，十二岁擅八股竟成大家，十四岁成为文坛宿将。然而在科场中他却很不得意，屡战屡败。后被荐给权相严嵩做了书启先生，做事"样样叫严满意"。因赈济山西灾民之事与严嵩闹翻，退出相府。以后，他游历各地，目睹形形色色的人生，特别是忠良反遭遇害的情景，"觉得人生世上，趋名逐利毫无趣味"，便生弃家访道之心，绝火食，练筋骨，学法术。他熟悉官场、市井，接触了达官、市侩、妓女狎客、腐儒等各色人物，宣扬忠孝节义和游仙得道。

书的积极意义在于，它揭露了明朝政治的腐败和黑暗。奸相严嵩等"荼毒万姓，杀害忠良，贪赃枉法，权倾中外"。户部侍郎陈大经伙同严世蕃制造叛案，勒索赃银二十余万。兵部尚书赵文华名为征讨，实际畏敌如虎，"送银六十万两，买的倭寇退归海岛"。平凉知府冯家驹在任四年，就搜刮民脂民膏十余万两，年年给严嵩的干儿子行贿。这些上上下下的丑类组成了一个腐败、黑暗的封建官僚机构。正如书中人物连城璧所说："我想不公不法的事，多是衙门中人做的。"强盗师尚诏回答他所以造反的原因时说："皆因汝等贪官污吏逼迫使然。"这些都深刻地揭露了统治集团的政治腐败和他们残害人民的罪恶。

另外，小说还对当时的人情世态和纨绔子弟的糜烂生活进行嘲讽。小说对势利的管家、迂腐的秀才、假情的妓女、爱钱的鸨儿、贪财的和尚等各色人物进行了描写，笔锋常带讥刺，从而鞭辟入里地讥讽他们的世态人生。大

财主的儿子周琏喜新厌旧,骗娶齐惠娘,逼死前妻。惠娘的母亲庞氏则唆使女儿索要财物、誓状。及至女儿要到以后:"庞氏听一句,笑一句,打开银色细看:一封是三五两大锭,那两封都是五六钱、七八钱雪白的小锭,庞氏抓起一把来,爱的鼻子上都笑,倒在包内,叮当有声。看了大锭,又看小锭,搬弄了好一会,……道:'俺孩儿失身一场,也还失的值!不像人家那不争气的,一文不就,半文就卖了。'"作者从这些情态的描绘中,深刻地嘲笑了以女儿作摇钱树的庞氏,暴露出这类爱钱癖的卑下。小说对流氓、帮闲的嘴脸也有深刻的描绘,他们见风使舵、落井投石、溜须拍马、为虎作伥等行径一一跃然纸上。对于迂腐、固执、不通人情的儒生作者的描绘也是很深刻的,他们只会作些《臭屁行》之类的文字,愚蠢酸迂达到了令人发笑的地步。对于堕落的纨绔子弟如温如玉、周琏等,作者花了相当的篇幅,暴露他们奢侈糜烂的生活,最后甚至倾家荡产、沦为乞丐。作者寄托的讽喻的意思是再清楚不过的。

可惜的是,小说对政治腐败、人生丑恶、纨绔子弟危险的描写,不归结到社会制度的原因,却引导入必须弘扬封建道德和游仙得道方面去。冷于冰"周行天下,广积阴功",他出家后,把自己未成就的功名,寄托在林岱、朱文玮身上。他还要指示他的大弟子在数十年后,协助官府剿灭李自成、张献忠"流寇作乱""广积阴功"。这些都是小说的糟粕。

《绿野仙踪》取得了较高的艺术成就,主要表现在如下几个方面。一是李百川驾驭语言的能力颇为高超,小说用笔老辣,语言晓畅圆熟,人物对话符合身份个性,善于提炼方言俚语和文言语汇,表现出了小说大家的风范。二是全书结构形散而神不散,情节之间的内在联系比较紧凑。冷于冰既是故事的主角,也是全书最主要的功能性人物。所有情节都由他的活动牵引贯串,头绪相当清楚。三是善于运用讽刺手段,虽不如《儒林外史》含蓄,却也尖刻冷峻,能够鞭皮见血,自成一家。四是善于刻画人物形象,有时寥寥数笔,便可以让人物栩栩如生。书中个性鲜明的人物有数十人,都能使读者一见难忘,在同类作品中成就最高。晚清人曾赞叹说:"描写人物,一人有一人之口吻,绝不相混,旧推《水浒传》《红楼梦》,吾谓《绿野仙踪》颇擅此长。"但主人公冷于冰形象缺乏灵气,寓意浅露,显得比较苍白。五是想象奇特,时有新意。就表现形式而言,《绿野仙踪》毕竟是神魔小说,有许多关于神奇诡异的仙术和法力的描写。在这方面,作者并未完全停留在前人水平上,而是别出心裁,佛道杂糅,描绘出了独具特色的虚幻景象。鲁迅曾夸奖说:"其叙神仙之变化飞升,多未经人道语。"总之,《绿野仙踪》在思想和艺术上都有鲜明特色,成就不俗,不愧为清代同类作品中的佼佼者。书前陶家鹤序将它与《水浒传》《金瓶梅》并举,认为这三部小说都属于"大奇书",虽有些夸张,却也能说明《绿野仙踪》的重要价值。

(二)《济公传》

《济公传》关于南宋济颠和尚(俗称济公)济世救人的故事,在民间流传很广,甚至一些佛寺也有济公的塑像。明代晁瑮《宝文堂书目》著录有《红倩难济颠》平话,田汝成《西湖游览志余》提到过《济颠》平话,隆庆年间曾刊印过"仁和沈孟桦叙述"的《钱塘渔隐济颠禅师语录》。清代康熙年间又出现了王孟吉撰写的《济公全传》三十六则和无名氏的《济颠大师醉菩提全传》二十回。后来,大约在清代中叶出现了二百四十回的《济公全传》。著者何人,今已无从考证。

《济公全传》是一部群众喜闻乐见的、有一定积极意义的通俗小说。首先,它揭露了封建社会晚期,人民处于水深火热之中的生活图景。小说描写的虽是南宋的事,反映的却是清代中叶的社会现实。奸臣把持朝政,他们作威作福,残民以逞,成为社会的最大公害。秦桧为了建造楼宇,可以强征木料。甚至拆走灵隐寺大牌楼的大梁;他的儿子好色,可以任意抢掠民女,甚至私自扣押,严刑拷打。官吏们为升官发财,千方百计巴结秦府。镇山豹田国本与秦府结了亲,便"无所不为,结交长官,走动衙门,包揽词讼"。一些衙内个个都是恶棍,秦丞相的儿子秦恒,绰号催命鬼,兄弟王胜仙,绰号花花太岁。莫丞相的儿子喜爱蟋蟀,弄跑了他的蟋蟀就逼得人家自杀,罗丞相儿子蟋蟀跑了,不惜拆毁八十余间民房。罗丞相的侄儿,只在外面作了一任太守,便"剥尽地皮,饱载而归"。社会黑暗、公道不彰也是人民难以存活的主要原因。流氓、恶霸横行无忌,恶霸吴坤看中了画工阎文华美丽的妻子,便弄得阎家破人亡、无路可走,寻死前他长叹道:"苍天!苍天!不睁眼的神佛,无耳目的天地!"有的富人为富不仁,千方百计坑害穷人,有的高利贷者穷凶极恶逼债还钱。有的开黑店谋财害命,有的拦路抢劫不顾他人死活,有的装神弄鬼骗财骗色。李文芳企图独霸家产,在弟弟死后,大叫大嚷弟妇与人通奸,借此把弟妇赶出家门,弟妇蒙冤莫辩,寻死觅活。董士宏的母亲得了重病,他只好卖女买药,不料银子又被偷去,只得上吊自杀。如此等等,真是层出不穷的罪恶、形形色色的苦难。小说虽然是以分散的、一家一户、一事一人的方式演绎着,却从总体上反映出了当时社会的灾难、人民的痛苦。

其次,它寄托了人民群众斩邪除恶、济困扶危、排难解纷的美好愿望。社会黑暗,人民处于水深火热之中,于是就幻想出济公这样一个活佛来。他神通广大,法力无边,不怕任何权势,洞悉一切阴谋,哪里有不平不公之事,他就出现在哪里。任何灾害苦难,只要经他排解点化,便会逢凶化吉、遇难呈祥。济公就是这样一个寄托了人民美好愿望的亦神亦俗、亦僧亦侠的特定人物形象。

济公形象的特点之一就是他亦僧亦俗、亦神亦人。他不像救苦救难的观音菩萨那样一本正经,顶着神圣的光环。他出身于普通的家庭,和市井小民一块吃喝玩乐。他的行止,甚至还不如普通的出家人。和尚不吃荤、不饮酒,他却吃肉喝酒,尤其爱吃狗肉。和尚清静无为、不打诳语,他却经常东游西荡、信口开河,甚至闯进妓院吟诗写字,进入人家内室喝酒谈笑。

济公形象的另一个特点则是疯疯癫癫、游戏人间。他有一副丐僧的肖像:"身高五尺来往,头上头发二尺余长,滋着一脸的泥,破僧衣,短袖缺领,腰系丝绦,疙里疙瘩,光着两只脚,拖着一双破草鞋。"他的言谈举止更是滑稽,有人暗中放火烧他,他却撒了一泡尿把火浇灭。他给人治病,丹药名称也古怪:"八宝瞪眼伸腿丸""要命丹"。有时就搓身上的泥垢给人家。他吃喝时极不雅相,淋淋漓漓,邋里邋遢。与人打架,他拿着破扇东窜西跳,肆意逗弄玩耍。

当然,济公形象最为紧要的特点则是他济困扶危,有着侠义肝肠。他能妙手回春,医治百病。他能"警遇劝善度群迷,专管人间不平气",官吏横行不法、衙门审错案件、贼子谋财骗色、小姐被卖为娼、儿子对亲不孝,他都要管。他往往心血来潮,掐指一算,便知有人受难蒙冤,叹息一声:"这事我焉能不管!"于是施展奇力,平冤昭雪、济困扶危。

由于上述特点所决定,济公是一个喜剧性的形象,他的肖像滑稽、行为滑稽,济困扶危的方式也十分古怪滑稽。所以,这一形象赢得了广大群众的喜爱。

济公的形象在古代小说中具有独创性,在小说史里帝王将相、神仙鬼怪、才子佳人、侠客义士等形象层出不穷,唯独像济公这样的具有游民气质,侠义肝肠和神仙本领的形象还没有出现过。他的出现给人以耳目一新的印象。

济公的形象和全书也包含了不少糟粕,大谈因果报应、宣扬人生如梦和封建思想,自不待言。济公的流里流气,甚至有点无赖的习性也只能在小说里或者戏剧舞台上让人看着好玩,搬到现实生活中来就不行了。另外,济公宣扬"为度世而来",这种度世着实宽大无边,皂白不分,甚至在秦桧略示了悔意以后,济公也和他结成了朋友,并当了他的"替身"。

《济公全传》的艺术性不高,结构松散,情节拉杂冗长。描写琐细,很像未加工的说书人的记录稿。

四、《施公案》等公案小说

公案小说起源于宋代，宋元话本中的《错斩崔宁》之类就是当时公案小说的代表。到了明代后期，公案小说大量出现，《海刚峰先生居官公案传》《龙图公案》就是比较著名的两部。

《海刚峰先生居官公案传》又称《海公案》，李春芳编次，现存最早刻本为万历丙午（公元1606年）年刊本。七十一回，叙述明朝淳安县知县海瑞断狱的故事。它是由一些公案故事组成，每则故事分为事由、诉状、判词三部分，类似公牍文书。《龙图公案》，作者不详，最早刻本为清初刻本，写的是宋朝龙图阁直学士、开封府知府包拯断案的故事，全书也是由若干公案故事组成。这两部书赞美海瑞和包拯，把他们描绘成断狱如神、刚直不阿、爱民如子的清官。在他们身上寄托了黎民百姓铲除邪恶、伸张正义的希望，有些案例颇有认识价值，这些是书的积极意义。宣扬封建道德伦理，则是书的消极意义。

到了清代，公案小说有了新的发展，而且迅速掀起了新的创作潮流，那就是公案小说和侠义小说的合流。在这以前，公案小说和侠义小说各自独立发展，唐传奇中那些描写豪侠的作品，如《虬髯客传》之类是侠义小说的前身，宋元说话中的"朴刀""杆棒"类也属于侠义小说。清代中叶以后，侠义的内容向言情和公案两方面渗透：言情和侠义合流，形成了新的武侠小说的创作潮流，《儿女英雄传》便是其首创之作；侠义和公案合流，形成了公案小说新的创作热潮，《施公案》则代表着新潮的开始。

（一）《施公案》

《施公案》原名《施案奇闻》，又名《百断奇观》，作者不详。现存道光四年（公元1824年）刊本，并有嘉庆三年（公元1798年）的序文，估计此书成书于乾嘉之际。全书九十七回，主要描写清康熙年间清官施仕伦访案断狱的故事。断狱之外，又有遇险，书中还穿插了一些绿林侠士的活动。

施仕伦，历史上实有其人，《清史稿》说他"聪明果决，摧抑豪猾，禁戢胥吏，所至有惠政"。小说进一步把他塑造成"清似水、明似镜，断事如神"的贤臣和"除暴安良"的能吏。书中歌颂的另一人物是侯士黄天霸，他本是一个绿林好汉，为了替朋友报仇，行刺被擒。在施仕伦的感召下，他改名施忠，一意为官府效力，成了施的保镖和帮手。

如何评价施仕伦、黄天霸和这部书？这要具体分析一下施、黄的所作所为。他们所办的案子，除了一些民事案件外，更多的则是下列三类：一类是奸盗凶杀刑事案,一类是与统治集团上层有牵连的惩办恶霸、土豪的案件,三类是征剿与封建统治对抗的真正的绿林好汉和江湖英雄。办前两类案子,施仕伦做得对,他能深入现场和群众,进行过细的案情调查,不畏强暴,打击流氓、强盗、恶霸、土匪,为民伸冤昭雪。这是为人民群众做好事,应该予以肯定。当然,这两类案件,并非都是历史上的施世伦所审理的,它们往往是人民群众经验和智慧的结晶,作品把它们集中在施仕伦这个清廉正直的人物身上,从而表现了对罪恶和黑暗势力进行揭露和抨击的精神。至于第三类,则是他们所干的极不光彩的事,他们作了封建统治的走狗和帮凶,剿灭了一些"不劫往来客人,专劫富贵人家"反抗封建统治的好汉和侠士。这是他们的过错。所以,施、黄是功过参半的人物,书也是一部积极意义和消极作用参半的书。

《施公案》在艺术上颇有可取之处,它以公案勾连串套,前案未水落石出,后案又波横山见,数小案悬结于一大案,一大案枝分数小案,这种结构,"系包袱""勾肠子",很吸引读者。除此,它在语言方面也很有口头文学的特点。

《施公案》在公案小说中影响较大。仿作的作品层出不穷,如《续施公案》《彭公案》《李公案》《刘公案》《张公案》等。这些书大抵千篇一律,谈不上文学价值。《施公案》对近代戏曲也有很大影响,戏曲中有一批"罗帽戏""短打戏"的剧目,都出自此书。在《京剧剧目初探》里多达二十八出,著名的如《恶虎村》《落马湖》《盗御马》《连环套》等。

(二)《彭公案》

《彭公案》是一部长篇白话章回体小说,成书时间大约在清光绪十八年(公元1892年)左右,共23卷,100回,后又有《续彭公案》80回,《再续彭公案》81回,及《三续彭公案》80回,是继《施公案》《三侠五义》之后又一部侠义公案小说。

《彭公案》的作者为贪梦道人,原名杨挹殿。关于他的详情历史上鲜有记载,只知道他擅长写诗,生卒年不详。

《彭公案》主要分为4个部分,即彭朋出任三河知县事、升任河南巡抚事、奉旨查办图谋叛乱的大同总兵傅国恩、领命平息西夏王犯境之事。其中,第一部分是本书的精华,点出了彭朋"为国尽忠,为民除害"的宗旨,这也是《彭公案》颂扬的基本思想。

清王朝后期,政治上腐败,社会矛盾日益尖锐,统治阶级迫切需要得人心,治乱世,整肃纲纪,因而大力宣扬封建的纲常名教,加强文化专制,带有侠义情节的公案小说因此应运而生。这类小说符合封建纲常——由清官统率侠客,既在一定程度上符合民众的心愿,又颇适应弘扬圣德的需要。《彭公案》正是这类小说的典型代表。在《彭公案》中,彭朋及一班江湖英雄一方面"忠君",另一方面"为民",尤其是彭朋及众英雄屡屡除暴安良,一心为民,既不与统治阶级的纲常相冲突,又符合处于被统治地位的广大百姓的需要。所以《彭公案》虽有《水浒传》中那样的英雄侠士,但在精神上已经蜕变,其人文蕴含大体在于回归世俗,表现了鲜明的取悦封建法权、封建伦理的倾向。

参考文献

[1]张燕瑾.中国古代小说专题[M].北京:高等教育出版社,2002.
[2]李银珠.中国古代小说十五讲[M].北京:北京出版社,1985.
[3]杨子坚.新编中国古代小说史[M].南京:南京大学出版社,1990.
[4]齐裕焜,陈惠琴.中国讽刺小说史[M].沈阳:辽宁人民出版社,1993.
[5]张可礼.中国古代文学史料学[M].南京:凤凰出版社,2011.
[6]周彩虹.古代小说与梦[M].广州:暨南大学出版社,2018.
[7]晨曦.中国古代小说名作欣赏[M].东营:中国石油大学出版社,2017.
[8]廖群.中国古代小说发生研究[M].济南:山东教育出版社,2016.
[9]齐裕焜.中国古代小说演变史[M].北京:人民文学出版社,2015.
[10]高琛.中国古代小说简史[M].沈阳:辽宁教育出版社,2009.
[11]顾柏承.中国古代小说漫话[M].北京:中国少年儿童出版社,1998.
[12]张稔穰,刘富伟.中国古代小说鉴赏[M].济南:山东教育出版社,2001.
[13]沈治钧.中国古代小说简史[M].北京:北京语言文化大学出版社,2001.
[14]杜莹杰.中国古代小说欣赏[M].北京:中国社会出版社,2006.
[15]陈松柏.中国古代小说史[M].长沙:湖南科学技术出版社,2004.
[16]蔡铁鹰.中国古代小说的演变与形态[M].北京:中国文史出版社,2003.
[17]王文娟.基于《隋唐演义》中的梦境描写与帝王意识的分析[J].短篇小说(原创版),2014(05):107-108.
[18]齐裕焜.论小说戏曲中包公形象的演变[J].福建师范大学学报(哲学社会科学版),1985(04):76-82.
[19]夏薇.《醒世姻缘传》研究[D].济南:山东大学,2005.
[20]李彦.论文学翻译中人物形象传达——以《红楼梦》的对话翻译为例[J].现代商贸工业,2011,23(02):199-200.
[21]李亦凡.从叙事技巧论"春秋笔法"的功能对等翻译策略——以《儒林外史》杨译本为例[J].河南广播电视大学学报,2016,29(04):51-54.

[22]郑喆.镜中的梦幻城——论《老残游记》中的虚幻与真实[J].文学界(理论版),2012(04):165-166.

[23]于洁.从《阅微草堂笔记》论纪昀的伦理思想及小说观[D].北京:首都师范大学,2009.

[24]谭洋.论李渔小说创作与戏曲理论之间的关系[D].北京:中国海洋大学,2007.

[25]汪玢玲.蒲松龄与民间文学[M].上海:上海文艺出版社,1985.

[26]江晓波.从《绿野仙踪》看清中叶小说的糅合现象[J].时代漫游,2014(04):122-125.

[27]武永娜.《天路历程》与《西游记》:历史类型学阐释[D].郑州:河南大学,2006.

[28]刘凤霞."四大奇书"版本演变之历史认知——兼论明代通俗小说传播中的"雅化"与"俗化"[J].出版发行研究,2012(07):91-94.

[29]杨宗红.明清拟话本小说前世、转世叙事研究——以韦皋、韩滉为例[J].甘肃社会科学,2014(04):93-96.

[30]曹亦冰.侠义公案小说简史[M].太原:山西人民出版社,2005.

[31]谭邦和.明清小说史[M].武汉:湖北人民出版社,2002.

[32]苗怀明.中国古代公案小说史论[M].南京:南京大学出版社,2005.